完全掌握 JLPT 新日檢【N1 文法】，

精準解析文法概念＋扎實累積解題能力，

35 天考前衝刺，N1 一戰必勝！

まえがき ＞ 前言

　　本系列圖書自從面世以來就一直受到眾多考生的推崇和喜愛。希望本系列圖書能完全符合新日本語能力試驗的要求，繼續成為各位考生備考新日本語能力試驗的良師益友。

　　新日本語能力試驗是由日本國際交流基金會和日本國際教育支援協會創建的評量體系，考試分為三個專項：語言知識（文字詞彙、文法）、讀解、聽解。考生在準備新日本語能力試驗時常常認為最難的專項是讀解或聽解，他們認為文字詞彙和文法比較簡單，其實這是一種片面的認識。文字詞彙和文法是學習語言的基礎，就像建樓房時的地基一樣。在新日本語能力試驗中，文法部分的分值雖然不多，但文法知識卻分散在各個專項的考題中。

　　本書正文部分收錄了266個N1核心文法，並以特別單元的形式補充了過去N1考試中考過的文法，在書的末尾，還附上了敬語、授受關係、被動句、使役句、使役被動句等考生需要特別關注的內容。新日本語能力試驗的文法部分主要由三種題型組成，分別是：文法形式判斷、句子的組織和文章文法。本書在每個單元的練習題部分，嚴格按照新日本語能力試驗文法部分的要求出題，幫助考生鞏固當天所學知識，並熟悉新日本語能力試驗的題型。

　　在本書的編寫過程中，編輯們對本書的結構和內容提出了諸多寶貴的意見和建議，在此深表謝意。由於編者水準有限，書中難免會有錯誤，懇請廣大讀者、同行予以指正。

李曉東

—— 本書結構 ——

文法詳解：本書以天為單位，考生每天只需記住約10個文法，35天即可輕鬆掌握N1文法。在每週的學習中，前六天為文法知識的學習，最後一天為模擬測驗。在前六天的文法學習後面，還附有模擬試題，幫助考生檢測自己的學習效果。每週的最後一天，將仿照考古題的出題形式測試考生對本週文法知識的掌握情況，為考生查漏補缺。

特別單元：匯總過去考古題中考過的文法。

附錄：總結敬語、授受關係、被動句、使役句、使役被動句的相關知識。

具體說明如下所示：

文法詳解

1. 導入部分

在開始每天的學習之前都會有一個「文法一覽表」，以例句的形式將當天學習的文法羅列出來，並附有文法的中文意思。考生可先用「文法一覽表」進行自我測驗，勾選出已經掌握的文法，這樣在正式學習的時候，就可以不在已經掌握的文法上花費過多精力，而將重點放在未掌握的文法上。在進行第二輪、第三輪的複習時，也可以憑藉「文法一覽表」檢測自己的複習效果。如果一個文法有兩個以上的意思或用法，則會在「文法一覽表」裡分別列出例句。

當天學習的文法。　　　　　　　　　　　　　文法的中文意思。

—— 文法一覽表 ——

❶ 第一志望の大学に合格した暁には、豪勢な祝賀会を開くから頑張ってね。
　　→……之際；……之時

❷ 無観客試合を経験してファンあってのスポーツだと痛感した。
　　→有了……才能……；沒有……就沒有……

❸ 退職金をあてにしてこの家を買ったのだ。
　　→相信……；依靠……；指望……

2. 文法解析

　　每個文法條目分別由中文意思、解說、句型、例句以及注意事項組成。當一個文法有多個意思或多種句型時，我們為該文法的每個意思及每種句型均提供了例句，由此幫助考生確實掌握其用法。注意事項一欄中，詳細解析了該文法的出題方式、近義辨析、關聯用法、使用範圍限定等。

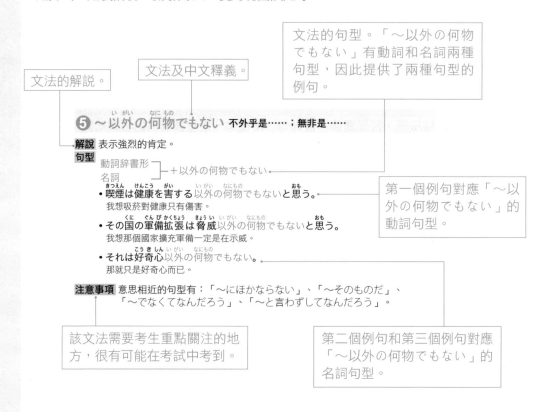

文法的句型。「～以外の何物でもない」有動詞和名詞兩種句型，因此提供了兩種句型的例句。

文法及中文釋義。

文法的解説。

❺ ～以外の何物でもない 不外乎是……；無非是……

解説 表示強烈的肯定。
句型
動詞辞書形
名詞　　　＋以外の何物でもない
- 喫煙は健康を害する以外の何物でもないと思う。
　我想吸菸對健康只有傷害。
- その国の軍備拡張は脅威以外の何物でもないと思う。
　我想那個國家擴充軍備一定是在示威。
- それは好奇心以外の何物でもない。
　那就只是好奇心而已。

注意事項 意思相近的句型有：「～にほかならない」、「～そのものだ」、「～でなくてなんだろう」、「～と言わずしてなんだろう」。

第一個例句對應「～以外の何物でもない」的動詞句型。

該文法需要考生重點關注的地方，很有可能在考試中考到。

第二個例句和第三個例句對應「～以外の何物でもない」的名詞句型。

3.模擬試題演練

　　每天的學習結束後，都設有仿照考古題出題形式的練習題，題型為文法形式判斷和句子的組織兩種。在鞏固當天所學知識的同時，幫助考生掌握考古題的出題思路。

　　每週的最後一天不再講解新的文法，而是以模擬考的形式測試考生對本週文法知識的掌握情況。題型與考古題相同，包括文法形式判斷、句子的組織和文章文法。

特別單元

　　特別單元在本書的最前面，匯總了過去考古題考過的文法，可供考生重點複習。考生可以先複習正文中的文法，第二輪複習時再複習特別單元的內容。

附錄

　　每次N1考試中，文法部分都會有1～2題專門測驗敬語，讀解和聽解部分也會測試敬語的使用。此外，授受關係、被動句、使役句、使役被動句是考生較難掌握的文法，本書也將它們收錄在附錄中，幫助考生系統化複習。

—— 定制你專屬的5週複習計畫 ——

針對日語專業的考生

★開始每天的學習前，瀏覽「文法一覽表」，判斷哪些文法是課堂上已經掌握了的，哪些文法還存有疑問，哪些文法是全新的。

★進入當天的學習，對於已經掌握的文法，可僅瀏覽，主要看在例句中的測驗方式。對於還存有疑問或生疏的文法，要重點去記自己還存有疑問的地方，做好標記，同時要留意文法前後的接續，並透過熟讀例句加深記憶。

★一天的學習結束後，透過練習題檢測學習成果。寫錯的題目，應查閱相關資料，並做好紀錄。

★睡前再次瀏覽當天學習的文法，必要時可將它們記錄到筆記本上，作為重點複習的內容。

★認真做好每週最後一天的模擬考，可為自己打分數或計算正確率。

針對非日語專業的考生

★開始每天的學習前，瀏覽「文法一覽表」，仔細判斷已經掌握的文法和還未掌握的文法。

★進入當天的學習，對於已經掌握的文法，可僅瀏覽，主要記住例句中的固定搭配，並再次確認文法的接續。若例句中有未曾見過的表達方式，也要自己查閱、熟記。對於還未掌握的文法，要重點學習句型，背誦每種句型的例句。

★一天的學習結束後，透過練習題檢測學習成果。應查閱習題中沒有見過的表達方式，將其分類記錄到筆記本上，並將寫錯的題目整理到錯題本上，分析自己做錯的原因。

★睡前再次瀏覽當天學習的文法，對於仍然沒有掌握的文法，將它們記錄到筆記本上，作為重點複習的內容。

★認真做好每週最後一天的模擬考，可為自己打分數或計算正確率。

── 文法用語一覽表 ──

• 名詞

名詞：学生

• 動詞

動詞辞書形：走る、学ぶ

動詞ます形：走り、学び

動詞ない形：走ら、学ば

動詞て形：走って、学んで

動詞ている形：走っている、学んでいる

動詞た形：走った、学んだ

動詞ば形：走れば、学べば

動詞命令形：走れ、学べ

動詞意向形：走ろう、学ぼう

動詞可能形：走れる、学べる

動詞使役形：走らせる、学ばせる

• イ形容詞

イ形容詞辞書形：おいしい

イ形容詞語幹：おいし

イ形容詞ない形：おいしくない

イ形容詞く形：おいしく

イ形容詞て形：おいしくて

イ形容詞た形：おいしかった

イ形容詞ば形：おいしければ

• ナ形容詞

ナ形容詞辞書形：簡単だ

ナ形容詞語幹：簡単

ナ形容詞ない形：簡単ではない

ナ形容詞た形：簡単だった

ナ形容詞て形：簡単で

ナ形容詞な形：簡単な

ナ形容詞に形：簡単に

ナ形容詞ば形：簡単ならば

• 普通形

動詞：走る、走らない、走った、走らなかった、走っている、走っていない、走っていた、走っていなかった

名詞：学生だ、学生ではない、学生だった、学生ではなかった、学生である、学生であった

イ形容詞：おいしい、おいしくない、おいしかった、おいしくなかった

ナ形容詞：簡単だ、簡単ではない、簡単ではなかった、簡単だった、簡単である、簡単であった

もくじ ▶ 目録

 第一週 ▶

 第二週 ▶

第三週 ➤

第五週 ▶

特別單元 ▶ 過去考古題考過的文法

はたして 到底……；究竟……

▶ あなたの言う事がはたして事実なのか調べてみよう。

我要查一下，看你說的是否屬實。

～（よ）うが/～（よ）うと/～（よ）うとも 不管……；即使……；不論……

▶ 今はいかに元気だろうが、もうお年ですから、無理をしないでください。

即使你現在很健康，但畢竟已經上了年紀，請不要過度勞累。

～ともなれば 要是……；一旦……

▶ この神社はとても有名だ。正月ともなれば、全国各地から参拝客が訪れる。

這間神社很有名。一到新年，就有很多遊客從全國各地前來參拜。

～も～も 是……還是……

▶ 子供のやる気が出るも出ないも、親の対応次第だ。

孩子積不積極，取決於父母的做法。

～てみせる 做給……看看；一定要……

▶ 交通事故に遭ったあの選手は、もう一度走るためにどんなに辛いリハビリでも頑張って見せると誓った。

那位遭遇車禍的運動員發誓說：「為了能再次站到跑道上，無論復健如何艱苦，我都一定會努力。」

～がゆえ（に） 因為……；由於……

▶ 物価高騰、少子化、高齢化、どの問題も深刻であるがゆえに、国民の関心は高い。

物價上漲、少子化、高齡化等問題都很嚴重，因此民眾們對這些問題很關心。

～ようとする 想要……；即將……

▶ この店は、どんなに安い食材でも品質を吟味している。お客に食の安心を届けようとする姿勢が伝わってくる。

這家店對便宜的食材也會精挑細選，可感受到他們對於顧客食安的用心。

～ものの 雖然……但是……

▶ 今日中にこの仕事をやりますといったものの、とてもできそうにない。

雖然我說了要在今天之內完成這項工作，但看樣子不太可能。

～しかない 只能……

▶皆さん努力しているのだから、私も一生懸命頑張るしかない。

大家都在努力，我也只能拚命努力。

～ように 祈盼；希望能……（「敬体＋ように」常在演講、書信的結束語中使用）

▶一日も早く退院されますように心からお祈り申し上げます。

衷心期盼您早日出院。

～かしら ……嗎？（表示疑問的語氣）

▶9時に待ち合わせって言ったのに、まだ来ないなんて何かあったのかしら？

説好了9點碰頭，但他現在還沒到，可能有什麼事吧？

～とか（いう）說是……

▶彼女の事を思ってアドバイスしたのに、どうでもいいとかいうんだよ！

我為她著想才提出建議的，但她竟然説怎麼樣都無所謂！

疑問詞＋だって ……都

▶だれだって泣きたいときはある。

無論是誰，都有想哭的時候。

～か否か 是否……

▶この計画を実行するか否かはあなたの気持ち次第だ。

是否實施這項計畫，取決於你的心情。

～だけでなく～も 不光……還……；不僅……也……

▶肉だけでなく、野菜も食べなければいけない。

不光要吃肉，還要吃蔬菜。

～ようがない 無法……；不能……

▶プロジェクトの失敗が部長の采配ミスであることは疑いようがない。

企劃失敗是因為部長指導失誤，這一點無庸置疑。

～つもりだ 自認為……；打算……

▶よく調べて書いたつもりですが、まだ間違いがあるかもしれません。

我自認為寫之前已經做了充分的調查，雖然如此，寫出來的東西也可能還有錯誤。

～までに至らない 還沒到……的程度

▶先月の成績までに至らないものの、今月も100件を超えた優秀な営業マンです。

他是一名優秀的業務，這個月的成交量雖然沒達到上個月的業績，但也超過了100件。

～をよそに **不顧……；對……漠然視之**
▶あの俳優は世間の評判をよそに独自の世界観で活躍している。
　　那名演員不顧輿論評價，堅持按照自己的世界觀發展事業。

～もしない **決不……；連……也沒有**
▶何時間もかけて書類を作ったのに会議の前に目を通しもしないで配布するなんて人を馬鹿にしているわ。
　　我花幾個小時才做好這份資料，可是他在開會前卻看都不看一眼就發下去，簡直是欺負人。

もっとも **話雖如此，不過……**
▶今年は金メダルを獲れなかったか。もっとも彼がこれで終わるとは思っていないけどね。
　　他今年沒拿到金牌呀？不過，我覺得他不會就此一蹶不振的。

～に越したことはない **最好……；沒有比……更好的了**
▶理想の結婚相手？そりゃあ、美人に越したことはないけど、家庭的なことが一番大切かな。
　　理想的結婚對象？我覺得雖然越漂亮越好，不過會持家才是最重要的。

～次第では **取決於……；根據……**
▶応募人数次第では会場を変更しなければならなくなるかもしれない。
　　根據報名人數，有可能需要更換會場。

～というものではない **並不是……；並非……**
▶異文化コミュニケーションはお互いの国の文化や背景を尊重するものであって、言葉が通じればよいというものではない。
　　在跨文化交流中，需要互相尊重各國的文化和背景，而不是語言能通就行。

～ものと思われる **看來……；人們認為……**
▶工場の排水から有害物質が検出された。このまま放置すれば、環境に深刻な影響を与えるものと思われる。
　　從工廠廢水中檢查出了有害物質。人們認為，如果置之不理的話，有可能會對環境產生嚴重影響。

～に由来する **來源於……；由……得來**
▶中国人の国家の未来に対する楽観は何に由来するのか。
　　中國人對於國家的未來如此樂觀的理由是什麼呢？

〜(さ)せてくれる 對方允許我做某事；……使說話者……

▶音楽は私たちを楽しませてくれます。

音樂使我們快樂。

〜に対する 對於……

▶目上の者に対する敬意は欠かせないものです。

對長輩的敬意是不可缺少的。

〜てのことだ 因為……才可以……；是因為……才可能……

▶幼いころ、父親が厳しく接していたのは私の将来を考えてのことだ。

我小時候，父親對我很嚴厲，這是為我的將來著想。

〜という 據說……

▶この研究は生産量を十年のうちに二倍にするという。

據說這項研究可以使產量在十年裡增加兩倍。

〜ほど〜ない 不像……那樣……

▶日本語の教師は考えていたほど楽ではない。

日語教師並沒有想像中的那樣輕鬆。

〜限り 只要……就……
▶諦めない限り負けたことにはならない。
　只要不放棄，就不算失敗。

〜とすれば 如果……
▶助かる方法があるとすればこれしか考えられない。
　如果説還有什麼解救方法的話，那就只有這個辦法了。

なんら〜ない 毫無……；完全沒有……
▶今回の法改正にあたって、何ら不正はない。
　在這次修正法律的過程中，並沒有任何違規行為。

〜について 關於……
▶事故の原因について、今調査しているところです。
　事故原因正在調查。

〜は否めない 不可否認……
▶事故の原因に管理体制の問題があったことは否めない。
　事故原因在於管理體制有問題，這一點無法否認。

お(ご)〜なさる 請您……
▶飛行機が遅れて心配しましたが、午後9時に無事ご到着なさいました。
　航班遲遲沒到，我們有點擔心，不過晚上9點時客人終於順利到達了。

〜っけ 是不是……來著？
▶あの人、確か田中さんだっけ？
　那個人是不是叫田中來著？

〜において 在……
▶この分野において彼の右に出る者はいない。
　在這個領域，沒人比他更厲害。

〜さえ 連……；甚至……
▶そんなレベルのこと、小学生でさえ知っているのに、なんであなたがわからないの？
　這種程度的問題，連小學生都知道，你為什麼就不明白呢？

～ぬく ……到底；一直……

▶一人の人を愛しぬく力が全ての障害を打ち負かしたと言える。

可以説是堅持深愛一個人的力量撃退了所有的障礙。

～末に 經過……最後……

▶いろいろ考えた末に、留学をやめて、国内で就職することにした。

我左思右想後，決定放棄留學，直接在國內工作。

～ようにする 努力做到……

▶二度とこのような間違いを犯さないようにします。

我努力做到不再犯同樣的錯誤。

～ばかりだ 只等……

▶全ての準備は整った。あとは順番を待つばかりだ。

全都準備好了，接下來就等著上場了。

～きる ……完；……盡

▶ただでもらったのは嬉しいけど、こんなにたくさんあったら使い切るのに数年はかかるだろうなあ。

雖然免費拿到很高興，不過這麼多東西，大概要好幾年才用得完吧。

しか～ない 只……

▶ダイエットしているので、朝はコーヒーしか飲まない。

我在減肥，所以早上只喝咖啡。

～っこない 不可能……

▶いくら試験直前と言っても、毎日寝ずに食べずに勉強するのはできっこないよ。

雖説考試近在眼前，但是每天不吃不睡光唸書也是不可能的。

～こともあって 由於……；再加上……的原因

▶週末は賑わう商店街だが、自粛要請が出ていることもあって人影はまばらだ。

這條商店街週末通常很熱鬧，但現在因為政府要求民眾減少外出，所以街上行人寥寥無幾。

～なくして（は） 如果沒有……

▶人材の育成なくして企業の成長は望めない。

如果不培養人才，企業就不可能發展。

～にかけて 在……方面；論……

▶プログラミングの技術にかけては中国の企業にかなう相手はないだろう。

在程式設計技術方面，大概沒有比中國企業還強的吧。

まず～だろう　大概……（表示說話人有把握的推測）

▶みんなでよく考えた末の結論だから、反対する人はまずいないだろう。

這是經過大家深思熟慮之後得出的結論，應該不會有人反對吧。

～にしろ　即使……也……

▶失敗するにしろここまで来たら最後まで力を尽くすまでだ。

既然已經走到這一步，那麼即使失敗也要盡力堅持到最後。

～とされている　被視為……；被看成……

▶地球温暖化の原因となっているガスには様々なものがありますが、中でも二酸
化炭素はもっとも温暖化への影響度が大きいガスとされている。

造成全球氣候暖化的氣體有很多，其中二氧化碳被認為是導致全球氣候變暖的罪魁禍首。

それなりに/それなりの　相應；恰如其分

▶不器用だが、私たちはそれなりに力を合わせて頑張っている。

雖然我們不聰明，做事笨手笨腳，但我們依然在以自己的方式共同努力奮鬥。

～ては　表示動作的反覆

▶作っては壊し、作っては壊し、ようやく満足のいく作品が完成した。

做出來又拆掉，拆掉又再重新做，終於做出了滿意的作品。

～に先立ち　在……之前

▶50周年のイベントに先立ちこれまでの製品を展示するコーナーが開設された。

在50週年紀念活動開始前，開設了一片展覽至今為止所有產品的區域。

～ないまでも　即使不……也……；沒有……至少也……

▶100年に一度の逸材と言わないまでも彼は本当に優秀なエンジニアだ。

即便不是百年一遇的人才，他也是名非常優秀的工程師。

～んじゃなかった　真不應該……

▶もう1週間も連絡が来ない。こんなことなら喧嘩するんじゃなかった。

他已經一個星期沒聯絡我了。早知道就不跟他吵架了。

～つつある　正在……

▶まだ厳しい状況ではあるが、みんなの努力によって平穏な日常が戻りつつある。

雖然情況還很嚴峻，但憑藉大家的努力，生活正逐漸恢復正常。

～とする　看成……；視為……

▶歩行者の不注意が事故の原因とする運転手の主張は到底受け入れられない。

那個司機聲稱事故發生是因為行人不小心，但這個說法最終也沒有被接受。

～わけにはいかない　不能……；不可以……；必須……

▶この頃多忙でとても引き受けるわけにはいかない。

我最近太忙了，實在無法接受（這項工作）。

～たはずだ　的確……；應該……

▶私の意見をきちんと聞いていればこんなことにはならなかったはずだ。

如果你聽從我的意見，就不會造成這樣的後果了。

～によって　透過……；靠……

▶人々の社会は自然の恵みによって成り立っている。

人類社會是依靠自然的恩惠而形成的。

～まじき　不應該……；不可以……

▶教師同士のいじめなど教育者としてあるまじき行為だ。

身為教師卻霸凌同事，這是教育者不應該有的行為。

～と引きかえに 與……交換；以……為代價
▶ 人の命と引きかえに得られる幸福など存在しない。
沒有任何一種幸福是可以用人的性命來交換的。

～べく 為了……；要……
▶ みなさんの期待通り優勝するべく毎日練習に励んでいます。
為了不負眾望地獲得冠軍，我每天拚命訓練。

なにも～ない 不必……；未必……
▶ 誰も立候補しないからって、なにも私じゃなくてもいいじゃないですか。私より適任の人はたくさんいますよ。
即便沒人自願，也不一定非得選我吧！有很多人比我更合適。

～ったって 雖說……；即便……
▶ A「たまにはどこかに旅行にいきたいわ。」
B「旅行に行くったって貯金もなければ時間もないよ。」
A：偶爾也想出去旅行。
B：雖然想去，但既沒時間也沒錢啊。

～ことか 多麼……啊
▶ 志半ばで病気胃になるなんて、どんなに悔しかったことか。
他壯志未酬就得了胃病，多不甘心啊！

～かと思えば 本以為……其實……；一……就……
▶ ここかと思えば今度はあちらって、いつ見ても君は落ち着きがない人だねえ。
你一會在這裡，一會又跑到那裡，真是沒見你有閒著的時候。

～をいいことに 趁著……的機會做……
▶ 僕が何も言わないのをいいことに君はいつもやりたい放題だ。
仗著我不發聲，你就總是趁機肆意妄為。

～(さ)せていただく 請允許我……；請讓我……
▶ 取材した方の許可を得て写真を公開させていただきました。
我在得到採訪對象的同意之後公開了這些照片。

～まい 不打算……；不想……
▶ 酒はもう二度と飲むまい。
我再也不想喝酒了。

▶このうれしさは他人（たにん）には分（わ）かるまい。
這份喜悅，別人是不會明白的吧。

～ばよかったのに 如果當時……就好了
▶そんなに悩（なや）んでいたなら早（はや）く言（い）ってくれればよかったのに。
你既然那般苦惱，應該早點跟我說。

～つつ 一邊……一邊……；雖然……但是……
▶食（た）べてはいけないと思（おも）いつつ、夜中（よなか）にお菓子（かし）を食（た）べてしまう。
明知道不能吃，但半夜還是忍不住吃點心。

～ずにいる 一直沒有……
▶卒業論文（そつぎょうろんぶん）は筆（ふで）も進（すす）まず、何（なに）も書（か）けずにいる。
我一直沒有動筆寫畢業論文。

～ごとき 如……；像……一樣
▶彼（かれ）のごとき嫌（いや）なやつはいない。
沒有人像他一樣討人厭。

～ことなしに 不……而……；沒有……
▶努力（どりょく）することなしに、成功（せいこう）することは不可能（ふかのう）だろう。
不努力是不會成功的吧。

～とする 看作……
▶出演者（しゅつえんしゃ）が不適切（ふてきせつ）な発言（はつげん）をしたとして、番組（ばんぐみ）がホームページに謝罪文（しゃざいぶん）を掲載（けいさい）した。
演員的發言被認定為不當言論，節目組在（官網）首頁刊登了一封道歉信。

～における 在……的時間、地點、場合、方面
▶日本（にほん）における少子高齢化（しょうしこうれいか）の実態（じったい）は私達（わたしたち）の想像（そうぞう）をはるかに上回（うわまわ）るものだ。
日本的少子化和高齡化的實際情況遠遠超出了我們的想像。

～に 表示累加、疊加
▶ 牛丼にラーメン、これだけ食べれば太って当たり前だ。
吃了牛肉蓋飯又吃拉麵，吃這麼多，不變胖才怪呢。

～ならでは 只有……才有……；不是……就不會……
▶ 京都に日本ならではの伝統文化が息づいている。
京都充滿了日本獨特的傳統文化氣息。

～だけあって 不愧是……
▶ 中国屈指の有名校だけあって優秀な学生が数多く存在する。
這裡不愧是中國首屈一指的名校，有很多優秀的學生。

～ところだった 差點就……
▶ 天気が良くてのんびり歩いていたら、もう少しでバスに乗り遅れるところだった。
天氣很好，我慢慢走著，結果差點趕不上車。

～かねない 很有可能會……
▶ 自動車の増加をこのまま放置しておけば、大気汚染の原因に成りかねない。
如果任由汽車數量這麼增加下去，那麼很可能造成大氣污染。

～（よ）うにも～ない 即使想要……也無法……
▶ 隣の部屋がうるさくて寝ようにも寝られない。
隔壁太吵了，我想睡都睡不著。

～なきゃ 如果不……
▶ 早く片付けなきゃと思いつつ、ついつい後回しにしてしまう。
我本想著必須早點完成，但不知不覺又往後拖延了。

～ばいい 只需……就行
▶ そんなに好きなら告白すればいいじゃないか。
既然你這麼喜歡她的話，那就向她表白吧。

～おそれがある 有……的危險
▶ 銀行の貸し渋りが続くと連鎖倒産を引き起こすおそれがある。
銀行持續限制貸款，有可能引起企業連鎖倒閉。

～ところを 在……的時候

▶先日はお忙しいところをわざわざお越しくださりありがとうございました。

上次您在百忙之中專程前來，實在感激不盡。

～わけにもいかない 不好……；不能……

▶近所の人がトラブルに巻き込まれたら知らないふりをするわけにもいかない。

如果鄰居陷入麻煩之中，我們總不能裝作不知道吧！

～がちだ 容易……；經常……

▶若い人は極端に走りがちだ。

年輕人行事往往容易極端。

～てはじめて 只有……才……

▶自分の子供が生まれてはじめて親の苦労が分かった。

自己有了孩子之後，才能體會到父母的辛勞。

～としても 即使……也……

▶私が応募したとしても採用されないだろう。

就算我去應聘也不會被錄取吧。

～なら 如果……；既然……

▶泣くほど悔しいならもう一度挑戦してみればいいじゃないか。

既然你這麼不甘心，那不如再試一次？

—— 文法一覧表 ——

❶ 第一志望の大学に合格した暁には、豪勢な祝賀会を開くから頑張ってね。
→……之際；……之時

❷ 無観客試合を経験してファンあってのスポーツだと痛感した。
→有了……才能……；没有……就没有……

❸ 退職金をあてにしてこの家を買ったのだ。
→相信……；依靠……；指望……

❹ 彼のしたことはあながち悪いとは言えない。
→未必……；不見得……

❺ それは好奇心以外の何物でもない。
→不外乎是……；無非是……

❻ 早朝の天気いかんでイベントの中止が決定される。
→根據……；取決於……

❼ 一度提出した応募書類は、理由のいかんによらず、お返ししません。
→不論……都……；不管……都……

❽ 今でこそ売れっ子の漫画家だが、当時は貧乏だった。
→雖然現在……

❾ 学生は言わずもがな、教師までが集まった。
→……不必説；最好別説……

—— 文法解析 ——

❶ ～暁（あかつき）には ……之際；……之時

解說 表示某事實現、完成之時。
句型 動詞た形＋暁には
　　　　名詞＋の＋暁には

・第一志望（だいいちしぼう）の大学（だいがく）に合格（ごうかく）した暁（あかつき）には、豪勢（ごうせい）な祝賀会（しゅくがかい）を開（ひら）くから頑張（がんば）ってね。
如果你能考上第一志願的大學，我就給你開個隆重的慶祝會。加油啊！

・宝（たから）くじが当（あ）たった暁（あかつき）には、みんなをハワイに連（つ）れて行（い）くね。
我中了大獎就帶大家去夏威夷玩。

・「私（わたし）が当選（とうせん）した暁（あかつき）には、この村（むら）にも新幹線（しんかんせん）の駅（えき）ができます」と候補者（こうほしゃ）は叫（さけ）んだ。
候選人喊著：「如果我當選，就會在這個村子蓋新幹線車站。」

注意事項 「～暁には」與「～際には」意思相近。兩者皆有「……之時」的意思，但前者更偏向於完成重大事件之時的意思，後者則帶有契機、機會等意思。

❷ ～あっての　有了……才能……；沒有……就沒有……

解說 表示因為有了前項的條件，才有後項的結果。

句型 名詞＋あっての

- 無観客試合を経験してファンあってのスポーツだと痛感した。

  在體驗過沒有觀眾的比賽後，我才深刻地感受到體育比賽是不能沒有觀眾的。

- 私が会社で仕事に励めるのも妻の献身あってのことだ。

  因為有妻子的奉獻，我才能在公司努力工作。

- 厳選された食材あってのおいしい料理に舌鼓を打つ。

  因為有精挑細選的食材，所以這些食物非常美味，我吃得津津有味。

注意事項 有時可以在「あっての」的前面加上「が」。意思相近的句型有：「～てはじめて」、「～てこそ」、「～ばこそ」。

❸ ～（を）あてにする　相信……；依靠……；指望……

解說 表示相信著前項，依靠著前項，指望著前項。

句型 名詞＋（を）あてにする

- 人をあてにするから、裏切られるのです。

  正是因為相信他人，所以才被出賣。

- 私は女性ですが、婚約者のお金をあてにしません。

  雖然我是女性，但不需要靠未婚夫的錢生活。

- 退職金をあてにしてこの家を買ったのだ。我用退休金買了這棟房子。

注意事項 意思相近的句型有：「～（が）あてになる」。

❹ あながち～ない　未必……；不見得……

解說 表示未必完全是這樣。

句型 強ち＋否定表達方式

- 彼のしたことはあながち悪いとは言えない。他的行為未必是錯的。

- 彼の言ったことはあながち間違ってはいない。他說的話不一定是錯的。

- いわゆる「ながら族」は一般には軽蔑されがちですが、あながち悪いわけではありません。「一心二用的人」通常會被瞧不起，但是「一心二用」不一定是壞事。

注意事項 意思相近的句型有：「必ずしも～ない」。

❺ 〜以外の何物でもない **不外乎是……；無非是……**

解説 表示強烈的肯定。

句型 動詞辞書形 ┓
　　 名詞　　　┛＋以外の何物でもない

• 喫煙は健康を害する以外の何物でもないと思う。
　我想吸菸對健康只有傷害。

• その国の軍備拡張は脅威以外の何物でもないと思う。
　我想那個國家擴充軍備一定是在示威。

• それは好奇心以外の何物でもない。
　那就只是好奇心而已。

注意事項 意思相近的句型有：「〜にほかならない」、「〜そのものだ」、
　　　　 「〜でなくてなんだろう」、「〜と言わずしてなんだろう」。

❻ 〜いかんで（は）／〜いかんによって（は）／〜いかんだ
　　 根據……；取決於……

解説 表示某事能否實現是由前項決定的，或表示根據前項情況來採取後項的措施。

句型 名詞（＋の）＋いかんで（は）/いかんによって（は）/いかんだ

• 早朝の天気いかんでイベントの中止が決定される。
　根據早上的天氣決定取消活動。

• 感染者数の増加いかんによっては外出規制が解除されるはずだ。
　根據感染人數的增加變化，屆時應該會解除外出限制。

• その会社に就職するかどうかは、給料いかんだ。
　會以工資的高低來決定要不要去那間公司就職。

注意事項 語氣較生硬，一般用於正式場合。意思相近的句型有：「〜次第だ」、
　　　　 「〜次第で（は）」、「〜次第によって（は）」。意思相反的句型有：
　　　　 「〜いかんによらず」、「〜いかんにかかわらず」、「〜いかんを問わ
　　　　 ず」。

❼ 〜いかんによらず／〜いかんにかかわらず／〜いかんを問わず
　　 不論……都……；不管……都……

解説 表示不管前項如何，後項都不受前項的限制依舊成立。

句型 名詞（＋の）＋いかんによらず/いかんにかかわらず/いかんを問わず

• 一度提出した応募書類は、理由のいかんによらず、お返ししません。
　一旦送出報名資料，無論有什麼理由，我們都不會寄回給您。

- このイベントは、国籍のいかんを問わず、どなたでも参加できます。
  這個活動不限國籍，誰都可以參加。
- 民族の如何を問わず、古くから受け継がれてきたものには、人の心に迫るものがある。無論是哪個民族，他們從古代傳承至今的事物都能夠打動人心。

注意事項 語氣較生硬，一般用於正式場合。

⑧ 今でこそ 雖然現在……

解說 表示「現在這種事已經是理所當然了，但以前……」。
- 彼は今でこそ一流の司会者と言われているが、もともとは地方出身のお笑い芸人だった。
  雖然他現在已經躋身一流主持人的行列，但一開始只是小城市出身的喜劇演員。
- 今でこそ売れっ子の漫画家だが、当時は貧乏だった。
  雖然他現在是當紅漫畫家，但曾經窮困潦倒。
- 二人は今でこそ円満に暮らしているが、結婚当初は毎日喧嘩が絶えなかった。
  雖然現在兩人生活美滿，但剛結婚的時候每天都在吵架。

注意事項 以「今でこそ～が、～」的形式出現，前半句表示現在這種事已經是理所當然的了，後半句一般為「在過去根本沒有這種事」或「情況與現在相反」。

⑨ 言わずもがな ……不必說；最好別說……

解說 表示不必說或不說為好。「もがな」是表示願望的助詞，意思相當於「～といいなあ」。「言わず」相當於「言わない」。
句型 言わずもがな＋の＋名詞　　　言わずもがな＋だ
　　　名詞＋は＋言わずもがな
- 口が滑って、言わずもがなのことを言ってしまった。
  失言了，不小心說了不該說的話。
- 学生は言わずもがな、教師までが集まった。
  別說是學生，就連老師也都到場了。

注意事項 表示不說比較好時，意思相當於「言うべきでない」、「言わないほうがいい」；表示不必說時，意思相當於「言うまでもない」、「もちろん」。

一、次の文の（　　　）に入れるのに最もよいものを、1・2・3・4から一つ選びなさい。

練習問題	解說
1. 面接の結果のいかん（　　）、必ず電話で知らせます。 1　とあっては 2　をおいて 3　のみならず 4　にかかわらず	1・答案：4 選項1「とあっては」／意為「如果是……」。 選項2「をおいて」／意為「除……之外」。 選項3「のみならず」／意為「不僅……而且……」。 選項4「にかかわらず」／意為「不管……如何」。 譯文：無論面試的結果如何，我們都會打電話通知。
2. 日本政府の遅い対応がたくさんの犠牲者を出した。これは人災以外の（　　）。 1　何でもない 2　何でもありうる 3　何ものでもない 4　何ともいえない	2・答案：3 選項1「何でもない」／意為「算不了什麼」。 選項2「何でもありうる」／意為「什麼都有可能」。 選項3「（以外の）何ものでもない」／意為「不外乎是……」。 選項4「何ともいえない」／意為「無法形容」。 譯文：日本政府的遲緩應對導致很多人犧牲。這只能說是人禍。
3. この質問の答えは、知ってる人にとっては言わず（　　）のことなんだけれど。 1　もがな 2　ごとき 3　まみれ 4　かぎり	3・答案：1 選項1「（言わず）もがな」／意為「……不必說，最好別說……」。 選項2「ごとき」／意為「如……」。 選項3「まみれ」／意為「沾滿……」。 選項4「かぎり」／意為「只要……」、「僅限於……」。 譯文：這個問題的答案，對於知道的人而言是不言而喻的。
4. 喧嘩をした者に対して、理由のいかん（　　）、当事者の双方を罰することになる。 1　たりとも 2　をものともせずに 3　を問わず 4　こととて	4・答案：3 選項1「たりとも」／意為「即使……也……」。 選項2「をものともせずに」／意為「不把……放在眼裡，不怕……」。 選項3「を問わず」／意為「無論……」。 選項4「こととて」／意為「因為……」。 譯文：無論打架的人是出於什麼理由，雙方都要受罰。

5. 会議に出るかどうかはその日の都合（　　）で決めさせていただきます。
1 がてら
2 いかん
3 ですら
4 まみれ

5・答案：2

選項1「がてら」／意為「順便……」。
選項2「いかん」／意為「根據……」。
選項3「ですら」／意為「連……都……」。
選項4「まみれ」／意為「沾滿……」。

譯文：我會根據當天的情況決定是否出席會議。

6. 彼の論理には難点もあるが（　　）間違いとは言えない。
1 ゆえに
2 だに
3 ぜひとも
4 あながち

6・答案：4

選項1「ゆえに」／意為「因為……」。
選項2「だに」／意為「就連……也……」。
選項3「ぜひとも」／意為「一定……」。
選項4「あながち」／意為「未必……」。

譯文：他的理論可能有缺點，但未必是錯的。

7. 理由の（　　）によらず、家庭内の暴力は許されないことだ。
1 いかん
2 だらけ
3 きわみ
4 かたがた

7・答案：1

選項1「いかんによらず」／意為「不論……都……」。
選項2「だらけ」／意為「滿是……」。
選項3「きわみ」／意為「非常……」、「……之極」。
選項4「かたがた」／意為「順便……」。

譯文：無論出於什麼理由，家庭暴力都不被允許。

8. 社長（　　）我が社です。どうかご自愛ください。
1 であれば
2 あっての
3 にとって
4 によれば

8・答案：2

選項1「であれば」／意為「如果……」。
選項2「あっての」／意為「有了……才能……」。
選項3「にとって」／意為「對於……來說」。
選項4「によれば」／意為「根據……」。

譯文：社長，有您才有我們公司。請您多保重身體。

9. 本の売れ行き（　　）、すぐに再版することもあります。
1 いかんでは
2 そばから
3 かたわら
4 ならでは

9・答案：1

選項1「いかんでは」／意為「根據……」。
選項2「そばから」／意為「剛……就……」。
選項3「かたわら」／為「一邊……一邊……」。
選項4「ならでは」／意為「只有……才有……」。

譯文：根據書的銷量，有時候會立刻再版。

10. お客さん（　　）商売なんだから、まずお客さんを大切にしなければならない。

1　にしての
2　こその
3　ごとくの
4　あっての

10・答案：4

選項1「にしての」／意為「按……方式」。
選項2「こその」／表示強調。
選項3「ごとくの」／意為「如……」、「像……一樣」。
選項4「あっての」／意為「有了……才能……」。

譯文：有了顧客才能談生意，所以必須善待顧客。

---

11. 今回の実証実験（　　）、一部のオンライン授業はこれからも続けることになる。

1　のいかんでは
2　のきわみで
3　といえども
4　としたって

11・答案：1

選項1「のいかんでは」／意為「根據……」。
選項2「のきわみで」／意為「非常……」、「……之極」。
選項3「といえども」／意為「雖然……」。
選項4「としたって」／意為「即使……也……」。

譯文：根據這次實際檢驗的結果，會繼續開設部分線上課程。

---

12. 家族構成の人数の（　　）にかかわらず、すべての世帯に一律10万円給付するのが与党の案だった。

1　大小
2　次第
3　ごとき
4　いかん

12・答案：4

選項1「大小」／意為「大小」。
選項2「次第」／意為「取決於……」。
選項3「ごとき」／意為「如……」、「像……一樣」。
選項4「いかん（にかかわらず）」／意為「不管……都……」。

譯文：執政黨的方案是這樣的——無論家庭中有多少人，每戶家庭一律都發給10萬日圓。

---

13. 賛成反対（　　）、必ず自分の意見を書いて提出してください。

1　にあらず
2　をものともせず
3　にほかならず
4　のいかんにかかわらず

13・答案：4

選項1「にあらず」／意為「非……」。
選項2「をものともせず」／意為「不把……放在眼裡」、「不怕……」。
選項3「にほかならず」／意為「正是……」。
選項4「のいかんにかかわらず」／意為「不管……都……」。

譯文：無論是贊成或反對，都請一定要表達自己的意見。

14. 学歴や年齢の（　　）、新入社員にボーナスの支給はない。

1　そばから
2　ないまでも
3　次第にしては
4　いかんによらず

14・答案：4

選項1「そばから」／意為「剛……就……」。
選項2「ないまでも」／意為「即使不……也……」。
選項3「次第にしては」／是錯誤的表達方式。
選項4「いかんによらず」／意為「不管……都……」。

譯文：無論學歷和年齡是什麼狀況，只要是新員工，都不會發放獎金。

二、次の文の　★　に入る最もよいものを、1・2・3・4から一つ選びなさい。

練習問題	解說

（問題例）
あそこで＿＿＿＿　＿＿＿＿
＿★＿ ＿＿＿＿は田中さんです。

1　テレビ
2　見ている
3　を
4　人

答案：2

題幹：あそこでテレビを見ている人は田中さんです。

解析：本題測驗「見ている」，意為「看著」。

譯文：在那邊看著電視的人是田中先生。

15. 今年で歌手生活50周年を迎えました。ひとえに＿＿＿＿　＿＿＿＿ ＿★＿ ＿＿＿＿です。

1　あっての
2　ファンの
3　50年
4　みなさま

15・答案：1

題幹：今年で歌手生活50周年を迎えました。ひとえにファンのみなさまあっての50年です。

解析：本題測驗「あっての」，前項通常接名詞，意為「有了……才能……」。

譯文：今年是我歌手生涯的50週年，這全部都是因為有粉絲們（的支持），我才能走過這50年。

16. 彼は少しもバイトをしないで全く＿＿＿＿ ＿＿＿＿ ＿★＿ ＿＿＿＿。

1　送金を
2　両親
3　あてにする
4　からの

16・答案：1

題幹：彼は少しもバイトをしないで全く両親からの送金をあてにする。

解析：本題測驗「～をあてにする」，前項接名詞，意為「依靠……」。

譯文：他根本不出去打工，全靠父母寄來的生活費生活。

17. 「そりゃいくらなんでも無理がある」と思いましたが、＿＿＿ ＿＿＿ ＿★＿ ＿＿＿。

1 ではない
2 あながち
3 かもしれません
4 そう

17・答案：2

題幹：「そりゃいくらなんでも無理がある」と思いましたが、あながちそうではないかもしれません。

解析：本題測驗「あながち」，後項多接否定的表達方式，意為「未必……」。

譯文：我原以為這是絕不可能做到的，但也許未必如此。

---

18. 怒った民衆は町中で暴動を起こした。人々の目の中にあるのは、＿＿＿ ＿＿＿ ＿★＿ ＿＿＿。

1 何もの
2 もはや
3 狂気以外の
4 でもなかった

18・答案：1

題幹：怒った民衆は町中で暴動を起こした。人々の目の中にあるのは、もはや狂気以外の何ものでもなかった。

解析：本題測驗「〜以外の何ものでもない」，前項通常接名詞或動詞原形，意為「不外乎是……」。

譯文：憤怒的民眾在全城掀起了暴動，人們眼中只有瘋狂。

---

19. ＿＿＿ ＿＿＿ ＿★＿ ＿＿＿、失礼しました。ごめんなさい。

1 を言って
2 言わず
3 のこと
4 もがな

19・答案：3

題幹：言わずもがなのことを言って、失礼しました。ごめんなさい。

解析：本題測驗「言わずもがな」，意為「……不必説，最好別説」。

譯文：我說了不該說的話，對不起。

—— 文法一覽表 ——

❶ 父がどんなに反対しようとも一生この人と添い遂げるつもりだ。
→不管……；即使……；不論……

❷ 彼は忙しかろうが、暇だろうが、毎日お酒を飲むことを忘れない。
→不管是……還是……

❸ 勉強しようがしまいが、その結果の責任は自分にある。
→不管是否……

❹ あまりにも寒くて布団から出ようにも出られない。
→即使想要……也無法……

❺ 何をしようと私の自由でしょう。あなたにそんなことをやるなと言われる覚えはない。
→不曾……過；你沒有資格……

❻ 注文した覚えはない。
→不記得……

❼ ここまで一緒に頑張ってきた社員を解雇するのは断腸の思いです。
→感覺……；覺得……

❽ 話の内容が内容だけに発表する時期を慎重に決めなければならない。
→畢竟……；正因為……

❾ みんなで努力したかいがあって50周年プロジェクトは大好評だった。
→……（沒）有達到應有的效果；（不）值得……

❿ 大学入試に合格するには、努力が欠かせない。
→……不可或缺

⓫ こんな漢字も読めないなんて恥ずかしい限りだ。
→非常……；極其……

—— 文法解析 ——

❶ ～（よ）うが／～（よ）うと／～（よ）うとも　不管……；即使……；不論……

解說 表示逆接條件，不管前項如何，後項都成立。
句型 動詞意向形
イ形容詞語幹＋かろう
ナ形容詞語幹＋であろう　＋が/と/とも
名詞＋であろう

- 娘が何と言おうと無職の男と結婚させるわけにはいかない。
  無論女兒說什麼,我都不能讓她跟一個沒有工作的男人結婚。
- 父がどんなに反対しようとも一生この人と添い遂げるつもりだ。
  無論父親怎麼反對,我都打算跟這個人過一輩子。
- その本がいかに安かろうと、内容が面白くなければ買わないことにする。
  不管那本書多麼便宜,如果內容無趣,我是不會買的。
- 生活がどんなに大変であろうが、母は一度もため息をついたことがない。
  不管生活如何艱辛,媽媽都沒有嘆過氣。

注意事項 後項一般為表示意志、決心或是像「自由だ(自由的)」、「勝手だ(隨意的)」、「関係ない(沒有關係)」等的表達方式。經常與疑問詞「だれ」、「何」、「いつ」、「どこ」及副詞「どんなに」等一起使用。

❷ ～(よ)うが～(よ)うが/～(よ)うと～(よ)うと 不管是……還是……

解說 表示不管發生什麼,或者表示無論採取什麼行動,後面的事項都照樣成立。
句型 動詞意向形＋が/と＋動詞意向形＋が/と
イ形容詞語幹＋かろうが/かろうと＋イ形容詞語幹＋かろうが/かろうと
ナ形容詞語幹＋だろうが/だろうと＋ナ形容詞語幹＋だろうが/だろうと

- 道具を借りようが、買おうが、どちらでもかまわない。
  工具無論要借還是要買都行,無所謂。
- 彼は忙しかろうが、暇だろうが、毎日お酒を飲むことを忘れない。
  他不管是忙還是閒,每天都不會忘記喝酒。

注意事項 該句型的意思等於「たとえ～でも～でも」、「～の場合でも～の場合でも」,與句型「～だろうが～だろうが」意思相同。

❸ ～(よ)うが～まいが/～(よ)うと～まいと 不管是否……

解說 表示不管前項如何,後項都不受前項的限制。
句型 五段動詞意向形＋が/と＋五段動詞辭書形＋まいが/まいと
一段動詞意向形＋が/と＋一段動詞辭書形/一段動詞ます形＋まいが/まいと
サ變動詞的接續:しよう＋が＋するまいが/すまいが/しまいが
力變動詞的接續:来よう＋が＋くるまいが/こまいが

- 雨が降ろうが降るまいが、試合は予定通りに行われる。
  不管是否下雨,比賽都會如期舉行。
- 恋人がいようといまいとパーティーに参加するのはその人の自由だ。
  無論他有沒有戀人,參加聚會都是他的個人自由。

・勉強しようがしまいが、その結果の責任は自分にある。
無論讀不讀書，責任都在你自己。

注意事項 前後使用同一動詞的「肯定推量」與「否定推量」來表示「不管是否……」的意思。

❹ ～(よ)うにも～ない 即使想要……也無法……

解說 表示由於客觀的原因，即使想做某事也無法做到。
句型 動詞意向形＋にも＋（同じ）動詞可能形のない形＋ない

・飛行機が欠航して東京に戻ろうにも戻れなくなった。
航班停飛了，想回東京也回不了。

・いろいろな人に迷惑をかけるので真相を話そうにも話せない。
我想説實話又沒法説，因為會給很多人添麻煩。

・あまりにも寒くて布団から出ようにも出られない。
天氣太冷了，我想起床都起不來。

注意事項 前後使用同一動詞。該動詞只能是意志動詞。

❺ ～覚え(は)ない A：不曾……過；你沒有資格……

B：不記得……

A：不曾……過；你沒有資格……

解說 表示「我不曾有過被你……」或「你沒有資格……」的意思。
句型 動詞受身形の辞書形＋覚えはない

・君に殴られる覚えはない。
你憑什麼打我？

・何をしようと私の自由でしょう。あなたにそんなことをやるなと言われる
覚えはない。

要做什麼是我的自由吧！你沒有資格説我不能那麼做。

・子供から「あんたに怠け者だと非難される覚えはない」と言われたことが
ある。
孩子曾經跟我説過：「你沒有資格説我懶。」

注意事項 「～ えはない」在表示這個意思的時候，一般含有譴責對方之意。

B：不記得……

解說 表示自己並不記得有過某種經歷。
句型 動詞た形＋覚えはない

- 注文した覚えはない。
  我不記得我下過單。
- 私は確かにそんな植物を植えた覚えはない。
  我確實不記得我種過那種植物。
- あんたに「助けてほしい」なんて言った覚えはない。
  我不記得我有要你幫忙。

注意事項 「～ えはない」有時還可用於在別人指責自己時的自我辯解。

❻ ～思いをする／～思いだ **感覺……；覺得……**

解說 表示內心的感受。

句型
動詞辞書形
イ形容詞辞書形 ┐
ナ形容詞な形 ┘ ＋思いをする/思いだ

- 悲しい思いをしたことのある人ほど人にやさしくなれる。
  越是有過悲傷經歷的人，越能友善地對待別人。
- 生徒に嫌な思いをさせることなく注意する方が一番いいですよ。
  在提醒學生時最好不要讓他們覺得不舒服。
- ここまで一緒に頑張ってきた社員を解雇するのは断腸の思いです。
  要解雇一起奮鬥至今的員工，實在是心如刀割。

注意事項 在敘述過去的經歷時要用「～思いをした」、「～思いだった」。多接在表示感情的詞之後。

❼ ～が～だけに **畢竟……；正因為……**

解說 前後接同一名詞，表示「從該名詞的性質考慮，理所當然地……」的意思，後面接因其而產生的必然結果。

句型 名詞＋が＋名詞＋だけに

- 話の内容が内容だけに発表する時期を慎重に決めなければならない。
  因為這件事的內容很重要，所以必須慎重地選擇公開的時機。
- 大きさが大きさだけに、買っても部屋に入らないよ。
  實在是太大了，買了家裡也放不下啊！
- 名前が名前だけに、皆に覚えてもらいやすい。
  這個名字非常好記。

注意事項 「ことがことだけに」是一種慣用表達方式，表示「事情非同小可」的意思。

❽ ～かいがある／～かいがない／～かいもなく
……（沒）有達到應有的效果；（不）值得……

解說 「かい」對應的漢字為「甲斐」，表示的意思是「效果」、「價值」、「用處」。
該句型的肯定形式表示前項的行為有了預期的效果或得到了回報，否定形式表示
沒有效果或沒有得到回報。

句型 動詞た形
名詞＋の ┐＋かいがある／かいがない／かいもなく

• みんなで努力したかいがあって50周年プロジェクトは大好評だった。
大家的努力沒有白費，50週年紀念活動大受好評。

• また計画を変更するの？みんなが歩み寄って意見を調整したかいがなくな
るんじゃない。
又要改計畫？我們費了半天勁才達成一致意見，這樣就不就白費力氣了嗎？

• 看病のかいもなく昨日息を引き取られました。
儘管我們盡心看護，但昨天他還是嚥下了最後一口氣。

注意事項 「動詞ます形＋がい」表示「～價值」、「～意義」，例如：生きがい、
やりがい。

❾ ～が欠かせない ……不可或缺

解說 表示某事或某物的必要性。

句型 名詞＋が欠かせない

• 美味しい料理を作るには食べてほしいという気持ちが欠かせない。
想要做出可口的美食，就必須要有想請別人品嚐的心情。

• 私たちの日常生活には、ガス、水道、電気などのライフラインが欠かせま
せん。
在我們的日常生活中，瓦斯、自來水、電等生活基礎設施是不可缺少的。

• 大学入試に合格するには、努力が欠かせない。
要想考上大學，必須要努力。

注意事項 「欠かせない」與「欠かさない」容易混淆。兩者的詞性不同，前者為動
詞「欠かす」可能形的否定形式，表示「沒有……就無法……」。後者僅
為「欠かす」的否定形式，如「欠かさず出席する（從未缺席）」。

❿ ～限りだ 非常……；極其……

解說 前項接表示心情的詞語，表示某種情緒極其激烈。

句型 イ形容詞辞書形
ナ形容詞な形 ┐＋限りだ

- 卒業生が学校を訪ねてくれるのは教師として嬉しい限りだ。
  學生畢業之後又回學校來探訪，我作為老師感到非常高興。
- 小さな娘は一人で外国で暮らすのは心配な限りだ。
  女兒小小年紀就一個人在國外生活，我非常擔心。
- こんな漢字も読めないなんて恥ずかしい限りだ。
  連這個漢字都不會唸，真是羞愧至極。

注意事項 意思相近的句型有：「～の至り」、「～極まる」、「～の極みだ」、
「～極まりない」、「～と言ったらない」、「～のなんのって」、
「～てたまらない」、「～てしかたがない」等等。

───── 即刻挑戰 ─────

一、次の文の（　　　）に入れるのに最もよいものを、1・2・3・4から一つ選びな
さい。

練習問題	解説

1. 試合に勝つことができる
なんて、必死に練習した
（　　　）ね。
1　きらいがある
2　かいがあった
3　そばから
4　までもない

1・答案：2
選項1「きらいがある」／意為「有……的傾向」。
選項2「かいがあった」／意為「值得……」。
選項3「そばから」／意為「剛……就……」。
選項4「までもない」／意為「不必……」。
譯文：竟然贏了比賽，不枉我們拚命訓練。

2. 明日までに仕上げなけれ
ばならないから、
（　　　）寝られない。
1　寝るつもりでも
2　寝たいから
3　寝るまいが
4　寝ようにも

2・答案：4
選項1「寝るつもりでも」／意為「打算睡……」。
選項2「寝たいから」／意為「因為想睡……」。
選項3「寝るまいが」／意為「雖然不想睡……」。
選項4「寝ようにも」／意為「即使想睡……」。
譯文：明天之前要完成（這些工作），所以即使想睡也
沒法睡。

3. 料理を食べようが
（　　　）、パーティーの
参加費は同じだ。
1　食べないと
2　食べよう
3　食べまいが
4　食べても

3・答案：3
選項1「食べないと」／意為「如果不吃……」。
選項2「食べよう」／意為「要吃……」。
選項3「食べまいが」／意為「不吃……」。
選項4「食べても」／意為「即使吃……」。
譯文：無論吃不吃飯，晚會的參加費都是一樣的。

4. いかに（　　）、品質が
よくなければ買おうとは
思わない。

1　安かろうと
2　安いと
3　安かったと
4　安くて

4・答案：1

選項1「安かろうと」／與前項的「いかに」搭配，意為「無論多便宜……」。

選項2「安いと」／無法與前項的「いかに」搭配。

選項3「安かったと」／無法與前項的「いかに」搭配。

選項4「安くて」／無法與前項的「いかに」搭配。

譯文：無論多便宜，如果品質不好的話，我是不會買的。

---

5. 雨が（　　）、風が吹こ
うと、明日は必ず旅行に
行きます。

1　降るなら
2　降ると
3　降ろうと
4　降ったら

5・答案：3

選項1「降るなら」／意為「如果下雨」。

選項2「降ると」／意為「一下雨」。

選項3「降ろうと」／意為「即使下雨……」。「動詞意向形＋と＋動詞意向形＋と」表示不管發生什麼，後面的事項都照樣成立。

選項4「降ったら」／意為「如果下了雨」。

譯文：無論颱風還是下雨，明天都要去旅行。

---

6. 貯金した（　　）全部パ
チンコでなくしてしまっ
た。

1　こととて
2　かたがた
3　ところでも
4　かいもなく

6・答案：4

選項1「こととて」／意為「因為……」。

選項2「かたがた」／意為「順便……」。

選項3「ところでも」／是錯誤的表達。

選項4「かいもなく」／意為「不值得……」。

譯文：枉費我這麼辛苦地存錢，結果全都打柏青哥揮霍掉了。

---

7. 先週ホームで楽しい
（　　）ので、またまた
今週も行ってしまいまし
た。

1　思いをした
2　思いな
3　思いしなかった
4　思いではなかった

7・答案：1

選項1「思いをした」／意為「覺得……」。

選項2「思いな」／是錯誤的表達。

選項3「思いしなかった」／是錯誤的表達。

選項4「思いではなかった」／是錯誤的表達。

譯文：上週在安養院玩得很開心，所以這週我又跑去了。

8. あんなに努力したのに、失敗するなんて、悔しい（　　）。

1 ばかりです
2 至りです
3 限りです
4 いかんです

8・答案：3

選項1「ばかりです」／意為「只等……」。

選項2「至りです」／意為「非常……」，多接在漢語詞之後。

選項3「限りです」／意為「非常……」。

選項4「いかんです」／意為「根據……」。

譯文：這麼努力還是失敗了，真是不甘心。

---

9. どんなに（　　）が、彼はそんな高い品物を買うわけにはいかない。

1 勧められた
2 勧められよう
3 勧められる
4 勧められたから

9・答案：2

選項1「勧められた」／無法與前項的「どんなに」搭配。

選項2「勧められよう」／與前項的「どんなに」搭配，意為「無論被如何勸説」。

選項3「勧められる」／無法與前項的「どんなに」搭配。

選項4「勧められたから」／無法與前項的「どんなに」搭配。

譯文：無論被如何勸説，他都不能買這麼貴的東西。

---

10. 誰が誘いに（　　）と、彼女は決してパーティーに行かない。

1 来よう
2 来る
3 来ない
4 来るまい

10・答案：1

選項1「来ようと」／與前項的「誰が」搭配，意為「無論誰來……」。

選項2「来ると」／表示「如果來」。

選項3「来ないと」／表示「如果不來」。

選項4「来るまいと」／表示「如果不來」。

譯文：無論誰來邀請，她都絕不赴宴。

---

11. 今さら私が何を（　　）、彼は倒れるまでやり続けるだろう。

1 言おうと
2 言いながら
3 言うおかげで
4 言ったはずで

11・答案：1

選項1「言おうと」／意為「無論説什麼」。

選項2「言いながら」／意為「一邊説」。

選項3「言うおかげで」／意為「多虧要説」。

選項4「言ったはずで」／意為「應該説了」。

譯文：事到如今，無論我說什麼，他都會堅持做下去，直到他累倒吧。

12. 皆様方からどのような
ご批判を（　　）、職
を辞さず続けていきた
いと思っております。

1　受けたといえば
2　受けたにもかかわらず
3　受けようとも
4　受けようにも

12・答案：3

選項1「受けたといえば」／無法與前項的「どのような」搭配。

選項2「受けたにもかかわらず」／無法與前項的「どのような」搭配。

選項3「受けようとも」／與前項的「どのような」搭配，意為「無論受到……」。

選項4「受けようにも」／無法與前項的「どのような」搭配。

譯文：無論受到什麼批評，我都會繼續做下去，絕不辭職。

13. どんな意見をネットに
アップ（　　）自由だ
が、根拠もなく誹謗中
傷する事だけはやめな
ければならない。

1　する以上
2　しつつも
3　しようと
4　している限りは

13・答案：3

選項1「する以上」／意為「既然……」。

選項2「しつつも」／意為「一邊……」。

選項3「しようと」／意為「無論……」。

選項4「している限りは」／意為「只要……」。

譯文：無論在網上發表什麼觀點，都是個人自由，但不能進行毫無根據的誹謗中傷。

14. 親が反対（　　）、成
人の結婚は法律で認め
られている。

1　しないとばかりに
2　したそばから
3　しようとしまいと
4　するとすれば

14・答案：3

選項1「とばかりに」／意為「幾乎就要說……」、「顯出……的樣子」。

選項2「そばから」／意為「剛……就……」。

選項3「しようとしまいと」／意為「不管是否……」。

選項4「するとすれば」／意為「假設做……」。

譯文：無論父母是否反對，成年人結婚都是受法律認可的。

15. 周囲からの圧力が強す
ぎて、公平な記事を書
こうにも（　　）。

1　書けない
2　書こうとしない
3　書かない
4　書きたくない

15・答案：1

選項1「書けない」／與前項「書こうにも」搭配，意為「想寫也不能寫」。

選項2「書こうとしない」／無法與前項「書こうにも」搭配。

選項3「書かない」／無法與前項「書こうにも」搭配。

選項4「書きたくない」／無法與前項「書こうにも」搭配。

譯文：周圍施加的壓力太大了，即使想公正地撰寫報導也沒辦法。

16.

16. 何時に帰ってくるのかわ
からなければ、夕食を作
ろうにも（　　　）。

1　作れない
2　作らない
3　作りかねない
4　作ろうとしない

16・答案：1

選項1「作れない」／意為「不能做」。

選項2「作らない」／意為「不做」。

選項3「作りかねない」／意為「有可能做」。

選項4「作ろうとしない」／意為「不願做」。

譯文：不知道你幾點回來的話，我想做晚飯也沒辦法
做。

---

17. こんなに頻繁に電話が
かかってきたら、仕事
を（　　　）終わらせら
れない。

1　終わらせるかたわら
2　終わらせつつ
3　終わらせるがはやいか
4　終わらせようにも

17・答案：4

選項1「終わらせるかたわら」／意為「一邊完成……一
邊……」。

選項2「終わらせつつ」／意為「一邊完成……一邊……」。

選項3「終わらせるがはやいか」／意為「一完成就……」。

選項4「終わらせようにも」／意為「即使想完成也……」。

譯文：這麼頻繁地打電話來，我即使想完成工作也沒辦
法。

---

18. 昔は若者が非難されて
いたが、中高年のモラ
ルの低下は嘆かわしい
（　　　）。

1　きりだ
2　かぎりだ
3　ほどだ
4　ぐらいだ

18・答案：2

選項1「きりだ」／意為「只是……」。

選項2「かぎりだ」／意為「非常……」、「……之極」。

選項3「ほどだ」／表示程度。

選項4「ぐらいだ」／表示程度。

譯文：從前，年輕人常被抨擊，但中老年人的道德低下
也令人感慨。

二、次の文の＿＿★＿＿に入る最もよいものを、1・2・3・4から一つ選びなさい。

練習問題	解説

19. 床屋に行かなくなった
のは、＿＿＿＿　★＿＿
＿＿＿　＿＿＿。

1　からではない
2　不愉快な
3　をした
4　思い

19・答案：4

題幹：床屋に行かなくなったのは、不愉快な思いをしたか
らではない。

解析：本題測驗「～思いをする」，前項接各種用言的連體
形，意為「覺得……」。

譯文：我後來不再去理髮店了，但並不是因為覺得不愉
快。

20. 当日はとても緊張しましたが、＿＿＿＿ ★ ＿＿＿ ＿＿＿＿。

1　があって
2　ができました
3　練習のかい
4　合格すること

20・答案：3

題幹：当日はとても緊張しましたが、練習のかいがあって合格することができました。

解析：本題測驗「～かいがあって」，意為「值得……」。

譯文：當天很緊張，不過平時的練習沒有白費，總算錄取了。

---

21. ＿＿＿＿ ＿＿＿ ★ ＿＿＿＿、私は彼女と付き合っています。

1　反対
2　しまいが
3　両親が
4　しようが

21・答案：4

題幹：両親が反対しようがしまいが、私は彼女と付き合っています。

解析：本題測驗「～ようが～まいが」，意為「不管是否……」。

譯文：不管父母是否反對，我都要和她交往。

---

22. 息子が大学で＿＿＿＿ ＿＿＿＿ ＿＿＿ ★。

1　限りです
2　をもらって
3　嬉しい
4　奨学金

22・答案：1

題幹：息子が大学で奨学金をもらって嬉しい限りです。

解析：本題測驗「限りです」，前項通常接形容詞和形容動詞的連體形，意為「非常……」。

譯文：兒子在大學獲得了獎學金，非常高興。

---

23. 荷物が重くて、＿＿＿＿ ＿＿＿＿ ★ ＿＿＿。

1　にも
2　持てなかった
3　一人で
4　持とう

23・答案：1

題幹：荷物が重くて、一人で持とうにも持てなかった。

解析：本題測驗「～（よ）うにも～ない」，意為「即使想要……也無法……」。

譯文：行李太重了，一個人想拿也拿不動。

—— 文法一覽表 ——

❶ スマホを落としたが最後、個人情報が盗み取られる。
→既然……就必須……；一……就非得……

❷ 結婚のお祝いかたがた同僚の自宅を訪ねた。
→順便……；兼……

❸ 子育てのかたわら執筆活動もてがけている。
→一邊……一邊……；……同時

❹ 犬の散歩がてら近所のペットショップで餌を買った。
→順便……

❺ ドアを開けるが早いか猫が外に飛び出してしまった。
→剛一……就……

❻ 一万人からある応募者の中からたった一人選ばれた。
→竟有……之多；……以上

❼ 間に合ったからいいようなものの、乗り遅れたらどうするんだ？
→幸好……否則……

❽ 水は水素と酸素からなっている。
→由……構成；由……組成

—— 文法解析 ——

❶ ～が最後（さいご） 既然……就必須……；一……就非得……

解説 表示「某事一發生就必定……」的意思。
句型 動詞た形＋が最後

- スマホを落（お）としたが最後（さいご）、個人情報（こじんじょうほう）が盗（ぬす）み取（と）られる。
  手機一旦丟失就糟了，個人資訊會被竊取。

- うちの子（こ）はアイスクリームが大好（だいす）きで、一口食（ひとくちた）べたが最後（さいご）、止（と）まらなくなる。
  我家的孩子非常喜歡冰淇淋，吃了一口就停不下來。

- ここで会（あ）ったが最後（さいご）、謝（あやま）ってもらうまでは逃（に）がしはしない。
  既然今天在這裡碰到了，你就必須和我道歉，否則我不會放你走。

注意事項 後項通常為表示說話者意志的相關表達，或必然發生的狀況。

❷ ～かたがた　順便……；兼……

解說 表示利用做前項的機會，順便做後面的事項。
句型 名詞＋かたがた

- 出張かたがたご当地の名物に舌鼓を打った。
  出差時順便品嚐當地的美食。
- 結婚のお祝いかたがた同僚の自宅を訪ねた。
  我去了同事家，祝賀他新婚之喜。
- 散歩かたがた友達の家を訪ねることにした。
  我散步時，順便拜訪了朋友。

注意事項 接在動作性名詞後面，表示一種行為兼具兩種目的，即同一主詞在相同的
時間段之內同時進行前項與後項（沒有先後順序），且前項為主要行為，
後項為次要行為。多用於正式場合或書信中。

❸ ～かたわら　一邊……一邊……；……同時

解說 表示除了主要的工作外，還在業餘時間做後面的事項。
句型 動詞辞書形
　　　　名詞＋の　　┤＋かたわら

- 子育てのかたわら執筆活動もてがけている。
  我一邊帶孩子，一邊寫作。
- 本業のかたわらボランティア活動も続けている。
  除了本職工作外，我還持續參與志工活動。
- 講演活動のかたわら大学の名誉教授も務めている。
  我在開展演講活動的同時，還兼任大學的名譽教授。

注意事項 前項為主要工作，後項為次要工作。前項與後項分別在不同時間內進行，
且多用於習慣性的行為。

❹ ～がてら　順便……

解說 表示利用做前項的機會，順便做後面的事項。
句型 動詞ます形
　　　　名詞　　　┤＋がてら

- 駅で友達を待ちがてら、小説を読むことにする。
  在車站等待朋友時，我打算順便讀一下小説。
- 新刊を買いに本屋に行きがてら漫画のコーナーも一通り見てみた。
  去書店買新出版的書時，順便看了一下漫畫專區。

• 犬の散歩がてら近所のペットショップで餌を買った。
我去遛狗時，順便在附近的寵物店裡買了狗糧。

注意事項 前項與後項是在同一時段內進行的，且前項為主要行為，後項為次要行為。一般用於口語形式。

❺ ～が早いか　剛一……就……

解說 表示後項的動作幾乎和前項同時發生。
句型 動詞辞書形＋が早いか

• ドアを開けるが早いか猫が外に飛び出してしまった。
我一打開門，貓就衝到屋外去了。

• このところ残業が続いていたので、家に帰るが早いか倒れるように寝込んでしまった。
最近經常加班，所以一回到家就立刻倒頭大睡。

• パトカーの音がするが早いか、暴走族は逃げ出した。
一聽到警車的鳴笛聲，飆車族就逃跑了。

注意事項 常用於書面語。意思相近的句型有：「～とたんに」、「～次第」、「～（か）と思うと」、「～（か）と思ったら」、「～か～ないかのうちに」、「～が早いか」、「～なり」、「～や否や」等等。

❻ ～からある/～からの　竟有……之多；……以上

解說 接在表示數量的名詞後，表示數量、大小、重量、長度等超過某數值。
句型 名詞＋からある/からの

• 釣りの名人と言われるあの人は、漁に出るたびに10キロからある魚を見事に釣り上げる。

那名釣魚高手每次都能釣到10公斤重的魚。

• 一万人からある応募者の中からたった一人選ばれた。
從1萬名應聘者當中選出了一個人。

• あの地震では、二万人からの人々が家を失った。
在那次地震中，兩萬多人流離失所。

注意事項 表示價值或強調金錢數量時，一般使用「～からする」的形式。

❼ ～からいいようなものの/～からよかったものの　幸好……否則……

解說 表示因為前面的事項，才沒有造成很嚴重的後果。

句型 ［動詞、イ形容詞］の普通形＋からいいようなものの/からよかったものの
　　　［名詞、ナ形容詞語幹］＋だ＋からいいようなものの/からよかったものの

- 間に合ったからいいようなものの、乗り遅れたらどうするんだ？
  幸好趕上了，如果沒搭上車那可怎麼辦啊！
- 私がいたからよかったものの、こんな難しい文章はどうやって翻訳するつもりだったの？幸虧有我在，不然這麼難的文章你打算怎麼翻譯呢？
- 何事もなかったからよかったものの、何か起こしていたら退学か留年くらいにはなっていただろう。
  幸好沒發生什麼事，如果發生了什麼事情，那即使不被退學也要留級吧。

注意事項 言外之意是，雖然避免了最壞的事態，但也不是很好。含有責備、指責的語氣。

⑧ 〜からなる　由……構成；由……組成

解説 表示某種事物、物質等的構成要素。
句型 名詞＋からなる

- このような不祥事を二度と起こさないために、第三者からなる調査委員会が発足した。

  為了防止這種醜聞再次發生，成立了由第三方組成的調查委員會。
- 水は水素と酸素からなっている。水由氫元素和氧元素組成。
- それは3章からなる短編小説なのです。那是由三章構成的短篇小說。

注意事項 用在句尾時常用「〜からなっている」的形式。也可以採用「〜と〜とからなる」的形式表示「由……和……組成」的意思。

─── 即刻挑戰 ───

一、次の文の（　　）に入れるのに最もよいものを、1・2・3・4から一つ選びなさい。

練習問題	解說
1. 石木ダムの地盤はどんな地質（　　）のですか。 1 からあっている 2 からなっている 3 からたっている 4 からおいている	1・答案：2 選項1「からあっている」／是錯誤的表達。 選項2「からなっている」／意為「由……構成」。 選項3「からたっている」／是錯誤的表達。 選項4「からおいている」／是錯誤的表達。 **譯文：石木水壩的地基是由什麼構成的？**

2. 二つの荷物のうち、一つは何とか手元に届いたから（　　）、もう一つの荷物はいったいどうなるか。

1　いいようだが
2　いいものの
3　いいようなものの
4　いいらしいが

2・答案：3

選項1「いいようだが」／無法與前項「から」搭配。
選項2「いいものの」／無法與前項「から」搭配。
選項3「いいようなものの」／與前項「から」搭配，意為「幸好……否則……」。
選項4「いいらしいが」／無法與前項「から」搭配。

譯文：這兩件行李，一件幸好已經送到了，但另一件不知會如何。

---

3. 彼女がいったんしゃべり始めた（　　）、長々と話が続いて終わらない。

1　以上は
2　限りは
3　次第では
4　が最後

3・答案：4

選項1「以上は」／意為「既然……」。
選項2「限りは」／意為「只要……」。
選項3「次第では」／意為「根據……」。
選項4「が最後」／意為「一……就非得……」。

譯文：她一開始說話就要說上好久，老半天也停不下來。

---

4. このデモには、400人（　　）人たちが集まりました。

1　からの
2　から
3　からなる
4　から来る

4・答案：1

選項1「からの」／意為「竟有……之多」。
選項2「から」／意為「從……」。
選項3「からなる」／意為「由……構成」。
選項4「から来る」／意為「從……而來」。

譯文：這次遊行的參加者竟有400人之多。

---

5. 旅行（　　）、各地の料理を食べてみるのが好きです。

1　の極み
2　がてら
3　まみれ
4　はおろか

5・答案：2

選項1「の極み」／意為「非常……」、「……之極」。
選項2「がてら」／意為「順便……」。
選項3「まみれ」／意為「沾滿……」。
選項4「はおろか」／意為「別説……就連……」。

譯文：我喜歡在旅行途中順便品嚐各地美食。

---

6. 故郷からの友達を案内（　　）、銀座でウインドーショッピングをしていた。

1　かたがた
2　ぬきで
3　のみならず
4　ゆえに

6・答案：1

選項1「かたがた」／意為「順便……」。
選項2「ぬきで」／意為「省去……」。
選項3「のみならず」／意為「不僅……而且……」。
選項4「ゆえに」／意為「因為……」。

譯文：我帶同鄉老友去玩時，順便逛了一下銀座。

7. 彼は教授として研究をする（　　）、好きな作家の翻訳をするそうだ。
1　ものの
2　どころか
3　かたわら
4　にかかわらず

7・答案：3

選項1「ものの」／意為「雖然……但是……」。

選項2「どころか」／意為「豈止……」。

選項3「かたわら」／意為「一邊……」。

選項4「にかかわらず」／意為「無論……都……」。

譯文：聽說他一邊作為教授研究學術，一邊翻譯喜歡的作家作品。

8. 買い物（　　）、デパートの特設会場で行われている撮影展を見ていた。
1　と思いきや
2　かたがた
3　ながらに
4　そばから

8・答案：2

選項1「と思いきや」／意為「本來以為……」。

選項2「かたがた」／意為「順便……」。

選項3「ながらに」／意為「一邊……」。

選項4「そばから」／意為「剛……就……」。

譯文：我去購物時，順便參觀了百貨裡特設的攝影展。

9. その蛇の姿を見る（　　）、皆は大声で叫びました。
1　からには
2　とあれば
3　いかんでは
4　が早いか

9・答案：4

選項1「からには」／意為「既然……」。

選項2「とあれば」／意為「如果是……」。

選項3「いかんでは」／意為「根據……」。

選項4「が早いか」／意為「剛……就……」。

譯文：大家一看見蛇就大叫起來。

10. 散歩（　　）、ウインドーショッピングをしていて好きなスカートを見付けた。
1　がちに
2　とあって
3　がてら
4　ごとき

10・答案：3

選項1「がちに」／意為「容易……」。

選項2「とあって」／意為「因為……」。

選項3「がてら」／意為「順便……」。

選項4「ごとき」／意為「如……」、「像……一樣」。

譯文：我去散步時順便逛了街，看到一件喜歡的裙子。

11. うちの猫は外にいったが（　　）、お腹がすくまでもどって来ない。
1　終わり
2　始末
3　しまい
4　最後

11・答案：4

選項1「終わり」／無法與前項「が」搭配。

選項2「始末」／無法與前項「が」搭配。

選項3「しまい」／無法與前項「が」搭配。

選項4「最後」／與前項「が」搭配，意為「一……就非得……」。

譯文：我家的貓一跑出去就要等到肚子餓了才會回來。

12. さようならと（　　）
最後、二度と私の前に
は現れなかった。

1　言ったが
2　言うのに
3　言っても
4　言うものの

12・答案：1

選項1「言ったが」／與後項「最後」搭配，意為「一……
就非得……」。
選項2「言うのに」／無法與後項「最後」搭配。
選項3「言っても」／無法與後項「最後」搭配。
選項4「言うものの」／無法與後項「最後」搭配。
譯文：他與我道別之後，就再也沒有在我面前出現過。

---

13. 政治家は不正を行った
（　　）、二度と市民
の信頼は得られない。

1　そばから
2　とたんに
3　ところで
4　がさいご

13・答案：4

選項1「そばから」／意為「剛……就……」。
選項2「とたんに」／意為「一……就……」。
選項3「ところで」／意為「即使……」。
選項4「がさいご」／意為「一……就非得……」。
譯文：政治家一旦做了壞事，就再也無法獲得市民的信
任。

---

14. 隣のお宅に用事があっ
たものですから、ご挨拶
（　　）伺いました。

1　につき
2　ゆえに
3　かたがた
4　と言わず

14・答案：3

選項1「につき」／意為「因為……」。
選項2「ゆえに」／意為「因為……」
選項3「かたがた」／意為「順便……」。
選項4「と言わず」／意為「無論……」。
譯文：我因為有事要找鄰居，所以順便過去拜訪了一
下。

---

15. 彼らは芸能活動の
（　　）、養護施設を訪
問して子供たちに生きる
勇気を与えている。

1　かたわら
2　そばから
3　ながら
4　がてら

15・答案：1

選項1「かたわら」／意為「一邊……」。
選項2「そばから」／意為「剛……就……」。
選項3「ながら」／意為「一邊……」。
選項4「がてら」／意為「順便……」。
譯文：他們從事演藝活動之餘，還經常去育幼院，提供
孩子們活下去的勇氣。

16. 彼は音楽家の（　　）、作家としての顔も持っている。

1　かたわら
2　あまり
3　うちに
4　いかんで

16・答案：1

選項1「かたわら」／意為「一邊……」。
選項2「あまり」／意為「太……」。
選項3「うちに」／意為「在……過程中」。
選項4「いかんで」／意為「根據……」。

譯文：他是音樂家，同時還是作家。

---

17. この問題を話し合い（　　）残っている前回の課題も片付けてしまおう。

1　がてら
2　につれて
3　にともなって
4　かたわら

17・答案：1

選項1「がてら」／意為「順便……」。
選項2「につれて」／意為「隨著……」。
選項3「にともなって」／意為「隨著……」。
選項4「かたわら」／意為「一邊……」。

譯文：談論這個問題時，順便解決上次遺留的課題吧。

二、次の文の　★　に入る最もよいものを、1・2・3・4から一つ選びなさい。

| 練習問題 | 解說 |

18. その学生は8歳なのに_____ ★ _____ _____。

1　道を歩いて
2　毎日20キロ
3　学校に来る
4　からある

18・答案：4

題幹：その学生は8歳なのに毎日20キロからある道を歩いて学校に来る。
解析：本題測驗「～からある」，前項接名詞，意為「竟有……之多」。

譯文：那個學生只有8歲，但卻每天走長達20公里的路來上學。

---

19. 朝の地下鉄には_____ _____ ★_____、乗客がどっと乗り込んでくる。

1　が
2　開く
3　が早いか
4　ドア

19・答案：3

題幹：朝の地下鉄にはドアが開くが早いか、乗客がどっと乗り込んでくる。
解析：本題測驗「～が早いか」，前項通常接動詞原形，意為「一……就……」。

譯文：早上的地鐵車門一打開，就有很多乘客衝進來。

20. ＿＿＿＿ ＿＿＿＿ ★ ＿＿＿＿、これからは もっと慎重に運転して ください。

1 ならなかった
2 いいようなものの
3 から
4 大きな事故に

20・答案：3

題幹：大きな事故にならなかったからいいようなものの、これからはもっと慎重に運転してください。

解析：本題測驗「〜からいいようなものの」，意為「幸好……否則……」。

譯文：這次幸好沒造成重大事故，以後開車要小心。

---

21. 試験中＿＿＿＿ ＿＿＿＿ ＿＿＿＿ ★ ＿＿、停学は 免れないだろう。

1 が最後
2 カンニングをするの
3 見つかった
4 を

21・答案：1

題幹：試験中カンニングをするのを見つかったが最後、停学は免れないだろう。

解析：本題測驗「〜が最後」，前項接動詞過去式，意為「一……就非得……」。

譯文：考試作弊一旦被發現，就一定會受到停學處分。

---

22. その学生は＿＿＿＿ ＿＿★＿ ＿＿＿＿ ＿＿＿＿、 アルバイトをして家計 を助けている。

1 勉強に励む
2 大学院
3 を目指して
4 かたわら

22・答案：3

題幹：その学生は大学院を目指して勉強に励むかたわら、アルバイトをして家計を助けている。

解析：本題測驗「〜かたわら」，意為「一邊……」。

譯文：那個學生一邊努力讀書準備考研究所，一邊打工補貼家用。

文法一覽表

❶ 彼の発言は、どうも先の事を考えていないきらいがある。
→有點……；有……的傾向；有……之嫌

❷ あの人の欠点を挙げ出したらきりがないのだ。
→沒完沒了；沒有止境

❸ その景色は美しいこと極まりないものだった。
→極其；非常

❹ その映画は面白くもなんともない。
→根本不是……；一點也不……

❺ あいつに助けてもらうくらいなら、死んだほうがましだ。
→與其……不如……；與其……寧願……

❻ 書きこそしたが、あの学生のレポートはひどいものだった。
→雖然……（但是）；儘管……（可是）

❼ この人、見てよ。なんて痩せていること。
→真……啊

文法解析

❶ ～きらいがある　有點……；有……的傾向；有……之嫌

解說 表示具有某種傾向或嫌疑。
句型
動詞辞書形
動詞ない形＋ない
イ形容詞辞書形 ┐＋きらいがある
ナ形容詞な形
名詞＋の ┘

• 彼の発言は、どうも先の事を考えていないきらいがある。
他的發言缺乏長遠性。

• 彼の言い方はいつも人の気持ちを逆なでするきらいがある。
他的説話方式經常會惹怒別人。

• 彼は働きすぎのきらいがあるので、若いのに老けて見える。
他有過勞的傾向，雖然年紀輕輕卻很顯老。

注意事項 常與「とかく」、「ともすると」等詞連用。多用於負面的場合，是書面語形式。

❷ 〜きりがない 沒完沒了；沒有止境

解說 表示一旦開始做前面的事項，就會沒完沒了。

句型 動詞ば形
動詞た形＋ら
動詞て形＋も
動詞辞書形＋と
＋きりがない

• 悪いことを考えるときりがないので、どこかで発想を転換することが必要だ。
　光想著不好的一面會沒完沒了，所以必須轉換一下想法。

• 理由を言うときりがないほどです。
　理由多到說不完。

• あの人の欠点を挙げ出したらきりがないのだ。
　一說起他的缺點，那真是說也說不完。

注意事項 多用於負面的場合。

❸ 〜極まる/〜極まりない 極其；非常

解說 表示達到了極限。

句型 イ形容詞辞書形＋こと＋極まりない
ナ形容詞語幹＋極まる
ナ形容詞語幹＋（なこと）＋極まりない

• その景色は美しいこと極まりないものだった。
　那裡的景色真是美麗極了。

• 話の途中で感極まって泣いてしまった。
　我說到一半時，突然感慨萬千，因而哭了起來。

• 今電気が止まったら、不便極まりない生活を強いられる。
　現在如果停電的話，我們就要被迫過上極其不方便的生活。

注意事項 通常是說話者抒發情感時的表達，多用於負面的場合。「〜極まりない」和「〜極まる」的意思相同。該句型是較鄭重的書面語形式。

❹ 〜くもなんともない/〜でもなんでもない
根本不是……；一點也不……

解說 表示強烈否定。

句型 イ形容詞く形＋もなんともない
ナ形容詞語幹/名詞＋でもなんでもない

- その映画は面白くもなんともない。
  那部電影一點意思都沒有。

- それを買ったのは好きでもなんでもない。
  那個根本不是因為喜歡而買的。

- あれはUFOでもなんでもありません。鳥ですよ。
  那根本不是UFO，是鳥啊！

注意事項 常與表示感覺或心情的「うれしい」、「怖い」、「面白い」和表示需求的「したい」、「ほしい」等詞一起使用。

❺ ～くらいなら 與其……不如……；與其……寧願……

解說 表示與前者相比，不如選擇後者或做後面的事。

句型 動詞辞書形＋くらい（ぐらい）なら

- あれこれ考えるくらいなら、いっそやめたほうがいいよ。
  與其東想西想，不如乾脆放棄為好。

- あいつに助けてもらうくらいなら、死んだほうがましだ。
  與其求他幫忙，我寧願去死。

- 途中で投げ出すぐらいなら、むしろ初めからやらないほうがいい。
  與其中途放棄，不如一開始就不要做。

注意事項 一般以「～くらい（ぐらい）なら～のほうがましだ」、「～くらい（ぐらい）なら～のほうがいい」或「～くらい（ぐらい）なら～する」的形式出現。

❻ ～こそ～が 雖然……（但是）；儘管……（可是）

解說 後項是對前項的一種描述，但之後會進一步陳述與之相對立的事物。

句型 動詞ます形＋こそするが
ナ形容詞語幹＋でこそあるが
名詞＋こそ＋［動詞、イ形容詞、ナ形容詞、名詞］の普通形＋が

- 書きこそしたが、あの学生のレポートはひどいものだった。
  那名學生雖然寫了論文，但是水準很差。

- ここは静かでこそあるが、あまり便利なところではない。
  這裡雖然安靜，但卻不是個交通便利的地方。

- 訴訟にこそならなかったが、これは市民生活を脅かす重大な問題だ。
  雖然沒有鬧上法院，但這確實成了威脅市民生活的重大問題。

注意事項 該句型後面常使用「……が」、「……けれども」等表示逆接的接續詞，是一種書面語言表達方式。

❼ ～こと 真……啊

解說 表示感嘆。

句型
動詞て形＋いる
イ形容詞辞書形
ナ形容詞な形　　　＋こと
ナ形容詞語幹＋だ
名詞＋だ

- この人、見てよ。なんて痩せていること。
  快看，這個人真瘦啊！

- あらあら、元気だこと。でも電車の中で騒いではいけないよ。
  哎呀，真活潑呀！可是在電車裡可不許吵鬧。

- なんてかわいらしい寝顔だこと。本当に癒されるわ。
  這睡著的樣子真可愛，能讓人忘掉一切憂愁。

注意事項 表示感嘆的句型還有「～ことだろう」、「～ことか」等。

――― 即刻挑戰 ―――

一、次の文の（　　）に入れるのに最もよいものを、1・2・3・4から一つ選びなさい。

練習問題	解說
1. この奥は結構深いから、先に行くと（　　）。 1　ぬきがない 2　きりがない 3　ほかがない 4　はずがない	1・答案：2 選項1「ぬきがない」／是錯誤的表達。 選項2「きりがない」／意為「沒完沒了」。 選項3「ほかがない」／是錯誤的表達。 選項4「はずがない」／意為「不可能……」。 **譯文**：這個問題很深奧，一直探究下去會沒完沒了。
2. 古い友人を裏切るとは、卑劣（　　）やつだ。 1　極めない 2　極まった 3　極まる 4　極める	2・答案：3 選項1「極めない」／與前項的漢語詞無法搭配。 選項2「極まった」／與前項的漢語詞無法搭配。 選項3「極まる」／意為「極其」。 選項4「極める」／與前項的漢語詞無法搭配。 **譯文**：真是個極其卑鄙的傢伙，竟然背叛老朋友。

3. 病気でも（　　）。ただ
怠けたくて休んでいただ
けだ。

1　なんでもない
2　なくもない
3　ないはない
4　なくはない

3・答案：1

選項1「（でも）なんでもない」／意為「根本不
是……」。

選項2「なくもない」／與前項「でも」無法搭配。

選項3「ないはない」／與前項「でも」無法搭配。

選項4「なくはない」／與前項「でも」無法搭配。

譯文：他根本沒有生病，只是偷懶蹺課罷了。

---

4. 彼は先生の助言を聞かな
い（　　）。

1　ばかりがある
2　きらいがある
3　限りがある
4　きりがある

4・答案：2

選項1「ばかりがある」／是錯誤的表達。

選項2「きらいがある」／意為「有……的傾向」。

選項3「限りがある」／意為「有限度」。

選項4「きりがある」／意為「有盡頭」。

譯文：他往往不聽老師的勸告。

---

5. うつ病で死ぬ（　　）、
南の島に積極的に逃げて
しまいましょう。

1　からいって
2　が最後
3　くらいなら
4　だけあって

5・答案：3

選項1「からいって」／意為「即使……也……」。

選項2「が最後」／前接動詞過去式，意為「一……就非
得……」。

選項3「くらいなら」／意為「與其……不如……」。

選項4「だけあって」／意為「不愧是……」。

譯文：與其因為憂鬱症死掉，不如主動逃去南方島嶼。

---

6. その子は3歳なの？大き
い（　　）。

1　こと
2　から
3　なら
4　くらい

6・答案：1

選項1「こと」／表示感嘆。

選項2「から」／表示原因。

選項3「なら」／表示假定。

選項4「くらい」／表示程度。

譯文：那孩子才3歲？長得真大。

---

7. こんな風が強い日に小型
のボートで沖に出るなん
て、危険（　　）。

1　にあたらない
2　極まりない
3　どころではない
4　きれない

7・答案：2

選項1「にあたらない」／意為「不必……」。

選項2「極まりない」／意為「極其」。

選項3「どころではない」／意為「哪顧得上……」。

選項4「きれない」／前項接動詞連用形，意為「……不
完」。

譯文：風這麼大還坐小船出海，太危險了。

8. 今の大学生は社会人に
なっても、相変わらず両
親に頼る（　　）があ
る。

1　きらい
2　ぐらい
3　くせ
4　ところ

8・答案：1

選項1「きらい」／意為「傾向」。
選項2「ぐらい」／表示程度。
選項3「くせ」／意為「壞習慣」。
選項4「ところ」／表示場所。

譯文：現在的大學生，即使畢業了也有依靠父母的傾
向。

---

9. その人のやった悪事は
一々数えると（　　）。

1　うえはない
2　ものがない
3　ことはない
4　きりがない

9・答案：4

選項1「うえはない」／是錯誤的表達。
選項2「ものがない」／是錯誤的表達。
選項3「ことはない」／意為「不必……」。
選項4「きりがない」／意為「沒完沒了」。

譯文：那個人所做的壞事，要細數起來的話就會沒完沒
了。

---

10. まあ、なんて美しい人だ
（　　）。好きだわ。

1　もの
2　こと
3　から
4　かしら

10・答案：2

選項1「（だ）もの」／表示辯解。
選項2「こと」／表示感嘆。
選項3「から」／表示原因。
選項4「かしら」／表示疑問。

譯文：那個人好漂亮啊！我很喜歡。

---

11. 悪い人ではないんだ
が、どうもあの人は
時々勝手に判断する
（　　）。

1　きらいがある
2　きらいではない
3　きらいらしい
4　きらいがない

11・答案：1

選項1「きらいがある」／意為「有……的傾向」。
選項2「きらいではない」／是錯誤的表達。
選項3「きらいらしい」／是錯誤的表達。
選項4「きらいがない」／是錯誤的表達。

譯文：他人倒不壞，就是經常喜歡自作主張。

---

12. 世の中の人は多数意見
に流される（　　）。

1　きらいになる
2　きらいがある
3　きらいである
4　きらいとなる

12・答案：2

選項1「きらいになる」／是錯誤的表達。
選項2「きらいがある」／意為「有……的傾向」。
選項3「きらいである」／是錯誤的表達。
選項4「きらいとなる」／是錯誤的表達。

譯文：世界上大多數人都有隨波逐流的傾向。

13. 彼女は、何でもものごとをいい方に考える（　　）。

1 にあたる
2 きらいがある
3 にかたくない
4 上でのことだ

13・答案：2

選項1「にあたる」／意為「相當於……」。
選項2「きらいがある」／意為「有……的傾向」。
選項3「にかたくない」／意為「不難……」。
選項4「上でのことだ」／意為「是在……基礎上」。

譯文：她無論對什麼事情都能樂觀看待。

---

14. 決められた場所にシェア自転車を置かないなんて非常識（　　）。

1 極まりない
2 しだいだ
3 いかんだ
4 きりがない

14・答案：1

選項1「極まりない」／意為「極其」。
選項2「しだいだ」／意為「取決於……」。
選項3「いかんだ」／意為「根據……」。
選項4「きりがない」／意為「沒完沒了」。

譯文：不把共享單車放到規定地點，這種做法是非常缺乏常識的。

---

15. 私は、彼女の失礼（　　）態度に我慢ならなかった。

1 きわまった
2 きわまりない
3 きわめた
4 きわめない

15・答案：2

選項1「きわまった」／與前項的漢語詞無法搭配。
選項2「きわまりない」／意為「極其」。
選項3「きわめた」／與前項的漢語詞無法搭配。
選項4「きわめない」／與前項的漢語詞無法搭配。

譯文：我無法容忍她那極其失禮的態度。

---

16. あんなに高い屋根を修理するなんて専門家でもないのに危険（　　）。

1 しだいだ
2 にたえない
3 かぎりない
4 きわまりない

16・答案：4

選項1「しだいだ」／意為「取決於……」，與前項的漢語詞無法搭配。
選項2「にたえない」／意為「忍受不了……」。
選項3「かぎりない」／是錯誤的表達。
選項4「きわまりない」／意為「極其」。

譯文：不是專業人員，還爬到這麼高的屋頂上修理，太危險了。

---

17. ホテルの部屋で夜遅くまで騒いでいるのは、迷惑（　　）。

1 きわまりない
2 きわまらない
3 きわまりがない
4 きわめない

17・答案：1

選項1「きわまりない」／意為「極其」。
選項2「きわまらない」／是錯誤的表達。
選項3「きわまりがない」／是錯誤的表達。
選項4「きわめない」／是錯誤的表達。

譯文：在飯店客房吵鬧到大半夜，實在太打擾別人了。

18. 友達でもないのに命令口調でものを頼むとは、失礼（　　）。

1 でならない
2 ではいられない
3 極まりない
4 に越したこと ない

18・答案：3

選項1「でならない」／表示自發的情感。

選項2「ではいられない」／意為「不能再……下去」。

選項3「極まりない」／意為「極其」。

選項4「に越したことはない」／意為「最好……」。

譯文：又不是朋友，還用這種命令的語氣要別人做事，太失禮了。

19. 高速道路での無理な追い越しは、（　　）極まりない行為だ。

1 危険
2 危険の
3 危険な
4 危険に

19・答案：1

選項1「危険」／搭配後項「極まりない」意為「極其」。

選項2「危険の」／與後項「極まりない」的接續不對。

選項3「危険な」／與後項「極まりない」的接續不對。

選項4「危険に」／與後項「極まりない」的接續不對。

譯文：在高速公路上貿然超車是極其危險的。

二、次の文の ＿＿★＿＿ に入る最もよいものを、1・2・3・4から一つ選びなさい。

練習問題	解説

20. そんな＿＿＿＿ ＿＿＿＿ ＿＿＿＿ ＿★＿。

1 なんとも
2 欲しくも
3 つまらないものは
4 ない

20・答案：4

題幹：そんなつまらないものは欲しくもなんともない。

解析：本題測驗「～もなんともない」，意為「根本不是……」。

譯文：這種無聊的東西，我根本不稀罕。

21. ＿＿＿＿ ＿＿＿＿ ＿★＿ ＿＿＿＿、ここでは割愛させていただく。

1 と
2 きりがない
3 説明している
4 ので

21・答案：2

題幹：説明しているときりがないので、ここでは割愛させていただく。

解析：本題測驗「きりがない」，意為「沒完沒了」。

譯文：說來話長，這裡我就省略了吧。

22. 彼のやりかたは、
　　＿＿＿ ＿★＿ ＿＿＿
　　＿＿＿。
1　無作法
2　この社会では
3　ものとされている
4　極まりない

22・答案：1
題幹：彼のやりかたは、この社会では無作法極まりないものとされている。
解析：本題測驗「～極まりない」，前項通常接漢語詞，意為「極其」。
譯文：他的做法在這個社會裡被認為是極其不成體統的。

23. ＿＿＿ ＿＿＿ ＿＿＿
　　＿★＿、就職するほうが
　　よほどいいでしょう。
1　なら
2　あんな大学院
3　くらい
4　に行く

23・答案：1
題幹：あんな大学院に行くくらいなら、就職するほうがよほどいいでしょう。
解析：本題測驗「～くらいなら」，前項接動詞原形，意為「與其……不如……」。
譯文：與其去那樣的大學讀研究所，還不如去工作。

24. うちの子はこの頃
　　＿＿＿ ＿＿＿ ＿★＿
　　＿＿＿。
1　を食べ過ぎる
2　がある
3　甘いもの
4　きらい

24・答案：4
題幹：うちの子はこの頃甘いものを食べ過ぎるきらいがある。
解析：本題測驗「～きらいがある」，意為「有……的傾向」。
譯文：我家的小孩最近有甜食吃太多的傾向。

―― 文法一覧表 ――

❶ その用件を忘れることのないようノートにメモする。
　→為了不……

❷ 私のごとき初心者が優勝できるとは思いませんでした。
　→如……；像……一様

❸ さあ、イベントも終わったことだし、片づけは後にしてまずは乾杯しましょうか。
　→因為……

❹ 先生におかれましては、お変わりなくお過ごしのことと存じます。
　→我想……；想必……

❺ 会議を欠席する場合は、事前に届けを提出することとする。
　→規定……；決定……

❻ 不慣れなこととて大変失礼なことをいたしました。申し訳ありません。
　→因為……

❼ 努力することなしに、成功することは不可能だろう。
　→不……而……；没有……

❽ 田中さんは風邪を引いたので、会社を休むことにした。
　→決定……

❾ その話は聞かなかったことにしましょう。
　→算作……

❿ 病弱なこともあって、彼は読書を友として育った。
　→由於……；再加上……的原因

⓫ 彼女のひたむきな態度にはいつも感心させられる。
　→被迫……；不由得……

⓬ あの二人は犬猿の仲で、ちょっとしたことでもすぐ口論になる始末だ。
　→結果竟然……；落到了……的下場

―― 文法解析 ――

❶ ～ことがないよう（に）/～ことのないよう（に）　為了不……

解說 表示為了防止前項發生而採取後項的措施。
句型 動詞辞書形＋ことがないよう（に）/ことのないよう（に）

• 赤ちゃんを起こすことのないようそっと布団を出た。
　為了不吵醒嬰兒，輕輕地從被窩裡鑽出來。

- その用件を忘れることのないようノートにメモする。
  為了不忘記那件事，把它記在筆記本上。

注意事項 「〜ことがないよう」、「〜ことのないよう」與句型「〜ないよう」意思相近。

❷ 〜ごとき/〜ごとく/〜ごとし　如……；像……一樣

解說 表示比喻或列舉。

句型 動詞普通形（＋が）＋ごとき/ごとく/ごとし
名詞（＋の）＋ごとき/ごとく/ごとし
名詞＋である＋が＋ごとき/ごとく/ごとし

- 今まで述べてきたごとく、今回のことについては、当社は無関係です。
  正像我剛才所說的那樣，這次的事情與我們公司無關。
- 私のごとき初心者が優勝できるとは思いませんでした。
  沒想到像我這樣的初學者竟然能獲得冠軍。
- 光陰矢の如し。
  光陰似箭。

注意事項 「ごとし」是文語助動詞，相當於「ようだ」。「ごとく」是連用形，相當於「ように」。「ごどき」是連體形，相當於「ような」。

❸ 〜ことだし　因為……

解說 表示陳述理由。

句型 ［動詞、イ形容詞］の普通形＋ことだし
ナ形容詞な形＋ことだし
ナ形容詞語幹＋であることだし
名詞＋であることだし

- さあ、イベントも終わったことだし、片づけは後にしてまずは乾杯しましょうか。
  活動也結束了，我們先別忙著收拾會場，來乾杯慶祝一下吧。
- 僕は委員をやっていたことだし、そういう意見にはもちろん大反対なわけです。
  我當過委員，所以當然會極力反對那樣的意見。
- 誰かを愛することは素晴らしいことだし、愛を告白することも素晴らしいことだ。
  愛一個人是很美好的事情，因此表達愛意也十分美好。

注意事項 後項是說話者的判斷、決定、要求等。「ことですし」是更鄭重的表達形式。

❹ ～ことと思う/～ことと存じます 我想……；想必……

解說 表示說話者對對方情況的推測，包含著對對方狀況的關心、同情或安慰等。

句型　［動詞、イ形容詞］の普通形
　　　　ナ形容詞な形　　　　　　　　┐＋ことと思う/ことと存じます
　　　　名詞＋の　　　　　　　　　　┘

- みなさんもずいぶん楽しみになさっていたことと思いますが、旅行の中止は私もとても残念です。

  我想大家都非常期待這次旅行吧。旅行被迫中止，我也深感遺憾。

- 先生におかれましては、お変わりなくお過ごしのことと存じます。

  老師，您一切如舊嗎？

注意事項 多用於書面語。「～ことと存じます」比「～ことと思う」更加鄭重。

❺ ～こととする 規定……；決定……

解說 表示規定或決定某個事項。

句型　動詞辞書形　　　　　┐＋こととする
　　　　動詞ない形＋ない　　┘

- この授業は、レポートの提出を以って出席とみなすこととします。

  這門課規定，提交報告就算是來上課了。

- 会議を欠席する場合は、事前に届けを提出することとする。

  如果無法出席會議，那麼按規定需要事先提交假條。

- 第三者の損害につき、当社は一切の責任を負わないこととする。

  關於第三方受到的損害，本公司概不負責。

注意事項 多用於正式場合，是較為生硬的表達方式。意思相近的句型有：「～ことにする」、「～ことになる」。

❻ ～こととて 因為……

解說 表示因為前項，才有後項的結果。

句型　［動詞、イ形容詞］の普通形
　　　　ナ形容詞な形　　　　　　　　┐＋こととて
　　　　名詞＋の　　　　　　　　　　┘

- 小さい子供のしたこととて、どうぞ許してください。

  小孩子不懂事，請您原諒他。

- 不慣れなこととて大変失礼なことをいたしました。申し訳ありません。

  因為我不瞭解情況，做了十分失禮的事情。非常抱歉。

- 休み中のこととてうまく連絡がつかなかった。

  因為正在放假，所以聯繫不上。

注意事項 多用於書信等書面語，是比較生硬、正式的説法。

❼ ～ことなしに 不……而……；沒有……

解說 表示不做前項而做後項的動作，或表示後項在無前項的伴隨下發生。

句型 動詞辞書形＋ことなしに

- 仲間の意見を聞くことなしに勝手に方針を変更するのはリーダーとして失格だ。

  不聽取同伴的意見就擅自改變方針，這樣的領導者是失職的。

- 先生は何も聞くことなしに、私にお金を貸してくれた。

  老師什麼都沒問就把錢借給了我。

- 努力することなしに、成功することは不可能だろう。

  不努力是不會成功的吧。

注意事項 意思相近的句型有：「～ことなく」。

❽ ～ことにする A：決定……

　　　　　　　　B：算作……

A：決定……

解說 表示動作主體對未來的行為主觀地做出某種決定或計畫。

句型 動詞辞書形 ┐
　　　　動詞ない形＋ない ┘ ＋ことにする

- 田中さんは風邪を引いたので、会社を休むことにした。

  田中感冒了，所以不打算上班了。

- いろいろ考えましたが、これを卒論のテーマにすることにしました。

  我思考了很久，最後決定將其作為畢業論文的題目。

- これからは、甘いものを食べないことにします。

  從今以後，我決定不吃甜食了。

注意事項 意思相近的「～こととする」是略微生硬的表達形式，可用於書寫文章。

B：算作……

解説 表示儘管與事實相悖，卻要暫且當成是那樣。

句型 動詞た形＋という
ナ形容詞語幹＋だ＋という ┐＋ことにする
名詞＋（だ）＋という ┘

- 今のカンニングは見なかったことにするが、もう一度したら許さない。
  這次作弊我可以當作沒看見，但下不為例。

- その話は聞かなかったことにしましょう。
  那句話我就當作沒聽見吧。

❾ ～こともあって 由於……；再加上……的原因

解説 表示原因、理由。

句型 ［動詞、イ形容詞］の普通形 ┐
ナ形容詞な形 ┤＋こともあって
名詞＋の ┘

- 自粛生活が続いたこともあって店を再開したときには以前より多くの来客数になった。

  因為大家悶在家裡很久了，所以當店鋪重新營業時，前來光顧的客人比以前還多。

- 彼とは同じ大学の卒業生ということもあって出会ったその日から意気投合しました。
  我和他是校友，所以剛認識就覺得很談得來。

- 病弱なこともあって、彼は読書を友として育った。
  由於身體虛弱，他從小以書為友。

注意事項 「～こともあって」的句尾不使用表示意志、推測的表達方式。

❿ ～させられる/～せられる（される） 被迫……；不由得……

解説 表示被迫做某事，或表示自發的、不由自主的行為。「させる」、「せる」是使役助動詞。「られる」、「れる」是被動助動詞。「させられる」、「せられる」是由使役助動詞和被動助動詞聯合組成的。

句型 動詞ない形＋させられる/せられる（される）

- 彼女のひたむきな態度にはいつも感心させられる。
  我經常對她專心致志的態度感到敬佩。

- その面白い番組には、いつも思わず笑わされる。
  我每次看那個有趣的節目都忍不住笑出來。

- 締め切りが今日というものだから、仕方がなく書かせられていた。
  截稿日期是今天，所以不得不寫。

注意事項 五段動詞後接的「せられる」可以省略成「される」。

⑪ ～始末だ　結果竟然……；落到了……的下場

解說 表示事態發展的結果。

句型
動詞辞書形
動詞ない形＋ない　　　　　　　　　　　　　　　　　┐＋始末だ
この、その、あの／こんな、そんな、あんな

- あの二人は犬猿の仲で、ちょっとしたことでもすぐ口論になる始末だ。
  他倆關係很差，經常為一點小事吵起來。
- 毎日受験勉強に追われていて、睡眠も十分にとれない始末だ。
  我每天忙於準備考試，都不能睡個好覺。
- 私の言うことを聞かないから、こんな始末だ。
  你不聽我的話，所以才會鬧成這樣。

注意事項 通常只用於負面的事態和結果。

──── 即刻挑戰 ────

一、次の文の（　　）に入れるのに最もよいものを、1・2・3・4から一つ選びなさい。

練習問題	解說
1. 年末年始の休暇をそれぞれ有意義に過ごされた（　　）と思います。 1　こと 2　もの 3　とか 4　ばかり	1・答案：1 選項1「こと（と思う）」／意為「想必……」。 選項2「もの（と思う）」／意思不明確。 選項3「とか（と思う）」／是錯誤的表達。 選項4「ばかり（と思う）」／意思不明確。 **譯文**：年末和年初的假期，想必大家一定過得很有意義吧。

2. 皆は集まった（　　）、そろそろ会議を始めましょう。

1　ものなら
2　ことだし
3　ばかりか
4　わりに

2・答案：2

選項1「ものなら」／意為「如果……」。
選項2「ことだし」／意為「因為……」。
選項3「ばかりか」／意為「不僅……」。
選項4「わりに」／意為「相比而言……」。

譯文：既然大家都來了，那我們就開始開會吧。

3. 会社を辞めて、パン屋を開業した王さんは慣れぬ（　　）、失敗してしまった。

1　ものを
2　とは
3　にしろ
4　こととて

3・答案：4

選項1「ものを」／意為「可是……」。
選項2「とは」／意為「竟然……」。
選項3「にしろ」／意為「即使……也……」。
選項4「こととて」／意為「因為……」。

譯文：小王辭職後自己開麵包店，結果因為不熟悉業務而失敗了。

4. その映画を見て大いに（　　）。

1　考えさせた
2　考えさせられた
3　考えられた
4　考えられさせた

4・答案：2

選項1「考えさせた」／是使役形。
選項2「考えさせられた」／是使役被動形，可表示自發的情感，意為「不由得……」。
選項3「考えられた」／是被動形。
選項4「考えられさせた」／是錯誤的表達。

譯文：我看了那部電影，不由得思考了很多問題。

5. 入社した時はあんなに頑張っていたのに、最近では仕事を辞めたいと言って泣き出す（　　）。

1　始末だ
2　気味だ
3　ことだ
4　いかんだ

5・答案：1

選項1「始末だ」／意為「結果竟然……」。
選項2「気味だ」／意為「感覺有點……」。
選項3「ことだ」／可表示建議、忠告等。
選項4「いかんだ」／意為「根據……」。

譯文：他剛進公司時幹勁十足，可最近竟然哭喪著臉說想辭職。

6. 上記の（　　）、決めた
スケジュールはもう変更
されることができない。
1　あげく
2　ごとく
3　おかげで
4　せいか

6・答案：2
選項1「あげく」／意為「結果」。
選項2「ごとく」／意為「如……」。
選項3「おかげで」／意為「多虧了……」。
選項4「せいか」／意為「也許是因為……」。
譯文：如上所述，已經決定的日程不能再變更。

7. 彼は論文を書くために、
夏休みも旅行する
（　　）、ずっと研究室
にいた。
1　こととて
2　ことだし
3　ことなしに
4　ことだから

7・答案：3
選項1「こととて」／意為「因為……」。
選項2「ことだし」／意為「因為……」。
選項3「ことなしに」／意為「沒有……」。
選項4「ことだから」／意為「因為……」。
譯文：他為了寫論文而一直待在研究室裡，暑假也沒出
去旅行。

8. ゲームに熱中するあま
り、生活費まで全部使っ
てしまう（　　）。
1　きりだ
2　始末だ
3　最中だ
4　ばかりだ

8・答案：2
選項1「きりだ」／意為「……之後就再也沒……」。
選項2「始末だ」／意為「結果竟然……」。
選項3「最中だ」／意為「正在……」。
選項4「ばかりだ」／意為「只等……」。
譯文：他沉迷於遊戲，最後竟然把生活費全花光了。

9. 校長が予測した（　　）、
登校拒否児童が増えてき
た。
1　ようもなく
2　かいがあって
3　ところから
4　ごとく

9・答案：4
選項1「ようもなく」／意為「無法……」。
選項2「かいがあって」／意為「值得……」。
選項3「ところから」／意為「從……」。
選項4「ごとく」／意為「如……」。
譯文：如校長預測的那樣，不想上學的小學生越來越
多。

10. 休み中の（　　）、返
事が遅れ、まことに申
し訳ございません。
1　かたがた
2　ものなら
3　こととて
4　そばから

10・答案：3
選項1「かたがた」／意為「順便……」。
選項2「ものなら」／意為「如果……」。
選項3「こととて」／意為「因為……」。
選項4「そばから」／意為「剛……就……」。
譯文：因為正在放假，所以較晚回覆，非常抱歉。

11.
まるで初めて聞く（　　）、驚いたふりをしている。大した役者だ。

1　かとは
2　かなにか
3　かのごとく
4　かといって

11・答案：3

選項1「かとは」／是錯誤的表達。
選項2「かなにか」／是錯誤的表達。
選項3「かのごとく」／意為「好像……」。
選項4「かといって」／意為「雖説……」。

譯文：他裝作一臉驚訝，好像第一次聽説似的。真是會演戲。

12.
一人娘の（　　）祖母も両親も心配でいてもたってもいられなかった。

1　こととて
2　ことさえ
3　ことには
4　ことでは

12・答案：1

選項1「こととて」／意為「因為……」。
選項2「ことさえ」／意為「甚至連……」。
選項3「ことには」／意思不明確。
選項4「ことでは」／意思不明確。

譯文：因為她是獨生女，所以父母和祖母都很擔心，感到坐立不安。

13.
気に入ったものがないかとさんざん探し回ったあげく結局いつもと同じものを買う（　　）。

1　しまつだ
2　しまいだ
3　かぎりだ
4　おわりだ

13・答案：1

選項1「しまつだ」／意為「結果竟然……」。
選項2「しまいだ」／意為「結束」。
選項3「かぎりだ」／意為「非常……」。
選項4「おわりだ」／意為「結束」。

譯文：找來找去，想看看有沒有喜歡的東西，結果還是買了和平常一樣的。

14.
お騒がせ芸能人は後を絶たない。闇営業に交通事故の隠蔽、挙句の果てに薬物で逮捕される（　　）。

1　までだ
2　あげくだ
3　おかげだ
4　しまつだ

14・答案：4

選項1「までだ」／意為「大不了……就是了」。
選項2「あげくだ」／是錯誤的表達。
選項3「おかげだ」／意為「多虧了……」。
選項4「しまつだ」／意為「結果竟然……」。

譯文：最近接連有藝人出事。從私自接案到隱瞞交通事故，最後甚至還有因吸毒而被逮捕的。

二、次の文の ___★___ に入る最もよいものを、1・2・3・4から一つ選びなさい。

練習問題	解説

15. 締め切りが明日という
ものだから、_____
_____ _____ __★__。

1 書か
2 がなく
3 仕方
4 せられていた

15・答案：4

題幹：締め切りが明日というものだから、仕方がなく書か
せられていた。

解析：本題測驗使役被動形「～せられる」，可表示被迫或
自發的情感。

譯文：明天就是截稿日了，所以不得不趕稿。

16. _____ _____ __★__
_____、外出はやめる
ことにします。

1 をひいている
2 だし
3 風邪
4 こと

16・答案：4

題幹：風邪をひいていることだし、外出はやめることにし
ます。

解析：本題測驗「～ことだし」，意為「因為……」。

譯文：因為感冒了，所以就不出去了。

17. 今度の成功は、皆が団
結して_____ __★__
_____。

1 頑張る
2 だろう
3 あり得なかった
4 ことなしには

17・答案：4

題幹：今度の成功は、皆が団結して頑張ることなしにはあ
り得なかっただろう。

解析：本題測驗「～ことなしには」，意為「沒有……」。

**譯文：沒有大家團結一致的努力，這次大概無法成功
吧。**

18. 貴校でもいじめなど心
を痛めている子どもさ
んに対して、_____
_____ __★__ _____。

1 と存じます
2 いろいろな取組みを
3 こと
4 されていらっしゃる

18・答案：3

題幹：貴校でもいじめなど心を痛めている子どもさんに対
して、いろいろな取り組みをされていらっしゃることと存
じます。

解析：本題測驗「～ことと存じます」，意為「想
必……」。

**譯文：關於如何援助遭受校園霸凌、心靈受創的孩子
們，想必貴校也採取了各種對策吧。**

19. 授業中居眠りをして怒られたばかりなのに、＿＿＿＿＿＿ ＿＿＿＿＿＿ ＿＿＿＿＿＿ ＿＿★＿＿。

1 次の授業が
2 始末だ
3 熟睡する
4 始まったとたん

19・答案：2

題幹：授業中居眠りをして怒られたばかりなのに、次の授業が始まったとたん熟睡する始末だ。

解析：本題測驗「～始末だ」，意為「結果竟然……」。

譯文：上課打瞌睡剛被老師教訓過，可是第二節課一開始我竟然又睡著了。

20. 匿名の批判は、人間の尊厳＿＿＿＿＿ ＿＿＿＿＿ ＿＿★＿ ＿＿＿＿＿卑劣な行為だ。

1 が
2 を
3 ごとく
4 無視する

20・答案：1

題幹：匿名の批判は、人間の尊厳を無視するがごとく卑劣な行為だ。

解析：本題測驗「～ごとく」，意為「如……」。

譯文：匿名批評儼然就是無視人的尊嚴，是一種卑鄙的行為。

21. 兄弟2人で徒競走をしていたら転んでしまい、5歳も＿＿＿＿＿ ＿＿＿＿＿ ＿＿★＿ ＿＿＿＿＿負けてしまった。

1 下の
2 ごとき
3 弟
4 に

21・答案：2

題幹：兄弟2人で徒競走をしていたら転んでしまい、5歳も下の弟ごときに負けてしまった。

解析：本題測驗「～ごとき」，可表示比喻或列舉。

譯文：兄弟倆賽跑，我摔了一跤，結果竟然輸給了小我五歲的弟弟。

—— 文法一覧表 ——

❶ この大学は試験が多く、規則ずくめで本当にいやになる。
→全都是……；清一色的……

❷ 彼女へのラブレターはとうとう出さずじまいで悔しい。
→沒能……；最終沒有……

❸ 彼女にはまだ本当の気持ちを伝えられずにいる。
→一直沒有……

❹ 駅前でスイカを売っていたが、妻がもう買っているかもしれないので、買わずにおいた。
→（為……而）不……；沒……

❺ 車で送ってくれたので満員電車に乗らずに済みました。本当に助かりました。
→用不著……；不……也成

❻ 犯人を逮捕せずにはおかないと使命感に燃える警官たちだった。
→必然……；一定要……；非……不可

❼ 皆が会議に出席するなら、私は行かずにはすまないだろう。
→不……不行

❽ 彼はただ今出かけていて、連絡を取るすべがないんです。
→無法……

—— 文法解析 ——

❶ 〜ずくめ　全都是……；清一色的……

解説 表示全部都是同一種狀態。
句型 名詞＋ずくめ

- 長男は結婚するわ、次女に子供が生まれるわで、今年の我が家はおめでたいことずくめだ。
  長子結婚了，二女兒生孩子了，今年我們家真是好事連連。
- この大学は試験が多く、規則ずくめで本当にいやになる。
  這個大學考試多，校規也多，真的很討厭。

注意事項 意思相近的句型有：「〜だらけ」、「〜まみれ」、「〜みどろ」。

❷ ～ずじまい 沒能……；最終沒有……

解說 表示沒有做成某事就結束了，常帶有遺憾的語氣。
句型 動詞ない形＋ずじまい

- とても感謝しているのに、時間がなくてお礼を言わずじまいで別れてしまった。
  我雖然很感謝他，但因為沒時間，最終沒能表示謝意就離開了。
- 彼の消息をクラスメートに聞いて回ったが、ついにどこにいるかわからずじまいだ。
  我到處向同學們打聽他的消息，但最終還是不知道他的下落。
- 彼女へのラブレターはとうとう出さずじまいで悔しい。
  寫給她的情書最終也沒能寄出去，我很後悔。

注意事項 多含有遺憾、後悔、失望的語氣。

❸ ～ずにいる 一直沒有……

解說 表示不做某種行為的狀態。
句型 動詞ない形＋ずにいる

- 誕生日にパーティーを開くことを計画しているが本人にはまだ言わずにいる。
  我們準備開個生日派對，但還沒告訴壽星本人。
- 私が質問に答えられずにいると彼が小声で助けてくれた。
  每次我回答不出問題的時候，他總是會小聲提示我。
- 彼女にはまだ本当の気持ちを伝えられずにいる。
  我一直沒能向她袒露我的心聲。

注意事項 該句型等同於「～ないでいる」。

❹ ～ずにおく （為……而）不……；沒……

解說 表示為某一目的而不做某事。
句型 動詞ない形＋ずにおく

- 駅前でスイカを売っていたが、妻がもう買っているかもしれないので、買わずにおいた。
  車站附近在賣西瓜，但是想到妻子有可能買了，所以我就沒買。
- 大したことではないので、彼女には言わずにおいた。
  因為不是什麼大不了的事，所以就沒告訴她。

- 彼女がショックを受けるとかわいそうだから、このことはしばらく言わずにおきましょう。

  怕她太受打擊，這事暫時不要告訴她吧。

注意事項 該句型等同於「～ないでおく」。

❺ ～ずに済む/～ないで済む　用不著……；不……也成

解說 表示不用做某事就可以解決問題。

句型 動詞ない形＋ずに済む/ないで済む

- 車で送ってくれたので満員電車に乗らずに済みました。本当に助かりました。

  多虧你開車送我，我才不用去擠全都是人的電車。非常感謝。

- 人に嫌われずに済む方法を探すより、人に好かれる方法を見つけなさい。

  與其去找不被別人討厭的方法，不如去找討人喜歡的方法。

- 暖かいところですから、コートを着ないで済みます。

  這個地方比較暖和，所以不穿外套也行。

注意事項 意思相近的句型有：「～ずに済ませる」，表示「不做……來應付……」。

❻ ～ずにはおかない/～ないではおかない
　　必然……；一定要……；非……不可

解說 表示客觀上一定會導致某種狀態，或主觀上一定要做的意志，即不達目的不罷休。

句型 動詞ない形＋ずにはおかない/ないではおかない

- 犯人を逮捕せずにはおかないと使命感に燃える警官たちだった。

  員警們有一種強烈的使命感：一定要把兇手抓住。

- 彼の発言は波紋を呼ばないではおかないほど衝撃的な一言だった。

  他這番令人震驚的言論必然會掀起很大的風波。

- バーゲンに客が押し寄せて、入場制限をせずにはおかない状況だった。

  打折季時客人蜂擁而至，商場不得不限制入場人數。

注意事項 此句型多與動詞使役形連用。意思相近的句型有：「～ずにはすまない」、「～ないではすまない」。

❼ ～ずにはすまない　不……不行

解說 表示從一般常識、義務、社會規律等方面考慮，必須做某事，如果不做某事，事情就無法解決。

句型 動詞ない形＋ずにはすまない

- ここまで世論が盛り上がったら政府は説明責任を果たさずにはすまないだろう。

  輿情如此激昂，政府不得不出面解釋了吧。
- 皆が会議に出席するなら、私は行かずにはすまないだろう。

  大家都會參加會議的話，我不去也不行。
- 私のせいで、相手に損害を与えたのだから、弁償せずにはすまない。

  因為我的錯，給對方造成了損失，所以我必須進行賠償。

注意事項 語氣較為生硬，常用於書面語。

❽ ～すべがない 無法……

解說 表示沒有辦法做某事。

句型 動詞辞書形＋すべがない。

- 「なぜ戦争を止められなかったのか」と子供たちに問われても答えるすべがない。

  「為什麼不能停止戰爭呢？」面對孩子們的提問，我無法回答。
- この部屋が電波の届くところなのかどうか、確かめるすべがない。

  我們無法確認在這個房間內是否能收到訊號。
- 彼はただ今出かけていて、連絡を取るすべがないんです。

  他現在外出了，我們無法聯繫上他。

注意事項 意思相近的句型有：「～ようがない」。

―――― 即刻挑戰 ――――

一、次の文の（　　）に入れるのに最もよいものを、1・2・3・4から一つ選びなさい。

練習問題	解說
1. 今日は彼氏からプレゼントをもらったり、上司に褒められたりした。いいこと（　　）の一日でした。 1　ずくめ 2　いたり 3　きわめ 4　まみれ	1・答案：1 選項1「ずくめ」／意為「全都是……」。 選項2「いたり」／意為「非常……」。 選項3「きわめ」／是錯誤的表達。 選項4「まみれ」／意為「沾滿……」。 譯文：今天收到了男朋友的禮物，又被上司誇獎了，真是好事連連。

2. 快晴の天気になったの
   で、傘を持たずに
   （　　）。
1　なった
2　かえった
3　すんだ
4　おわった

2・答案：3
選項1「なった」／意為「成為……」。
選項2「かえった」／意為「回到……」。
選項3「（〜ずに）すんだ」／意為「用不著……」。
選項4「おわった」／意為「結束」。
譯文：天氣晴朗，不帶傘也行。

3. デパートへシャツを買い
   に行ったが、いいものが
   ないので、とうとう買わ
   ず（　　）で、帰ってき
   た。
1　しかない
2　じまい
3　すまない
4　おかない

3・答案：2
選項1「しかない」／與前項「買わず」無法搭配。
選項2「（〜ず）じまい」／意為「沒能……」。
選項3「すまない」／與前項「買わず」無法搭配。
選項4「おかない」／與前項「買わず」無法搭配。
譯文：去百貨公司買襯衫，但找不到合適的，最終沒買
成。

4. 彼女はほしいものは手に
   入れずには（　　）性格
   だ。
1　おかない
2　すまない
3　かかわらない
4　かぎらない

4・答案：1
選項1「（〜ずには）おかない」／意為「非……不可」。
選項2「（〜ずには）すまない」／意為「不……不行」。
選項3「かかわらない」／與前項「〜ずには」無法搭配。
選項4「かぎらない」／與前項「〜ずには」無法搭配。
譯文：她的性格是一看到想要的東西就非得到不可。

5. 「塀の中」で何が行われ
   ているのか、周辺住民は
   知る（　　）。
1　きらいがない
2　きりがない
3　すべがない
4　ものがない

5・答案：3
選項1「きらいがない」／是錯誤的表達。
選項2「きりがない」／意為「沒完沒了」。
選項3「すべがない」／意為「無法……」。
選項4「ものがない」／意思不明確。
譯文：「高牆之中」在進行什麼事，周圍的居民無從得
知。

6.

毎日一生懸命に勉強していたので、突然テストがあったが、（　）すんだ。

1　困って
2　困らずに
3　困った
4　困るのは

6・答案：2

選項1「困って」／與後項「すんだ」無法搭配。

選項2「困らずに」／與後項「すんだ」搭配，意為「不……也行」。

選項3「困った」／與後項「すんだ」無法搭配。

選項4「困るのは」／與後項「すんだ」無法搭配。

譯文：我每天都努力用功，所以突如其來的小考也沒難倒我。

7.

毎年たくさん本を買ったが、結局仕事に追われて（　）恥ずかしい。

1　読むかいがなくて
2　読まずじまいで
3　読まされて
4　読むべからず

7・答案：2

選項1「読むかいがなくて」／意為「不值得讀」。

選項2「読まずじまいで」／意為「沒讀成」。

選項3「読まされて」／意為「被迫讀」。

選項4「読むべからず」／意為「不該讀」。

譯文：每年都買很多書，結果卻因為工作太忙而沒讀成，真是慚愧。

8.

この話はきっと皆さんに深い感動と力強い勇気を（　）だろう。

1　与えることはない
2　与えずにはおかない
3　与えるはずがない
4　与えるようもない

8・答案：2

選項1「与えることはない」／意為「不會給予」。

選項2「与えずにはおかない」／意為「一定會給予」。

選項3「与えるはずがない」／意為「不可能給予」。

選項4「与えるようもない」／是錯誤的表達。

譯文：這個故事一定會給大家帶來深深的感動和莫大的勇氣。

9.

これだけの大怪我をしたのだから、手術を（　）だろう。

1　しなくてもいい
2　せずにはすまない
3　しないものでもない
4　するというものでもない

9・答案：2

選項1「しなくてもいい」／意為「不做也可以」。

選項2「せずにはすまない」／意為「不做就不行」。

選項3「しないものでもない」／意為「並不是不做」。

選項4「するというものでもない」／意思不明確。

譯文：傷得這麼厲害，不做手術不行吧？

10.

図書館から借りた本は約束の期日どおりに（　）。

1　返してもかまいません
2　返さずにはすまない
3　返しなくてはいけません
4　返しようがありません

10・答案：2

選項1「返してもかまいません」／意為「還回去也可以」。

選項2「返さずにはすまない」／意為「不還回去不行」。

選項3「返しなくてはいけません」／是錯誤的表達。

選項4「返しようがありません」／意為「沒法還回去」。

譯文：從圖書館借的書，必須要如期歸還。

11.
宝くじは当たるし、恋人はできるし、今年はいいこと（　　）来年が怖いくらいだ。

1　ずくめで
2　よりで
3　あふれて
4　かぎりで

11・答案：1

選項1「ずくめで」／意為「全都是……」。

選項2「よりで」／是錯誤的表達。

選項3「あふれて」／意為「充滿……」。

選項4「かぎりで」／意為「僅限……」。

譯文：今年既中了樂透又找到了對象，真是好事連連到令人擔心明年運勢會被透支的程度。

12.
上から下まで黒（　　）服を着ていたら裏社会の人間だと勘違いされるわよ。

1　まみれの
2　ずくめの
3　めいた
4　っぽい

12・答案：2

選項1「まみれの」／意為「沾滿……」。

選項2「ずくめの」／意為「清一色的……」。

選項3「めいた」／意為「有……的氣息」。

選項4「っぽい」／意為「有點……的傾向」。

譯文：你全身都穿著黑衣服，會被誤認為是黑社會的人喔。

13.
この会社は社員寮も完備しているし、新人研修もしっかり行う。結構なこと（　　）。

1　だけではすまない
2　きわまる
3　ずくめだ
4　にとどまらない

13・答案：3

選項1「だけではすまない」／意為「光……不行」。

選項2「きわまる」／意為「極其」。

選項3「ずくめだ」／意為「清一色的……」。

選項4「にとどまらない」／意為「不止……」。

譯文：這家公司的員工宿舍很完備，還有新人研修，各方面都做得很完善。

14.
毎晩子供が泣き叫ぶ声が聞こえる。虐待の可能性もあるのだから児童相談所が放置せずには（　　）。

1　おいてあった
2　おくことはない
3　おかないだろう
4　おくべきでない

14・答案：3

選項1「おいてあった」／與前項「〜ずには」無法搭配。

選項2「おくことはない」／與前項「〜ずには」無法搭配。

選項3「（〜ずには）おかないだろう」／意為「必然……吧」。

選項4「おくべきでない」／與前項「〜ずには」無法搭配。

譯文：每晚都能聽到孩子的哭聲。不排除有虐待孩子的可能，所以兒童福利機構必定不會置之不理吧。

練習問題	解説
15. あの人はいつも約束を破って知らんぷりだ。今日こそ謝らせないでは（　　）。 1　ならない 2　いけない 3　しない 4　おかない	15・答案：4 選項1「ならない」／與前項「〜ないでは」無法搭配。 選項2「いけない」／與前項「〜ないでは」無法搭配。 選項3「しない」／與前項「〜ないでは」無法搭配。 選項4「おかない」／與前項「〜ないでは」搭配，意為「非……不可」。 譯文：那個人經常說話不算數，還裝聾作啞。今天非讓他道歉不可。

二、次の文の　★　に入る最もよいものを、1・2・3・4から一つ選びなさい。

練習問題	解説
16. 失礼なことを言ってしまったのだから、____ ____ ____ ____。 1　と思う 2　お詫び 3　すまない 4　しないでは	16・答案：2 題幹：失礼なことを言ってしまったのだから、お詫びしないではすまないと思う。 解析：本題測驗「〜ないではすまない」，意為「不……不行」。 譯文：因為說了失禮的話，所以不道歉不行。
17. せっかく買ったブーツも____ ★ ____ ____だった。 1　じまい 2　今年の冬は 3　履かず 4　暖かくて	17・答案：4 題幹：せっかく買ったブーツも今年の冬は暖かくて履かずじまいだった。 解析：本題測驗「〜ずじまい」，意為「沒能……」。 譯文：難得買了雙皮靴，結果今年冬天天氣暖而沒穿到。
18. 当初この記事を立てられた方の____ ____ ★ ____のです。 1　を確認する 2　意図 3　がない 4　すべ	18・答案：4 題幹：当初この記事を立てられた方の意図を確認するすべがないのです。 解析：本題測驗「〜すべがない」，意為「無法……」。 譯文：現在已經無從確認當初寫這篇報導的人的意圖了。

19. そのレストランは
＿＿＿＿ ＿＿＿＿ ＿★＿
＿＿＿＿、何を食べるか
迷っている。

1 ずくめ
2 もの
3 で
4 おいしい

19・答案：1

題幹：そのレストランはおいしいものずくめで、何を食べるか迷っている。

解析：本題測驗「～ずくめ」，意為「全都是……」。

譯文：這家餐廳的菜全都很好吃，以至於我不知道吃哪個好。

20. 政府は急に方針を変え
た。野党は＿＿＿＿
＿＿＿＿ ＿＿＿＿ ＿★＿だ
ろう。

1 攻撃
2 そこを
3 おかない
4 せずには

20・答案：3

題幹：政府は急に方針を変えた。野党はそこを攻撃せずにはおかないだろう。

解析：本題測驗「～ずにはおかない」，意為「一定會……」。

譯文：政府突然改變了方針。在野黨一定會攻擊這一點的。

ノート

一、次の文の（　　　）に入れるのに最もよいものを、1・2・3・4から一つ選びなさい。

練習問題	解説
1. デパートはお客様（　　　）商売、お客様は何より大切です。 1　あった 2　ある 3　あっても 4　あっての	**1・答案：4** 選項1「あった」／接續錯誤。 選項2「ある」／接續錯誤。 選項3「あっても」／接續錯誤。 選項4「あっての」／意為「有了……才能……」。 **譯文：**百貨公司有顧客才能做生意，所以顧客比什麼都重要。
2. その問題はあなたの態度（　　　）によって決まることだ。 1　いかん 2　しだい 3　かぎり 4　きらい	**2・答案：1** 選項1「いかん」／與後項「によって」搭配，意為「取決於……」。 選項2「しだい」／無法與後項「によって」搭配。 選項3「かぎり」／無法與後項「によって」搭配。 選項4「きらい」／無法與後項「によって」搭配。 **譯文：**這個問題取決於你的態度。
3. 理由のいかん（　　　）、殺人は許されないことだ。 1　にかぎらず 2　にとどまらず 3　によらず 4　にすぎず	**3・答案：3** 選項1「にかぎらず」／意為「不限於……」。 選項2「にとどまらず」／意為「不僅……」。 選項3「（いかん）によらず」／意為「不論……」。 選項4「にすぎず」／意為「不過……」。 **譯文：**無論理由如何，殺人都是不可容許的。
4. あの人は他人がどんなに困って（　　　）、心を動かさない人だ。 1　いるとも 2　いるなら 3　いようとも 4　いようなら	**4・答案：3** 選項1「いるとも」／是錯誤的表達。 選項2「いるなら」／無法與前項「どんなに」搭配。 選項3「いようとも」／意為「不論……」。 選項4「いようなら」／是錯誤的表達。 **譯文：**無論別人處於怎樣的困境，他都無動於衷。

5. 彼女が（　　）、私は行
くつもりだ。
1　行くと行くまいと
2　行くと行かないと
3　行っても行かなくと
4　行こうと行くまいと

5・答案：4
選項1「行くと行くまいと」／是錯誤的表達。
選項2「行くと行かないと」／是錯誤的表達。
選項3「行っても行かなくと」／是錯誤的表達。
選項4「行こうと行くまいと」／意為「無論去還是不去」。
譯文：無論她去不去，我都會去。

6. 大切な友達が来ることに
なっているので、
（　　）出かけられませ
ん。
1　出かければ
2　出かけようにも
3　出かけるなら
4　出かけると

6・答案：2
選項1「出かければ」／意為「如果出去」。
選項2「出かけようにも」／意為「即使想出去」。
選項3「出かけるなら」／意為「如果要出去」。
選項4「出かけると」／意為「如果要出去」。
譯文：因為有重要的朋友要來，所以即使我想出門也沒辦法。

7. 発表会の案内を地域のお
年寄りや近所に配った
（　　）、たくさんの方
が来てくれました。
1　かいがあって
2　とみえて
3　ながらに
4　のみならず

7・答案：1
選項1「かいがあって」／意為「值得……」。
選項2「とみえて」／意為「看來……」。
選項3「ながらに」／意為「一邊……」。
選項4「のみならず」／意為「不僅……而且……」。
譯文：不枉我把發表會的宣傳單發給了當地的老人和鄰居，很多人前來參加。

8. 今日は巨人が優勝した。
中日ファンとしては悔し
い（　　）。来年こそは
優勝してほしいな。
1　あげくだ
2　かぎりだ
3　べきだ
4　ところだ

8・答案：2
選項1「あげくだ」／是錯誤的表達。
選項2「かぎりだ」／意為「非常……」。
選項3「べきだ」／意為「應該……」。
選項4「ところだ」／意為「……場景」。
譯文：今天巨人隊贏了。我作為中日隊的球迷非常懊惱，希望明年中日隊一定要獲勝。

9. あいつはマイクを握った
（　　）、離そうとしな
いカラオケ狂だ。
1　そばから
2　からこそ
3　くせして
4　が最後

9・答案：4
選項1「そばから」／意為「剛……就……」。
選項2「からこそ」／意為「正因為……」。
選項3「くせして」／意為「雖然……但卻……」。
選項4「が最後」／意為「一……就非得……」。
譯文：那傢伙是個「卡拉OK狂」，一拿到麥克風就不會
放下。

10. 来年結婚する孫が、結
婚の報告（　　）婚約
者を連れてきた。
1　からして
2　かたがた
3　ばかりか
4　ぬきでは

10・答案：2
選項1「からして」／意為「從……來看」。
選項2「かたがた」／意為「順便……」。
選項3「ばかりか」／意為「不僅……」。
選項4「ぬきでは」／意為「省略……」。
譯文：孫子打算明年結婚，他把對象帶回家裡宣布喜
訊。

11. 弟は会社に勤める
（　　）、夜は専門学
校で英語を勉強してい
る。
1　かたわら
2　かわりに
3　ゆえに
4　までして

11・答案：1
選項1「かたわら」／意為「一邊……」。
選項2「かわりに」／意為「代替……」。
選項3「ゆえに」／意為「因為……」。
選項4「までして」／意為「甚至到……的地步」。
譯文：弟弟一邊在公司上班，一邊在專門的夜校學習英
語。

12. 駅まで20分ほどかかる
が、天気のいい日は運
動（　　）歩くことに
している。
1　どおり
2　くせに
3　がてら
4　ごとき

12・答案：3
選項1「どおり」／意為「正如……」。
選項2「くせに」／意為「雖然……但卻……」。
選項3「がてら」／意為「順便……」。
選項4「ごとき」／意為「如……」。
譯文：到車站要20分鐘，天氣好的時候我會步行過去，
順便當作運動。

13. 思い出は数え上げれば（　　）。

1 きりがない
2 わけがない
3 ものがない
4 ことがない

13・答案：1

選項1「きりがない」／意為「沒完沒了」。
選項2「わけがない」／意為「不可能……」。
選項3「ものがない」／意為「沒有……」。
選項4「ことがない」／意為「沒有做過……」。

譯文：回憶多到數也數不清。

14. 港には15万トン（　　）船が城のように浮いている。

1 からする
2 からある
3 からなる
4 からいる

14・答案：2

選項1「からする」／意為「竟有……之多」，多用於金額。
選項2「からある」／意為「竟有……之多」，可用於數量、距離、重量、高度等。
選項3「からなる」／意為「由……構成」。
選項4「からいる」／是錯誤的表達。

譯文：在港灣，重達15萬噸的船像座城池一樣漂浮在水面上。

15. 彼女は優しいですが、知らずに人を傷つけることを言う（　　）。

1 きらいがある
2 始末だ
3 とおりだ
4 までのことだ

15・答案：1

選項1「きらいがある」／意為「有……的傾向」。
選項2「始末だ」／意為「結果竟然……」。
選項3「とおりだ」／意為「正如……」。
選項4「までのことだ」／意為「大不了……就是了」。

譯文：她雖然很和善，但往往會在無意中說出傷人的話。

16. 10年来の友人を裏切るとは、卑劣（　　）男だ。

1 極める
2 極まる
3 極めない
4 極まった

16・答案：2

選項1「極める」／與前項的漢語詞無法搭配。
選項2「極まる」／意為「極其」。
選項3「極めない」／與前項的漢語詞無法搭配。
選項4「極まった」／與前項的漢語詞無法搭配。

譯文：他真是個卑鄙的男人，竟然背叛相識十多年的老友。

17. おしゃべりの時間がある（　　）勉強したほうがいいですよ。

1 によっては
2 からといって
3 くらいなら
4 と思うと

17・答案：3

選項1「によっては」／意為「在某種情況下」。
選項2「からといって」／意為「雖然……但是……」。
選項3「くらいなら」／意為「與其……不如……」。
選項4「と思うと」／意為「一想到……」。

譯文：有時間閒聊的話，不如去唸書。

18. あの二人は犬猿の仲で、ちょっとしたことでもすぐ口論になる（　　）。

1 ばかりだ
2 以上だ
3 始末だ
4 最中だ

18・答案：3

選項1「ばかりだ」／意為「只等……」。
選項2「以上だ」／意為「超過……」。
選項3「始末だ」／意為「結果竟然……」。
選項4「最中だ」／意為「正在……」。

譯文：那兩個人關係很差，會馬上為了一點點小事吵起來。

19. これなら確かに責任を追及（　　）。

1 しないことだ
2 せずにおわる
3 されずに済む
4 しないものだ

19・答案：3

選項1「しないことだ」／意為「最好不要……」。
選項2「せずにおわる」／是錯誤的表達。
選項3「されずに済む」／意為「用不著……」。
選項4「しないものだ」／意為「不……」。

譯文：這樣一來，確實不用被追究責任。

20. 先生が言った（　　）、逆らうこともできなかった。

1 こととて
2 からには
3 とあいまって
4 ときたら

20・答案：1

選項1「こととて」／意為「因為……」。
選項2「からには」／意為「既然……」。
選項3「とあいまって」／意為「與……互相作用」。
選項4「ときたら」／意為「說起……」。

譯文：因為是老師這麼說的，所以無法違抗。

21. 父は、交通事故から体調が崩れてしまい、何もできず（　　）です。

1 しまい
2 しまつ
3 じまい
4 あげく

21・答案：3

選項1「しまい」／無法與前項的「～ず」搭配。
選項2「しまつ」／無法與前項的「～ず」搭配。
選項3「（～ず）じまい」／意為「沒能……」。
選項4「あげく」／無法與前項的「～ず」搭配。

譯文：父親自從遇到交通事故以來，身體就變差了，什麼都做不了。

22. 現職大臣の汚職が発覚した。内閣が総辞職せずには（　　　）かもしれない。

1　すまない
2　たりない
3　かねない
4　かかわらない

22・答案：1

選項1「（～ずには）すまない」／意為「不……不行」。
選項2「たりない」／意為「不足」。
選項3「かねない」／意為「有可能……」。
選項4「かかわらない」／意為「與……無關」。

譯文：現任大臣貪污被發現了，內閣成員或許得集體辭職。

---

23. 目撃者の話によると黒（　　　）の怪しい男が付近にいたそうだ。

1　まみれ
2　ぱなし
3　かぎり
4　ずくめ

23・答案：4

選項1「まみれ」／意為「沾滿……」。
選項2「ぱなし」／意為「保持著……的狀態」。
選項3「かぎり」／意為「只要……就……」。
選項4「ずくめ」／意為「清一色的」。

譯文：根據目擊者所說，當時附近有個全身黑衣服的可疑人士。

---

24. 国籍のいかん（　　　）、採用試験を受けることができる企業が増えている。

1　を問わず
2　を言わず
3　をよらず
4　を限らず

24・答案：1

選項1「を問わず」／意為「無論……」。
選項2「を言わず」／正確形態為「と言わず」，意為「無論……」。
選項3「をよらず」／正確形態為「によらず」，意為「不管……」。
選項4「を限らず」／正確形態為「に限らず」，意為「不限於……」。

譯文：越來越多企業在招聘面試時不問應聘者的國籍。

---

25. 私と一緒だと思う箇所がいくつもあり、深く（　　　）。

1　共感しないものでもない
2　共感というところだ
3　共感させられました
4　共感せずにはすまない

25・答案：3

選項1「共感しないものでもない」／意為「也並不是沒有共鳴」。
選項2「共感というところだ」／意思不明確。
選項3「共感させられました」／意為「不由得產生了共鳴」。
選項4「共感せずにはすまない」／意為「不產生共鳴不行」。

譯文：我有很多地方和對方的想法是一致的，不由得產生了深深的共鳴。

二、次の文の＿＿★＿＿に入る最もよいものを、1・2・3・4から一つ選びなさい。

練習問題	解説
26. ＿＿＿ ＿＿＿ ＿★＿ ＿＿＿、ちゃくちゃくと準備を進めている。 1　なしに 2　知らせる 3　こと 4　誰にも	**26・答案：3** 題幹：誰にも知らせることなしに、ちゃくちゃくと準備を進めている。 解析：本題測驗「〜ことなしに」，意為「沒有……」。 **譯文：我沒有告訴任何人，一步步地準備著。**
27. ご繁忙の折、＿＿★＿＿ ＿＿＿ ＿＿＿が、何卒ご了承下さいますようお願い申し上げます。 1　と存じます 2　皆様には 3　こと 4　ご迷惑をおかけする	**27・答案：2** 題幹：ご繁忙の折、皆様にはご迷惑をおかけすることと存じますが、何卒ご了承下さいますようお願い申し上げます。 解析：本題測驗「〜ことと存じます」，意為「我想……」。 **譯文：我想，這可能會給忙碌的大家添麻煩，請各位多多包涵。**
28. さて、＿＿＿ ＿＿＿ ＿★＿、そろそろ会議を始めようか。 1　だし 2　こと 3　メンバーも 4　揃った	**28・答案：1** 題幹：さて、メンバーも揃ったことだし、そろそろ会議を始めようか。 解析：本題測驗「〜ことだし」，意為「因為……」。 **譯文：人也都到齊了，差不多該開始開會了吧。**
29. ＿＿＿ ＿★＿ ＿＿＿、一斉に走り出した。 1　を聞く 2　が早いか 3　選手たちは 4　ピストルの合図	**29・答案：4** 題幹：選手たちはピストルの合図を聞くが早いか、一斉に走り出した。 解析：本題測驗「〜が早いか」，前項接動詞原形，意為「一……就……」。 **譯文：運動員們一聽到槍響，就一齊衝了出去。**

30. 危ない遊びなので、

　　＿＿＿ ＿＿＿ ＿＿＿
　　＿＿＿ ★ でしょう。

1　禁止せず
2　おかない
3　には
4　学校側が

30・答案：2

題幹：危ない遊びなので、学校側が禁止せずにはおかない
でしょう。

解析：本題測驗「～ずにはおかない」，意為「一定
要……」。

譯文：這麼危險的遊戲，學校一定會禁止吧。

三、次の文章を読んで、31から35の中に入る最もよいものを、1・2・3・4から一
　　つ選びなさい。

　　国民読書年の今年、県内の図書館や学校などで積極的に、読書推進活動が
繰り広げられている。こうした啓発運動は国がいくらお題目を掲げたからといっ
て、いきなり31。むしろ家庭や地域といった草の根の継続的な取り組みが、子ど
もらの目を書籍に向かわせる。

　　国民読書年は2008年の国会決議で、10年実施と定められた。決議によると、
文字・活字は人類が生み出した文明の根源をなす崇高な資産であるとし、これを
受け継ぎ発展させて心豊かな国民生活と活力ある社会を実現したい、とうたって
いる。この趣旨に沿って、文部科学省などは催事をいくつも展開しているが、32
認知度が足りない。

　　厚生労働省は01年に生まれた子どもの発育や生活状況を毎年追跡調査してお
り、こんな統計がある。小学2年生が1カ月に読む児童書や絵本の数は、親の読書
量にほぼ比例している33。例えば母親が文庫や単行本を月間1冊読む場合、子ども
は「2、3冊」が最も多く34％だったの34、母親が12冊以上では、子どもも「12冊
以上」が55％に達している。

　　こうしたデータからも、大人の読書習慣が子どもに大きく影響しているのは
明らか。広報色が濃い国の催事などより、身近にいる35をはじめ、学校で接する
教諭、地域ボランティアらこそ、読書啓発に欠かせない存在といえる。

　　県内の小学校でも、保護者らによる読み聞かせが子どもたちの読書の下支え
になっているところが多い。文科省の読書活動優秀実践校表彰を受けた福井市東
郷小では、低学年児童への図書貸し出しや、手話を交えた読み聞かせで興味を喚
起している。

31.

1　浸透するばかりになる
2　浸透するものでもない
3　浸透するにほかならない
4　浸透するかのようだ

31・答案：2

選項1／只等著滲透了
選項2／不會滲透的
選項3／正是滲透
選項4／好像要滲透

譯文：像這樣的宣導活動，即使國家提出好幾種主題，也很難立刻深入人心。

32.

1　おまけに
2　もしくは
3　どうも
4　ようするに

32・答案：3

選項1／而且
選項2／或者
選項3／似乎
選項4／總之

譯文：按照這個主旨，文部科學省舉行了好幾項活動，但知名度似乎不太高。

33.

1　と思うのだ
2　というよりだ
3　と思うことだ
4　というのだ

33・答案：4

選項1／認為
選項2／與其說
選項3／認為
選項4／據說

譯文：據說，小學2年級學生1個月閱讀童書和繪本的數量和父母的閱讀量大致成正比。

34.

1　にしたって
2　に即して
3　にひきかえて
4　に対し

34・答案：4

選項1／即使
選項2／按照
選項3／與……相反
選項4／對比……

譯文：例如，母親每個月讀1本文庫或單行本的情況下，小孩讀「2、3本」的占比最高，達到了34%。與此相比，母親每月讀12本以上的情況下，小孩也讀「12本以上」的比例達到了55%。

35.

1 自分
2 子供
3 児童
4 父母

35．答案：4

選項1／自己

選項2／小孩

選項3／兒童

選項4／父母

譯文：比起國家舉行的宣傳活動，在宣導讀書這方面，還是小孩身邊的父母、學校的老師、當地志工更加重要，不可缺少。

ノート

文法一覽表

❶ あまりにも落ち込んでいたので声すらかけられなかった。
→連……都……；甚至連……都……

❷ せめて一晩だけでも泊めてもらえませんか。
→哪怕是……也好；至少希望……

❸ 娘は結婚して幸福そのものだ。
→簡直就是……；非常……

❹ 私は人の名前を覚えるのが本当に苦手で、聞いたそばからすぐに忘れてしまうんです。
→剛……就……；一……就……

❺ 残業で帰りが遅くなって見たかったテレビ番組を見そびれた。
→錯過……的機會；沒做成……

❻ 一生懸命勉強しても、試験当日に朝寝坊してしまったらそれまでだ。
→如果……就完了

❼ 帰りがたかが2分遅いぐらいで、そんなに心配することはないだろう。
→不過就是……（不必）……

❽ 言うだけは言ったので、少しはこちらの事情も理解してもらえると思います。
→能……都……；起碼得……；該……都……

❾ 下請け会社に出向されても、リストラされないだけましだ。
→幸好……；好在……

文法解析

❶ ～すら/～ですら 連……都……；甚至連……都……

解說 舉出極端的事例，暗示其他情況也是如此。
句型 名詞＋すら/ですら

• あまりにも落ち込んでいたので声すらかけられなかった。
我實在是太沮喪了，連話都説不出來。

• 何度も足を運んでいるのに、いつも門前払いで話しすら聞いてもらえない。
都已經去好幾次了，卻總是被拒之門外，連話都沒説上。

• 地理に詳しい私ですら、その地名を聞いたことがない。
連熟悉地理的我都沒有聽過那個地名。

注意事項「すら」是「も」的強調形式，意思等同於「さえ」，可以代替助詞「は」、「が」、「を」。「ですら」是「でも」的強調形式，其前面連接的名詞通常在句子中做主詞。「すら」是書面語，而且多用於負面的場合。

❷ せめて～だけでも 哪怕是……也好；至少希望……

解說 表示最低限度的條件。

句型 せめて＋名詞/数量詞＋だけでも

• せめて一晩だけでも泊めてもらえませんか。哪怕一晩也行，能讓我住這裡嗎？
• 忙しいのはわかっているけど、せめて日曜日だけでも子どもと遊んでやってよ。我知道你很忙，但至少星期天你得跟孩子玩一會吧。

注意事項 句末常用「～てください」、「～たい」之類的表達，表示請求或希望。

❸ ～そのものだ 簡直就是……；非常……

解說 是一種強調説法。

句型 名詞＋そのものだ

• その子の笑い顔は無邪気そのものだ。那個孩子的笑臉真是天真無邪啊。
• 娘は結婚して幸福そのものだ。女兒結婚後幸福得不得了。

注意事項 前面接名詞的時候，強調「～以外の何ものでもない」。

❹ ～そばから 剛……就……；一……就……

解說 表示同樣的事情反覆出現。即使剛剛做完前項的動作，其效果也會馬上消失，沒有起到任何作用。

句型
動詞辞書形
動詞た形 ┐＋そばから

• 私は人の名前を覚えるのが本当に苦手で、聞いたそばからすぐに忘れてしまうんです。我實在是不擅長記人的名字，聽過就忘。
• 仕事を片付けるそばから新しい仕事が入ってきて、体力が続かない。
剛做完手裡的工作緊接著又來了新工作，我已經體力不支了。
• つまみ食いはダメって言っているそばから手を伸ばすんだから。もう少しでできるから待っていなさい。
剛説完不能偷吃你就把手伸過來了。馬上就做好了，再稍微等等吧。

注意事項 與其他表示「一……就……」的句型的區別在於，「そばから」可以表示經常發生的事情或者個人習慣等，常用於負面的事情反覆出現的場合。

095

❺ ～そびれる 錯過……的機會；沒做成……

解說 表示錯過或失去做某事的機會。

句型 動詞ます形＋そびれる

- 残業<small>ざんぎょう</small>で帰<small>かえ</small>りが遅<small>おそ</small>くなって見<small>み</small>たかったテレビ番組<small>ばんぐみ</small>を見<small>み</small>そびれた。
  因為加班晚歸，所以錯過了想要看的電視節目。

- 飲<small>の</small>みすぎて終電<small>しゅうでん</small>に乗<small>の</small>りそびれた。
  我喝多了，沒能趕上末班電車。

- 今日<small>きょう</small>は仕事<small>しごと</small>がバタバタで、終<small>お</small>わったのが21時<small>じ</small>だったので、危<small>あや</small>うく買<small>か</small>いそびれるところでした。
  今天工作繁忙，下班已經是晚上9點了，差點沒買到。

注意事項 意思相近的句型有：「～そこなう」。

❻ ～それまで（のこと）だ／～これまで（のこと）だ 如果……就完了

解說 前面常與「ば」、「たら」、「と」、「なら」連用，表示「如果……就完了」之意。

句型
動詞ば形
動詞た形＋ら
ナ形容詞語幹＋であれば
名詞＋であれば
┐＋それまで（のこと）だ／これまで（のこと）だ

- 一生懸命勉強<small>いっしょうけんめいべんきょう</small>しても、試験当日<small>しけんとうじつ</small>に朝寝坊<small>あさねぼう</small>してしまったらそれまでだ。
  就算拚命唸書，可要是考試當天睡過頭的話那也就完了。

- どんなに誠意<small>せいい</small>をもって交渉<small>こうしょう</small>しても話<small>はなし</small>が成立<small>せいりつ</small>しなければそれまでだ。
  就算再誠意滿滿地進行商談，可談不妥的話也沒用。

- いくらお金持<small>かねも</small>ちでも、死<small>し</small>んでしまえばそれまでだ。
  就算再有錢，人死了的話也就沒什麼意義了。

注意事項 此句型多會用在假設的負面局面中，勸說別人需要注意的場合。「それまでだ」與「これまでだ」的區別在於，「それ」表示遠指，是「那樣」的意思，而「これ」表示近指，是「這樣」的意思。

❼ たかが～くらいで／たかが～ぐらいで 不過就是……（不必）……

解說 説話者認為前項不值一提，不必做後項。表示「就為這麼點事情，不必……」的意思。

句型 たかが＋［動詞、イ形容詞］の普通形＋くらいで／ぐらいで
たかが＋ナ形容詞な形＋くらいで／ぐらいで
たかが＋名詞（＋な）＋くらいで／ぐらいで

- わたしとて、たかが一度試験に失敗したぐらいで諦めるつもりはない。

  不過是一次考試失敗，我並不打算放棄。

- 帰りがたかが２分遅いぐらいで、そんなに心配することはないだろう。

  就晚回來2分鐘，沒必要那麼不安吧。

注意事項 前項舉出一些具體的事情，後項表示「沒必要為此做……」。

❽ ～だけは 能……都……；起碼得……；該……都……

解說 表示前項能做的事情已經盡可能都做完了。

句型 動詞辞書形＋だけは

- 言うだけは言ったので、少しはこちらの事情も理解してもらえると思います。

  該説的我都説了，對方應該能稍微理解我們的情況。

- 覚えるだけは覚えたのだから、あとは試験の日を待とう。

  能背的都已經背了，之後就是等待考試了。

- 私は助けるだけは助けてやったのだ。

  我已經竭盡全力幫忙了。

注意事項 前後多用同一動詞。後文多表示不期待或不要求程度更高的事情。

❾ ～だけましだ 幸好……；好在……

解說 表示儘管情況不是太好，但是比最壞的情況要好或者沒有更加嚴重。

句型 ［動詞、イ形容詞］の普通形 ┐+だけましだ
ナ形容詞な形 ┘

- 下請け会社に出向されても、リストラされないだけましだ。

  雖然被調去承包商，但好在沒有被辭退。

- A：「最近の若い子は本当に礼儀を知らなくて困ったもんだ。」

  B：「でも今度の新入社員は挨拶するだけましですよ。」

  A：最近的年輕人真是不懂禮節，讓人頭痛。

  B：但是這次新來的員工好歹還知道打招呼。

- 私の家は郊外にある。かなり不便だが、自然環境がいいだけましだ。

  我家在郊區，非常不方便，但好在自然環境好。

注意事項 該句型是一種口語表達方式。一般用於説話者雖然不太滿意，但還過得去的場合。「まし」的意思是「雖然不能説很好，但與其他更差的相比還算是好的」。

一、次の文の（　　）に入れるのに最もよいものを、1・2・3・4から一つ選びなさい。

練習問題	解説
1. やる（　　）やったのだから、後は静かに結果を待とう。 1　だけに 2　からには 3　からこそ 4　だけは	1・答案：4 選項1「だけに」／意為「正因為……」。 選項2「からには」／意為「既然……」。 選項3「からこそ」／意為「正是因為……」。 選項4「だけは」／意為「能……都……」。 譯文：能做的都做了，接下來就靜待結果吧。
2. 周りの人に聞こうと思うが、みんなが忙しそうにしているのでつい（　　）。 1　聞き得た 2　聞きかけた 3　聞きぬいた 4　聞きそびれた	2・答案：4 選項1「える」／意為「可能……」。 選項2「かける」／意為「做一半」、「快……了」。 選項3「ぬく」／意為「……到底」、「一直……」。 選項4「そびれる」／意為「錯過……的機會」、「沒做成……」。 譯文：我想問問旁邊的人，可大家看起來都很忙的樣子，最終也沒能問出口。
3. 私は健康（　　）から、と言う人に限って、突然命を失ってしまうのです。 1　そのものだ 2　とみえる 3　のあまり 4　ばかりだ	3・答案：1 選項1「そのものだ」／意為「簡直就是……」、「非常……」。 選項2「とみえる」／意為「可以看作是……」。 選項3「～のあまり」／意為「太……」。 選項4「ばかりだ」／意為「只等……」。 譯文：越是說自己非常健康的人，越是容易突然離世。
4. 一度赤ちゃんが目が覚ましたらもう（　　）。自分のことはなにもできない。 1　それまでだ 2　それからだ 3　あれまでだ 4　あれからだ	4・答案：1 選項1「（たら）それまで（のこと）だ」／意為「如果……就完了」。 選項2「それからだ」／意為「然後」、「從那以後」。 選項3「あれまでだ」／不構成句型。 選項4「あれからだ」／不構成句型。 譯文：只要嬰兒一睜眼那就完了，完全做不了自己的事。

5. 大人（　　）大変なの
   に、子供が一人でできな
   いだろう。
   1　しか
   2　ですら
   3　こそ
   4　とは

5・答案：2

選項1「しか〜ない」／意為「只有……」。

選項2「ですら」／意為「連……都」。

選項3「こそ」／意為「正是……」。

選項4「とは」／意為「竟然……」。

譯文：連大人也很難搞定，就憑一個小孩子是完成不了的吧。

6. 注意された（　　）、ま
   た同じ間違いをするなん
   て、ひどいですね。
   1　ばかりに
   2　ものなら
   3　そばから
   4　ともなしに

6・答案：3

選項1「ばかりに」／意為「就因為……」。

選項2「ものなら」／意為「如果能……」。

選項3「そばから」／意為「剛……就……」。

選項4「ともなしに」／意為「無意中……」。

譯文：剛被提醒結果又犯了同樣的錯誤，真是不應該！

7. 財布を取られたが、パス
   ポートが無事だった
   （　　）。
   1　までのことだ
   2　だけましだ
   3　ならしまつだ
   4　からこそだ

7・答案：2

選項1「までのことだ」／意為「大不了……就是了」。

選項2「だけましだ」／意為「幸好……」、「好在……」。

選項3「しまつだ」／意為「結果竟然……」。

選項4「からこそ」／意為「正是因為……」。

譯文：雖然錢包被偷了，但是幸好護照還在。

8. その合唱団は天使の歌声
   （　　）。
   1　そのものだ
   2　しだいだ
   3　というところだ
   4　というものだ

8・答案：1

選項1「そのものだ」／意為「簡直就是……」、「非常……」。

選項2「しだいだ」／意為「要看……而定」。

選項3「というところだ」／意為「也就是……」。

選項4「というものだ」／意為「也就是……」。

譯文：那個合唱團簡直唱出了天使的歌聲。

9. もう年だな。勉強して
   も、覚える（　　）忘れ
   てしまうよ。
   1　途中から
   2　そばから
   3　あとから
   4　いちから

9・答案：2

選項1「途中から」／意為「中途……」。

選項2「そばから」／意為「剛……就……」。

選項3「あとから」／意為「之後」。

選項4「いちから」／意為「從頭開始」。

譯文：真是上年紀了，就算是學了也是一學就忘。

10. 旅行に行ったことは、
両親に（　　）知らせ
なかった。

1　とか
2　でさえ
3　すら
4　むけに

10・答案：3

選項1「とか」／表示並列。

選項2「でさえ」／意為「連……都……」。

選項3「すら」／意為「甚至連……都」。

選項4「むけに」／意為「面向……」。

譯文：我去旅行的事情，連父母都沒對他們說。

---

11. 父の家庭は貧しくてお
米（　　）たまにしか
食べられなかったそう
です。

1　すら
2　こそ
3　のみ
4　ほど

11・答案：1

選項1「すら」／意為「甚至連……都」。

選項2「こそ」／意為「正是……」。

選項3「のみ」／意為「只有……」。

選項4「ほど」／表示程度。

譯文：爸爸家裡很窮，聽說連米都是偶爾才能吃到一
次。

---

12. ダイエットをする気持
ちはあるが、昼ご飯を
食べたそば（　　）
ケーキが食べたくなっ
てしまう。

1　で
2　から
3　に
4　まで

12・答案：2

選項1「そばで」／意為「在旁邊」。

選項2「そばから」／意為「剛……就……」。

選項3「そばに」／意為「在旁邊」。

選項4「そばまでだ」／為錯誤的表達。

譯文：雖然想要減肥，但是剛吃完午飯就忍不住想吃蛋
糕。

---

13. 片付ける（　　）猫が
おもちゃを散らかす。

1　あとでは
2　そばから
3　よそには
4　ことまで

13・答案：2

選項1「あとでは」／意為「……以後」。

選項2「そばから」／意為「剛……就……」。

選項3「よそには」／為錯誤的表達。

選項4「ことまで」／意為「到……為止」。

譯文：剛把玩具收拾好，就被貓弄亂了。

14. タバコを止めると言った（　　）また一服している。やはりこれは病気なんだと思う。
1　が最後
2　のなら
3　そばから
4　ともなしに

14・答案：3

選項1「が最後」／意為「既然……就必須……」。
選項2「のなら」／意為「如果……就……」。
選項3「そばから」／意為「剛……就……」。
選項4「ともなしに」／意為「無意中……」。

譯文：剛說完要戒菸就又抽了一根，這絕對是種病吧。

15. 舞台のオーディションでは目立つことよりも自分の信じた表現力で勝負している。それで採用が（　　）それまでのことだ。
1　見送られるより
2　見送られるなら
3　見送られないより
4　見送られないなら

15・答案：2

選項1「採用が見送られるより」／意為「比起不錄用」。
選項2「採用が見送られるなら」／意為「如果不錄用」。
選項3「採用が見送られないより」／意為「比起錄用」。
選項4「採用が見送られないなら」／意為「如果錄用」。
解析：本題測驗「（なら）それまでのことだ」，意為「如果……就完了」。

譯文：在舞臺選拔中，比起是否引人注目，我更傾向用自己引以為傲的表現力去拚一下。如果這樣都不能被錄用的話，那也就只能這樣了。

16. いくら健康に気を使っていても事故で死んでしまえば（　　）。
1　そのものだ
2　それまでだ
3　そのままだ
4　それだけだ

16・答案：2

選項1「そのものだ」／意為「簡直就是……」、「非常……」。
選項2「それまでだ」／意為「如果……就完了」。
選項3「そのままだ」／意為「保持原樣的」。
選項4「それだけだ」／意為「唯獨那個」。

譯文：就算再注意健康，如果遭遇意外也就人死燈滅了。

17. この時計は水に弱い。水が（　　）。
1　かかって当たり前だ
2　かかろうとも平気だ
3　かかるぐらいのことだ
4　かかればそれまでだ

17・答案：4

選項1「当たり前だ」／意為「理所應當的」。
選項2「（よ）うとも」／意為「即使……」。
選項3「ぐらいのことだ」／表示程度。
選項4「それまでだ」／意為「如果……就完了」。

譯文：這鐘不防水，要是濺到水就完了。

18. 新型コロナの影響で株価がかなり下がったが、（　　）だけまだましだ。

1　利益にならない
2　損失が出ない
3　給料がもらえない
4　仕事ができない

18・答案：2

選項1「利益にならない」／意為「不能創造收入」。
選項2「損失が出ない」／意為「沒有出現損失」。
選項3「給料がもらえない」／意為「拿不到工資」。
選項4「仕事ができない」／意為「無法工作」。
解析：本題測驗「だけましだ」／意為「好在……」。

譯文：受新冠肺炎影響股票大跌，好在沒有出現損失。

二、次の文の　★　に入る最もよいものを、1・2・3・4から一つ選びなさい。

練習問題	解説

19. ＿＿＿＿＿　★　＿＿＿＿＿を10歳の子供が解いたと評判になっている。

1　ですら
2　数学の問題
3　分からないような
4　大学教授

19・答案：1

題幹：大学教授ですら分からないような数学の問題を10歳の子供が解いたと評判になっている。
解析：本題測驗「ですら」，前項通常接名詞，多用於負面事項。意為「甚至連……都……」。

譯文：連大學教授都解不出來的數學題被10歲的孩子解出來了，社會上對此議論紛紛。

---

20. ＿＿＿＿＿＿＿＿＿＿＿＿＿＿★。ちょっとしたミスも逃さない。

1　仕事ぶりは
2　そのものだ
3　真面目
4　山田さんの

20・答案：2

題幹：山田さんの仕事ぶりは真面目そのものだ。ちょっとしたミスも逃さない。
解析：本題測驗「そのものだ」，前項通常接名詞，意為「簡直就是……」、「非常……」。

譯文：山田先生的工作態度簡直認真至極，連一點錯誤都不放過。

---

21. 風邪でのどが痛いが、＿＿＿＿＿★＿＿＿＿＿＿＿＿＿＿。

1　出ない
2　ましだ
3　だけ
4　熱が

21・答案：4

題幹：風邪でのどが痛いが、熱が出ないだけましだ。
解析：本題測驗「だけましだ」，前項接動詞、イ形容詞的普通形或ナ形容詞な形，意為「幸好……」、「好在……」。

譯文：感冒導致喉嚨痛，但還好沒有發燒。

22. そのことは_____
_____ _____ ___★___ ほ
うがいいですよ。

1　話しておいた
2　親にも
3　だけは
4　話す

22・答案：1

題幹：そのことは親にも話すだけは話しておいたほうがい
いですよ。

解析：本題測驗「だけは」，前項通常接動詞辭書形，意為
「能……都……」、「起碼得……」。

譯文：那件事起碼也跟父母說一下比較好。

23. 春の雪は、_____
_____ ___★___ _____。

1　積もらない
2　融けてしまって
3　そばから
4　降る

23・答案：2

題幹：春の雪は、降るそばから融けてしまって積もらな
い。

解析：本題測驗「そばから」，前項通常接動詞辭書形或た
形，意為「剛……就……」。

譯文：春雪剛一落下就會融化，積不起來。

24. 若いころに_____
_____ ___★___ _____
ことが年を取って全く
できなくなってしまっ
た。

1　思って
2　疑問にすら
3　思っていなかった
4　当たり前だと

24・答案：2

題幹：若いころに当たり前だと思って、疑問にすら思って
いなかったことが年を取って全くできなくなってしまっ
た。

解析：本題測驗「（で）すら」，前項通常接名詞，多用於
負面事項。意為「甚至連……都……」。

**譯文：年輕的時候覺得理所當然甚至不會產生懷疑的事
情，上了年紀後就完全做不到了。**

—— 文法一覽表 ——

❶ ただでさえ苦しい生活が増税でますます苦しくなった。
　→本來就……；平時就……

❷ 手術は成功した。あとはただ回復することを祈るのみだ。
　→僅僅……；唯有……

❸ どんなに話し合ったところで、ここまで関係がこじれたらもう元には戻ら
　→ない。
　→即使……也……

❹ もし少し癌の発見が早かったなら手術できたのに。
　→如果……；要是……的話

❺ あの時の会社のリストラのやり方は思い出すだに腹が立つ。
　→就連……也……

❻ 大学では歴史だの社会学だのを学びました。
　→……之類的……之類的

❼ 今度同じミスをしたら首だと言ったはずだが、覚えていないのかね？
　→的確……；應該……

❽ 文句があるなら堂々とここへ出てきて言いたまえ。
　→……吧

—— 文法解析 ——

❶ ただでさえ 本來就……；平時就……

解說 表示在一般情況下都這樣了，在非一般的情況下，程度肯定更加嚴重。

• ただでさえ寒いのにガラスが壊れているからなお寒い。
　本來就冷，再加上玻璃又破了，這下就更冷了。

• この季節、ただでさえ暑いのにノートPCも熱くなるので大変です。
　這個季節本來就很熱，再加上筆記型電腦也在發熱，真夠折騰人的！

• ただでさえ苦しい生活が増税でますます苦しくなった。
　增稅使本來就十分困難的生活雪上加霜。

注意事項 該表達方式通常出現在句首，常用於負面場合。

❷ ただ～のみ／のみだ　僅僅……；唯有……

解說 表示僅限於此或只有這麼做了。
句型 ただ＋動詞辞書形
　　　　ただ＋名詞＋（ある）　┐＋のみ/のみだ

- 手術<ruby>しゅじゅつ</ruby>は成功<ruby>せいこう</ruby>した。あとはただ回復<ruby>かいふく</ruby>することを祈<ruby>いの</ruby>るのみだ。
  手術很成功，接下來唯有祈禱他儘快康復了。
- この会社<ruby>かいしゃ</ruby>はただ男性<ruby>だんせい</ruby>のみを採用<ruby>さいよう</ruby>するそうだ。
  據說這家公司只招收男性。
- どんなに嫌<ruby>きら</ruby>われても彼女<ruby>かのじょ</ruby>の事<ruby>こと</ruby>を考<ruby>かんが</ruby>えればただ説得<ruby>せっとく</ruby>あるのみだ。
  雖然會被討厭，但考慮她的情況，只能盡力說服。

注意事項 「のみ」意思等同於「だけ」，是語氣較為生硬的書面語。在「ただ＋
名詞＋あるのみ（だ）」的句型中，句中的名詞通常為「前進」、「努
力」、「忍耐」等。

❸ ～たところで　即使……也……

解說 表示逆接假定條件，即使做出某種努力也不會出現後面預期的結果。
句型 動詞た形＋ところで

- どんなに話<ruby>はな</ruby>し合<ruby>あ</ruby>ったところで、ここまで関係<ruby>かんけい</ruby>がこじれたらもう元<ruby>もと</ruby>には戻<ruby>もど</ruby>らない。
  不管再怎麼商議，關係差成這樣，已經再也無法和好如初了。
- お酒<ruby>さけ</ruby>を飲<ruby>の</ruby>んで現実逃避<ruby>げんじつとうひ</ruby>したところで何<ruby>なん</ruby>の解決<ruby>かいけつ</ruby>にもならない。
  就算再怎麼喝酒逃避現實，也解決不了任何問題。
- 今<ruby>いま</ruby>から勉強<ruby>べんきょう</ruby>したところで、明日<ruby>あした</ruby>のテストでいい点<ruby>てん</ruby>は取<ruby>と</ruby>れないだろう。
  即使現在開始惡補，明天的考試也不會取得好成績。

注意事項 常用於負面的場合。用法不同於表示結果的「～たところ」，也不同於表
示逆接既定事實的「～たところが」。

❹ ～たなら　如果……；要是……的話

解說 此句型是稍舊的說法，表示強調「たら」，用於表示假定條件、與事實相反的
條件。
句型 動詞た形＋なら
　　　　イ形容詞語幹＋かったなら
　　　　ナ形容詞語幹＋だったなら
　　　　名詞＋だったなら

- もう少し癌の発見が早かったなら手術できたのに。
  要是能早點發現癌症的話，就可以手術治療了。

- 私が全知全能の神様だったなら、助けてあげられるのに。
  要是我是無所不知、無所不曉的萬能之神的話，就能幫助你了。

注意事項 在日常會話中一般用「〜たら」。

❺ 〜だに 就連……也……

解說 表示舉出一個極端事例進行強調，有時可以和「すら」、「さえ」替換。
句型 動詞辞書形
　　　　名詞 ┫＋だに

- あの時の会社のリストラのやり方は思い出すだに腹が立つ。
  光是想到那時公司裁員的方式就滿肚子火。

- 最近のテロ事件のニュースは聞くだに暗い気持ちになる。
  最近，光是聽到恐怖攻擊的新聞，我的心情都會變得低落。

- 応援しているチームが優勝するなんて、想像だにしなかった。
  我根本沒有想過自己支持的隊伍會獲勝。

注意事項 前面的詞語多為「聞く」、「想像する」、「思う」、「思い出す」、
　　　　　「考える」等動詞。還會以「〜だに〜ない」的形式出現。

❻ 〜だの〜だの ……之類的……之類的

解說 表示列舉幾個並列的事物。
句型 ［動詞、イ形容詞］の普通形＋だの＋［動詞、イ形容詞］の普通形＋だの
　　　　名詞/ナ形容詞語幹＋だの＋名詞/ナ形容詞語幹＋だの

- 彼はいつも留学するだのなんだのと実現不可能なことばかり言っている。
  他經常將留學之類不可能實現的事情掛在嘴邊。

- 新しい靴を買いたいだの、旅行に行きたいだの、妻は金のかかることばか
  り言う。又是想買新鞋，又是想去旅行，妻子淨說些需要花錢的事。

- 大学では歴史だの社会学だのを学びました。
  我大學時學了歷史以及社會學。

- 彼は、給料が安いだの休みが少ないだのと文句が多い。
  他總是抱怨工資少，假期少之類的事情。

注意事項 常用「だの〜だの」、「だの〜など」的形式。

❼ ～たはずだ 的確……；應該……

解說 多用於説話者認為理所當然的事與現實不符時。
句型 動詞た形＋はずだ

• 彼のことだからもうとっくに仕事を終わらせたはずだ。
   他一向效率很高，應該早就完成工作了。

• 今度同じミスをしたら首だと言ったはずだが、覚えていないのかね？
   我應該説過下次如果再犯同樣的錯誤就會辭退你，你是不記得了嗎？

注意事項 「～たはずだ」多表示説話者後悔、疑惑的心情。

❽ ～たまえ ……吧

解說 「たまえ」是補助動詞「たまう」的命令形，表示輕微的命令。主要用於成年男子同輩之間或成年男子對晚輩的談話中。
句型 動詞ます形＋たまえ

• ちょっとこっちへ来たまえ。你來一下。

• わざわざあそこまで行かないで、電話で聞いてみたまえ。
   用不著特地跑一趟，打個電話問問吧。

• 文句があるなら堂々とここへ出てきて言いたまえ。
   如果你有意見，可以堂堂正正地來這裡説。

注意事項 意思相近的表達有：「～てくれ」、「～てくれないか」、「～てほしい」等。女性可用「～てちょうだい」。

—— 即刻挑戰 ——

一、次の文の（　　）に入れるのに最もよいものを、**1・2・3・4**から一つ選びなさい。

練習問題	解說
1. やれることは全部やった。後は（　　）祈るのみだ。 1　たった 2　ただ 3　まだ 4　いわば	1・答案：2 選項1「たった」／意為「只……」。 選項2「ただ～のみ」／意為「僅僅……」、「唯有……」。 選項3「まだ」／意為「還……」。 選項4「いわば」／意為「説起來……」。 **譯文：** 能做的都做了，接下來就只有祈禱了。

2. 嫌い（　　）好き
   （　　）と言わないで、
   何でも食べたほうがいい
   ですよ。
   1　のみ/のみ
   2　にせよ/にせよ
   3　なら/なら
   4　だの/だの

2・答案：4
選項1「のみ／のみ」／意為「只有……只有……」。
選項2「にせよ／にせよ」／意為「無論……還是……」。
選項3「なら／なら」／意為「如果……如果……」。
選項4「だの／だの」／意為「……之類的……之類的」。
譯文：不要挑食，什麼都吃一點比較好。

3. 私たちを裏切ったあんな
   やつのことなど、思い出
   す（　　）腹が立つ。
   1　でさえ
   2　だに
   3　からこそ
   4　といえば

3・答案：2
選項1「でさえ」／意為「連……都……」。
選項2「だに」／意為「就連……也……」。
選項3「からこそ」／意為「正因為……」。
選項4「といえば」／意為「説到……」。
譯文：那種背叛了我們的傢伙，光是想到都覺得生氣。

4. 旅行の準備は完了した。あ
   とはただ当日の天候がいい
   ことを祈る（　　）。
   1　べきなのだ
   2　のみだ
   3　ところだ
   4　ものだ

4・答案：2
選項1「べきだ」／意為「應該……」。
選項2「のみだ」／意為「僅僅……」、「唯有……」。
選項3「ところだ」／意為「正要……」。
選項4「ものだ」／意為「就該……」。
譯文：已經做好旅行的準備了。接下來就只能祈禱那天是個好天氣了。

5. 勉強が大嫌いなあの子
   が、まさか大学に進学で
   きたとは、夢に（　　）
   思わなかった。
   1　だに
   2　こそ
   3　つき
   4　たとえ

5・答案：1
選項1「だに」／意為「就連……也……」。
選項2「こそ」／意為「正是……」。
選項3「つき」／意為「關於……」。
選項4「たとえ」／意為「即便……」。
譯文：那個最討厭讀書的孩子居然考上了大學，真是做夢都沒想到啊！

6. いくら親切にしてくれた
   （　　）、ありがたいと
   は思えない。
   1　あまりに
   2　ところで
   3　こととて
   4　くせに

6・答案：2
選項1「あまりに」／意為「太……」。
選項2「たところで」／意為「即使……也……」。
選項3「こととて」／意為「因為……」。
選項4「くせに」／意為「可是……」。
譯文：即使對方相當熱情，我也不覺得高興。

7. 行く（　　）行かない
　　（　　）はっきりしない
　　んだね。早くどちらかに
　　決めなさい。

1　だの/だの
2　なの/なの
3　から/から
4　とも/とも

7・答案：1

選項1「だの/だの」/意為「……之類的……之類的」。

選項2「なの/なの」/不構成句型。

選項3「から/から」/不構成句型。

選項4「とも/とも」/意為「無論……也……」。

譯文：到底是去還是不去，早點做出決定吧。

8. （　　）忙しいのに友達
　　に来られたから大変だ。

1　からいって
2　ならびに
3　ただでさえ
4　もしくは

8・答案：3

選項1「からいって」/意為「從……來看」。

選項2「ならびに」/意為「及……」。

選項3「ただでさえ」/意為「本來就……」。

選項4「もしくは」/意為「或者……」。

譯文：在我很忙的時候朋友突然來訪，真是糟糕。

9. 彼が亡くなったという知
　　らせを受けて、ただ
　　（　　）。

1　ぼう然とするまでもなかっ
　　た
2　ぼう然としがちだった
3　ぼう然とするのみだった
4　ぼう然とするきらいがあっ
　　た

9・答案：3

選項1「までもない」/意為「沒必要……」。

選項2「がち」/意為「有……的傾向」。

選項3「のみ」/意為「僅僅……」。

選項4「きらいがある」/意為「有……的傾向」。

譯文：聽說了他去世的消息後，我只能悵然若失。

10. いくら泣いたところ
　　で、交通違反を見逃す
　　ことは（　　）。

1　されます
2　できます
3　されません
4　できません

10・答案：4

選項1「されます」/意為「被……」。

選項2「できます」/意為「能……」。

選項3「されません」/意為「不被……」。

選項4「できません」/意為「不能……」。

譯文：就算你哭得再慘，也不能對你違反交通規則的事實視而不見。

11. 結婚する気がないのなら、いくらお見合いをして（　）ところで意味がないでしょう。

1　みた
2　みる
3　いる
4　いた

11・答案：1
解析：本題測驗「たところで」，前項通常接動詞た形，意為「即使……也……」。「てみる」前項通常接動詞て形，意為「試著做……」。「たところで」前項通常接動詞た形，意為「即使……也……」。

譯文：如果沒有結婚的想法，那不管相多少次親也沒有意義。

12. いくら泣いたところで、事故を起こしてからでは（　）。

1　どうにもならない
2　どうにかなるだろう
3　どうにかならない
4　どうにもなるだろう

11・答案：1

選項1「どうにもならない」／意為「怎樣也不行」。
選項2「どうにかなるだろう」／意為「大概勉強能行」。
選項3「どうにかならない」／後面接「か」時表示疑問，意為「不能想辦法搞定嗎」。
選項4「どうにもなるだろう」／不常用，通常使用「どうにもならない」的形式。

譯文：事故既然已經發生了，就算再怎麼哭也於事無補了。

13. 給付金が（　）、倒産した会社の社員の生活は救済されない。

1　出たもので
2　出たところで
3　出るところで
4　出るもので

13・答案：2

選項1「もので」／意為「因為……」。
選項2「～たところで」／意為「即使……也……」。
選項3「～るところで」／無此文法。
選項4「もので」／意為「因為……」。

譯文：即使是有補助金，破產公司的員工的生活也得不到幫助。

14. あの時もっと頑張っていれば、と後悔してみた（　）で、今更どうにもならない。

1　の
2　もの
3　こと
4　ところ

14・答案：4

選項1「ので」／意為「因為……」。
選項2「もので」／意為「因為……」。
選項3「ことで」／意為「關於……」。
選項4「ところで」／意為「即使……也……」。

譯文：就算現在後悔，想著要是那個時候再多努力點就好了，現在也於事無補了。

15. トイレにスマホを置き忘れてしまった。電話をかけても電源が切られている。もどって（　　）、誰かに持ち去られた後だろう。
1　さがしてみたら
2　さがしてみたところ
3　さがしてみたのに
4　さがしてみたところで

15・答案：4
選項1「たら」／意為「如果……就」。
選項2「たところ」／表示契機。
選項3「のに」／意為「明明……」。
選項4「たところで」／意為「即使……也……」。
譯文：把手機忘在廁所了，打過去卻發現關機了。就算現在回去找，大概也已經被誰拿走了吧。

16. 計算（　　）で、結果がその通りになるとは限らない。
1　するもの
2　したもの
3　するところ
4　したところ

16・答案：4
選項1「もので」／意為「因為……」。
選項2「もので」／意為「因為……」。
選項3「〜るところで」／無此文法。「〜ところで」作為句型使用的時候，前面通常接動詞た形。
選項4「〜たところで」／意為「即使……也……」。
譯文：就算是精心籌劃了，結果也不一定就盡如人意。

17. いくら急いだ（　　）終電にはもう間に合わない。
1　もので
2　ようで
3　ところで
4　かぎりで

17・答案：3
選項1「もので」／意為「因為……」。
選項2「ようで」／意為「像……」。
選項3「ところで」／意為「即使……也……」。
選項4「かぎりで」／意為「到……為止」。
譯文：即使再怎麼加快動作，也已經趕不上末班車了。

二、次の文の　★　に入る最もよいものを、1・2・3・4から一つ選びなさい。

練習問題 | 解説

18.　★＿＿＿＿＿＿＿＿＿＿、新しい仕事が入ってきた。
1　のに
2　いた
3　ただでさえ
4　疲れて

18・答案：3
題幹：ただでさえ疲れていたのに、新しい仕事が入ってきた。
解析：本題測驗「ただでさえ」，常用於句首，意為「本來就……」。
譯文：本來就已經很累了，結果又來了新的工作。

19. ＿＿＿＿＿＿＿＿＿＿
＿★＿＿、仕方ないで
しょう。
1 ところで
2 あなたが
3 怒った
4 いくら

19・答案：1
題幹：あなたがいくら怒ったところで、仕方ないでしょう。
解析：本題測驗「〜たところで」，前項通常接動詞た形，意為「即使……也……」。
譯文：就算你再怎麼生氣，也於事無補了。

20. ＿＿＿＿＿＿＿＿★
＿＿＿＿、目的地まで4
時間はかからないだろ
う。
1 で
2 込んだ
3 ところ
4 高速道路が

20・答案：3
題幹：高速道路が込んだところで、目的地まで4時間はかからないだろう。
解析：本題測驗「〜たところで」，前項通常接動詞た形，意為「即使……也……」。
譯文：就算高速公路塞車，到目的地也不用4個小時吧。

21. 思い切って彼女へラブ
レターを送った。
＿＿＿＿＿★＿＿
＿＿＿＿。
1 彼女の返事を
2 後はただ
3 のみだ
4 待つ

21・答案：1
題幹：思い切って彼女へラブレターを送った。後はただ彼女の返事を待つのみだ。
解析：本題測驗「ただ〜のみだ」，前項通常接動詞辭書形或名詞＋（ある），意為「僅僅……」、「唯有……」。
譯文：一鼓作氣寄了情書給她，接下來唯有等她的回覆了。

22. 課題は今日の5時までに
提出してください。
＿＿＿＿★＿グループチャッ
トで質問してくださ
い。
1 ことがあった
2 分からない
3 なら
4 どうしても

22・答案：3
題幹：課題は今日の5時までに提出してください。どうしても分からないことがあったならグループチャットで質問してください。
解析：本題測驗「〜たなら」，前項通常接動詞た形，用於強調「たら」，意為「如果……」、「要是……的話」。
譯文：請在今天5點之前提交課題，如果實在有不明白的地方，請在聊天群組中提問。

—— 文法一覧表 ——

❶ 計画を立てても、予定通りに夏休みの宿題が終わったためしがない。
→從來沒有……

❷ そのおかしい話を聞いたら最後、忘れられなくなる。
→一旦……就完了；一旦……就沒辦法了

❸ 自転車はあれば便利だが、なかったらないでなんとかなるものだ。
→（如果）……也……

❹ いくらお金に困っても、あんな奴から1円たりとも借りたくない。
→即使……也……

❺ 男子たるものは、一度戦って負けてもやめてはならない。
→作為……；既然是……

❻ 朝だろうが夜だろうがお構いなしにメッセージを送信するのは迷惑だと思う。
→不管是……還是……

❼ そんなことを言われたら、誰だってショックを受けることくらいわかるだろうに。
→本來是……可……；本以為……可是……

❽ 地図と磁石をもって行けば、迷ってもそんなに慌てることはなかっただろうに。
→表示遺憾、後悔或指責

❾ 買うったって近くに店はないよ。
→雖説……；即便……

❿ 差しつ差されつ、たまには夫婦水入らずで飲むのもいいものだなあ。
→又……又……；時而……時而……

⓫ 一方的に言われっぱなしで悔しくないの？
→保持著……的狀態

⓬ いくら親友であれどうしても話せないことはある。
→即使……也要……

⓭ 田中さんはテニスであれ、水泳であれ、どんなスポーツもできる。
→無論……還是……

❶ ～ためしがない 從來沒有……

解說 表示迄今為止從沒有做過前項。

句型 動詞た形＋ためしがない

- 計画を立てても、予定通りに夏休みの宿題が終わったためしがない。
  即使做了計畫，也從來沒有一次能按照計畫完成暑假作業。
- 母は、毎年宝くじを買っているが当たったためしがない。
  母親每年都會買彩券，但沒有一次中獎。
- あの人と一緒に仕事をすると失敗ばかりで、うまくいったためしがない。
  只要和那個人一起工作就會失敗，沒有一次能順利完成。

注意事項 「～ためしがない」有時會伴有責難、批評的意思。

❷ ～たら最後 一旦……就完了；一旦……就沒辦法了

解說 表示一旦發生了前項的事，由於其性質或其主體的堅強意志，以後就總也改變不了其狀況。

句型 動詞た形＋ら最後

- 彼は寝たら最後、まわりでどんなに騒いでも絶対に目を覚まさない。
  只要一睡著，無論旁邊再怎麼吵，他也絕不會醒的。
- そのおかしい話を聞いたら最後、忘れられなくなる。
  一旦聽了那個奇怪的故事後，就無法忘記。

注意事項 後項強調情況無法改變，一般為負面的結果。

❸ ～たら～で （如果）……也……

解說 前後使用同一動詞或形容詞，提出兩種對立的情況，表示無論哪種都一樣。

句型 動詞た形＋ら＋同じ動詞た形＋で
イ形容詞た形＋ら＋同じ形容詞た形/辞書形＋で

- 自転車はあれば便利だが、なかったらないでなんとかなるものだ。
  有自行車當然更方便，可是沒有還是能行。
- とにかくプロジェクトを進めよう。行き詰ったら行き詰ったでまた計画を練り直せばいいだけの話だ。
  總之先推進企劃吧。要是進行不下去了，再重新完善計畫就是了。

第一週
第二週
第三天
第三週
第四週
第五週

• 便せんがなかったらないで、コピー用紙でもかまいません。

　如果沒有信紙，那麼用影印紙也行。

注意事項 意思相近的句型有：「～ば～で」。如果前項為「名詞」或「ナ形容詞」，則常用「なら～で」的句型。

❹ ～たりとも 即使……也……

解說 表示強調數量少、程度低等。

句型 名詞＋たりとも

• いくらお金に困っても、あんな奴から1円たりとも借りたくない。

　就算再缺錢，我也一塊錢都不想向那種傢伙借。

• 彼は立派なリーダーだ。一度たりとも仲間を見捨てたことがない。

　他是一位非常好的領導者。一次也沒有扔下同伴不管。

• 大切な資料だから一枚たりとも失くしたりしないでくださいね。

　這是重要資料，所以請不要遺失任何一頁。

注意事項 後項通常接否定或負面的內容，比如「ない」、「だめだ」等。

❺ ～たる（もの） 作為……；既然是……

解說 表示以前項的身分不該做或應該做後項的事。「たる」是文語助動詞「たり」的連體形，是書面語，相當於「である」。

句型 名詞＋たるもの
　　　名詞＋たる＋名詞

• 男子たるものは、一度戦って負けてもやめてはならない。

　身為男子漢，即使輸了一次也不能就此放棄。

• 学生の安全を守るのは教師たるものの務めだ。

　保護學生的安全是身為教師的職責。

• リーダーたるもの、一度や二度の失敗で引き下がるわけにはいかない。

　作為領導者不能因為一兩次的失敗而退縮。

注意事項 後項既可以是否定的表達，也可以是肯定的表達。

❻ ～だろうが～だろうが 不管是……還是……

解說 表示不管前面並列的兩項如何，後項都不受其限制或影響。

句型 名詞＋だろうが＋名詞＋だろうが

115

- 朝だろうが夜だろうがお構いなしにメッセージを送信するのは迷惑だと思う。

  我覺得不分晝夜發訊息是給人添麻煩的行為。
- 教師だろうが、学生だろうが、学校の規則を守らなければならない。

  不管教師還是學生，都必須遵守校規。
- 彼女は中華料理だろうが、西洋料理だろうが何でも作れる。

  不管是中餐還是西餐，她全會做。

注意事項 意思相近的句型有：「～であれ～であれ」、「～（よ）うが～（よ）うが」、「～（よ）うと～（よ）うと」。

❼ ～だろうに A：本來是……可……；本以為……可是……

B：表示遺憾、後悔或指責

A：本來是……可……；本以為……可是……

解說 表示說話者同情或批評的語氣。

句型 ［動詞、イ形容詞］の普通形＋だろうに
　　 ［ナ形容詞語幹、名詞］＋だろうに

- そんなことを言われたら、誰だってショックを受けることくらいわかるだろうに。

  被人那樣說的話誰都會備受打擊，我本以為你能明白這種心情的。
- 冬の水は冷たくて辛いだろうに、彼らは黙々と作業を続けていく。

  冬天的水冰冷刺骨，他們卻一聲不吭地繼續工作。
- 忙しすぎて大変だっただろうに、よく締め切りまでに仕上げたものだ。

  本以為你們這麼忙會很吃力，沒想到竟然在截止日期之前搞定了。

B：表示遺憾、後悔或指責

解說 表示因實際沒有做某事而感到遺憾或後悔。

句型 ［動詞、イ形容詞］の普通形＋だろうに
　　 ［ナ形容詞語幹、名詞］＋だろうに

- うちでぐずぐずしていなかったら、今頃は旅館に到着しておいしい晩御飯を食べていただろうに。

  要不是因為在家裡磨磨蹭蹭的，現在早到了旅館吃上美味的晚飯了。
- もしあの大金をこの会社に投資していたら、大儲けできただろうに。

  要是把那筆鉅款投資給這家公司，現在早就賺大錢了。

- 地図と磁石をもって行けば、迷ってもそんなに慌てることはなかっただろうに。
  要是有帶上地圖和指南針，也不至於在迷路時這麼慌張。

注意事項 可以表示相似語氣的句型有：「～のに」、「～ものを」。

❽ ～ったって 雖說……；即便……

解說 表示轉折。

句型 動詞の普通形
イ形容詞の普通形
ナ形容詞の普通形　}＋ったって
名詞

- いくら高いったって、二万円もあれば買える。
  雖說貴，但有兩萬日元也買得起了。
- 買うったって近くに店はないよ。
  你說要買，可是這附近沒有商店呀。
- ふだん元気だったって、いつか病気になるかもしれない。
  雖說平時身體很好，但說不準什麼時候會生病。

注意事項 是很隨意的口語表達方式。相當於「～と言っても」。

❾ ～つ～つ 又……又……；時而……時而……

解說 表示兩個動作反覆、交替進行。

句型 動詞ます形＋つ＋動詞ます形＋つ

- 差しつ差されつ、たまには夫婦水入らずで飲むのもいいものだなあ。
  夫婦二人偶爾這樣過過二人世界，互相勸勸酒也不錯。
- 上海万博はすごい人出で、押しつ押されつしてながら、目的地の中国館までたどり着いた。
  來上海世博會的人很多，彼此推擠，我好不容易才到達中國館。
- 張さんと私の成績は毎回抜きつ抜かれつで、お互いにいいライバルだ。
  小張和我的成績，不是他比我高一點就是我比他高一點，我們是很好的對手。

注意事項 前後大多為意思相反的兩個動詞，或是同一動詞的主動和被動形態。

❿ ～っぱなし 保持著……的狀態

解說 表示一直保持著某種狀態，放任不管。

117

句型 動詞ます形＋っぱなし

- 一方的に言われっぱなしで悔しくないの？
  被人單方面地指責，你不覺得懊惱嗎？
- お父さん！またテレビつけっぱなしで寝ちゃだめじゃない。
  爸爸，你又不關電視就睡了，這樣不行啊！
- 先生にはいつもお世話になりっぱなしで本当に頭が下がります。
  一直以來深受老師的照顧，真的十分敬佩他。

注意事項 該句型一般帶有負面意義，大多帶有不滿、埋怨等語氣。

⑪ ～であれ／～であろうと 即使……也要……

解說 表示即使是前項的情況，後項也成立。意思等同於「～でも」。

句型 疑問詞
ナ形容詞語幹
たとえ＋名詞 ── ＋であれ／であろうと
どんな＋名詞
名詞＋は＋どう

- どんなに見た目がきれいであろうと心にやましいことがあればくすんでみ
  える。
  就算外表看起來再光鮮亮麗，心裡有鬼的話也會顯得鬼鬼祟祟。
- いくら親友であれどうしても話せないことはある。
  就算是再好的朋友也總有說不出口的事情。
- たとえ失敗であれ、そこから得られたものはあるはずだ。
  即使是失敗，也應該能從中學到什麼。

注意事項 通常以「たとえ／たとい／どんな～であれ／であろうと」的形式出現。

⑫ ～であれ～であれ／～であろうと～であろうと 無論……還是……

解說 表示不管前面的兩項是何種情況，後項都成立。

句型 ナ形容詞語幹＋であれ＋ナ形容詞語幹＋であれ
名詞＋であれ／であろうと＋名詞＋であれ／であろうと

- 田中さんはテニスであれ、水泳であれ、どんなスポーツもできる。
  不僅是網球和游泳，什麼運動田中都會。
- 男性であれ、女性であれ、少し家事ができたほうがいいですよ。
  無論男人還是女人，最好都要會做一些家務。

- 大人であろうと、子供であろうと、法律を守らなければならない。
  無論大人還是孩子，都必須遵守法律。

注意事項 意思相近的句型有：「～でも～でも」、「～だろうと～だろうと」、「～だろうが～だろうが」。

——— 即刻挑戰 ———

一、次の文の（　　）に入れるのに最もよいものを、1・2・3・4から一つ選びなさい。

練習問題	解說
1. いつも用心深い夫がドアを開け（　　）出かけている。どうしたのだろう。 1　あげく 2　きり 3　っぱなしで 4　まま	1・答案：3 選項1「あげく」／意為「……的結果」。 選項2「きり」／意為「一直……」。 選項3「っぱなしで」／意為「保持著……的狀態」。 選項4「まま」／意為「保持著原樣」。 **譯文**：平時謹慎小心的老公把家門開著就出去了，發生了什麼？
2. 相手が部長（　　）社長（　　）、彼はいつも遠慮せずに自分の言いたいことを言う。 1　だの/だの 2　なり/なり 3　とか/とか 4　だろうが/だろうが	2・答案：4 選項1「だの/だの」／意為「……之類的……之類的」。 選項2「なり/なり」／意為「或者……或者……」。 選項3「とか/とか」／意為「……或……」。 選項4「だろうが/だろうが」／意為「不管是……還是……」。 **譯文**：不管對方是部長還是社長，他總是毫不顧忌地說著自己想說的話。
3. 警察官（　　）もの、飲酒運転をするなど許せない。 1　なる 2　たる 3　ある 4　くる	3・答案：2 選項1「なる」／意為「成為……」。 選項2「たる（もの）」／意為「作為……」。 選項3「ある」／意為「有……」。 選項4「くる」／意為「來」。 **譯文**：身為員警，更應該嚴禁酒後駕車。

4. どんな理由（　　）、明日の会議に出席しないのはよくないですよ。

1　であれ
2　からして
3　といえども
4　ばかりか

4・答案：1

選項1「であれ」／意為「即使……也要……」。

選項2「からして」／意為「從……來看」。

選項3「といえども」／意為「即使……」。

選項4「ばかりか」／意為「不僅……而且……」。

譯文：不管有什麼理由，不出席明天的會議總歸是不好的。

---

5. 道に迷って、（　　）するうちに、何とか目的地に着いた。

1　行くなら戻るなら
2　行くやら戻るやら
3　行きつ戻りつ
4　行くなり戻るなり

5・答案：3

選項1「～なら」／意為「如果……」。

選項2「やら～やら」／意為「又……又……」。

選項3「つ～つ」／意為「時而……時而……」。

選項4「なり～なり」／意為「或是……或是……」。

譯文：迷路了，來來回回走了好幾遍才終於到了目的地。

---

6. 若者（　　）、年寄り（　　）、相手の意見を尊重すべきである。

1　だろうが/だろうが
2　なら/なら
3　ものか/ものか
4　なんか/なんか

6・答案：1

選項1「だろうが/だろうが」／意為「不管是……還是……」。

選項2「なら/なら」／意為「如果……如果……」。

選項3「ものか/ものか」／作為句型不存在，而單獨使用「ものか」時，意為「怎麼會……」。

選項4「なんか/なんか」／作為句型不存在，而單獨使用「なんか」時，意為「……什麼的」。

譯文：不管是年輕人還是老人，都應尊重對方的意見。

---

7. 最近、国中は水不足です。1滴（　　）無駄にはできない。

1　どころか
2　たりとも
3　からみて
4　というと

7・答案：2

選項1「どころか」／意為「不但……反而……」。

選項2「たりとも」／意為「即使……也……」。

選項3「からみて」／意為「從……來看」。

選項4「というと」／意為「提到……」。

譯文：近來國內嚴重缺水，連一滴也不能浪費。

---

8. 歯を磨く時は水道の水を（　　）にしないほうがいいですよ。

1　あげく
2　きり
3　出しっぱなし
4　まま

8・答案：3

選項1「あげく」／意為「……的結果」。

選項2「きり」／意為「一直……」。

選項3「っぱなし」／意為「保持著……的狀態」。

選項4「まま」／意為「保持著原樣」。

譯文：刷牙的時候，最好不要讓水龍頭一直開著。

9. 夏になると、朝（　　）
夜（　　）、公園で遊ぶ
人がいつも多い。

1　すら/すら
2　でさえ/でさえ
3　とか/とか
4　であれ/であれ

9・答案：4

選項1「すら/すら」/作為句型不存在，而單獨使用「すら」時，意為「連……都……」。

選項2「でさえ/でさえ」/作為句型不存在，而單獨使用「でさえ」時，意為「甚至……」。

選項3「とか/とか」/意為「……或……」。

選項4「であれ/であれ」/意為「無論……還是……」。

譯文：到了夏天，無論是早上還是晚上，在公園遊玩的人總是很多。

---

10. 晴天（　　）、雨天
（　　）、毎朝運動す
るようにする。

1　どころか/どころか
2　であろうと/であろうと
3　としても/としても
4　ばかりか/ばかりか

10・答案：2

選項1「どころか/どころか」/作為句型不存在，而單獨使用「どころか」時，意為「不但……反而……」。

選項2「であろうと/であろうと」/意為「無論……還是……」。

選項3「としても/としても」/作為句型不存在，而單獨使用「としても」時，意為「即使……也……」。

選項4「ばかりか/ばかりか」/作為句型不存在，而單獨使用「ばかりか」時，意為「不僅……而且……」。

譯文：無論是晴天還是雨天，我每天早上都要運動。

---

11. その犬は飼い主のそば
を片時（　　）離れよ
うとしなかった。

1　ばかりか
2　たりとも
3　ならでは
4　どころか

11・答案：2

選項1「ばかりか」/意為「不僅……而且……」。

選項2「たりとも」/意為「即使……也……」。

選項3「ならでは」/意為「只有……才有」。

選項4「どころか」/意為「不但……反而……」。

譯文：那隻小狗一刻也不願意離開主人身邊。

---

12. 優勝するためには一試
合（　　）、負けられ
ない。

1　ばかりか
2　たりとも
3　ときたら
4　をよそに

12・答案：2

選項1「ばかりか」/意為「不僅……而且……」。

選項2「たりとも」/意為「即使……也……」。

選項3「ときたら」/意為「說起……」。

選項4「をよそに」/意為「不顧……」。

譯文：想成為冠軍，就一次也不能輸。

13. 目標金額に達するためには1円（　　）無駄にできない。

1　もかまわず
2　もそこそこに
3　かたがた
4　たりとも

13・答案：4

選項1「もかまわず」／意為「（連……都）不顧」。

選項2「もそこそこに」／意為「匆匆忙忙地……」。

選項3「かたがた」／意為「順便……」。

選項4「たりとも」／意為「即使……也……」。

譯文：為了達成目標金額，連一日元也不能浪費。

14. 一進一退の白熱した試合に一瞬（　　）目が離せない。

1　たりとも
2　どころか
3　のみか
4　までも

14・答案：1

選項1「たりとも」／意為「即使……也……」。

選項2「どころか」／意為「不但……反而……」。

選項3「のみか」／意為「只有……」。

選項4「までも」／意為「到……為止」。

譯文：雙方實力旗鼓相當，比賽進入白熱化狀態，讓人一瞬也捨不得錯開視線。

15. どんなに劣悪な環境（　　）、生きていさえすれば必ず良いことはある。

1　かと思うと
2　にすると
3　となると
4　であろうと

15・答案：4

選項1「かと思うと」／意為「以為……卻……」。

選項2「にする」／意為「決定……」。

選項3「となると」／意為「如果……」。

選項4「であろうと」／意為「即使……也要……」。

譯文：無論環境如何惡劣，只要活下去就一定能柳暗花明。

二、次の文の＿＿＿★＿＿に入る最もよいものを、1・2・3・4から一つ選びなさい。

| 練習問題 | 解說 |

16. どんなに壁にぶつかっても＿＿＿＿＿＿＿＿＿＿★＿＿＿＿納得のいく結果が出るまで分析を怠ってはいけない。

1　たる
2　は
3　研究者
4　もの

16・答案：4

題幹：どんなに壁にぶつかっても研究者たるものは納得のいく結果が出るまで分析を怠ってはいけない。

解析：本題測驗「たるもの」，前項通常接名詞，意為「作為……」。

譯文：作為研究人員，無論碰壁多少次，在做出自己認可的結果之前都不應放棄實驗。

17. ____ ★ ____ , ____
____ ことができない
だろう。
1 であれ
2 社員全体を従わせる
3 社長
4 たとえ

17・答案：4
題幹：たとえ社長であれ社員全体を従わせることができないだろう。
解析：本題測驗「たとえ～であれ」，通常接名詞。意為「即使……也要……」。
譯文：即使是社長，也無法讓所有員工都聽自己的吧。

18. そのレースは、____
____ ★ ____ に
なった。
1 抜きつ
2 激しい争い
3 抜かれつの
4 選手の

18・答案：3
題幹：そのレースは、選手の抜きつ抜かれつの激しい争いになった。
解析：本題測驗「～つ～つ」，前項通常接動詞ます形，表示兩個動作反覆、交替進行。意為「時而……時而……」。
譯文：這場競賽變成了選手們你追我趕的激烈賽事。

19. 遠く離れていても、
____ ____ ____
____ ★ ことはない。
1 たりとも
2 一日
3 愛する家族のことは
4 忘れた

19・答案：4
題幹：遠く離れていても、愛する家族のことは一日たりとも忘れたことはない。
解析：本題測驗「たりとも」，前項通常接名詞，意為「即使……也……」。
譯文：雖然身處異鄉，但我一日也沒有忘記過深愛的家人。

20. ____ ____ ★ ____
____ 。たまに開けて
換気したほうがいいで
す。
1 閉めっぱなし
2 窓を
3 ください
4 にしないで

20・答案：4
題幹：窓を閉めっぱなしにしないでください。たまに開けて換気したほうがいいです。
解析：本題測驗「っぱなし」，前項通常接動詞ます形，意為「保持著……的狀態」。
譯文：請不要一直關著窗子，偶爾也要開窗換換氣比較好。

文法一覽表

❶ 一人暮らしを始めてからというもの、食事はほとんど外食になってしまった。
→自從……之後就……

❷ 女性専用車両があるのだから男性専用車両があってしかるべきだ。
→當然要……；應該……

❸ 私はその事を忘れてしまいそうだ。
→恐怕會……

❹ 卒業後完全帰国した留学生と北京の地下鉄で偶然再会した。これは奇跡でなくてなんだろう。
→不是……又是什麼呢？

❺ この決断をしたのは十分悩んでのことです。
→因為……才可以……；是因為……才可能……

❻ このままAIが発達すると人間の仕事がなくなるのではあるまいか。
→難道不是……嗎？

❼ いくら大気汚染がひどいからと言っても、SF映画ではあるまいし防毒マスクはやりすぎなんじゃないか。
→又不是……

文法解析

❶ 〜てからというもの　自從……之後就……

解説 表示以前項為契機，之後發生了很大的變化。
句型 動詞て形＋からというもの

- 一人暮らしを始めてからというもの、食事はほとんど外食になってしまった。
  自從開始一個人生活後，基本上都在外面吃飯。
- 猫を飼ってからというもの家族で旅行をすることができなくなった。
  自從養貓之後，就再也沒辦法全家一起去旅遊了。
- 梅雨が明けてからというものもう一か月も雨が降っていない。
  自從梅雨過去後，已經一個月沒有下雨了。

注意事項 常用於書面語。該句型表示自從發生了某事後就一直保持著某種狀態，或持續進行某動作。與「〜て以來」句型意思相近。

❷ ～てしかるべきだ　**當然要……；應該……**

解說 表示做某事是理所當然的、合適的。
句型 動詞て形＋しかるべきだ

- 女性専用車両があるのだから男性専用車両があってしかるべきだ。
  既然有女性專用車廂，那也應該要有男性專用車廂。
- スケジュールの変更があったのなら関係者全員に知らされてしかるべきだ。
  既然日程有變，那應該要告知所有的相關人員。
- 大事な試合ですから、全力を尽くして戦ってしかるべきだ。
  因為是重要的比賽，所以我們當然要全力奮戰。

注意事項 此句型只用於正式場合。一般對話中可用「当然だ」、「当たり前だ」。

❸ ～てしまいそうだ　**恐怕會……**

解說 表示恐怕會做出前面的事項。
句型 動詞て形＋しまいそうだ

- 私はその事を忘れてしまいそうだ。我擔心會忘記那件事。
- すごいバブルが起きてしまいそうだ。恐怕會引發嚴重的泡沫經濟。
- 英語でしゃべるのを忘れてしまいそうだ。我怕會忘記怎麼說英語。

注意事項 常用於負面的場合。

❹ ～でなくてなんだろう/～でなくてなんであろう　**不是……又是什麼呢？**

解說 表示強調前面的事項就是事實。
句型 名詞＋でなくてなんだろう/でなくてなんであろう

- 卒業後完全帰国した留学生と北京の地下鉄で偶然再会した。これは奇跡でなくてなんだろう。
  在北京的地鐵偶然遇見了畢業後歸國的留學生，這不是奇蹟又是什麼呢？
- 母親は自分を犠牲にして我が子を助けた。これは愛でなくてなんであろう。
  母親犧牲自己來拯救孩子，這不是愛又是什麼？
- たった4歳でこんなに難しい曲を演奏してしまうとは、これが天才でなくてなんだろう。
  年僅4歲就能演奏這麼難的曲子，這不是天才又是什麼呢？

注意事項 意思相近的句型有：「～にほかならない」、「～そのものだ」、「～以外の何物でもない」、「～と言わずしてなんだろう」。

125

❺ ～てのことだ 因為……才可以……；是因為……才可能……

解說 表示因為前面的條件才能實現某事。
句型 動詞て形＋のことだ

• この決断をしたのは十分悩んでのことです。
けつだん　　　　　　　　　　じゅうぶんなや
我再三思考後才做出了這個決定。

• 今度の優勝はみんなの協力があってのことだと思いますよ。
こんど　ゆうしょう　　　　　　きょうりょく　　　　　　　　　おも
我認為正是因為有了大家的配合，才取得了這次的勝利。

• あなたの留学を支持したのは、あなたの将来を考えてのことだ。
りゅうがく　しじ　　　　　　　　　　しょうらい　かんが
就是因為考慮到你的將來，才支持你留學的。

注意事項 表示強調前項為必要條件，多用於會話中。

❻ ～ではあるまいか 難道不是……嗎？

解說 表示說話者推測性的、委婉的判斷。
句型 動詞の普通形＋の
イ形容詞普通形＋の
ナ形容詞語幹　　　　　　＋ではあるまいか
名詞（＋なの）

• このままAIが発達すると人間の仕事がなくなるのではあるまいか。
はったつ　　　　にんげん　しごと
人工智慧如果繼續這樣發展下去的話，是不是人類就會沒有工作可做了？

• 来月、試験を受けるなんて、準備する時間もなくて、無理なのではあるま
らいげつ　しけん　う　　　　　　　　　じゅんび　じかん　　　　　　むり
いか。
下個月要參加考試，我連準備的時間都沒有，（參加考試）是不是太勉強了呀？

• 皆の意見を聞いてから決めるほうが、いいのではあるまいか。
みんな　いけん　き　　　　　き
是不是聽完大家的意見之後再決定比較好呢？

注意事項 意思相當於「～ではないだろうか」，但常用於書面語，語氣更加鄭重。

❼ ～ではあるまいし／～じゃあるまいし 又不是……

解說 表示否定的原因、理由。
句型 動詞普通形＋の/ん
名詞　　　　　　＋ではあるまいし/じゃあるまいし

• 旅行に行くのではあるまいし、そんな大きい鞄は要らない。
りょこう　い　　　　　　　　　　　　おお　　　かばん　い
又不是去旅行，不需要背那麼大的包。

第一週

第二週
第四天

第三週

第四週

第五週

- いくら大気汚染がひどいからと言っても、SF映画ではあるまいし防毒マスクはやりすぎなんじゃないか。

   又不是拍科幻電影，就算空氣污染再嚴重，戴防毒面具還是太超過了吧。

- ミュージカルじゃあるまいし、歌いながら仕事をするんじゃないよ。手を動かしなさい。手を！

   又不是在演音樂劇，不要一邊唱歌一邊工作。手動起來！手！

注意事項 助動詞「まい」的意思有兩個，一個等同於「ないだろう」，另一個意思等同於「ないつもりだ」。在本句型中的意思相當於「ないだろう」。
「ではあるまいし」是書面語的表達方式，而「じゃあるまいし」是口語的表達方式。

—— 即刻挑戰 ——

一、次の文の（　　）に入れるのに最もよいものを、1・2・3・4から一つ選びなさい。

練習問題	解説
1. 子供（　　）、ジュースを飲みすぎてお腹を壊すなんて馬鹿だよ。 1　ではあるまいし 2　とあれば 3　といえども 4　と思いきや	1・答案：1 選項1「ではあるまいし」／意為「又不是……」。 選項2「とあれば」／意為「如果是……」。 選項3「といえども」／意為「即使……」。 選項4「と思いきや」／意為「原以為……但出乎意料的是……」。 **譯文：又不是小孩子了，居然因為喝太多飲料導致腹瀉，真是個笨蛋！**
2. 自分の命を犠牲にして多くの人を救ったあの男が英雄（　　）。 1　とまでは言わない 2　といったらない 3　でなくてなんだろう 4　ではすまされない	2・答案：3 選項1「とまでは言わない」／意為「雖然還不能説……」。 選項2「といったらない」／意為「沒有比……更……」。 選項3「でなくてなんだろう」／意為「不是……又是什麼呢」。 選項4「ではすまされない」／意為「如果……就不能解決問題」。 **譯文：捨棄自己的性命拯救大多數人的生命，那個男人不是英雄又是什麼呢？**

3. 彼は実力もあるし、リーダーシップもあるし、社長になって（　　）。

1 かなわない
2 しかるべきだ
3 およばない
4 それまでだ

3・答案：2

選項1「てかなわない」／意為「……得受不了」。

選項2「しかるべきだ」／意為「當然要……」。

選項3「およばない」／意為「不用……」。

選項4「それまでだ」／意為「……就完了」。

譯文：他既有實力又有領導能力，當社長實至名歸。

---

4. これからますます子供の教育問題は重要に（　　）。

1 なったことではない
2 なったものでない
3 なるのではあるまいか
4 なりきれない

4・答案：3

選項1「ことではない」／意為「不是……」。

選項2「ものでない」／意為「不是……」。

選項3「なるのではあるまいか」／意為「難道不是……嗎」。

選項4「なりきれない」／意為「不能真正成為……」。

譯文：以後孩子的教育問題難道不會越來越重要嗎？

---

5. 君が担当者だから、責任を負って（　　）。

1 しかるべきだ
2 しかるものだ
3 極まりない
4 はかりしれない

5・答案：1

選項1「しかるべきだ」／意為「當然要……」。

選項2「しかるものだ」／為錯誤表達。

選項3「極まりない」／意為「極其」。

選項4「はかり知れない」／意為「無法估量」。

譯文：你是負責人，理應負起責任。

---

6. 彼はあの女の人に（　　）からというもの、人が変わったように元気になった。

1 付き合った
2 付き合う
3 付き合おう
4 付き合って

6・答案：4

解析：本題測驗「～からというもの」，前項通常接動詞て形，意為「自從……之後就……」。

譯文：他自從和那位女士交往之後，就像變了個人似地開朗了起來。

7. うちの子は運転が乱暴で、事故を起こすの（　　）と、私はいつも心配している。
1 ではあるまいか
2 だろうか
3 ことはないか
4 ではあろうか

7・答案：1
選項1「ではあるまいか」／意為「難道不是……嗎」。
選項2「だろうか」／意為「能……嗎」。
選項3「ことはない」／意為「用不著……」。
選項4「ではあろうか」／意為「……吧」。

譯文：我家孩子開車習慣很差，我常常擔心他會不會發生事故。

8. その映画を見て（　　）、人生についていろいろ考えるようになった。
1 はじめに
2 おいて
3 みれば
4 からというもの

8・答案：4
選項1「はじめに」／意為「初次」。
選項2「ておいて」／意為「（事先）做好……」。
選項3「てみれば」／意為「從……來看」。
選項4「てからというもの」／意為「自從……之後就……」。

譯文：自從看了那部電影後，我開始思考關於人生的種種。

9. あれほどの交通事故に遭ったのに無事だった。これが奇跡で（　　）。
1 なくてなんだろう
2 はおかない
3 ないこともない
4 ないかぎりだ

9・答案：1
選項1「でなくてなんだろう」／意為「不是……又是什麼呢」。
選項2「ではおかない」／意為「不會……」。
選項3「ないこともない」／意為「不能不……」。
選項4「ないかぎりだ」／意為「只要不……就……」。

譯文：遇到那麼嚴重的交通事故居然毫髮無傷，這不是奇蹟又是什麼呢？

10. 教師じゃ（　　）し、私にそんな難しい問題は分からないね。
1 あるまい
2 なかろう
3 あろう
4 なかった

10・答案：1
選項1「じゃあるまいし」／意為「又不是……」。
選項2「じゃなかろう」／意為「不是……吧」。
選項3「じゃあろう」／無此文法。
選項4「じゃなかった」／意為「不是……」。

譯文：我又不是老師，可搞不懂那麼難的問題。

11.
ミュージカル映画を見てからと（　　　）、料理を作るときも歌を歌っている。

1　いうまで
2　いうのに
3　いうこと
4　いうもの

11‧答案：4

選項1「からというまで」／無此文法。
選項2「からというのに」／意為「明明從……」。
選項3「からということ」／意為「開始……」。
選項4「からというもの」／意為「自從……之後就……」。

譯文：自從看了音樂電影以後，我連做飯的時候都在唱歌。

12.
電子辞典を（　　　）、紙の辞書が不便に感じられるようになった。

1　使わないにしろ
2　使っただけあって
3　使ってからというもの
4　使ってからでなければ

12‧答案：3

選項1「にしろ」／意為「即使……也……」。
選項2「だけあって」／意為「不愧是……」。
選項3「からというもの」／意為「自從……之後就……」。
選項4「からでなければ」／意為「如果不是開始……」。

譯文：自從用了電子辭典，就越發感受到紙本辭典的不便了。

13.
四つ葉のクローバーを見つけると幸せになれると（　　　）、娘は公園に行くたびに草むらで四つ葉のクローバー探している。

1　聞いたところで
2　聞いたかと思うと
3　聞いてからというもの
4　聞くか聞かないかのうちに

13‧答案：3

選項1「聞いたところで」／意為「即使聽了」。
選項2「聞いたかと思うと」／意為「剛一聽到」。
選項3「聞いてからというもの」／意為「自從聽了」。
選項4「聞くか聞かないかのうちに」／意為「剛一聽到」。
解析：本題測驗「からというもの」，前項通常接動詞て形，意為「自從……之後就……」。

譯文：自從聽說找到四葉草就能幸福的說法後，我女兒每次去公園都會到草叢中尋找四葉草。

14.
どうして君はそんなに人を傷つけるんだ！（　　　）、言っていいことと悪いことくらいわかるだろう。

1　子供じゃあるまいし
2　大人じゃあるまいし
3　会社じゃあるまいし
4　世間じゃあるまいし

14‧答案：1

選項1「子供じゃあるまいし」／意為「又不是孩子」。
選項2「大人じゃあるまいし」／意為「又不是大人」。
選項3「会社じゃあるまいし」／意為「又不是公司」。
選項4「世間じゃあるまいし」／意為「又不是世人」。
解析：本題測驗「じゃあるまいし」，前項通常接名詞，意為「又不是……」。

譯文：為什麼你總是說這麼傷人的話？又不是孩子，最起碼應該明白有些話能說有些話不能說吧。

15. 父親が医者だからといって私も医者になる必要はない。江戸時代ではあるまいし、（　　　）。

1　家の仕事を子供が継がなければならない理由はない
2　どうしても家を出なければならない
3　医学部に入るのにはお金がかかる
4　予備校に通っても医者になれるとは限らない

15・答案：1

選項1「家の仕事を子供が継がなければならない理由はない」／意為「沒有理由必須要子承父業」。
選項2「どうしても家を出なければならない」／意為「必須要離開家」。
選項3「医学部に入るのにはお金がかかる」／意為「進醫學部的話需要花錢」。
選項4「予備校に通っても医者になれるとは限らない」／意為「就算去升學補習班也不一定能成為醫生」。
解析：本題測驗「じゃあるまいし」，前項通常接名詞，意為「又不是……」。
譯文：就算父親是醫生我也不一定非要當醫生。又不是在江戸時代，沒有理由必須要子承父業。

16. 母「東京駅9時発の新幹線に乗ったはずなのにまだ着いたって連絡が来ないわ。」
　　父「地球の裏側に（　　）じきに連絡がはいるさ。」

1　行くわけじゃあるまいし
2　行くもんだっただろうに
3　行くわけだったんだから
4　行くもんじゃないだろうけど

16・答案：1

選項1「行くわけじゃあるまいし」／意為「又不是去」。
選項2「行くもんだっただろうに」／意為「本來可以去的」。
選項3「行くわけだったんだから」／意為「本應該去的」。
選項4「行くもんじゃないだろうけど」／意為「本就不應該去」。
解析：本題測驗「じゃあるまいし」，前項通常接名詞，意為「又不是……」。
譯文：母親：（他）應該是乘坐9點從東京站出發的新幹線，可到現在還沒有消息說到了。
　　　父親：又不是去地球另一端，之後會有消息的。

二、次の文の　★　に入る最もよいものを、1・2・3・4から一つ選びなさい。

練習問題　　　　　　　　　　　　解說

17. 私の今日は＿＿＿＿＿＿＿＿＿＿＿＿＿＿★　。

1　援助して
2　のことだ
3　家族たちが
4　くれて

17・答案：2

題幹：私の今日は家族たちが援助してくれてのことだ。
解析：本題測驗「～てのことだ」，前項通常接動詞て形，意為「因為……才可以……」。
譯文：正因為有了家人的支持，才有了今天的我。

131

18. 彼女は私と婚約していたのに、突然ほかの男と結婚してしまった。
_____ _____ _____ ★ _____。

1　裏切り
2　なんだろう
3　これが
4　でなくて

18・答案：4

題幹：彼女は私と婚約していたのに、突然ほかの男と結婚してしまった。これが裏切りでなくてなんだろう。

解析：本題測驗「でなくてなんだろう」，前項通常接名詞，意為「不是……又是什麼呢」。

譯文：她明明和我有婚約，卻突然嫁給其他男人，這不是背叛又是什麼呢？

---

19. _____ _____ _____ _____ ★ **、母親は生きる力を失ったようだ。**

1　家を出て
2　というもの
3　一人息子が
4　から

19・答案：2

題幹：一人息子が家を出てからというもの、母親は生きる力を失ったようだ。

解析：本題測驗「～からというもの」，前項通常接動詞て形，意為「自從……之後就……」。

譯文：自從獨生子離家出走後，那位母親就失去活下去的動力。

---

20. あの人のした悪事を考えれば、_____ _____ ★ _____ _____。

1　られて
2　べきだ
3　しかる
4　罰せ

20・答案：3

題幹：あの人のした悪事を考えれば、罰せられてしかるべきだ。

解析：本題測驗「てしかるべきだ」，前項通常接動詞て形，意為「當然要……」。

譯文：考慮到那個人的惡行，被懲罰也是理所當然的。

---

21. 父は自分が癌だ_____ _____ ★ _____ _____。

1　いたの
2　ということに
3　ではあるまいか
4　気付いて

21・答案：4

題幹：父は自分が癌だということに気付いていたのではあるまいか。

解析：本題測驗「ではあるまいか」，前項通常接動詞普通形＋の、イ形容詞＋の、ナ形容詞＋の、名詞＋なの，意為「難道不是……嗎」。

譯文：父親難道不是察覺到自己患上癌症了嗎？

第二週 ＞ 第五天

第一週

第二週 ＞ 第五天

第三週

第四週

第五週

—— 文法一覧表 ——

❶ 大人にはなりたくないが、いつまでも子供ではいられない。
　→不能……；無法……

❷ エアコンが故障しているので、部屋は暑くてはかなわない。
　→……得受不了；……吃不消

❸ この頃、体の調子が悪い。かといって、休んでばかりはいられない。
　→也不能總……；不能一個勁地……

❹ いくらエイプリルフールだからって、人種差別的な動画をアップするなんて、冗談ではすまされない。
　→如果……就不能解決問題

❺ レポートを書き始めたが、書いては消し、書いては消し、全く進まない。
　→又……又……

❻ やあ、小野さんじゃないか。どうしたんだ。こんな所で。
　→不是……嗎？

❼ 悪いのは君のほうではないか。
　→不是……嗎？

❽ やはり彼は来なかったじゃないか。言ったとおりだろう。
　→不是……嗎？

❾ 人の欠点を指摘してはばからない人間は、周囲から嫌われて当たり前だ。
　→毫無顧忌地……；毫不客氣地……

❿ 毎晩12時まで残業をやらされるので眠くてやりきれない。
　→……得受不了

⓫ 私が始めようと言ったてまえ、途中でやめるわけにはいかない。
　→考慮到……；由於……只好……

—— 文法解析 ——

❶ ～てはいられない　不能……；無法……

解說 表示不能忍受某種狀態一直持續下去。
句型 動詞て形＋はいられない
　　　イ形容詞て形＋はいられない
　　　ナ形容詞語幹＋ではいられない
　　　名詞＋ではいられない

- 明日は早く起きるので、いつものように遅くまでテレビを見てはいられない。
  明天要早起，不能像之前那樣看電視看到很晚。
- 環境汚染に対して、われわれはもう無関心ではいられない。
  面對環境污染，我們不能再無動於衷。
- 大人にはなりたくないが、いつまでも子供ではいられない。
  雖然不想長大，但我不能一直像小孩子一樣。

注意事項 意思相反的句型是「〜ずにはいられない」、「〜ないではいられない」，表示自發，意為「不能不」。

❷ 〜て（は）かなわない ……得受不了；……吃不消

解說 表示無法承受前面的事項。「かなわない」是動詞「敵う」的否定表達方式。
句型 動詞て形
イ形容詞て形 ┐
ナ形容詞て形 ┘ ＋はかなわない

- 自分だけが正しいと思っている人と話すのは、疲れてはかなわない。
  與固執己見的人聊天，累得不得了。
- エアコンが故障しているので、部屋は暑くてはかなわない。
  空調壞了，房間熱得讓人受不了。
- 日本の梅雨は肌寒いと聞いていたが、実際に来てみたら全然違う。こう毎日蒸し暑くてはかなわない。
  雖然聽說日本的梅雨季節會讓人稍有涼意，但其實到了日本就發現完全不是這樣的，每天都悶熱得受不了。

注意事項 意思相近的句型有：「〜てたまらない」。

❸ 〜てばかりはいられない 也不能總……；不能一個勁地……

解說 表示不能總做一件事或保持同一個狀態。
句型 動詞て形＋ばかりはいられない

- 日本のバラエティー番組を見て大笑いしている。でも、いきなり英語で話しかけられ、身振り手振りで何とか説明しているタレントを見て、自分も笑ってばかりではいられないと思った。
  看日本綜藝節目時，我覺得非常好笑。但是看著突然被人用英語搭話，手舞足蹈想要說些什麼的藝人，突然覺得自己不能這麼一個勁地笑下去了。

- この頃、体の調子が悪い。かといって、休んでばかりはいられない。
  最近身體狀態不好。雖說如此，也不能一直休息。
- もうすぐ期末試験なので、今までのように遊んでばかりはいられない。
  馬上就要期末考了，不能像之前那樣只顧著玩了。

注意事項 「～てばかりはいられない」是由「～てばかりいる」變來的。「～てばかりいる」意為「總是……」。「いられない」是「いる」的可能形的否定表達，意為「不能……」。

④ ～ではすまされない **如果……就不能解決問題**

解說 表示在前面的狀態下不能就此結束，或不能這樣遷就下去。
句型 動詞普通形 ┐+ではすまされない
　　　 名詞　　　┘

- いくらエイプリルフールだからって、人種差別的な動画をアップするなんて、冗談ではすまされない。
  就算是愚人節，上傳種族歧視影片這種事絕不是一句開玩笑就能搪塞過去的。
- これは日本にとって決して他人事ではすまされない。
  對於日本來說，這絕不是與自己毫無關係的事情。

注意事項 「～まされない」是由動詞「ます」變來的。「ます」的意思是「完成」、「應付」、「解決」，等同於「済ませる」。

⑤ ～ては～ては **又……又……**

解說 使用兩個動詞，按相同順序反覆兩次，表示動作或現象的反覆出現。
句型 動詞て形＋は＋動詞ます形

- レポートを書き始めたが、書いては消し、書いては消し、全く進まない。
  雖然我已經開始動手寫報告了，但卻寫了又刪，刪了又寫，絲毫沒有進展。
- 新しい製品ができるまでは、何度も作っては壊し作っては壊しの連続だ。
  無數次地做了又拆，拆了又做，終於做出了新產品。

注意事項 該句型既可以用兩個動詞按照相同順序反覆兩次，也可以將兩個動詞前後顛倒使用，如「食べては寝、寝ては食べる」。有時該句型也可以僅僅用一次「～ては」，如「若いころ、彼は酔ってはけんかするという毎日だったそうだ」。

135

❻ ～ではないか/～じゃないか　A：不是……嗎？

B：不是……嗎？

C：不是……嗎？

A：不是……嗎？

解説 表示驚訝。

句型 ［動詞、イ形容詞］の普通形
ナ形容詞語幹　　　　　　　　　＋ではないか/じゃないか
名詞

- 二階から降りてくると、居間の様子が何かおかしい。よく見ると座布団の
上に猫が寝ているではないか。
從二樓下來時總覺得客廳有些奇怪。仔細一看，坐墊上居然有隻貓睡在那裡。

- やあ、小野さんじゃないか。どうしたんだ。こんな所で。
哎呀，這不是小野嗎？你在這裡幹什麼呢？

注意事項 口語中常用「～じゃないか」。

B：不是……嗎？

解説 表示指責對方。

句型 ［動詞、イ形容詞］の普通形
ナ形容詞語幹　　　　　　　　　＋ではないか/じゃないか
名詞

- 悪いのは君のほうではないか。不對的難道不是你嗎？

- どうしたんだ。遅かったじゃないか。你怎麼了？怎麼這麼晚才來？

C：不是……嗎？

解説 表示向對方確認某事，多指想起忘記的事情或當場察覺到的事情。通常表達肯
定的語氣。

句型 ［動詞、イ形容詞］の普通形
ナ形容詞語幹　　　　　　　　　＋ではないか/じゃないか
名詞

- あれ、もう一時過ぎじゃないか。とにかく一休みして、昼ご飯にしよう。
哎呀，都1點多了啊！先休息一下，吃個午飯吧。

- やはり彼は来なかったじゃないか。言ったとおりだろう。
他果然沒來，我之前說的沒錯吧？

❼ 〜てはばからない 毫無顧忌地……；毫不客氣地……

解說 表示毫無顧忌、毫不客氣地做前面的事項。

句型 動詞て形＋はばからない

- あいつは「世界中の人が滅んでも俺一人は生きてる」と公言してはばからない。

  他毫無顧忌地説：「即使全世界的人都消失了，我一個人也能活著。」

- カップ1杯のコーヒーに、砂糖をスプーン山盛り3杯入れてはばからない。

  1杯咖啡裡面竟放了滿滿3勺的糖。

- 人の欠点を指摘してはばからない人間は、周囲から嫌われて当たり前だ。

  毫不客氣地指責別人缺點的人肯定會被周圍的人討厭的。

注意事項 「はばからない」是動詞「憚る」的否定形態。「はばかる」意為「顧忌」、「忌憚」、「害怕」。

❽ 〜て（は）やりきれない ……得受不了

解說 表示某事達到了難以忍受、難以接受的程度。

句型 動詞て形
イ形容詞て形 ｝＋（は）やりきれない
ナ形容詞て形

- 毎日文句ばかり聞かされてはやりきれない。

  每天聽到的淨是些牢騷，真讓人受不了。

- 毎晩12時まで残業をやらされるので眠くてやりきれない。

  每晚都必須加班到12點，我睏得不行。

- 1年中で一番清清しい季節であるはずなのに、こう雨が多くてはやりきれない。

  本來應該是一年之中最清爽的季節，結果雨卻多到讓人受不了。

注意事項 「やりきれない」由動詞「やる」和「〜きれる」的否定形式構成。其中，「〜きれる」表示完全能夠做得到。「やりきれない」的意思是「……做不完」、「……得受不了」，也可以單獨使用。

❾ 〜てまえ 考慮到……；由於……只好……

解說 表示考慮到前面的事項，只能做或很難做後面的事項。

句型 動詞た形
名詞＋の ｝＋てまえ

137

- 私が始めようと言ったてまえ、途中でやめるわけにはいかない。
  是我自己說要開始的，所以我不能中途放棄。
- 私自身、言ったてまえ自ら実行する義務があるのです。
  我自己既然說了，就有義務實行。
- いつまででも待っていると誓ったてまえ、彼女の帰国を待つしかない。
  既然我發過誓要等她，那我也只能等著她回國。

注意事項 「手前」的意思是「自己的面前」、「這邊」、「面子」。該句型表示考慮到說話者的立場以及為了維護聲譽，才進行了後項。

即刻挑戰

一、次の文の（　　）に入れるのに最もよいものを、1・2・3・4から一つ選びなさい。

練習問題	解説
1. 冗談（　　）ほどひどいことするみたいですよ。 1　ではたりない 2　ではすまされない 3　ではきれない 4　ではかねない	1・答案：2 選項1「ではたりない」／意為「不夠……」。 選項2「ではすまされない」／意為「如果……就不能解決問題」。 選項3「ではきれない」／無此文法。 選項4「ではかねない」／無此文法。 **譯文：這不是一句玩笑就能搪塞過去的。**
2. 甘いものが好きだからといって、いつもアイスクリームを（　　）。 1　食べてばかりはいられない 2　食べるばかりになっている 3　食べるまでのことだ 4　食べるといったらない	2・答案：1 選項1「ばかりはいられない」／意為「也不能總……」。 選項2「ばかりになっている」／意為「就等著……」。 選項3「までのことだ」／意為「大不了……就是了」。 選項4「といったらない」／意為「沒有比……更……」。 **譯文：雖說我喜歡吃甜的，但也不能老吃冰淇淋。**
3. 中腹まで来ると息切れがして（　　）。 1　いられなかった 2　かなわなかった 3　おかなかった 4　やまなかった	3・答案：2 選項1「ていられない」／意為「不能……」。 選項2「てかなわない」／意為「……得受不了」。 選項3「ておかない」／意為「不會……」。 選項4「てやまない」／意為「……不已」。 **譯文：到了半山腰就喘得不行了。**

4. 植物の写真を撮るにはカ
ンカン照りよりも薄曇り
のほうがいいけれど、薄
曇りどころかこう暗く
（　　　）。

1 てはあたらない
2 てはすまされない
3 てはかかわらない
4 てはやりきれない

4・答案：4

選項1「にはあたらない」／意為「不必……」。

選項2「てはすまされない」／為錯誤表達。

選項3「てはかかわらない」／無此文法。

選項4「てはやりきれない」／意為「……得受不了」。

譯文：雖說拍攝植物時天氣稍陰一點要比陽光燦爛好一些，但這哪裡是稍暗一點呀，簡直都暗透了。

5. 隣の部屋で音楽を流して
いる。うるさくて
（　　　）。

1 かなわない
2 もともとだ
3 なくもない
4 きりがない

5・答案：1

選項1「てかなわない」／意為「……得受不了」。

選項2「てもともとだ」／意為「……也沒什麼」。

選項3「てなくもない」／意為「並不是不……」。

選項4「てきりがない」／意為「沒完沒了」。

譯文：隔壁一直有音樂聲，實在是吵得讓人受不了。

6. 彼は今度のテロもアメリ
カがA国を手に入れるた
めに自作自演でやったと
言って（　　　）。

1 しかたがない
2 しかない
3 かねない
4 はばからない

6・答案：4

選項1「しかたがない」／意為「無法……」。

選項2「しかない」／意為「只有……」。

選項3「かねない」／意為「很有可能會……」。

選項4「はばからない」／意為「毫無顧忌地……」。

譯文：他毫不顧忌地說這次的恐怖襲擊是美國為了征服A國而自導自演的。

7. いつも彼女の文句ばかり
聞かされて（　　　）気持
ちだ。

1 やりきれない
2 すまない
3 きれない
4 いられない

7・答案：1

選項1「やりきれない」／意為「……得受不了」。

選項2「すまない」／意為「對不起」。

選項3「きれない」／意為「不能完全……」。

選項4「いられない」／意為「不要」。

譯文：老是聽她發牢騷，實在是受不了了。

8.

友人に裏切られたからと言って、いつまでも（　　）。

1　悲しんでばかりはいられない
2　悲しむにきまっている
3　悲しむことになっている
4　悲しむといったらありはしない

8・答案：1

選項1「てばかりはいられない」／意為「也不能總……」。

選項2「にきまっている」／意為「肯定……」。

選項3「ことになっている」／意為「按規定」。

選項4「といったらありはしない」／意為「……極了」。

譯文：雖說被朋友背叛了，但也不能一直傷心難過。

9.

寝転がって読書していても、こう暑くては（　　）。

1　やりきれない
2　かかわらない
3　かぎらない
4　とどまらない

9・答案：1

選項1「やりきれない」／意為「……得受不了」。

選項2「かかわらない」／意為「與……無關」。

選項3「かぎらない」／意為「不限於……」。

選項4「とどまらない」／意為「不限於……」。

譯文：就算只是躺著看書也覺得熱得受不了。

10.

いよいよ社会に出るよ。いつまでも学生気分では（　　）。

1　ほかならない
2　わけがない
3　ばかりではない
4　いられない

10・答案：4

選項1「ほかならない」／意為「正是……」。

選項2「わけがない」／意為「不可能……」。

選項3「ばかりではない」／意為「不只……」。

選項4「ではいられない」／意為「不能……」。

譯文：終於要進入社會啦，不能再給人一種學生的感覺了。

二、次の文の＿＿★＿＿に入る最もよいものを、1・2・3・4から一つ選びなさい。

練習問題	解説

11.

父が亡くなって2か月が過ぎた。これからの生活を＿＿＿＿ ＿＿＿＿ ＿★＿ ＿＿＿＿。

1　泣いて
2　はいられない
3　ばかり
4　考えると

11・答案：3

題幹：父が亡くなって2か月が過ぎた。これからの生活を考えると泣いてばかりはいられない。

解析：本題測驗「～てばかりはいられない」，前項通常接動詞て形，意為「也不能總……」。

譯文：父親去世已經有兩個月了。考慮到今後的生活也不能一直這樣哭下去。

12. 失業しているから、

_____ _____ _____
_____ ★ 。

1　て
2　かなわない
3　苦しく
4　生活が

12・答案：2

題幹：失業しているから、生活が苦しくてかなわない。

解析：本題測驗「～てかなわない」，前項通常接動詞て形、形容詞て形，意為「……得受不了」。

譯文：因為正處於失業狀態，所以生活無比艱辛。

---

13. _____ _____ ★ 本当に簡単かどうか確かめています。

1　言った
2　早く作って
3　てまえ、
4　簡単にできると

13・答案：3

題幹：簡単にできると言ったてまえ、早く作って本当に簡単かどうか確かめています。

解析：本題測驗「～てまえ」，前項通常接動詞た形、名詞＋の，意為「考慮到……」。

譯文：既然說了做起來十分輕鬆，那就快點做，確認一下是不是真的輕鬆。

---

14. 教育とは偏見を取り除く仕事だと思うが、

_____ _____ _____
_____ ★ 。

1　その学校は
2　はばからない
3　差別の増長を
4　許して

14・答案：2

題幹：教育とは偏見を取り除く仕事だと思うが、その学校は差別の増長を許してはばからない。

解析：本題測驗「～てはばからない」，前項通常接動詞て形，意為「毫無顧忌地……」。

譯文：所謂教育應該是消除偏見的工作，但那所學校卻毫不顧忌地放任歧視加劇。

---

15. 母が入院したので、

_____ ★ _____
_____ 。

1　いられない
2　ばかりしては
3　旅行
4　いままでのように

15・答案：4

題幹：母が入院したので、いままでのように旅行ばかりしてはいられない。

解析：本題測驗「～てはいられない」，前項通常接動詞て形、イ形容詞て形、ナ形容詞て形、名詞＋で，意為「無法……」。

譯文：母親住院了，我也不能像以前一樣老是去旅行了。

文法一覽表

❶ 今はまだ無名の新人だが、いつかきっとお笑い界で天下を取ってみせる。
→做給……看看；一定要……

❷ 調査事項の記入は鉛筆でもさしつかえない。
→即使……也無妨

❸ それでもこの仕事を辞めでもしたら後が辛いと思いますよ。
→如果……就……

❹ 一応第一志望だけど、だめでもともとだから、とりあえず受けてみるよ。
→……也沒什麼；……也不虧

❺ いつまでも考えていてもはじまらないから、目についた問題から片づけていこう。
→即使……也沒用；就算……也無濟於事

❻ これが、愛してやまない我が家の猫の写真よ。かわいいでしょう？
→……不已；非常……

❼ ごま油の風味が牛肉のうまみと相まって食欲をそそられる絶品料理の完成だ。
→與……相結合；加上……

❽ 夏休み最後の週末とあって、遊園地は家族連れであふれていた。
→因為……

文法解析

❶ 〜てみせる　做給……看看；一定要……

解說 表示說話者自己的意志和決心，或表示為了使別人理解而做某個動作給別人看。
句型 動詞て形＋みせる

- 今（いま）はまだ無名（むめい）の新人（しんじん）だが、いつかきっとお笑（わら）い界（かい）で天下（てんか）を取（と）ってみせる。
  雖然我現在還只是個沒有名氣的新人，但總有一天我會成為搞笑界的王者。

- 今年（ことし）は予選敗退（よせんはいたい）したが、来年（らいねん）は必（かなら）ずメダルを取（と）ってみせる。
  雖然今年在預賽就輸了，但明年我一定要奪得獎牌。

- 今度（こんど）の試験（しけん）は100点（てん）を取（と）ってみせますよ。
  下次考試我一定會拿100分。

注意事項 和表示嘗試做某事的句型「〜てみる」用法不同。

❷ ～てもさしつかえない　即使……也無妨

解說 是讓步表達方式，表示即使做某事也無妨。
句型
動詞て形
イ形容詞て形　　　┐
ナ形容詞て形　　　┘＋もさしつかえない
名詞＋でもさしつかえない

・こんなに大きな利益なら、前回の損失を指し引いてもさしつかえない。
　如果能獲得這麼大的利益，那麼憑此抵消上次的損失也無妨。
・歯科医師が通院しなくてもさしつかえないと診断した。
　牙科醫師診斷後說我可以不用定期去醫院。
・調査事項の記入は鉛筆でもさしつかえない。
　調查事項也可用鉛筆填寫。

注意事項 「さしつかえない」是動詞「差し支える」的否定形式。「差し支える」
意為「妨礙」、「有影響」。此句型與「～てもいい」、「～てもかまわ
ない」的意思基本相同，但語氣比較鄭重，用於正式的場合。

❸ ～でもしたら　如果……就……

解說 表示萬一或假如發生前面事項的話，會很難處理。
句型 動詞ます形＋でもしたら
・猫を助けるためにあんなに高い木の上にのぼるなんて、怪我でもしたらど
うするつもりだったの！
　居然為了救貓爬到那麼高的樹上，要是受傷了怎麼辦！
・それでもこの仕事を辞めでもしたら後が辛いと思いますよ。
　要是辭掉這份工作的話，以後會很辛苦的。
・これはとても重要な資料ですから、落としでもしたら大変ですよ。
　這是非常重要的資料，如果弄丟了，後果很嚴重。

注意事項 多用於突發事故或出現某狀況時，後面通常會接相應的後果或建議、提醒。

❹ ～てももともとだ　……也沒什麼；……也不虧

解說 表示即使發生了前面的事項也沒什麼，因為本來也沒有抱太大的希望。
句型
動詞て形
イ形容詞て形　　　┐
ナ形容詞て形　　　┘＋もともとだ

- 会^あえなくてもともとだから、寄^よってみようと思^{おも}ったのだ。

  見不到也沒什麼，我就只是順道去看看。

- じゃあ、次回^{じかい}に応募^{おうぼ}してみようかな。落^おちてもともとだからね。

  我準備下次試著報名參加看看，因為即使落榜也沒什麼大不了的。

- 一応第一志望^{いちおうだいいちしぼう}だけど、だめでもともとだから、とりあえず受^うけてみるよ。

  雖然這是第一志願，但是考不上也沒什麼，先試著考考看。

注意事項 前項通常是負面內容。多用於做某事會失敗或做一些成功的可能性比較小的事情的情況下。

---

❺ ～てもはじまらない 即使……也沒用；就算……也無濟於事

解說 表示即使做前項也沒用，無法挽回。
句型 動詞て形＋もはじまらない

- いつまでも考^{かんが}えていてもはじまらないから、目^めについた問題^{もんだい}から片^{かた}づけていこう。

  就算再怎麼想也沒用，先把能看到的問題解決掉吧。

- そんなことをいま言^いってもはじまらない。それは、自分^{じぶん}で学^{まな}びとらなければならないことだ。

  你說那些也沒用，這些東西你必須自己學會。

- 待^まっていてもはじまらない。

  再等下去也沒用。

注意事項 「はじまらない」是「始まる」的否定表達形式，意思相當於「むだだ」、「何にもならない」。此句型用於負面場合。

---

❻ ～てやまない ……不已；非常……

解說 表示某種感情一直持續著或表示迫切的願望。
句型 動詞て形＋やまない

- これが、愛^{あい}してやまない我^わが家^やの猫^{ねこ}の写真^{しゃしん}よ。かわいいでしょう？

  這是我家心愛貓咪的照片，可愛吧？

- 僕^{ぼく}が尊敬^{そんけい}してやまない木川先生^{きがわせんせい}が、今度^{こんど}コメンテーターとしてテレビに出^でることになった。

  我非常尊敬的木川老師，這次要上電視當解說員了。

- 新婚旅行^{しんこんりょこう}へ旅立^{たびだ}つ二人^{ふたり}を見送^{みおく}りながら、今後^{こんご}の幸^{しあわ}せを願^{ねが}ってやまなかった。

  看著踏上蜜月之旅的兩人，我衷心地祝願他們幸福。

注意事項 「やまない」是動詞「止む」的否定形式，表示「不停止」的意思。該句型前面通常接表示感情、意願、意志的動詞，表示那種感情一直持續著。通常在會話中不使用此句型。

❼ ～と相まって/～も相まって 與……相結合；加上……

解說 表示兩個因素相互作用，從而發生了後項的結果。

句型 名詞＋と＋名詞＋とが相まって
名詞＋は＋名詞＋と相まって
名詞＋は＋名詞＋も相まって

• ごま油の風味が牛肉のうまみと相まって食欲をそそられる絶品料理の完成だ。

芝麻油的獨特味道與牛肉的鮮味相結合，令人食欲大振的絕世美味就這樣完成了。

• 何日もかけて準備したのに研究発表当日は寝不足と緊張とが相まって頭が真っ白になってしまった。

明明準備多日，但是發表研究的當天因為睡眠不足再加上緊張，大腦變得一片空白。

注意事項 是書面語的表達方式。

❽ ～とあって 因為……

解說 表示原因、理由。後項是在前項的狀況下發生的結果或採取的行動。

句型 動詞普通形 ┐
名詞 ┘＋とあって

• 夏休み最後の週末とあって、遊園地は家族連れであふれていた。

因為是暑假最後的週末，所以遊樂場裡滿是舉家前來遊玩的人們。

• サッカー界のレジェンドの到着とあって、空港は記者とファンでごった返している。

足球界的傳奇人物來了，所以機場擠滿了記者和粉絲。

• 二度目の逮捕とあって、さすがの彼ももう芸能界への復帰は無理だろう。

這是他第二次被捕了，就算他再厲害也無望重返演藝圈了吧。

注意事項 「とあって」的意思相當於「という理由で」、「であった関係で」、「という状況なので」。前項表示原因，後項則是由前項導致的結果或採取的行動。後項不使用表示意志、推量的表達方式。

一、次の文の（　　　）に入れるのに最もよいものを、1・2・3・4から一つ選びなさい。

練習問題	解説
1. 労働者が休業中の場合には、定期健康診断を実施しなくても（　　）。 1　たまらない 2　さしつかえない 3　いたらない 4　かたくない	1・答案：2 選項1「たまらない」／意為「……得不得了」。 選項2「てさしつかえない」／意為「即使……也無妨」。 選項3「いたらない」／意為「不到……」。 選項4「かたくない」／意為「不難……」。 譯文：勞動者在停工的時候，不去定期體檢也無妨。
2. 母の病気がよくなることを願って（　　）。 1　すぎない 2　相違ない 3　やまない 4　たえない	2・答案：3 選項1「すぎない」／意為「不過是……」。 選項2「相違ない」／意為「一定……」。 選項3「てやまない」／意為「……不已」。 選項4「たえない」／意為「不勝……」。 譯文：一刻不停地祈禱著母親的病能好起來。
3. 日曜日（　　）、家族連れのお客様が多く見られました。 1　とあって 2　そばから 3　といえども 4　にしたって	3・答案：1 選項1「とあって」／意為「因為……」。 選項2「そばから」／意為「剛……就……」。 選項3「といえども」／意為「即使……」、「雖說……」。 選項4「にしたって」／意為「即使……也……」。 譯文：因為是星期天，所以攜家帶眷的顧客多了起來。
4. 過ごしやすくなってくるとともに、食欲が復活すること（　　）、ことさらおいしく感じる。 1　ともなく 2　にもまして 3　というもの 4　とあいまって	4・答案：4 選項1「ともなく」／意為「不知……」。 選項2「にもまして」／意為「比……更……」。 選項3「というもの」／意為「整整……」。 選項4「とあいまって」／意為「與……相結合」。 譯文：加上氣候變涼快之後食欲也恢復了，所以感覺特別美味。

5. 出来なくて（　　）。私
もパソコンに挑戦してみ
よう。
1　いかんだ
2　しだいだ
3　もともとだ
4　までのことだ

5．答案：3

選項1「いかん」／意為「根據……」。

選項2「しだいだ」／意為「要看……而定」。

選項3「てもともとだ」／意為「……也沒什麼」。

選項4「までのことだ」／意為「大不了……就是了」。

譯文：做不好也沒什麼，我準備嘗試挑戰學用電腦。

---

6. お世話になった先生のご
健康を祈って（　　）。
1　とわない
2　かかわらない
3　やまない
4　ちがいない

6．答案：3

選項1「とわない」／意為「不問……」。

選項2「かかわらない」／意為「與……無關」。

選項3「てやまない」／意為「……不已」。

選項4「ちがいない」／意為「一定是……」。

譯文：由衷祈禱照顧過我的老師身體健康。

---

7. これらの新鋭設備が当社
の独創力（　　）、業界
初の新製品を次々と生み
出していきました。
1　とばかりに
2　ともなると
3　とあいまって
4　とともに

7．答案：3

選項1「とばかりに」／意為「幾乎就要說……」。

選項2「ともなると」／意為「要是……」。

選項3「とあいまって」／意為「與……相結合」。

選項4「とともに」／意為「和……一起」。

譯文：這些新型設備再加上本公司的創造力，不斷地製造出了開創業界先河的新產品。

---

8. その店のラーメンは安く
ておいしい（　　）、い
つもたくさんの客が並ん
でいる。
1　とあって
2　にかぎって
3　かと思ったら
4　からには

8．答案：1

選項1「とあって」／意為「因為……」。

選項2「にかぎって」／意為「只有……」。

選項3「かと思ったら」／意為「以為……原來……」。

選項4「からには」／意為「既然……」。

譯文：因為那家店的拉麵又便宜又好吃，所以經常有很多客人在排隊。

---

9. きっと自分の力で最後ま
でやり遂げて（　　）。
1　しまつだ
2　みせる
3　きわまりない
4　みえる

9．答案：2

選項1「しまつだ」／意為「結果竟然……」。

選項2「てみせる」／意為「做給……看看」。

選項3「きわまりない」／意為「極其」。

選項4「みえる」／意為「能看到……」

譯文：我一定要靠自己的力量做到最後。

147

10. 勝って欲しいけど、負けて（　　）とも思ってるので、冷静に応援します。

1　もともとだ
2　あたらない
3　とおりだ
4　たりない

10・答案：1

選項1「てもともとだ」／意為「……也沒什麼」。

選項2「あたらない」／意為「不必……」。

選項3「とおりだ」／意為「正如……」。

選項4「たりない」／意為「不足」。

譯文：我們要抱著「雖然想要獲勝，但輸了也沒什麼」的心態冷靜地加油助威。

---

11. 円高（　　）、日経平均はなかなか2万円の壁を越えられない。

1　ときたら
2　とおもいきや
3　にもかかわらず
4　もあいまって

11・答案：4

選項1「ときたら」／意為「說起……」。

選項2「とおもいきや」／意為「原以為……但出乎意料的是……」。

選項3「にもかかわらず」／意為「無論……」。

選項4「もあいまって」／意為「與……相結合」。

譯文：再加上日元升值，日經平均股價指數遲遲突破不了2萬日元大關。

---

12. 政策の不甲斐なさが大臣の不適切発言（　　）、内閣の支持率は低下の一途をたどっている。

1　と言えば
2　とあいまって
3　をかわきりに
4　をきっかけに

12・答案：2

選項1「と言えば」／意為「說到……」。

選項2「とあいまって」／意為「與……相結合」。

選項3「をかわきりに」／意為「以……為開端」。

選項4「をきっかけに」／意為「以……為契機」。

譯文：政策上的疲軟再加上大臣不恰當的言論，導致內閣的支持率一路下滑。

---

13. 皆勤賞で記念品がもらえる（　　）夏休みのラジオ体操はいつも元気な子供たちでいっぱいだ。

1　とあって
2　として
3　とあっても
4　とすると

13・答案：1

選項1「とあって」／意為「因為……」。

選項2「として」／意為「作為……」。

選項3「とあっても」／意為「就算是……」。

選項4「とすると」／意為「如果……」。

譯文：因為全勤的話會有紀念品，所以有很多精神飽滿的孩子們來做暑假的廣播體操。

14. 人気芸能人が来る
（　　）、スーパーの
イベントブースは黒山
の人だかりだ。

1　とあって
2　とあっても
3　とすると
4　とされても

14・答案：1

選項1「とあって」／意為「因為……」。
選項2「とあっても」／意為「就算是……」。
選項3「とすると」／意為「如果……」。
選項4「とされとも」／意為「就算被……」。

譯文：因為來了人氣藝人，所以超市的活動區人山人海。

15. あの人は、裁判官をし
ていたと（　　）、弁
護士になった今でも幅
広い視野と公平性を
保っている。

1　あって
2　あれば
3　思いきや
4　思えば

15・答案：1

選項1「とあって」／意為「因為……」。
選項2「とあれば」／意為「如果是……」。
選項3「と思いきや」／意為「原以為……但出乎意料的是……」。
選項4「と思えば」／意為「以為……」。

譯文：那個人以前是法官，所以現在即使當了律師也擁有廣闊的視野，並保持公正。

16. 二度目の結婚（　　）、
披露宴はごく親しい友人
だけを招待した。

1　にして
2　にあって
3　として
4　とあって

16・答案：4

選項1「にして」／意為「到了……階段，才……」。
選項2「にあって」／意為「處於……」。
選項3「として」／意為「作為……」。
選項4「とあって」／意為「因為……」。

譯文：因為是第二次結婚，所以婚禮只邀請了非常親近的朋友。

二、次の文の＿＿★＿＿に入る最もよいものを、1・2・3・4から一つ選びなさい。

練習問題　　　　　　　　　　　解說

17. ＿＿＿＿ ＿＿＿＿ ＿＿＿＿
＿＿★＿＿、今回の台風の
被害は予想以上のもの
となった。

1　が
2　大雨
3　相まって
4　強風と

17・答案：3

題幹：強風と大雨が相まって、今回の台風の被害は予想以上のものとなった。
解析：本題測驗「～とあいまって/～もあいまって」，前項通常接名詞，意為「與……相結合」。

譯文：強風加上大雨，這次的颱風受災情況超出了預想範圍。

18. 母国の選手がオリンピック大会で＿＿＿＿＿＿ ★ ＿＿＿＿ ＿＿＿＿。

1 取ることを
2 やまない
3 期待して
4 金メダルを

18・答案：1

題幹：母国の選手がオリンピック大会で、金メダルを取ることを期待してやまない。

解析：本題測驗「～てやまない」，前項通常接動詞て形，意為「……不已」。

譯文：我十分期待本國的選手在奧運會中取得金牌。

---

19. ＿＿＿＿＿ ★ 伊勢神宮は多くの参拝客でにぎわっている。

1 とあって
2 式年遷宮
3 20年に
4 一度の

19・答案：1

題幹：20年に一度の式年遷宮とあって伊勢神宮は多くの参拝客でにぎわっている。

解析：本題測驗「～とあって」，前項通常接名詞、動詞普通形，意為「因為……」。

譯文：因為是20年一次的「式年遷宮」，所以伊勢神宮來了很多參拜的客人，熱鬧非凡。

---

20. 団体の場合なら＿＿＿＿ ＿＿＿＿ ＿＿＿＿ ★ だろう。

1 500円程度
2 さしつかえない
3 一人当たり
4 でも

20・答案：2

題幹：団体の場合なら一人当たり500円程度でもさしつかえないだろう。

解析：本題測驗「～てもさしつかえない」，常見接續有：動詞て形、イ形容詞て形、ナ形容詞て形＋もさしつかえない，或者名詞＋でもさしつかえない，意為「即使……也無妨」。

譯文：如果是團體形式的話，每人500日元左右也是可以的。

---

21. その機械の使い方が分からないので、＿＿＿＿ ＿＿＿＿ ★ ＿＿＿＿。

1 やって
2 くれませんか
3 見せて
4 一度

21・答案：3

題幹：その機械の使い方が分からないので、一度やって見せてくれませんか。

解析：本題測驗「～てみせる」，前項通常接動詞て形，意為「做給……看看」。

譯文：我不太懂那個機器的操作方式，能不能為我示範一遍呢？

一、次の文の（　　　）に入れるのに最もよいものを、1・2・3・4から一つ選びなさい。

練習問題	解說

1. 大学卒だなどと言っても手紙（　　）満足に書けない。

1　すら
2　からして
3　だけに
4　なり

1・答案：1

選項1「すら」／意為「連……都……」。

選項2「からして」／意為「從……來看」。

選項3「だけに」／意為「畢竟……」。

選項4「なり」／意為「一……就……」。

譯文：明明說自己是大學畢業，但是連封信都寫不好。

---

2. 子供が掃除する（　　　）散らかすから、もう諦めたくなった。

1　かたがた
2　ばかりか
3　そばから
4　にもまして

2・答案：3

選項1「かたがた」／意為「順便……」。

選項2「ばかりか」／意為「不僅……而且……」。

選項3「そばから」／意為「剛……就……」。

選項4「にもまして」／意為「比……更……」。

譯文：我剛才打掃完就被孩子弄亂了，已經想要放棄了。

---

3. 失敗を失敗のまま終わらせていれば（　　）が、何故失敗したのだろうと考えるべきだ。

1　それまでのことだ
2　かかわらない
3　ともかくだ
4　ありはしない

3・答案：1

選項1「それまでのことだ」／意為「如果……就完了」。

選項2「かかわらない」／意為「與……無關」。

選項3「ともかくだ」／意為「總之……」。

選項4「ありはしない」／意為「沒有……」。

譯文：如果放任失敗那就完了，應該思考為什麼會失敗。

---

4. 教える（　　）教えたのだから、後は自分で復習しなさい。

1　からは
2　だけは
3　ことには
4　おりに

4・答案：2

選項1「から」／意為「因為」。

選項2「だけは」／意為「能……都……」。

選項3「ことには」／意為「據……說」。

選項4「おりに」／意為「……機會」。

譯文：能教的我都教了，接下來請自己複習吧。

5. 私はストレートの新卒で
アピール点もないので、
仕事がある（　　）と
思っています。
1　ということだ
2　とおりだ
3　だけましだ
4　さておきだ

5・答案：3

選項1「ということだ」／意為「聽説……」。

選項2「とおりだ」／意為「正如……」。

選項3「だけましだ」／意為「幸好……」。

選項4「さておき」／意為「暫且不説……」。

譯文：我是個剛畢業的應屆生，也沒有什麼值得誇耀的
地方，所以有找到工作已經不錯了。

---

6. （　　）暑いのに火なん
か焚いたらたまらない。
1　わりには
2　たとえ
3　あまりに
4　ただでさえ

6・答案：4

選項1「わりには」／意為「雖然……但是……」。

選項2「たとえ」／意為「哪怕……」。

選項3「あまりに」／意為「過於……」。

選項4「ただでさえ」／意為「本來就……」。

譯文：本來就很熱了，要是再生火的話，誰受得了！

---

7. この問題は先進諸国はす
でに解決済みで、ただ日
本（　　）が大幅に立ち
遅れていたのだ。
1　すら
2　いかん
3　のみ
4　ばかり

7・答案：3

選項1「すら」／意為「連……都……」。

選項2「いかん」／意為「根據……」。

選項3「ただ〜のみ」／意為「唯有……」。

選項4「ばかり」／意為「唯有……」。

譯文：這個問題其他先進國家已經解決了，只有日本還
大幅度落後。

---

8. 周りの人が何を言った
（　　）、彼は自分の意
見を曲げないだろう。
1　ところで
2　ときたら
3　とみえて
4　とすれば

8・答案：1

選項1「たところで」／意為「即使……也……」。

選項2「ときたら」／意為「説起……」。

選項3「とみえて」／意為「看來……」。

選項4「とすれば」／意為「如果……」。

譯文：不管周圍的人説什麼，他都不會改變自己的觀點
吧。

9. 50年前には、今日のよう
な日本の繁栄は想像
（　　）しなかった。
1　どころか
2　むけに
3　だに
4　ぬきに

9・答案：3

選項1「どころか」／意為「哪裡……」。

選項2「むけに」／意為「面向……」。

選項3「だに」／意為「就連……也……」。

選項4「ぬきに」／意為「去掉……」。

譯文：日本今天的繁華景象，在50年前連想都不敢想。

10. こんなテレビゲームをや
る時、一瞬（　　）気を
抜くことができない。
1　までして
2　かぎりでは
3　からいうと
4　たりとも

10・答案：4

選項1「までして」／意為「甚至到……的程度」。

選項2「かぎり」／意為「儘量……」。

選項3「からいうと」／意為「從……方面來説」。

選項4「たりとも」／意為「即使……也……」。

譯文：在玩這種電視遊戲的時候，一秒都不能鬆懈。

11. エアコンが故障してい
るので、部屋は暑くて
は（　　）。
1　かまわない
2　かなわない
3　かなうだろう
4　かまうだろう

11・答案：2

選項1「かまわない」／意為「沒關係」。

選項2「かなわない」／前面加「ては」構成句型，意為
「……得受不了」。

選項3「かなうだろう」／意為「實現吧」。

選項4「かまうだろう」／意為「擔心吧」。

譯文：因為空調壞了，所以房間裡熱得受不了。

12. 国の代表（　　）機関
で働くのなら、それな
りのほこりと覚悟を
もってください。
1　ですら
2　からの
3　たる
4　というより

12・答案：3

選項1「ですら」／意為「連……都……」。

選項2「からの」／意為「竟有……之多」。

選項3「たる」／意為「作為……」。

選項4「というより」／意為「比起……」。

譯文：既然是在代表國家的機關工作，就請抱持相應的
榮譽感與覺悟。

13. 彼は、山田さん（　　）、
加藤さん（　　）、反対す
る者は容赦しないと言って
いる。
1　だろうが/だろうが
2　とか/とか
3　とは/とは
4　なら/なら

13・答案：1

選項1「だろうが/だろうが」／意為「不管是……還是……」。

選項2「とか/とか」／意為「……或……」。

選項3「とは/とは」／無此句型，單用「とは」時，意為
「所謂的」。

選項4「なら/なら」／無此句型，單用「なら」時，意為
「如果……」。

譯文：他說不管是山田先生還是加藤先生，只要是反對
的人，概不寬恕。

14. 風に吹き飛ばされた赤い帽子は木の葉のように浮き（　）沈み（　）川を流れていった。

1　たら／たら
2　やら／やら
3　であれ／であれ
4　つ／つ

14・答案：4

選項1「たら／たら」／無此文法。

選項2「やら／やら」／意為「又……又……」。

選項3「であれ／であれ」／意為「無論……還是……」。

選項4「つ／つ」／意為「時而……時而……」。

譯文：被風吹走的紅帽子如同葉子一般，載浮載沉地隨流而去了。

---

15. 靴は脱ぎ（　）にしないで、きちんと揃えておきなさい。

1　あげく
2　きり
3　まま
4　っぱなし

15・答案：4

選項1「あげく」／意為「……的結果」。

選項2「きり」／意為「一直……」。

選項3「まま」／意為「保持著原樣」。

選項4「っぱなし」／意為「保持著……的狀態」。

譯文：不要把鞋子隨處亂放，請一脫下來就收拾好。

---

16. 学校教育（　）家庭教育（　）、長い目で子供の将来を考えたほうがいい。

1　せいか／せいか
2　とか／とか
3　にして／にして
4　であれ／であれ

16・答案：4

選項1「せいか／せいか」／無此句型，單用「せいか」時意為「也許是因為……」。

選項2「とか／とか」／意為「……或……」。

選項3「にして／にして」／無此句型。

選項4「であれ／であれ」／意為「無論……還是……」。

譯文：無論是學校教育還是家庭教育，最好用長遠的目光來思考孩子的將來。

---

17. 運動し始めてから（　）体が元気になった。

1　というもの
2　ところを
3　とはいえ
4　としても

17・答案：1

選項1「てからというもの」／意為「自從……之後就……」。

選項2「ところを」／意為「在……的時候」。

選項3「とはいえ」／意為「雖然……但是……」。

選項4「としても」／意為「即使……也……」。

譯文：自從開始運動之後，身體變得好起來了。

18. 私個人は、TVを巡る諸法規は食品衛生法と同程度に厳しくて（　　）と考えている。

1　しかるべきだ
2　ほどほどだ
3　たまらない
4　しかない

18・答案：1

選項1「てしかるべきだ」／意為「當然要……」。
選項2「ほどほどだ」／意為「適可而止」。
選項3「てたまらない」／意為「……不得了」。
選項4「しかない」／意為「只能……」。

譯文：我個人認為，與電視傳媒相關的各項法規都應與食品衛生法一樣從嚴制定。

---

19. 渡辺さんはぜいたくはせず、常に人々のためを考えた。これが指導者の姿勢（　　）。

1　いかんだ
2　にすぎない
3　でなくてなんだろう
4　といったところだ

19・答案：3

選項1「いかんだ」／意為「根據……」。
選項2「にすぎない」／意為「不過是……」。
選項3「でなくてなんだろう」／意為「不是……又是什麼呢」。
選項4「といったところだ」／意為「也就是……」。

譯文：渡邊先生從不鋪張浪費，常常為他人著想。這不是指導者該抱持的心態又是什麼？

---

20. そこで「日本料理はソースの国の料理」（　　）と考えられた。

1　ではあるまいか
2　ところだ
3　ではあるまいし
4　とおりだ

20・答案：1

選項1「ではあるまいか」／意為「難道不是……嗎」。
選項2「ところだ」／意為「剛剛……」。
選項3「ではあるまいし」／意為「又不是……」。
選項4「とおりだ」／意為「正如……」。

譯文：因此，我認為「日本料理難道不是醬料之國的料理」嗎？

---

21. お客さんがそろそろお着きになったので、のんびりお茶など飲んでは（　　）。

1　いられない
2　なれない
3　すぎない
4　すまない

21・答案：1

選項1「てはいられない」／意為「不能……」。
選項2「てはなれない」／意為「不能變得……」。
選項3「すぎない」／意為「不過是……」。
選項4「てはすまない」／意為「如果……就不能解決問題」。

譯文：客人馬上就要到了，不能再這麼悠哉地喝茶了。

22. 朝もすっかり日が昇ると、こう蒸し暑くては（　　）。

1　きれない
2　かなわない
3　きわまりない
4　かねない

22・答案：2

選項1「きれない」／意為「不能完全……」。

選項2「てはかなわない」／意為「……得受不了」。

選項3「きわまりない」／意為「極其」。

選項4「かねない」／意為「很可能……」。

譯文：早上也是，太陽升起來後，就會悶熱得讓人受不了。

23. 子供を育てる上で、誉めて（　　）ことは十分承知してる。

1　ばかりはおかない
2　ばかりはいられない
3　しかたがない
4　しようがない

23・答案：2

選項1「ばかりはおかない」／無此句型。

選項2「てばかりはいられない」／意為「也不能總……」。

選項3「てしかたがない」／意為「特別……」。

選項4「てしようがない」／意為「沒辦法……」。

譯文：我清楚知道，教育子女的時候不能一味地表揚。

24. 一日も早く被災地が復興することを心から願って（　　）。

1　やみません
2　あたりません
3　きまりません
4　たりません

24・答案：1

選項1「てやみません」／意為「……不已」。

選項2「にあたりません」／意為「不必……」。

選項3「きまりません」／意為「不一定……」。

選項4「てたりません」／意為「不足……」。

譯文：由衷盼望受災地能早日復興。

25. 彼の才能は人一倍の努力（　　）、見事に花を咲かせた。

1　としても
2　と相まって
3　において
4　にいたって

25・答案：2

選項1「としても」／意為「即使……也……」。

選項2「とあいまって」／意為「與……相結合」。

選項3「において」／意為「在……方面」。

選項4「にいたって」／意為「到……」。

譯文：他有天賦，再加上比常人加倍努力，終於獲得了成功。

二、次の文の＿★＿に入る最もよいものを、1・2・3・4から一つ選びなさい。

練習問題	解説

26. ＿＿＿＿＿ ＿＿＿＿＿ ＿＿★＿、山は紅葉を楽しむ人でいっぱいだ。

1　晴天の
2　とあって
3　休日
4　久しぶりの

26・答案：2

題幹：久しぶりの晴天の休日とあって、山は紅葉を楽しむ人でいっぱいだ。

解析：本題測驗「～とあって」，前項通常接名詞、動詞普通形，意為「因為……」。

譯文：難得在假日碰到晴天，所以到山裡觀賞紅葉的人很多。

27. 小島先生が、_____
　　___★___ _____ _____、
　　と言いました。
1　やりなさい
2　もともとだけど
3　おもいっきり
4　負けて

27・答案：2
題幹：小島さんが、負けてもともとだけどおもいっきりやりなさい、と言いました。
解析：本題測驗「～てもともとだ」，前項通常接動詞て形、イ形容詞て形、ナ形容詞て形，意為「……也沒什麼」。
譯文：小島先生說，就算輸了也沒什麼，請下定決心迎難而上吧。

28. _____
　　___★___ のではないかと
　　思います。
1　持って
2　さしつかえない
3　普通の運転免許は
4　いなくても

28・答案：2
題幹：普通の運転免許は持っていなくてもさしつかえないのではないかと思います。
解析：本題測驗「～てもさしつかえない」，常見接續有：動詞て形、イ形容詞て形、ナ形容詞て形＋もさしつかえない，或者名詞＋でもさしつかえない，意為「即使……也無妨」。
譯文：我覺得就算沒拿到普通駕照也不要緊的吧。

29. _____ ___★___ _____
　　_____あるわけがない。
1　ではあるまいし、
2　現実に
3　そんな都合のいい偶然
4　テレビドラマ

29・答案：1
題幹：テレビドラマではあるまいし、現実にそんな都合のいい偶然あるわけがない。
解析：本題測驗「ではあるまいし」，前項通常接名詞，意為「又不是……」。
譯文：又不是電視劇，現實中不可能有那麼恰到好處的偶然。

30. _____
　　___★___使わない人ですね。
1　誰であれ
2　丁寧な言葉を
3　相手が
4　あの人は

30・答案：2
題幹：相手が誰であれあの人は丁寧な言葉を使わない人ですね。
解析：本題測驗「～であれ」，前項通常接疑問詞、ナ形容詞詞幹，たとえ/どんな＋名詞，意為「即使……也要……」。
譯文：不管是對誰，那個人的用詞都不是很禮貌。

三、次の文章を読んで、31から35の中に入る最もよいものを、1・2・3・4から一つ選びなさい。

　　私が住む琵琶湖の南岸の新興住宅地のかたわらには昔からの集落がある。そこにはこんもりとした森に囲まれた社や寺もあって、時々散歩に出かけるのだ

が、道で出会うと顔も知らない人からもよく会釈され、「こんにちは。」と挨拶される。

　散歩に出る私の足をそちらに向けさせるのは、どうも古びた土塀の色やひなびた立ち木の趣とともに、道で会う人のそうした31であるような気がする。

　32、数百軒の家が整然と立ち並ぶこちら側の住宅地では、隣近所の人を除けば、顔は見知っていても道で挨拶するのはほんの一握りの人とだけだ。住宅地の境界で挨拶（表情）地帯と無挨拶（無表情）地帯が画然と分かれるのである。こうした郊外も含めて、日本の都市生活をなにかあじけないものにしているのは、そこに生きる人間のそんな表情の乏しさではないだろうか。

　もちろん、街で次々とすれ違う無数の顔に一々33。たまたま一時的に空間を共有する人すべてに笑顔を作って挨拶する煩わしさから免除されるのが都市という空間34。

　しかしながら、欧米でも知らない人間が出会うといつも礼儀的無関心を装う35。微笑みや言葉を交わしたり、挨拶したりすることがエチケットとして認められている場面もある。パーティーなどでは当然そうだが、狭い道や列車の通路ですれ違ったりする時など、ちょっと微笑んでみせる社交的習慣がある。

練習問題	解説
31. 1　言葉 2　表情 3　散歩 4　笑顔	**31・答案：2** 選項1／語言 選項2／表情 選項3／散步 選項4／笑臉 譯文：我覺得讓我想要去那裡散步的原因是古香古色的土牆和帶有鄉土氣息的樹木，以及在道路上遇到的人們臉上的表情。
32. 1　なるほど 2　再び 3　もしかして 4　ところが	**32・答案：4** 選項1／原來如此 選項2／再次 選項3／莫非 選項4／但是 譯文：但是，在數百棟房子整齊排列的住宅區這邊，除了鄰居外，即使在路上看到熟面孔，我會和對方打招呼的人，大概一隻手就能數得出來。

33.

1　会釈するに決まっている
2　会釈などしてはいられない
3　会釈してすむことではない
4　会釈せずにはおかない

33・答案：2

選項1／肯定會打招呼

選項2／不會打招呼

選項3／不是打個招呼就可以的

選項4／必然會打招呼

譯文：當然，我也不會跟每一個在街上擦肩而過的人打招呼。

34.

1　でもあるだろう
2　ばかりだろう
3　とまではいかない
4　といったらありはしない

34・答案：1

選項1／不也是嗎

選項2／都是吧

選項3／不至於

選項4／極其

譯文：讓人們可以不必一一撐起笑容與碰巧暫時共用同個空間的人互相打招呼，都市不也正是這樣的一個空間嗎。

35.

1　ものではない
2　べくもない
3　わけではない
4　のみではない

35・答案：3

選項1／不要……

選項2／不應該……

選項3／並不是……

選項4／不僅僅……

譯文：但是，即使在歐美國家，人們也並不是一看見陌生人就都禮貌地假裝自己漠不關心。

── 文法一覧表 ──

❶ サッカーの試合とあれば野球の試合と違って選手同士の接触は免れない。
→如果是……

❷ 料理の腕といい、性格の良さといい、申し分のないお嫁さんだ。
→不論……還是…… ；……也好……也好

❸ 新型コロナウイルスの流行で、マスクというマスクが一斉に薬局から消えてしまった。
→所有的…… ；全部的……

❹ 日本のアニメ映画は、ただ面白いだけでなく、悲しいというか、切ないというか、いいようのない感動を人々に与えると思う。
→是……還是…… ；或者説……或者説……

❺ 治療は第一段階の終わったというところです。これからも根気よく続けていきましょう。
→也就是…… ；頂多……

❻ 田中さんの後に池田さん、池田さんの次に鈴木さんというふうに順番を決めればいいんじゃないかな。
→像……一様

❼ 彼が留学してから、この一カ月というもの何の連絡もない。
→整整…… ；整個……

❽ 国会議員といえども選挙で落選すればただの人だ。
→即使…… ；雖説……

── 文法解析 ──

❶ ～とあっては/～とあれば　如果是……

解説 表示如果在前面的這種狀況下，就會發生後面的結果或採取後面的行動。

句型
動詞普通形
イ形容詞普通形
ナ形容詞普通形 ┤+とあっては/とあれば
名詞

・サッカーの試合とあれば野球の試合と違って選手同士の接触は免れない。
和棒球比賽不同，足球比賽時，選手之間難免會有身體上的接觸。

- 私の家族を非難されたとあっては、反論せずにはいられない。
  如果我的家人遭人非難，那麼我一定會進行反駁。
- 価格が高価とあっては入手は困難だと思う。
  如果價格昂貴，那麼我們可能難以買到它。
- 田中先生の送別会とあっては出席しないわけにはいかない。
  如果是田中老師的送別會，那麼我們必須出席。

注意事項 該句型的意思等同於「であれば」，屬於書面語。在口語中用「たら」、「なら」即可。

❷ ～といい～といい　不論……還是……；……也好……也好

解說 表示列舉的兩個事例均不例外。
句型 名詞＋といい＋名詞＋といい

- 料理の腕といい、性格の良さといい、申し分のないお嫁さんだ。
  無論是做菜水準還是性格脾氣，這個老婆都無可挑剔。
- 人当たりの良さといい、話術の巧みさといい、彼女は人気のマルチタレントになるに違いない。無論是待人接物還是說話方式，她都做得非常好，一定會成為一個受歡迎的全方位藝人。
- 中国といい、日本といい、韓国といい、ベトナムといい、お箸を使う国の食文化には何らかの共通点がある。無論是中國、日本、韓國還是越南，只要是使用筷子的國家，飲食文化多少都會有些共通之處。

注意事項 此句型主要用於對事物的評價。意思相近的句型有：「～といわず～といわず」。列舉同類中具有代表性的兩件事物或某個事物的兩個方面，暗示其他都是如此。

❸ ～という　所有的……；全部的……

解說 表示全部、一切之意。
句型 名詞＋という＋同じ名詞

- 新型コロナウイルスの流行で、マスクというマスクが一斉に薬局から消えてしまった。
  由於新冠病毒盛行，藥局裡所有的口罩銷售一空。
- 不景気で、会社という会社は潰れてしまった。
  由於經濟不景氣，所有公司都倒閉了。
- 深夜になって、店という店は閉まっている。到了深夜，所有店鋪都關門了。

注意事項 常用於書面語。

❹ ～というか～というか　是……還是……；或者說……或者說……

解說 表示對前項的人或事的一些印象或判斷等。

句型 動詞辞書形＋というか＋動詞辞書形
　　 イ形容詞辞書形＋というか＋イ形容詞辞書形
　　 ナ形容詞語幹＋というか＋ナ形容詞語幹　　＋というか
　　 名詞＋というか＋名詞

・プロポーズをされた時の気持ちは、照れくさいというか、嬉しいというか、なかなか説明しにくい。
　　被人求婚的時候，我不知道自己是害羞還是高興，總之難以形容。
・この果物は甘いというか、すっぱいというか、妙な味です。
　　這個水果難以形容其味道是甜還是酸，總之味道很奇妙。
・日本のアニメ映画は、ただ面白いだけでなく、悲しいというか、切ないというか、いいようのない感動を人々に与えると思う。
　　日本的動畫電影不僅有趣，還能給人一種難以言表的感動。有時悲傷，有時遺憾。

注意事項 先列舉一些說話者對某些事物或人的印象，其後多為總結性的判斷。

❺ ～というところだ／～といったところだ　也就是……；頂多……

解說 表示大體上是這樣的狀態或程度。

句型 動詞普通形
　　 名詞　　＋というところだ／といったところだ

・二次面接の結果はひとまず手応えがあったといったところだ。
　　關於第二輪面試的結果，我覺得自己表現得還不錯。
・治療は第一段階の終わったというところです。これからも根気よく続けていきましょう。
　　第一階段治療告一段落，接下來也要繼續堅持啊！
・僕にとって読書は脳内銀行というところかな。読んだら知識を貯金して必要な時に引き出すんだ。
　　對我來說，閱讀就像儲蓄，讀完以後知識儲存在大腦這個銀行裡，需要時再領出來。

注意事項 此句型的用法不同於表示傳聞或解釋的「～ということだ」，也不同於表示評價或說明事物性質的「～というものだ」。

❻ ～というふうに 像……一樣

解説 表示舉例説明某種方式、狀態等。

句型 動詞辞書形
名詞 ┐＋というふうに

- 田中さんの後に池田さん、池田さんの次に鈴木さんというふうに順番を決めればいいんじゃないかな。

  田中後面是池田，池田後面是鈴木，像這樣排出順序不就好了嗎？

- 本日は、小島、鈴木、両構成員が欠席というふうに伺っております。

  聽説今天小島、鈴木兩位成員缺席。

- 福岡市にとっての死活問題は水であるというふうに聞いております。

  聽説對於福岡市來説，水資源是生死攸關的問題。

注意事項 意思相近的句型有：「～ように」、「～とおりに」。

❼ ～というもの 整整……；整個……

解説 接在表示時間的名詞之後，表示在整個時段之内，持續進行某個動作或保持某種狀態。

句型 名詞＋というもの

- 彼が留学してから、この一カ月というもの何の連絡もない。

  他去留學以後，這一個月都沒有任何消息。

- この一週間というものほとんどどこにも出かけていない。

  這一週我幾乎都沒出門。

- 夏休みになってから、うちの子は一週間というもの部屋を離れないで漫画を読んでいる。

  自從暑假開始後，我家的孩子整整一週都沒有離開房間，一直在房間裡看漫畫。

注意事項 意思相近的句型有：「～てからというもの」。

❽ ～といえども 即使……；雖説……

解説 表示讓步的表達方式。舉出一個極端的例子，説明與一般的情況沒有區別。

句型 動詞普通形
イ形容詞普通形
ナ形容詞普通形
名詞 ┐＋といえども

163

- 売上げは昨年に比べて伸びた**といえども**、まだ5年前の半分だ。
  雖説銷售額比去年增多了，但也只有5年前的一半而已。
- 今日は寒い**といえども**、5度ぐらいですよ。
  今天雖説很冷，但也就5度左右啊。
- 国会議員**といえども**選挙で落選すればただの人だ。
  就算是國會議員，選輸了也就是個普通人。

注意事項 常用於正式場合或書面語。

──── 即刻挑戰 ────

一、次の文の（　　　）に入れるのに最もよいものを、1・2・3・4から一つ選びな
さい。

練習問題	解說
1. 親切（　　）お節介 （　　）、彼はいつも他 人のことを口にします。 1　というか/というか 2　とは/とは 3　にしろ/にしろ 4　やら/やら	1・答案：1 選項1「というか/というか」／意為「是……還是……」。 選項2「とは/とは」／無此句型，單用「とは」時，意為「所謂的……」。 選項3「にしろ/にしろ」／意為「無論是……還是……」。 選項4「やら/やら」／意為「……之類的……之類的」。 **譯文：**該說他是待人熱情呢還是愛多管閒事呢，他總是談論別人的事情。
2. そのメロンは高いが、味 （　　）香り（　　）、 最高だよ。 1　といって/といって 2　といい/といい 3　のみか/のみか 4　なんか/なんか	2・答案：2 選項1「といって/といって」／無此句型，單用「といって」時，意為「説是……」。 選項2「といい/といい」／意為「不論……還是……」。 選項3「のみか/のみか」／無此句型，單用「のみか」時，意為「不僅……而且……」。 選項4「なんか/なんか」／意為「……之類的」。 **譯文：**這顆哈密瓜雖然頗貴，但無論是味道還是香氣都絕佳。

3.

せっかくの休みといっても、せいぜい日帰りで郊外に出かける（　　）。

1　というところだ
2　といったらない
3　にすぎない
4　しまつだ

3・答案：1

選項1「というところだ」／意為「也就是……」、「頂多……」。

選項2「といったらない」／意為「沒有比……更……」。

選項3「にすぎない」／意為「只不過……」。

選項4「しまつだ」／意為「結果竟然……」。

譯文：雖說是難得的假期，但也只能去郊外一日遊而已。

4.

その織物は柄（　　）色（　　）、気に入っている。

1　すら/すら
2　とは/とは
3　というか/というか
4　といい/といい

4・答案：4

選項1「すら/すら」／作為句型不存在，而單獨使用「すら」時，意為「連……都……」。

選項2「とは/とは」／作為句型不存在，而單獨使用「とは」時，意為「所謂的……」。

選項3「というか/というか」／意為「是……還是……」。

選項4「といい/といい」／意為「不論……還是……」。

譯文：這個紡織品無論是花樣還是顏色我都很喜歡。

5.

有名な大学を（　　）といえども、最近はいい就職先を見つけるのは難しい。

1　卒業した
2　卒業しない
3　卒業して
4　卒業しよう

5・答案：1

選項1「卒業した」／意為「畢業」，是過去式。

選項2「卒業しない」／意為「不畢業」。

選項3「卒業して」／意為「畢業」，是一般現在式。

選項4「卒業しよう」／意為「想要畢業」。

譯文：最近即使是知名大學畢業的學生，也很難找到好工作。

6.

人前でそんなことを言うなんて、無神経（　　）、無知（　　）、本当に嫌になった。

1　なら/なら
2　であれ/であれ
3　だけに/だけに
4　というか/というか

6・答案：4

選項1「なら/なら」／無此句型，單用「なら」時，意為「要是……」。

選項2「であれ/であれ」／意為「無論……還是……」。

選項3「だけに/だけに」／作為句型不存在，而單獨使用「だけに」時，意為「正因為……」。

選項4「というか/というか」／意為「是……還是……」。

譯文：在眾人面前說那樣的話，究竟是不知輕重還是無知愚笨？真討厭！

7. たとえ企業（　　）、売
上や利益に結びつける事
ばかりを考えていては、
新しい芽は育ちません。

1　とあいまって
2　といえども
3　とあって
4　というより

7・答案：2

選項1「とあいまって」／意為「與……結合」。

選項2「といえども」／意為「雖説……」。

選項3「とあって」／意為「因為……」。

選項4「というより」／意為「與其……還不如……」。

譯文：雖説是企業，可如果一心只考慮營業額和利潤，是不會有新發展的。

---

8. 大連から北京へ転勤して
から、二ヶ月あまり
（　　）彼はゆっくり休
む暇もないほど忙しい。

1　というもの
2　にせよ
3　からいって
4　というと

8・答案：1

選項1「というもの」／意為「整整……」、「整個……」。

選項2「にせよ」／意為「即使……」。

選項3「からいって」／意為「從……來説」。

選項4「というと」／意為「提起……」。

譯文：他從大連調到北京以後，整整兩個多月，忙得不可開交，根本無暇休息。

---

9. 今月は北京、来月は天津
（　　）、毎月どこか近
くに旅行することにし
た。

1　にあって
2　とばかりに
3　ならでは
4　というふうに

9・答案：4

選項1「にあって」／意為「在……之中」、「處於……」。

選項2「とばかりに」／意為「顯出……的樣子」。

選項3「ならでは」／意為「只有……才有……」。

選項4「というふうに」／意為「像……一樣」。

譯文：我決定這個月去北京，下個月去天津，每個月都去附近的地方旅行。

---

10. あなたのお願い
（　　）、私は断れな
いよ。

1　からして
2　かぎりでは
3　とあれば
4　とはいえ

10・答案：3

選項1「からして」／意為「從……來看」。

選項2「かぎりでは」／意為「在……範圍」。

選項3「とあれば」／意為「如果是……」。

選項4「とはいえ」／意為「雖然……但是……」。

譯文：如果是你的要求，我是無法拒絕的。

11.

企画部の佐藤君はすごいねえ。発想力（　　）行動力（　　）、彼の右に出るものはいないんじゃないか。

1　だの/だの
2　とも/とも
3　なり/なり
4　といい/といい

11・答案：4

選項1「だの/だの」／意為「……之類的……之類的」。

選項2「とも/とも」／無此句型，單用「とも」時意為「不管……都……」。

選項3「なり/なり」／意為「……也好……也好」。

選項4「といい/といい」／意為「不論……還是……」。

譯文：企劃部的佐藤好厲害啊！無論是想像力還是行動力，誰也比不過他。

12.

こんなに大変な作業も彼女の手にかかれば朝飯前と（　　）。

1　いえばこそだ
2　いってこそだ
3　いったところだ
4　いわんところだ

12・答案：3

選項1「いえばこそだ」／意為「正因為說……」。

選項2「いってこそだ」／意為「只有說……才……」

選項3「いったところだ」／意為「也就是……」、「頂多……」。

選項4「いわんところだ」／無此句型。

譯文：即使是這麼棘手的工作，只要她出手就易如反掌。

13.

地図で見ると遠そうだが、抜け道を走れば1時間（　　）。

1　といってはいられない
2　というほどだ
3　といったところだ
4　というものでもない

13・答案：3

選項1「といってはいられない」／意為「不能說……」。

選項2「というほどだ」／意為「……的程度」。

選項3「といったところだ」／意為「也就是……」、「頂多……」。

選項4「というものでもない」／意為「並不是……」、「並非……」。

譯文：從地圖上看好像很遠，但如果走近路的話也就1個小時的路程。

14.

東京の中心部にくつろげる空間を作りたいと思っています。都会のオアシスといった（　　）でしょうか。

1　こと
2　ばかり
3　とき
4　ところ

14・答案：4

選項1「こと」／意為「……的事情」。

選項2「ばかり」／意為「剛剛……」。

選項3「とき」／意為「……的時候」。

選項4「といったところだ」／意為「也就是……」、「頂多……」。

譯文：我想在東京中心打造一個能讓人舒心愜意的空間，也就是類似於城市綠洲一樣的地方吧。

15. 今のままでは過半数の賛成を得るのは難しいだろう。せいぜい三分の一（　　）。

1　に上る
2　といったところだ
3　でもあるまい
4　どころではない

15・答案：2

選項1「に上る」／意為「數量高達……」。

選項2「といったところだ」／意為「也就是……」、「頂多……」。

選項3「でもあるまい」／意為「……也不……吧」。

選項4「どころではない」／意為「不是……的時候」、「哪能……」。

譯文：這樣下去的話很難獲得半數以上的贊成票，最多也就三分之一吧。

---

16. ここまで壊れてしまうと、さすがの私と（　　）修理するには3日はかかる。

1　いえども
2　いえれば
3　いうならまだしも
4　いったからには

16・答案：1

選項1「といえども」／意為「雖説……」、「即使……」。

選項2「いえれば」／意為「如果能説……的話」。

選項3「いうならまだしも」／意為「要是……的話還説得過去，但是……」。

選項4「いったからには」／意為「既然説了……」。

譯文：壞成這樣，就算是我來修理，至少也要花三天時間。

二、次の文の　★　に入る最もよいものを、1・2・3・4から一つ選びなさい。

練習問題	解説

17. かろうじて＿＿＿＿＿
＿＿＿ ＿＿＿ ＿★＿だろう。

1　しないか
2　予選を
3　といったところ
4　通過するか

17・答案：3

題幹：かろうじて予選を通過するかしないかといったところだろう。

解析：本題測驗「といったところだ」，前項通常接名詞或動詞普通形，意為「也就是……」、「頂多……」。

譯文：也就是不知道能否通過預賽的水準吧。

---

18. 不況の波を乗り越えるため、＿＿＿＿ ＿★＿
＿＿＿ ＿＿＿。

1　といえども
2　休まず
3　日曜
4　働かねばならない

18・答案：1

題幹：不況の波を乗り越えるため、日曜といえども休まず働かねばならない。

解析：本題測驗「といえども」，前項通常接名詞或動詞、イ形容詞、ナ形容詞普通形，意為「雖説……」、「即使……」。

譯文：為了渡過難關，即使是週日也不休息，一直工作。

19. 中国では両替は＿＿＿＿
＿＿＿＿ ＿＿＿ ★ 書
いてあったような気が
する。

1 やっても
2 どこで
3 というふうに
4 同じ

19・答案：3

題幹：中国では両替はどこでやっても同じというふうに書いてあったような気がする。

解析：本題測驗「というふうに」，前項通常接名詞或動詞、イ形容詞、ナ形容詞普通形，意為「像……一樣」。

譯文：我記得好像寫著「在中國，無論在哪裡兌換外幣都一樣」。

---

20. ＿＿＿＿ ★ ＿＿＿
＿＿＿＿し、夜も寝付か
れない。

1 というもの
2 喉を通らない
3 まる3日3晩
4 食事も

20・答案：1

題幹：まる3日3晩というもの食事も喉を通らないし、夜も寝付かれない。

解析：本題測驗「というもの」，前項通常接表示時間的名詞，意為「整整……」。

譯文：整整三天三夜，我吃不下飯睡不好覺。

---

21. ＿＿＿＿ ＿＿＿＿
＿＿＿ ★ 、何でもやって
あげようと思います。

1 くれる
2 貸して
3 とあれば
4 お金を

21・答案：3

題幹：お金を貸してくれるとあれば、何でもやってあげようと思います。

解析：本題測驗「とあれば」，前項通常接名詞或動詞、イ形容詞、ナ形容詞普通形，意為「如果是……」。

譯文：你要是借錢給我的話，我願意為你做任何事情。

―― 文法一覧表 ――

❶ 京都の暑さといったらないね。たまに行くならいいけど住むのは大変だと思うよ。
→沒有比……更……；……極了

❷ 日本のアニメは世界中を席巻したと言っても過言ではないだろう。
→説是……也不為過

❸ 漫画といわずアニメといわず日本のサブカルチャーは世界から愛されている。
→無論是……還是……；……也好……也好

❹ 小さい妹が泣きやまない、どうしたものか。
→對於……不知該怎麼辦

❺ 日本語の勉強は簡単だと思いきやどんどん難しくなることを実感した。
→本來以為……；原以為……但出乎意料的是……

❻ 父が入院してから、看病しなくてはいけないとかいうことで、彼は仕事を休んでいる。
→説是……

❼ 途中で事故だったとかで、彼は1時間ほど遅刻してきた。
→説是……；據説……

❽ あの子ときたらアイドルなら誰でもいいみたい。
→提起……；説起……

❾ みんなで楽しくご飯を食べているところを仕事の電話で邪魔されてしまった。
→在……的時候

❿ お休み中のところをお電話してすみませんでした。
→在……的時候

―― 文法解析 ――

❶ ～といったらない／～ったらない／～といったらありはしない／～といったらありゃしない 沒有比……更……；……極了

解説 表示前項的程度是最高的，以至於無法形容。

句型
イ形容詞普通形
名詞
┐
└ +
といったらない／っったらない／
といったらありはしない／といったらありゃしない

- 京都の暑さといったらないね。たまに行くならいいけど住むのは大変だと思うよ。

  京都實在太熱了！偶爾去一次還行，要是在那裡住的話真是吃不消。

- 彼の言い方はひどいったらない。いくら頭に来たからって、もう少し礼儀をわきまえなければ話し合いにすらないじゃないか。

  他的説話方式太過分了！不管多生氣，如果不講禮貌的話，就連商量也沒得商量。

- 一刻も早く助成金の申請をしたいのだが、方法が複雑すぎるといったらありはしない。

  雖然我想儘快申請補助金，但是申請方法也太複雜了。

- あの人の発言は無責任といったらありゃしない。聞くたびに神経を逆なでされる。

  他的發言也太不負責任了，每次聽他講話我都氣到不行。

注意事項 「といったらない」既可表示褒義也可表示貶義。「～といったらありはしない」只用於表示貶義。「～といったらありゃしない」是更口語化的説法，常常省略為「～ったらありゃしない」。

❷ ～といっても言い過ぎではない／～といっても過言ではない
説是……也不為過

解説 表示即使這樣説也不過分。

句型 動詞普通形
イ形容詞普通形
ナ形容詞普通形　＋といっても言い過ぎではない/といっても過言ではない
名詞

- 人が多いだけで、実態は荒廃しきっているといっても言い過ぎではないだろう。

  雖然有很多人，但是實際上這片區域十分荒涼。

- この問題を解決するにはけっこう難しいといっても言い過ぎではない。

  可以説要解決這個問題非常困難。

- 日本のアニメは世界中を席巻したと言っても過言ではないだろう。

  就算説日本動畫已經風靡全世界了也不為過吧。

注意事項 常用於加強述説力道，是書面語表達方式。

❸ ～といわず～といわず 無論是……還是……；……也好……也好

解説 列舉兩個有代表性的例子，暗示所有事情都是如此。

名詞＋といわず＋名詞＋といわず

• 漫画といわずアニメといわず日本のサブカルチャーは世界から愛されている。

漫畫也好，動畫也好，日本的次文化受到全世界的喜愛。

• 広さといわず環境といわず、このアパートはなかなか気に入っている。

這棟公寓不管大小還是環境，我都非常喜歡。

• このシャツ、色といわずデザインといわず、あなたによく似合いますよ。

不管是顏色還是設計，這個襯衫都非常適合你。

注意事項 意思相近的句型有：「～といい～といい」。

❹ どうしたものか/どうしたものだろうか　對於……不知該怎麼辦

解說 表示感到為難，不知該怎麼辦。

• せっかくの好意を無にできず、友人から着なくなった服をもらってしまったが、捨てるに捨てられずどうしたものか悩んでいる。

朋友把不穿的衣服送給我，我不好拒絕朋友的好意便收下了，但是想扔又扔不得，不知道怎麼辦才好。

• 小さい妹が泣きやまない、どうしたものか。

年幼的妹妹哭個不停，我不知該怎麼辦。

• つい壊してしまった彼の携帯電話はどうしたものだろうか。

我不小心弄壞了他的手機，不知該怎麼辦。

注意事項 此句型經常用於自問自答，也可用於向對方提問。意思相近的句型有「どうしたのか」，但「どうしたのか」僅用於問對方怎麼了。

❺ ～と思いきや　本來以為……；原以為……但出乎意料的是……

解說 表示出乎意料，預料和結果相反。

句型 動詞普通形　　　　　┐
　　　イ形容詞普通形　　　├＋と思いきや
　　　ナ形容詞普通形　　　│
　　　名詞　　　　　　　　┘

• あのまま表舞台から消えると思いきや俳優として見事な復活を果たした。

原以為他會就這麼告別舞臺，沒想到又作為演員滿血復活。

• 新しい先生は厳しいと思いきや、優しい一面もあった。

我本以為新老師很嚴厲，但沒想到他也有溫柔的一面。

- 日本語の勉強は簡単だと思いきやどんどん難しくなることを実感した。

  原以為日語很簡單，沒想到越學越難。

注意事項 多用於書面語。意思相近的句型有：「～かと思ったら」、「～かと思えば」、「～かと思うと」。

❻ ～とか（いう） 說是……

解說 用於把聽到的內容傳達給別人的場合。

句型 接在名詞或引用句之後。

- 彼女が「車ってどれも同じに見えるよね」とかいうんだよ。新車を買おうと思っていたけどやめようかなあ。

  女友說：「車子看起來都一個樣啊！」我原本打算買輛新車，可她都這樣說了，我是不是應該作罷呢？

- A「お母さん、ニコニコホームとかいう会社の人が来て床下の点検をさせてくれって。」

  B「あ、それ詐欺かもしれないから、とりあえず断って。」

  A：媽媽，有個叫什麼NIKONIKO家居公司的人說要來檢查一下地板下面。

  B：啊，那很有可能是詐騙，先拒絕吧。

- 父が入院してから、看病しなくてはいけないとかいうことで、彼は仕事を休んでいる。

  聽說是因為父親住院，需要有人照料，所以他才沒來上班。

注意事項 有對傳達內容的準確性無法完全把握的含義。

❼ ～とかで 說是……；據說……

解說 表示前項的原因、理由是從別人那裡聽說的。

句型 ［動詞、イ形容詞］の普通形＋とかで

ナ形容詞語幹
名詞 　　　　┐＋だ＋とかで

- 体調が悪いとかで、鈴木さんから二日間の休暇願いが出ています。

  鈴木想請兩天假，說自己身體不舒服。

- 途中で事故だったとかで、彼は1時間ほど遅刻してきた。

  他遲到了1個小時，說是因為半路上發生了事故。

注意事項 該句型為口語表達。

173

❽ ～ときたら 提起……；說起……

解說 表示提起一個話題，後面對此進行評論或敘述。

句型 名詞＋ときたら

- あの子ときたらアイドルなら誰でもいいみたい。
  説起那個孩子，好像只要是個偶像誰都可以一樣。
- 部長ときたらここのところ毎日遅刻するのよ。あれじゃ部長じゃなくて社長出勤ね。
  説起部長，最近他天天遲到，這已經不是部長而是社長的上班節奏了。

注意事項 多含有不滿、責備或自嘲的語氣。

❾ ～ところを A：在……的時候

B：在……的時候

A：在……的時候

解說 表示在某個時候發生了後面的事項。前面表示某段時間或某個場面，後項動作在前項條件下發生。

句型 動詞普通形＋ところを

- 先生は生徒が遊んでいるところを教室の窓から見ていた。
  老師透過教室的窗戶看著正在玩耍的學生們。
- 人々がぐっすり寝込んだところを突然の揺れが襲った。
  當人們熟睡的時候，大地突然搖晃起來了。
- みんなで楽しくご飯を食べているところを仕事の電話で邪魔されてしまった。
  大家正在一起開開心心吃飯的時候，有工作相關的電話打進來，真掃興。

注意事項 表示後項對於前面事項的直接作用，一般後續動詞是「見る」、「見かける」、「見つける」、「発見する」等表示視覺或發現意義的動詞，或「呼び止める」、「捕まえる」、「捕まる」、「襲う」、「助ける」等表示停止、攻擊、救助之類的詞語。有時還表示本來要出現的事態卻沒有出現，反而出現了與前項矛盾、相反的事態。

B：在……的時候

解說 用於給對方添麻煩的場合。

句型
動詞普通形
動詞ます形＋中＋の
イ形容詞普通形 ┐＋ところを
名詞＋の ┘

• 本日はお忙しいところをおじゃまいたしまして……
  今天在您如此忙碌的時候打擾您，實在是非常抱歉。

• お休み中のところをお電話してすみませんでした。
  在您休息的時候打電話給您，真是對不起。

• お楽しみのところを恐縮ですが、ちょっとお時間をくださいませんか。
  在您正開心的時候打擾您實在抱歉，可以給我一點時間嗎？

注意事項 後面通常是委託、致歉、致謝等內容。

———— 即刻挑戰 ————

一、次の文の（　　　）に入れるのに最もよいものを、1・2・3・4から一つ選びなさい。

練習問題	解說
1. 私達夫婦が歩いてこられたのも、インターネットがあって始めて可能になった（　　　）と思います。 1　きりだ 2　ことはない 3　というものだ 4　といっても言い過ぎではない	1・答案：4 選項1「きりだ」／意為「……之後就沒有……」。 選項2「ことはない」／意為「不必……」、「用不著……」。 選項3「というものだ」／意為「也就是……」。 選項4「といっても言い過ぎではない」／意為「說是……也不為過」。 **譯文：我們夫妻倆之所以能夠走到今天，全都是因為有了網路。**
2. アルゼンチンの優勝間違いなし（　　　）、ドイツチームに逆転された。 1　と思いきや 2　というより 3　とあれば 4　とはいえ	2・答案：1 選項1「と思いきや」／意為「原以為……但出乎意料的是……」。 選項2「というより」／意為「與其……還不如……」。 選項3「とあれば」／意為「如果……」。 選項4「とはいえ」／意為「雖然……但是……」。 **譯文：原以為阿根廷隊肯定獲勝，沒想到卻被德國隊反超。**

175

3. 気候（　　）、景色
　（　　）、そこは休暇を
　過ごすには最高の所だ。

1　とか/とか
2　といわず/といわず
3　というか/というか
4　といって/といって

3・答案：2

選項1「とか/とか」／意為「……之類的……之類的」。

選項2「といわず/といわず」／意為「無論是……還
是……」、「……也好……也好」。

選項3「というか/というか」／意為「是……還是……」。

選項4「といって/といって」／作為句型不存在，而單獨使
用「といって」時，意為「説是……，但是……」。

**譯文：無論是氣候還是景色，那裡都是休假的不二之
選。**

---

4. 私たちより弱いチームに
　負けて、悔しいと（　　）
　なかった。

1　いえば
2　したら
3　きても
4　いったら

4・答案：4

選項1「いえば」／意為「説起……」、「説到……」。

選項2「したら」／意為「如果……」。

選項3「きても」／無此句型。

選項4「といったらない」／意為「沒有比……更……」、
「……極了」。

譯文：輸給比我們還弱的隊伍，真是太不甘心了！

---

5. 華やかな笑顔になる娘を
　抱きしめるときのうれし
　さ（　　）。

1　ということだ
2　といったところだ
3　といったらない
4　といえないことだ

5・答案：3

選項1「ということだ」／意為「據説……」、「聽説……」。

選項2「といったところだ」／意為「也就是……」、「頂
多……」。

選項3「といったらない」／意為「沒有比……更……」、
「……極了」。

選項4「といえないことだ」／意為「不能説……」。

譯文：抱著滿臉笑容的女兒，我的心裡別提多高興了！

---

6. うちの子供たち（　　）、
　テレビ、漫画、ゲームば
　かりで、ちっとも勉強しな
　い。

1　といえども
2　ときたら
3　にしては
4　にあたって

6・答案：2

選項1「といえども」／意為「雖説……」。

選項2「ときたら」／意為「説起……」、「提起……」。

選項3「にしては」／意為「就……而言」。

選項4「にあたって」／意為「在……的時候」。

**譯文：提起我們家的孩子啊，不是看電視、看漫畫就是
打遊戲，完全不讀書！**

7. その兄弟は兄（　　）弟
（　　）努力家だった。

1　というか/というか
2　であろう/であろう
3　にしたら/にしたら
4　といわず/といわず

7・答案：4

選項1「というか/というか」／意為「是……還是……」。

選項2「であろう/であろう」／作為句型不存在，而單獨使用「であろう」時，等同「だろう」，意為「……吧」。

選項3「にしたら/にしたら」／無此句型，單獨使用「にしたら」時，意為「作為……來説……」。

選項4「といわず/といわず」／意為「無論是……還是……」。

譯文：他們兄弟倆，無論是哥哥還是弟弟都非常努力。

8. うちの息子（　　）、学
校にも行かずにアルバイ
トばかりしている。

1　によると
2　ときたら
3　にひきかえ
4　といったら

8・答案：2

選項1「によると」／意為「據説……」。

選項2「ときたら」／意為「説起……」、「提起……」。

選項3「にひきかえ」／意為「與……相反」。

選項4「といったら」／意為「提起……」、「説起……」，帶有感嘆或驚訝的語氣。

譯文：説起我兒子，整天也不上學，就知道打工。

9. 明日から冬休みでゆっく
り休める（　　）、どっ
さり宿題が出された。

1　からいって
2　というと
3　と思いきや
4　とあって

9・答案：3

選項1「からいって」／意為「從……來説」。

選項2「というと」／意為「説起……」、「提起……」。

選項3「と思いきや」／意為「原以為……但出乎意料的是……」。

選項4「とあって」／意為「因為……」。

譯文：明天開始放寒假，原以為可以好好休息一下，沒想到被出了一堆作業！

10. 最近の若者（　　）、
目上に対する言葉の使
い方ひとつ知らないと
聞いている。

1　ときたら
2　でさえ
3　というのは
4　というものは

10・答案：1

選項1「ときたら」／意為「説起……」、「提起……」。

選項2「でさえ」／意為「連……」。

選項3「というのは」／意為「……就是……」。

選項4「というものは」／意為「所謂……」。

譯文：聽説現在的年輕人，連該怎麼對上級説話都搞不清楚。

11. 強行採決の際の国会の混乱と（　　）なかった。

1　いっても
2　いうけど
3　いうのに
4　いったら

11・答案：4

選項1「といっても」／意為「雖説……但……」。
選項2「いうけど」／意為「雖説……」。
選項3「いうのに」／意為「明明説……」。
選項4「といったら」／與後項「ない」連用，意為「沒有比……更……」。

譯文：強行表決時，國會亂作一團。

12. 突然の事故で家族を失った彼の悲しみようと（　　）。

1　いうならこまった
2　いってもよかった
3　いったらなかった
4　いうしだいだった

12・答案：3

選項1「いうならこまった」／意為「要是説……的話就難辦了」。
選項2「いってもよかった」／意為「可以説……」。
選項3「といったらなかった」／意為「沒有比……更……」。
選項4「いうしだいだった」／意思不明確。

譯文：突如其來的事故奪走了他的家人，他別提有多傷心了！

13. 20年ぶりの同窓会に出席して、懐かしい（　　）なかった。

1　っきゃ
2　っては
3　ったら
4　ってのに

13・答案：3

選項1「っきゃ」／無此句型。
選項2「っては」／無此句型。
選項3「ったらなかった」／意為「沒有比……更……」。
選項4「ってのに」／無此句型。

譯文：時隔20年參加同學會，心裡無比懷念。

14. 100万円の投資で毎月3万円の配当があるなんて、胡散臭い（　　）。

1　わけがない
2　ったらない
3　じゃすまない
4　ってことはない

14・答案：2

選項1「わけがない」／意為「不會……」、「不可能……」。
選項2「ったらない」／意為「沒有比……更……」。
選項3「じゃすまない」／意為「要是……的話就不行」。
選項4「ってことはない」／意為「沒有……的必要」。

譯文：投資100萬日元，每月可得3萬日元紅利，真是太可疑了。

15. 28歳の若さで亡くなる なんて残念（ 　 ）。

1　といったらない
2　にすぎない
3　ほどのことではない
4　ともかぎらない

15・答案：1

選項1「といったらない」／意為「沒有比……更……」。

選項2「にすぎない」／意為「只不過是……」。

選項3「ほどのことではない」／意為「沒有達到……的地步」。

選項4「ともかぎらない」／意為「未必……」、「不一定……」。

譯文：28歳英年早逝，真是太可惜了！

16. 年商1億の会社の社長だ と聞いたので、さぞか し贅沢をしていると思 いきや、（ 　 ）。

1　ほどほどに贅沢をしている らしい
2　毎日の食事はとても質素だ そうだ
3　毎日豪勢な食事会を開いて いるとのことだ
4　買い物は一人でいくらしい

16・答案：2

選項1「ほどほどに贅沢をしているらしい」／意為「好像稍微有點奢侈」。

選項2「毎日の食事はとても質素だそうだ」／意為「聽說每天的飯菜非常簡單」。

選項3「毎日豪勢な食事会を開いているとのことだ」／意為「聽說每天都舉行豪華的餐會」。

選項4「買い物は一人でいくらしい」／意為「好像獨自去購物」。

譯文：聽說他是年銷售額達一億日元的公司社長，原以為他的生活一定很奢侈，沒想到每天的飯菜非常簡單。

17. 毎日感染者数が減って きたので予定通り緊急 事態宣言が解除される （ 　 ）、もう1週間延 長することを決めたそ うだ。

1　と思いきや
2　といえども
3　とばかりに
4　というもので

17・答案：1

選項1「と思いきや」／意為「原以為……但出乎意料的是……」。

選項2「といえども」／意為「雖說……」。

選項3「とばかりに」／意為「顯出……的樣子」。

選項4「というもので」／意為「這才是……」。

譯文：每天的感染人數都在減少，原以為會按計劃解除緊急事態，沒想到聽說還要延長一週。

18. コールセンターの人数が減ったと聞いて（　　）、意外にもすぐにつながった。

1　待たされたかと思えば
2　待たされることと思い
3　待たされるかとおもいきや
4　待たされたことと思うが

18．答案：3

選項1「待たされたかと思えば」／意為「本以為被迫等了……」。

選項2「待たされることと思い」／意為「認為不得不等」。

選項3「待たされるかとおもいきや」／意為「原以為不得不等」。

選項4「待たされたことと思うが」／意為「雖然覺得不得不等了……」。

譯文：聽說客服中心的人數減少了，原以為會不得不等上一段時間，沒想到電話很快就接通了。

19. 妹と（　　）、最近できた恋人の話ばかりしてくる。

1　すれば
2　したら
3　あれば
4　きたら

19．答案：4

選項1「すれば」／意為「假設……」。

選項2「したら」／意為「假設……」。

選項3「とあれば」／意為「如果是……」。

選項4「ときたら」／意為「説起……」、「提起……」。

譯文：說起我的妹妹，最近張口閉口總是離不開新交的男朋友。

20. 最近の子供の名前と（　　）、不思議な漢字の読み方ばかりだ。キラキラネームと言われているらしい。

1　あれば
2　いえども
3　ばかりに
4　きたら

20．答案：4

選項1「とあれば」／意為「如果是……」。

選項2「いえども」／意為「雖説……」。

選項3「とばかりに」／意為「顯出……的樣子」。

選項4「ときたら」／意為「説起……」、「提起……」。

譯文：說起最近孩子的名字，淨是一些讀音莫名其妙的漢字，據說這樣的名字被稱作是「閃亮名字」。

21. うちの猫（　　）安い餌には見向きもしないの。

1　となると
2　とみるや
3　ときたら
4　とあれば

21．答案：3

選項1「となると」／意為「如果……」。

選項2「とみるや」／意為「一看到……馬上就……」、「知道……後馬上就……」。

選項3「ときたら」／意為「説起……」、「提起……」。

選項4「とあれば」／意為「如果是……」。

譯文：說起我家的貓啊，對那些便宜的貓糧看都不看。

二、次の文の ___★___ に入る最もよいものを、1・2・3・4から一つ選びなさい。

練習問題	解說

22. その中でも「さらば恋人」という歌は70年代歌謡を代表するスタンダードナンバー___★_____ _____ _____。

1 ではない
2 と言っても
3 はずです
4 過言

22・答案：2

題幹：その中でも「さらば恋人」という歌は70年代歌謡を代表するスタンダードナンバーと言っても過言ではないはずです。

解析：本題測驗「と言っても過言ではない」，前項通常接名詞或動詞、イ形容詞、ナ形容詞普通形，意為「即使說……也不為過」。

譯文：其中，《再見我的愛人》這首歌曲歷久不衰，稱其為20世紀70年代優秀歌曲的代表也不為過。

23. 彼は、私が_____ ___★_____ _____ _____。

1 ところを
2 くれた
3 困っている
4 助けて

23・答案：1

題幹：彼は、私が困っているところを助けてくれた。

解析：本題測驗「ところを」，前項通常接名詞＋の或動詞、イ形容詞、ナ形容詞普通形，意為「在……的時候」。

譯文：他在我為難的時候幫助了我。

24. _____ _____ ___★_____ _____。近くにバス停もないし、商店もない。

1 ありゃしない
2 といったら
3 私の家は
4 不便だ

24・答案：2

題幹：私の家は不便だといったらありゃしない。近くにバス停もないし、商店もない。

解析：本題測驗「といったらありゃしない」，前項通常接名詞或イ形容詞普通形，意為「沒有比……更……」。

譯文：我家住的地方別提多不方便了，附近既沒有公車站，也沒有商店。

25. 祖母は_____ _____ ___★_____、また怪我で入院した。

1 と思いきや
2 治って
3 退院した
4 病気が

25・答案：1

題幹：祖母は病気が治って退院したと思いきや、また怪我で入院した。

解析：本題測驗「と思いきや」，前項通常接名詞或動詞、イ形容詞、ナ形容詞普通形，意為「原以為……但出乎意料的是……」。

譯文：原以為祖母已經痊癒出院，沒想到她又因為受傷住進了醫院。

26. 夜分こんなに遅くなっ
て本当に申し訳ありま
せんね。＿＿＿＿ ★＿＿＿
＿＿＿ ＿＿＿。

1 ところを
2 すみません
3 起こして
4 お休みの

26・答案：1
題幹：夜分こんなに遅くなって本当に申し訳ありません
ね。お休みのところを起こしてすみません。
解析：本題測驗「ところを」，前項通常接名詞＋の或動
詞、イ形容詞、ナ形容詞連體形，意為「在……的時候」。
譯文：這麼晚打擾您非常抱歉，真不好意思把您吵醒。

27. おしゃべりの鈴木さん
が一言もしゃべらない
ので、何かあった
＿＿＿＿ ＿＿＿ ★＿＿＿
＿＿＿歯が痛いだけ
だった。

1 と
2 ただ
3 思いきや
4 か

27・答案：3
題幹：おしゃべりの鈴木さんが一言もしゃべらないので、
何かあったかと思いきやただ歯が痛いだけだった。
解析：本題測驗「と思いきや」，前項通常接名詞或動詞、
イ形容詞、ナ形容詞普通形，意為「原以為……但出乎意料
的是……」。
**譯文：平時健談的鈴木今天竟然一言不發，本以為是不
是發生了什麼事，可原來他只是牙痛而已。**

ノート

—— 文法一覽表 ——

❶ わたしとしたことが社長のカップを間違えるなんて……秘書失格だわ。
→竟然；怎麼會

❷ 帰るとしたところで、こんなに遅くては地下鉄もないでしょう。
→即使……也……

❸ 古代、病気や災害は悪い霊が原因で発生するとされていた。
→看成……；視為……

❹ 耐震基準をクリアした建物とて本当に大地震が来たらどうなるかわからない。
→即使是……

❺ たとえ病気だとて明日の会議に出席しなければならない。
→即使……

❻ さんざん大口をたたいておいて、いざとなったら真っ先に逃げてしまうんだからまったく頼りない男だ。
→如果……；假如……

❼ 保険会社から不審火の疑いがあるとの報告を受け、事故調査委員会が調査を開始した。
→……的

❽ 教育ママとは自分の子供の教育に熱心な母親のことです。
→所謂……

❾ 日本語がこんなに難しかったとは、考えが甘かった。
→竟然……；難道……

❿ 猫が好きとはいえ、靴下から鞄まで全部猫の柄にするのはどうかと思うよ。
→雖然……但是……

⓫ 冷蔵庫を開けると待っていましたとばかりに猫が走ってきた。牛乳をここから出すことがわかっているんだな。
→幾乎就要説……；顯出……的樣子

—— 文法解析 ——

❶ ～としたことが 竟然；怎麼會

解說 一般在做錯某事時使用，而這種錯誤通常是不太可能出現的。指包括自己在內的人由於疏忽或考慮不周而犯了意想不到的錯誤。

句型 名詞＋としたことが

- わたしとしたことが社長のカップを間違えるなんて……秘書失格だわ。
  我竟然弄錯了社長的杯子，作為祕書我可真是失職啊！
- 危うく詐欺にあうところだった。僕としたことが娘の声を聞き間違えるなんて……
  差點就被騙了！我竟然能聽錯女兒的聲音，真是的！
- 妻の誕生日を忘れるなんて、わたしとしたことがどうしたんでしょう。
  我竟然把妻子的生日給忘了！我這是怎麼了！

注意事項 該句型接在表示人的名詞後，後項多是對該人平時不太可能出現的言行、態度或者失誤表示驚訝，一般用於講述身邊比較熟悉的人的事情。

❷ ～としたところで／～としたって　即使……也……

解說 表示逆接，「～としたところで」、「～としたって」意思等同於「～としても」、「～にしたところで」、「～にしたって」、「～にしても」。

句型 動詞普通形
イ形容詞普通形 ┐＋としたところで／としたって
名詞 ┘

- 帰るとしたところで、こんなに遅くては地下鉄もないでしょう。
  即使你要回去，這麼晚也沒有地鐵了。
- その品は安いとしたって4万円はくだらないよ。
  那件商品即使再便宜，價格也不會低於4萬日元吧。
- 社長としたところで、全てのことは自分で決めることができない。
  即使是社長，也不能自己決定所有的事情。

注意事項 後項往往是否定的或負面的內容。

❸ ～とする　看成……；視為……

解說 表示「看成……」、「判斷為……」的意思。
句型 動詞普通形
イ形容詞普通形
ナ形容詞語幹＋だ ┐＋とする
名詞（＋だ）┘

- 古代、病気や災害は悪い霊が原因で発生するとされていた。
  在古代，人們認為疾病和災害的發生是因為有惡靈在作怪。

第一週

第二週

第三週

第三天

第四週

第五週

- 裁判長は責任は被告側にあるとします。
  審判長認為責任在被告方。
- 酔ったうえでの失言だとして、彼の責任は問われないことになった。
  那件事被判定為酒後失言，他的責任不予追究。

④ ～とて A：即使是……

B：即使……

A：即使是……

解說 表示即使是前項也不例外。
句型 名詞＋とて

- 日本では、法の番人の検察官とて自分の出世に興味がない人は少ない。
  在日本，即便是作為執法人的檢察官中，也很少有人不對出人頭地感興趣。
- 耐震基準をクリアした建物とて本当に大地震が来たらどうなるかわからない。
  雖然建築物完全符合耐震標準，但是真正發生大地震時會如何尚未可知。
- 社長とて、何でも自分勝手にできるというものではない。
  即使是社長，也不能所有事情都一意孤行。

注意事項 此表達方式有些陳舊，口語中常用「だって」的形式。

B：即使……

解說 表示讓步關係，前項和後項矛盾或相反。
句型 動詞た形 ┐
        名詞＋だ ┘＋とて

- いくら頼んだとて、彼はその仕事を引き受けてくれない。
  不管如何請求，他都不接受那份工作。
- たとえ病気だとて明日の会議に出席しなければならない。
  即使生病也必須出席明天的會議。
- たとえ子供だとて、その言葉の意味が分かるだろう。
  即使是孩子，也明白那個詞的意思吧。

注意事項 多用於書面語。常與「いくら」、「どんなに」、「たとえ」等副詞搭配
使用。

❺ ～となると/～となれば/～となったら/～となっては

如果……；假如……

解說 表示前項發生的話，就會有後項的出現。

句型
動詞普通形
イ形容詞普通形
ナ形容詞普通形　┣＋となると/となれば/となったら/となっては
名詞

- さんざん大口をたたいておいて、いざとなったら真っ先に逃げてしまうん
  だからまったく頼りない男だ。

  滿口大話，一到關鍵時刻卻溜得比誰都快，這個男人真是不可靠。

- この企画が採用となれば次のプロジェクトリーダーも間違いなしだ。

  如果這個企劃能夠被採納的話，那麼下一個計劃的負責人也非你莫屬了。

- これほど大企業の経営状態が悪いとなると、不況はかなり深刻ということ
  になる。

  如果連大企業的經營狀況都這麼差，那麼可以說經濟形勢相當嚴峻了。

注意事項 此句型既可以表示現實狀況，也可以表示假定的狀況。還可以變成「～と
もなると」的形式。

❻ ～との ……的

解說 表示說明後面名詞的具體內容。

句型 ［動詞、イ形容詞、ナ形容詞］の普通形＋との＋名詞

- 今晩7時に来客があるとの知らせがあり、急遽出張先から本社に戻らなけ
  ればならなくなった。

  接到今晚七點有客人來訪的通知，我必須趕緊從出差地趕回總公司。

- 保険会社から不審火の疑いがあるとの報告を受け、事故調査委員会が調査
  を開始した。

  接到保險公司「火災有縱火嫌疑」的報告後，事故調查委員會展開了調查。

- 学生から、一年休学させてほしいとの希望が出されている。

  學生提出希望休學1年。

注意事項 「との」後面接名詞，常常是表示回答、方案、命令、意見、想法等內容
的名詞。只限於傳聞、引用。如果表示說話者自身的想法時，一般不用
「との」，而要用「という」。

❼ ～とは A：所謂……

B：竟然……；難道……

A：所謂……

解說 表示提出主題，後項是對前項的定義、說明、評論或是提出疑問等。
句型 名詞＋とは
- 教育ママとは自分の子供の教育に熱心な母親のことです。
  「教育媽媽」指的是熱心教育自己孩子的母親。
- パソコンとは個人で使える小型のコンピュータのことです。
  個人電腦就是個人使用的小型電腦。
- サラリーマンとは会社に勤め、会社から給料をもらう人のことです。
  所謂工薪階層就是指在公司工作，從公司領取薪水的人。

注意事項 是書面語的表達方式，在口語中常用「～というのは」。

B：竟然……；難道……

解說 表示前項的事出乎意料。
句型 ［動詞、イ形容詞］の普通形＋とは
ナ形容詞語幹
名詞 ┐（＋だ）＋とは
- 長年の友人の君からそんなことを言われるとは、夢にも思わなかったよ。
  作為多年的老朋友，你竟然這麼說我，真是讓我做夢也想不到。
- 友人宅へ初めて行ったが、こんなに遠いとは思わなかった。
  第一次去朋友家，沒想到他家那麼遠。
- 日本語がこんなに難しかったとは、考えが甘かった。
  沒想到日語竟然這麼難，我以前真是想得太簡單了。

注意事項 同樣可以表示意外語感的句型有：「～なんて」。

❽ ～とはいえ 雖然……但是……

解說 表示前面的事項與預想、期待的不同。
句型 ［動詞、イ形容詞］の普通形＋とはいえ
ナ形容詞語幹
名詞 ┐（＋だ）＋とはいえ

187

- 寒暖差が激しいから、夏とはいえ布団をかけないで寝ると風邪をひくおそれがある。

  因為晝夜溫差很大，所以雖然是夏天，但要是睡覺時不蓋被子，恐怕也會感冒。
- この国はいくら資源が豊富だとはいえ、管理をしっかりしないとすぐに使い切ってしまうだろう。

  這個國家雖然資源豐富，但如果不好好管理，那麼資源應該很快就會枯竭吧。
- 猫が好きとはいえ、靴下から鞄まで全部猫の柄にするのはどうかと思うよ。

  即使喜歡貓，但是從襪子到包包全部都是貓的圖案，這也不太好吧。

注意事項 意思相近的句型有：「～と（は）いっても」、「～と（は）いうものの」、「～と（は）いいながら」。

❾ ～とばかりに 幾乎就要說……；顯出……的樣子

解說 表示雖然沒有說出來，卻從神情或行為上表現出來，彷彿真是那樣。

句型 ［動詞、イ形容詞］の普通形＋とばかりに

　　　ナ形容詞語幹 ┐
　　　名詞　　　　 ┘（＋だ）＋とばかりに

- 冷蔵庫を開けると待っていましたとばかりに猫が走ってきた。牛乳をここから出すことがわかっているんだな。

  我剛打開冰箱門，貓咪馬上就跑了過來，好像一直在等著我開門似的。牠可能知道我要從這裡拿牛奶出來。
- 彼は「どう、すごいだろう」とばかりに、新しい時計を皆に見せびらかしている。

  他向大家炫耀新買的錶，臉上的表情彷彿在說「怎麼樣，是不是很棒？」
- ペットのお気に入りの場所に座っていたら、そこは俺の場所だとばかりに睨まれた。

  我在寵物最喜歡的地方坐下後，牠瞪著我，彷彿在說那是牠的地盤。

注意事項 意思相近的句型有：「～と言わんばかりに」。

—————— 即刻挑戰 ——————

一、次の文の（　　　）に入れるのに最もよいものを、**1・2・3・4**から一つ選びな
さい。

練習問題	解説
1. 春らしくなってきた（　　　）、まだまだ肌寒い日も続く。 1　とみえて 2　とすると 3　とはいえ 4　といえば	1・答案：**3** 選項1「とみえて」／意為「看起來好像……」。 選項2「とすると」／意為「假設……」。 選項3「とはいえ」／意為「雖然……但是……」。 選項4「といえば」／意為「提起……」、「說起……」。 **譯文：雖說春天已經來了，但依然有些涼意。**
2. 作業は、昔に比べれば簡単になった（　　　）、誰でも失敗なしにできるというところにまでは至っていない。 1　とはいえ 2　と思いきや 3　としても 4　と見えて	2・答案：**1** 選項1「とはいえ」／意為「雖然……但是……」。 選項2「と思いきや」／意為「原以為……但出乎意料的是……」。 選項3「としても」／意為「即使作為……」。 選項4「と見えて」／意為「看起來好像……」。 **譯文：雖然與從前相比，工作變得簡單了許多，但並沒有到誰都不會出錯的地步。**
3. 小野先生から京都大会に参加できない（　　　）返事を受け取った。 1　からの 2　との 3　あっての 4　とおりの	3・答案：**2** 選項1「からの」／意為「竟有……之多」、「……以上」。 選項2「との」／意為「……的」。 選項3「あっての」／意為「有了……才能……」。 選項4「とおりの」／意為「按照……的」。 **譯文：我們收到小野先生的回覆，他說他無法參加京都大會。**
4. 留学に行く（　　　）、やはりその国の言葉を勉強しておいたほうがいい。 1　が早いか 2　かたわら 3　となれば 4　ことには	4・答案：**3** 選項1「が早いか」／意為「剛一……就……」。 選項2「かたわら」／意為「一邊……一邊……」。 選項3「となれば」／意為「如果……」。 選項4「ことには」／意為「據……說」。 **譯文：要去留學的話，最好還是提前學習一下該國的語言。**

5. 彼はお前も読め（　　）、その手紙を机の上に放り出した。

1　からして
2　というと
3　というものの
4　とばかりに

5・答案：4

選項1「からして」／意為「從……來看」。

選項2「というと」／意為「提到……」、「説到……」。

選項3「というものの」／意為「雖然……但是……」。

選項4「とばかりに」／意為「顯出……的樣子」。

譯文：他把信往桌子上一扔，好像在說「你也看看吧」。

---

6. 一人でリンゴを5つも食べる（　　）、まったく驚いた。

1　とあって
2　とは
3　というより
4　といえども

6・答案：2

選項1「とあって」／意為「因為……」。

選項2「とは」／意為「竟然……」。

選項3「というより」／意為「與其……還不如……」。

選項4「といえども」／意為「雖然……但是……」。

譯文：竟然一個人吃掉五顆蘋果，真讓人吃驚。

---

7. 彼が大金持ちだ（　　）、夢にも思わなかった。

1　ともなると
2　とはいえ
3　とは
4　としても

7・答案：3

選項1「ともなると」／意為「如果……」。

選項2「とはいえ」／意為「雖然……但是……」。

選項3「とは」／意為「竟然……」。

選項4「としても」／意為「即使作為……」。

譯文：我做夢也沒想到他竟然是個富豪。

---

8. 私（　　）、いつまでもアルバイトでいようと思っているわけではない。

1　からいえば
2　にしたところで
3　にいたっては
4　とすれば

8・答案：2

選項1「からいえば」／意為「從……來説」。

選項2「にしたところで」／意為「即使……也……」。

選項3「にいたっては」／意為「甚至……」。

選項4「とすれば」／意為「如果……」。

譯文：即使是我，也並不想一直打零工。

---

9. いくら頼んだ（　　）、彼はこの仕事を引き受けてくれないだろう。

1　とて
2　からといって
3　とあいまって
4　というと

9・答案：1

選項1「とて」／意為「即使是……」。

選項2「からといって」／意為「雖然……但是……」。

選項3「とあいまって」／意為「與……相結合」。

選項4「というと」／意為「提到……」、「説到……」。

譯文：不管怎麼求他，他都不會接受這份工作吧。

10. 家を買う（　　）都内
ではとても手が出ない
し郊外から2時間以上か
けて通勤するのも気が
重い。

1　にあって
2　ときたら
3　にしたって
4　にして

10・答案：3

選項1「にあって」／意為「在……之中」、「處於……」。

選項2「ときたら」／意為「提起……」、「説起……」。

選項3「にしたって」／意為「即使……也……」。

選項4「にして」／意為「到了……的時間、階段、狀態，
才……」。

譯文：就算我想買房子，可東京都內房價太貴我買不
起，郊區的話通勤需要兩個多小時，也讓人受不了。

---

11. ちょっとからかっただ
けなのに、あんなに落
ち込む（　　）、どう
やって謝ろうかな。

1　とは
2　ときたら
3　といっては
4　とばかりに

11・答案：1

選項1「とは」／意為「竟然……」。

選項2「ときたら」／意為「提起……」、「説起……」。

選項3「といっては」／意為「要説……」。

選項4「とばかりに」／意為「顯出……的樣子」。

譯文：只是開個玩笑而已，沒想到對方竟然那樣失落，
我該怎麼道歉才好呢？

---

12. これが新しい作品です
か？趣味（　　）、こ
こまで完成度が高いと
は思いませんでした。

1　といえば
2　というなら
3　とはいえ
4　とはいって

12・答案：3

選項1「といえば」／意為「説到……」。

選項2「というなら」／意為「要説……的話」。

選項3「とはいえ」／意為「雖然……但是……」。

選項4「とはいって」／意為「雖然説……也……」。

譯文：這就是您的新作品嗎？雖説您這作品只是出於興
趣，但我完全沒想到作品的完成度竟然這麼高！

---

13. 昨日オープンした海水
浴場は平日（　　）、
すごい人ごみだった。

1　にそって
2　ともなく
3　とはいえ
4　にそくして

13・答案：3

選項1「にそって」／意為「沿著……」、「按照……」。

選項2「ともなく」／意為「不知……」、「説不清……」。

選項3「とはいえ」／意為「雖然……但是……」。

選項4「にそくして」／意為「依照……」。

譯文：這個海水浴場昨天剛剛開幕，所以雖然是平日，
卻依然人山人海。

14. 毎回の健康診断では特に異常値は出ていない。（　　）、年齢が年齢だから食生活には気を付けている。

1　とはいえ
2　それゆえに
3　だとしたら
4　それにしては

14・答案：1

選項1「とはいえ」／意為「雖然……但是……」。

選項2「それゆえに」／意為「因此……」。

選項3「だとしたら」／意為「如果是……」。

選項4「それにしては」／意為「可是……」、「相比之下可是……」。

譯文：雖然每次體檢結果都沒有任何異常，但畢竟上了年紀，所以我非常注重飲食。

---

15. ストレスをためると子供の教育にも良くない。専業主婦とはいえ（　　）。

1　母親が必要だ
2　子供のためではない
3　息抜きも必要だ
4　家事は無理だ

15・答案：3

選項1「母親が必要だ」／意為「需要母親」。

選項2「子供のためではない」／意為「不是為了孩子」。

選項3「息抜きも必要だ」／意為「也需要喘口氣」。

選項4「家事は無理だ」／意為「做不了家務」。

譯文：雖說是家庭主婦，但如果精神壓力太大對孩子的教育也不好，所以也需要喘口氣放鬆一下。

二、次の文の＿★＿に入る最もよいものを、1・2・3・4から一つ選びなさい。

練習問題 解說

16. 社長は、社員の給料を大幅に上げる＿＿＿＿　＿★＿＿＿＿＿＿＿＿。

1　提出した
2　案を
3　必要がある
4　との

16・答案：4

題幹：社長は、社員の給料を大幅に上げる必要があるとの案を提出した。

解析：本題測驗「との」，前項通常接動詞、イ形容詞、ナ形容詞普通形，意為「……的」。

譯文：社長提出有必要大幅度提高員工工資。

---

17. ＿＿＿＿＿＿＿＿　＿★＿、倒れる可能性がある。

1　睡眠不足が
2　このまま
3　となれば
4　続く

17・答案：3

題幹：睡眠不足がこのまま続くとなれば、倒れる可能性がある。

解析：本題測驗「となれば」，前項通常接名詞或動詞、イ形容詞、ナ形容詞普通形，意為「如果……」。

譯文：睡眠不足的狀況如果一直持續的話，身體可能會吃不消。

18. _____ _____
__★__、明日までに終
わるわけがない。
1 急いで
2 としたって
3 今から
4 やる

18・答案：2
題幹：今から急いでやるとしたって、明日までに終わるわ
けがない。
解析：本題測驗「としたって」，前項通常接名詞或動詞、
イ形容詞普通形，意為「即使……也……」。
譯文：就算現在開始趕工，明天之前也做不完。

19. 私が話しかけたら、彼は
_____ __★__ _____
_____。
1 横を
2 とばかりに
3 向いてしまった
4 いやだ

19・答案：2
題幹：私が話しかけたら、彼はいやだとばかりに横を向い
てしまった。
解析：本題測驗「とばかりに」，前項通常接名詞或動詞、
イ形容詞普通形、ナ形容詞詞幹，意為「顯出……的樣
子」。
譯文：我跟他說話，他卻一副很厭煩的樣子看向一旁。

20. この事故に関しては、
_____ __★__ _____
_____。
1 とても
2 免れない
3 責任は
4 部下の彼は

20・答案：1
題幹：この事故に関しては、部下の彼はとても責任は免れ
ない。
解析：本題測驗「とあれば」，前項通常接名詞或動詞、イ
形容詞、ナ形容詞普通形，意為「如果……」。
譯文：此次事故，作為下屬他難辭其咎。

21. 姉は自分の容姿をとて
も気にする。近所のコ
ンビニに行く_____
_____ __★__ _____。
1 2時間もかける
2 だけのことなのに
3 化粧に
4 とは

21・答案：1
題幹：姉は自分の容姿をとても気にする。近所のコンビニ
に行くだけのことなのに、化粧に2時間もかけるとは。
解析：本題測驗「とは」，前項通常接名詞或動詞、イ形容
詞普通形、ナ形容詞詞幹，意為「竟然……」。
**譯文：姊姊特別在意自己的外表，只是去附近的便利店
買個東西而已，她竟然要花兩個小時化妝。**

22. 明日試験なのに、今か
ら飲み会_____ _____
__★__ _____があるん
だね。
1 余裕
2 とは、
3 ずいぶん
4 に行く

22・答案：3
題幹：明日試験なのに、今から飲み会に行くとは、ずいぶ
ん余裕があるんだね。
解析：本題測驗「とは」，前項通常接名詞或動詞、イ形容
詞普通形、ナ形容詞詞幹，意為「竟然……」。
**譯文：明天有考試，現在竟然還要出去喝一杯，真是悠
哉啊！**

193

——— 文法一覽表 ———

❶ 全部書けとまでは言わないが、一緒に本を作っているのだからアイデアの一つぐらい出してくれよ。
　→雖然還不能説……

❷ 現場の状況から、高いところから落ちたと見られている。
　→一般認為……；被認為……

❸ 食事が済んだとみるや、ウエイトレスは皿を持っていった。
　→一看到……馬上就……；知道……後馬上就……

❹ どんなに悲しくとも男なら涙を見せずこらえることだ。
　→不管……都……；無論……也……

❺ 見るともなしに窓の外に目をやると、いつの間にか空は晴れて大きな虹がかかっていた。
　→漫不經心地……；無意中……

❻ どこからともなく話し声が聞こえてきた。
　→不知……；説不清……

❼ 一流大学の名誉教授の講演ともなると、遠くからわざわざ足を運ぶ学生も多い。
　→要是……；一旦……

❽ 例の田中さんとやらとは、うまく行っていますか。
　→叫什麼……的

❾ 私の答案を見て、先生がびっくりした顔をしていたとやら。
　→聽説……；傳説……

❿ もう少し報酬の上乗せがあれば、今回の仕事を引き受けないでもない。
　→也不是不……；並非不……

——— 文法解析 ———

❶ ～とまでは言わないが 雖然還不能説……

解説 表示雖然不能達到前項的程度，但至少應該達到後項的程度。
句型 ［動詞、イ形容詞］の普通形＋とまでは言わないが
　　　　ナ形容詞語幹 ┐
　　　　名詞　　　　 ┘（＋だ）＋とまでは言わないが

194

- 全部書けとまでは言わないが、一緒に本を作っているのだからアイデアの一つぐらい出してくれよ。

  我不會叫你寫全部，但是既然是一起出書，你總得出些點子吧。

- 納得したとまでは言わないが、その人の言い分は分かった。

  雖然我不是很認同那個人，但我明白他的意思了。

- 女一人の海外旅行は危険だとまでは言わないが、注意するに越したことはありません。

  雖然不能説女孩子獨自出國旅遊很危險，但還是小心為上。

注意事項 後項通常是説話者的建議、要求、命令等。

❷ ～と見られている／～と考えられている 一般認為……；被認為……

解説 表示多數人對某事的想法、評價、判斷等。

句型 ［動詞、イ形容詞、ナ形容詞、名詞］の普通形＋と見られている／と考えられている

- この地方では、二千年以上前から米が作られていたと考えられている。

  據説這個地方在兩千多年以前就出産稻米。

- 彼はなかなか頼もしいと見られている。

  大家都認為他是個非常可靠的人。

- 現場の状況から、高いところから落ちたと見られている。

  從現場情況來看，應該是從高處墜落的。

注意事項 意思相近的句型還有：「～とされている」。

❸ ～とみるや 一看到……馬上就……；知道……後馬上就……

解説 表示確認過前項情況之後，馬上就開始後項的動作。

句型 動詞の普通形
イ形容詞の普通形
ナ形容詞の普通形 ＋とみるや
ナ形容詞語幹＋である
名詞（＋である）

- 食事が済んだとみるや、ウエイトレスは皿を持っていった。

  一看到我們吃完了，服務生馬上就把盤子撤走了。

- 妻が家を出たとみるや、冷蔵庫からビールを取り出した。

  看見妻子出了門，我馬上就從冰箱裡拿出啤酒來喝。

第一週
第二週
第三週 第四天
第四週
第五週

該句型表達的是判斷後的行動迅速發生。另外,「機とみるや」、「チャンスとみるや」是慣用形式,表示「明白這是個機會後馬上開始做某事」、「確認這是個機會後馬上開始做某事」的意思。

❹ ～とも 不管……都……;無論……也……

解說 表示後項的成立不受前項的約束。

句型 イ形容詞く形
イ形容詞語幹+かろう ┤ +とも

- どんなに悲しくとも男なら涙を見せずこらえることだ。
  不管你有多傷心,但是男兒有淚不輕彈,能忍則忍吧。
- どんなに苦しくとも、最後まで頑張るつもりだ。
  不管多麼艱苦,我都想堅持到最後。
- 仕事がどんなに辛かろうとも、必ずやり遂げてみせます。
  無論工作如何辛苦,我都一定會堅持到底。

注意事項 「～とも」是比較陳舊的說法,會話中一般用「～ても」。

❺ ～ともなく/～ともなしに A:漫不經心地……;無意中……

B:不知……;說不清……

A:漫不經心地……;無意中……

解說 表示無意識的行為。

句型 動詞辞書形+ともなく/ともなしに

- 見るともなしに窓の外に目をやると、いつの間にか空は晴れて大きな虹がかかっていた。
  無意中望向窗外,發現不知什麼時候天已放晴,還有一條彩虹掛在空中。
- 彼女は誰に言うともなく「もう冬か」とつぶやいた。
  她下意識地呢喃著「已經秋天了」。
- どこを眺めるともなく、ぼんやり遠くを見つめている。
  漫不經心地望著遠方發呆。

注意事項 前面接「見る」、「話す」、「言う」、「考える」等動詞。

B:不知……;說不清……

解說 表示不能確定。

句型 疑問詞+ともなく

- どこからともなく話し声が聞こえてきた。
  不知從哪裡傳來了説話聲。

- どこからともなく、バラのいい香りが漂ってくる。
  不知從哪裡飄來了薔薇的香味。

- 生徒たちは夜遅くまで騒いでいたが、いつともなくそれぞれの部屋に戻っていった。
  學生們吵鬧到很晚，但不知什麼時候就回到各自的房間了。

注意事項 使用助詞時，直接接在疑問詞之後，例如「どこへともなく」、「誰からともなく」。

❻ ～ともなると/～ともなれば　要是……；一旦……

解說 表示一旦到了某個時期或發生了某種狀況，後項就會相應地改變。

句型 動詞辞書形
名詞 }＋ともなると/ともなれば

- 子供を留学させるともなると、相当の出費を覚悟しなければならない。
  要是想讓孩子去留學的話，必須做好需要花很多錢的心理準備。

- 一流大学の名誉教授の講演ともなると、遠くからわざわざ足を運ぶ学生も多い。
  如果是一流大學的名譽教授演講，就會有很多學生特地遠道而來聆聽學習。

- 1万人規模のイベントともなると、警備がどこまで行き届くか少し心配だ。
  如果是萬人規模的活動，那警備力量需要到什麼程度才行呢？我有些擔心。

注意事項 意思相近的句型有：「～となると」、「～となれば」。

❼ ～とやら　A：叫什麼……的

　　　　　　　B：聽說……；傳說……

A：叫什麼……的

解說 表示不明確的判斷，不十分肯定。通常接在沒有記住的名稱後面。

句型 名詞＋とやら

- 例の田中さんとやらとは、うまく行っていますか。
  你和那個叫什麼田中的人還合得來嗎？

- どっかの社長とやらがやってきた。
  來了個不知道哪裡來的社長。

第一週　第二週　第三週　第四天　第四週　第五週

- 適正検査とやらをやるそうだ。
  據説要搞什麼適性測驗。

注意事項 意思相當於「～とかいう」。

B：聽說……；傳說……

解說 表示不明確的傳聞，即從別人那裡聽到的不確切的事。
句型 動詞普通形＋とやら

- 私の答案を見て、先生がびっくりした顔をしていたとやら。
  聽説老師看了我的答案後，滿臉吃驚。

- その後、彼はどこへともなく立ち去ってしまったとやら。
  聽説後來不知道他去了哪裡。

- 兄が書いた小説を、さる大作家が激賞したとやらの話が残っている。
  聽説哥哥寫的小説得到了某位大作家的極力讚賞。

注意事項 意思相近的句型有：「～とか聞いている」、「～とのことだ」、「～そうだ」。但「～とやら」的記憶更模糊、更不確切。在日常會話中很少用。

❽ ～ないでもない　也不是不……；並非不……

解說 表示前面的事項並非完全沒有，也有成立的可能性。
句型 動詞ない形＋ないでもない

- もう少し報酬の上乗せがあれば、今回の仕事を引き受けないでもない。
  如果能再多些報酬的話，我也不是不能接受這份工作。

- 彼の浪費癖が直れば結婚を考えないでもないんだけど、やっぱり別れようかな。
  如果他能改掉浪費的毛病，我可以考慮和他結婚，不過還是分手比較好吧。

- プレゼンが連敗続きでだいぶ焦っているようだねえ。起死回生のアイデアがないでもないんだが聞きたいかい？
  簡報接連失敗，你現在挺著急的吧？我倒是有能夠轉敗為勝的建議，你要不要聽聽？

注意事項 意思相近的句型有：「～ないものでもない」。

一、次の文の（　　）に入れるのに最もよいものを、1・2・3・4から一つ選びなさい。

練習問題	解説
1. 大学四年生（　　）、就職活動で毎日忙しいでしょう。 1　ですら 2　とあって 3　ともなると 4　ときたら	1・答案：3 選項1「ですら」／意為「連……都……」。 選項2「とあって」／意為「因為……」。 選項3「ともなると」／意為「要是……」、「一旦……」。 選項4「ときたら」／意為「説起……」、「提起……」。 譯文：一旦到了大四，每天都要忙著找工作吧。
2. 独裁的（　　）、かなり危険なことだと国民も感じたのだろう。 1　とはいえ 2　とまではいわないが 3　としたら 4　といえども	2・答案：2 選項1「とはいえ」／意為「雖然……但是……」。 選項2「とまではいわないが」／意為「雖然還不能説……」。 選項3「としたら」／意為「如果……」。 選項4「といえども」／意為「即使……」。 譯文：雖然不能說是獨裁，但國民們也應該感到相當危險了吧。
3. どんなに寒さが厳しく（　　）、それはぼくの心の温かみを奪ったりできない。 1　かわりに 2　とも 3　だに 4　とは	3・答案：2 選項1「かわりに」／意為「代替……」。 選項2「とも」／意為「不管……都……」、「無論……也……」。 選項3「だに」／意為「連……也……」。 選項4「とは」／意為「竟然……」。 譯文：無論什麼樣的嚴寒，都奪不走我心中的溫暖。
4. あなたが旅行に行くなら、私も（　　）。 1　行かないでもない 2　行くべきではない 3　行くどころではない 4　行ってやまない	4・答案：1 選項1「行かないでもない」／意為「也不是不能去」。 選項2「行くべきではない」／意為「不應該去」。 選項3「行くどころではない」／意為「哪能去」。 選項4「行ってやまない」／為錯誤表達，「てやまない」接在情感類動詞後面。 譯文：你要是去旅行的話，我也不是不能去。

5.
大会社の社長（　　　）、総理大臣と付き合う機会も多々ある。

1　にしたら
2　としたら
3　ならでは
4　ともなると

5・答案：4

選項1「にしたら」／意為「對於……來説」。

選項2「としたら」／意為「如果……」。

選項3「ならでは」／意為「只有……才有……」。

選項4「ともなると」／意為「要是……」、「一旦……」。

譯文：一旦當上大公司的社長，就會有很多和首相接觸的機會。

6.
どこに行く（　　　）歩いていると、いつの間にか大きな寺の前に来ていた。

1　かたがた
2　かのように
3　ごとく
4　ともなく

6・答案：4

選項1「かたがた」／意為「順便……」。

選項2「かのように」／意為「像……一樣」。

選項3「ごとく」／意為「如……」。

選項4「ともなく」／意為「不知……」。

譯文：隨處亂晃不知不覺來到一座大廟前。

7.
このペースで増え続けると、間もなく1兆ドルを突破する（　　　）。

1　ことだ
2　と見られている
3　とおりだ
4　ばかりになっている

7・答案：2

選項1「ことだ」／意為「應該……」、「最好……」。

選項2「と見られている」／意為「一般認為……」。

選項3「とおりだ」／意為「按照……」。

選項4「ばかりになっている」／意為「只等……」。

譯文：按照這個速度持續增長的話，很快就會突破一百萬美元大關。

8.
町を歩いていると、どこ（　　　）パンの焼けるいい匂いがしてきた。

1　からでなく
2　でもなく
3　までからか
4　からともなく

8・答案：4

選項1「（どこ）からでなく」／意為「不是從哪裡」。

選項2「（どこ）でもなく」／意為「不是任何地方」。

選項3「（どこ）までからか」／意為「不知到哪裡」。

選項4「（どこ）からともなく」／意為「不知從哪裡」。

譯文：在街上走著走著，不知從哪裡飄來烤麵包的香氣。

9. 自分にもいろいろ短所が あったこととは （　　）。

1　認めないでもない
2　認めることはない
3　認めずにはおかない
4　認めるにかたくない

9・答案：1

選項1「認めないでもない」／意為「不是不承認」。

選項2「認めることはない」／意為「沒必要承認」。

選項3「認めずにはおかない」／意為「不能不承認」。

選項4「～にかたくない」／意為「不難……」，前項通常接名詞。

譯文：我並不是不承認自己也有很多缺點。

---

10. 主婦（　　）、家事や 育児で、なかなか自分 の時間が持てない。

1　ならでは
2　からみると
3　ともなれば
4　はおろか

10・答案：3

選項1「ならでは」／意為「只有……才有……」。

選項2「からみると」／意為「從……來看」。

選項3「ともなれば」／意為「要是……」、「一旦……」。

選項4「はおろか」／意為「別説……就連……」。

譯文：一旦成為家庭主婦，就要忙著照顧孩子、做家務，很難擁有自己的時間。

---

11. 聞くとも（　　）耳に 入った話だが、あの二人 は結婚するらしいぞ。

1　なしに
2　なくて
3　ないで
4　ないと

11・答案：1

選項1「（とも）なしに」／意為「漫不經心地……」、「無意中……」。

選項2「（とも）なくて」／意為「因為不……」。

選項3「（とも）ないで」／意思不明確。

選項4「（とも）ないと」／意為「如果不……」。

譯文：我無意中聽說，他們兩個好像要結婚了。

---

12. 今まで自由に暮らしてき たが、さすがに30歳とも なると、（　　）。

1　ぜひ結婚の話をしよう
2　結婚がすべてだ
3　結婚しなくても良い
4　結婚のことも考えなければ ならない

12・答案：4

選項1「ぜひ結婚の話をしよう」／意為「務必談談結婚的事情」。

選項2「結婚がすべてだ」／意為「結婚就是一切」。

選項3「結婚しなくても良い」／意為「不結婚也可以」。

選項4「結婚のことも考えなければならない」／意為「必須考慮結婚的事情」。

譯文：雖然迄今為止過得比較自由，但一旦到了30歲，就必須考慮結婚的事情了。

13. 社運を賭けた一大プロジェクト（　　）、人選も相当厳しいんだろうなあ。

1　をかえりみず
2　ともすると
3　をものともせず
4　ともなると

13・答案：4

選項1「をかえりみず」／意為「不顧……」。

選項2「ともすると」／意為「往往……」、「常常……」。

選項3「をものともせず」／意為「不把……放在眼裡」。

選項4「ともなると」／意為「要是……」、「一旦……」。

譯文：若是事關公司命運的大專案，選人也一定非常嚴格吧。

---

14. テーマパークと言ってもアトラクションだけではなく宿泊施設もある。連休（　　）、宿泊客と来園者でかなりの混雑が予想される。

1　につき
2　を機に
3　をもって
4　ともなれば

14・答案：4

選項1「につき」／意為「關於……」、「因為……」。

選項2「を機に」／意為「以……為契機」。

選項3「をもって」／意為「用……」、「以……」。

選項4「ともなれば」／意為「要是……」、「一旦……」。

譯文：雖說是主題樂園，但是這裡不只有遊樂設施還有住宿設施，可以想像一旦到了連休日，這裡又是住宿的客人又是遊玩的客人，肯定擠滿了人。

二、次の文の＿★＿に入る最もよいものを、1・2・3・4から一つ選びなさい。

練習問題	解説

15. 別に＿＿＿＿＿＿＿＿＿＿＿★＿＿＿＿＿、少しくらい抵抗してもよかったのではないか。

1　怪我を負わせろ
2　言わないが
3　相手に
4　とまでは

15・答案：4

題幹：別に相手に怪我を負わせろとまでは言わないが、少しくらい抵抗してもよかったのではないか。

解析：本題測驗「とまでは言わないが」，前項通常接名詞或動詞、イ形容詞普通形、ナ形容詞詞幹，意為「雖然還不能說……」。

譯文：雖然不會要你們把對方打傷，但是你們多少得抵抗一下吧？

16. 考えてみれば、彼女の
　　意見ももっともだ
　　_____ _____ ★
　　_____。

1　でもない
2　気が
3　しない
4　という

16・答案：3

題幹：考えてみれば、彼女の意見ももっともだという気が
しないでもない。

解析：本題測驗「ないでもない」，前項通常接動詞ない
形，意為「也不是不……」、「並非不……」。

譯文：仔細想想，她的意見也不是沒有道理。

---

17. _____ _____
　　_____ ★ _____、文句を言わず
　　もくもくと仕事に励ん
　　でいる。

1　とも
2　彼は
3　辛く
4　どんなに

17・答案：1

題幹：彼はどんなに辛くとも、文句を言わずもくもくと仕
事に励んでいる。

解析：本題測驗「とも」，前項通常接イ形容詞く形、ナ形
容詞詞幹＋かろう，意為「不管……都……」、「無論……
也……」。

譯文：無論多辛苦，他都毫無怨言，默默地努力工作。

---

18. ぼんやりと_____
　　_____ ★ _____
　　と、急にブザーが鳴っ
　　た。

1　見ている
2　窓の外を
3　ともなしに
4　見る

18・答案：3

題幹：ぼんやりと窓の外を見るともなしに見ていると、急
にブザーが鳴った。

解析：本題測驗「ともなしに」，前項通常接動詞原形，意
為「漫不經心地……」、「無意中……」。

譯文：我正呆呆地望著窗外，突然報警器響了。

文法一覧表

❶ 地震が起きないとも限らないので、万一の場合に避難場所や非常食を準備しておくことが大切だ。
→説不定……；可能會……

❷ オムライスは一番好きとは言わないまでも僕の好物の一つだよ。
→即使不……也……；沒有……至少也……

❸ 手間を惜しむわけではないが、もっと他に合理的な方法は見つからないものかと思う。
→不能……嗎？

❹ まだ納豆は苦手だけど、キムチと混ぜれば食べられないものでもないと思う。
→也不是不……；也許會……

❺ その人は、生まれながらにして優れた音感を備えている。
→一邊……；保持……的狀態

❻ その男は足を怪我しながらも、一人で家まで帰った。
→雖然……但是……

❼ チームワークなくしては優勝を目指すことなどできない。
→如果沒有……

❽ 自信がなくはないが、ただちょっと緊張している。
→並不是不……；不是沒有……；並非不……

文法解析

❶ ～ないとも限らない　說不定……；可能會……

解説 表示前面的事項可能存在或發生，所以還是採取對策比較好。

句型
動詞ない形
イ形容詞く形
ナ形容詞語幹＋で
名詞＋では
〕＋ないともかぎらない

• 地震が起きないとも限らないので、万一の場合に避難場所や非常食を準備しておくことが大切だ。

地震隨時都有可能發生，為了以防萬一，提前瞭解避難場所，準備好應急食品還是非常必要的。

- 口はそう言ったが、お菓子が欲しくないとも限らない。

  雖然嘴上這麼説了，但不見得不想吃點心。

- この案に反対しているあの人は頑固だけど一生懸命説得すれば可能性がないとも限らない。

  他雖然反對本提案，並且非常固執，但要是拚命説服的話，他也有可能會同意。

注意事項 意思相近的句型有：「～おそれがある」、「～かねない」、「～かもしれない」。

❷ ～ないまでも　即使不……也……；沒有……至少也……

解説 表示雖然沒有達到前項的程度，但至少要有後項的程度。

句型 動詞ない形＋ないまでも

- オムライスは一番好きとは言わないまでも僕の好物の一つだよ。

  就算蛋包飯不是我最喜歡吃的東西，但至少也是我喜歡的食物之一。

- 一汁一菜とはいかないまでも、もう少し食生活を見直した方がいいんじゃないかな。

  就算不必粗茶淡飯，但至少應該重新審視一下我們的飲食生活吧？

- 完成形が見えないまでも、想像力を膨らませれば輪郭をイメージすることはできる。

  就算想像不出全部完成以後的樣子，但要是充分發揮想像力的話，還是能夠想像出大致輪廓的。

注意事項 後項多接表示希望、意志、命令、要求等的表達，如「べきだ」、「てください」、「なさい」、「てほしい」等。

❸ ～ないものか/～ないものだろうか　不能……嗎？

解説 表示説話者強烈希望實施某種行為的心情。

句型 動詞ない形　　　　　　　　　｜
　　　 動詞可能形のない形　　　　　 ｜＋ないものか/ないものだろうか

- 手間を惜しむわけではないが、もっと他に合理的な方法は見つからないものかと思う。

  我並不是捨不得花費時間和精力，只是覺得難道我們沒有其他更好的辦法嗎？

- 私の力でこの人たちを助けてあげられないものだろうか。

  能不能靠我的力量幫助這些人啊？

205

第一週
第二週
第三週
第五天
第四週
第五週

注意事項 該句型前面接動詞否定形或動詞可能形「～れる」的否定形。該句型多用於實現起來非常困難的情況下。

❹ ～ないものでもない 也不是不……；也許會……

解說 表示說話者消極的肯定。如果條件符合，也有可能發生前面的事項。

句型 動詞ない形＋ないものでもない

- 喧嘩を売ってきたのは彼女の方だが、彼女が怒る気持ちも理解できないものでもない。

  雖然是她先找架吵的，但她憤怒的心情我也不是不能理解。

- まだ納豆は苦手だけど、キムチと混ぜれば食べられないものでもないと思う。

  雖然我不愛吃納豆，但要是把納豆和泡菜拌在一起的話，我也不是吃不下去。

- もう少し早く相談してくれたら手伝わないものでもなかったのに、今は他の仕事で手一杯なんだ。

  你要是早點來和我商量我就能幫你了，但現在不行，我有其他事要忙。

注意事項 意思相近的句型有：「～ないでもない」。

❺ ～ながら（に） 一邊……；保持……的狀態

解說 表示保持原來不變的狀態、情況等。

句型 動詞ます形
　　　　名詞 　　┤＋ながら（に）

- 実は子供は生まれながら質問の天才なのである。

  其實孩子是天生的「提問天才」。

- その人は、生まれながらにして優れた音感を備えている。

  那個人一生下來就有非常好的樂感。

- 突然の訃報を聞いて涙ながらに取材に応じた姿を見て、私ももらい泣きしてしまった。

  突如其來的噩耗讓她淚流滿面，但她依然接受了採訪，看到她的樣子，我也忍不住流下了同情的淚水。

注意事項 該句型多為比較固定的慣用表達，比如「ながら（流著淚）」、「生まれながら（天生）」、「昔ながら（一直以來）」、「いつもながら（如平常一樣）」等。

❻ 〜ながらも 雖然……但是……

解說 表示逆接。
句型 動詞ます形
イ形容詞辞書形
ナ形容詞語幹（＋であり）
名詞（＋であり） ┤＋ながら（も）

• その男は足を怪我しながらも、一人で家まで帰った。
他雖然腿受傷了，但依然獨自回到了家。

• 彼は「お金が欲しいなあ」と言いながらも、そのための努力をしていない。
他嘴上說著「好想變得有錢啊」，但卻絲毫不為之努力。

• あの子は子供ながらも、自分なりの考えを持っている。
那個孩子雖然還是小孩，但也有自己的想法。

注意事項 意思相近的句型有：「〜けれども」、「〜のに」、「〜が」等。

❼ 〜なくして（は） 如果沒有……

解說 表示如果沒有前項的存在，後項就不會實現。
句型 名詞＋なくして（は）

• 先生のご指導なくして論文は完成できませんでした。本当にありがとうございました。
如果沒有老師的指導，我就無法完成論文，謝謝老師！

• チームワークなくしては優勝を目指すことなどできない。
如果沒有團隊合作，就無法取得勝利。

• みんなに愛されたタレントの追悼番組を涙なくして見られる人がいるだろうか。
看著追悼大家都非常喜歡的藝人的節目，沒有人能不落淚吧。

注意事項 這是書面語的表達方式。口語中多使用「〜がなかったら」。

❽ 〜なくはない/〜なくもない 並不是不……；不是沒有……；並非不……

解說 表示某事項並非完全沒有發生的可能性。
句型 動詞ない形
イ形容詞く形
ナ形容詞て形
名詞＋が（も） ┤＋なくはない/なくもない

207

- 肉を食べなくはないんですが、あまり好きではありません。
  我並不是不吃肉，只是不喜歡吃肉。
- 自信がなくはないが、ただちょっと緊張している。
  我不是沒有自信，只是有些緊張。
- 再婚するつもりもなくはないが。
  我也不是沒有考慮過再婚，但……

注意事項 也可以説成「～ないこともない」、「～ないでもない」。與「言う」、「考える」、「思う」、「認める」、「感じる」、「気がする」等表示有關思考、知覺的動詞一起使用。

—— 即刻挑戰 ——

一、次の文の（　　　）に入れるのに最もよいものを、1・2・3・4から一つ選びなさい。

練習問題	解説
1. 日本のキャリアウーマンの成功は母親の支援（　　　）成立しなくなっている。 1　かぎりでは 2　なくしては 3　あっては 4　とあっては	1・答案：2 選項1「かぎりでは」／意為「據……所……」、「在……範圍內」。 選項2「なくしては」／意為「如果沒有……」。 選項3「あっては」／意為「如果有……」。 選項4「とあっては」／意為「如果是……」。 **譯文**：日本的職業女性如果沒有母親的支持，就不會成功。
2. いつも（　　　）、この季節の奈良盆地は、とても暑いです。 1　なりに 2　としても 3　ごとく 4　ながら	2・答案：4 選項1「なりに」／意為「與……相應的」。 選項2「としても」／意為「即使作為……」。 選項3「ごとく」／意為「如……」。 選項4「ながら」／意為「一邊……」、「保持……的狀態」。 **譯文**：跟往年一樣，這個季節的奈良盆地非常熱。

3. 私はビールを（　　）ですが、あまり強くはありません。

1　飲まないかもしれない
2　飲まなくもない
3　飲むしかない
4　飲まないではおかない

3・答案：2

選項1「飲まないかもしれない」／意為「也許不喝」。

選項2「飲まなくもない」／意為「不是不喝」。

選項3「飲むしかない」／意為「只能喝」。

選項4「飲まないではおかない」／意為「不能不喝」。

譯文：我不是不喝啤酒，只是酒量不大。

4. 条件に合い（　　）約定しない理由とは何だろう。

1　きって
2　ながらとも
3　ながらも
4　かねてから

4・答案：3

選項1「きって」／意為「完全……」。

選項2「ながらとも」／無此句型。

選項3「ながらも」／意為「雖然……但是……」。

選項4「かねてから」／意為「一直以來」。

譯文：雖然條件符合卻不簽約，理由是什麼呢？

5. 夏休みにしたいことは何もすべて夏期講習を受けなくては実現（　　）。

1　できないものでもない
2　できないとはしない
3　できるにあたらない
4　できるにすぎない

5・答案：1

選項1「できないものでもない」／意為「不是不能……」。

選項2「できないとはしない」／無此句型。

選項3「できるにあたらない」／無此句型。

選項4「できるにすぎない」／意為「只不過是能夠……」。

譯文：暑假想要做的事情並不是必須參加完全部暑期講習才能實現。

6. 英語の会話は、アメリカに来てから少し上達したとは（　　）。

1　言えることになっている
2　言えなくもない
3　言えないかぎりはない
4　言えないではすまない

6・答案：2

選項1「言えることになっている」／意為「規定可以説」。

選項2「言えなくもない」／意為「不是不能説……」。

選項3「言えないかぎりはない」／無此句型。

選項4「言えないではすまない」／意為「不能不説」。

譯文：可以說來美國以後，英語會話水準提高了一些。

7.

高級レストランには
（　　）、そこそこおい
しいものを食べた旅に
なった。

1　行くからといって
2　行かないこととて
3　行かないまでも
4　行くことなしに

7・答案：3

選項1「行くからといって」／意為「雖然要去……」。

選項2「行かないこととて」／意為「因為不去」。

選項3「行かないまでも」／意為「即使不去也……」。

選項4「行くことなしに」／意為「沒去」。

譯文：雖然沒去高級餐廳，但也是一次不錯的美食之旅。

8.

一度や二度の失敗の経験
（　　）、本当の人生は
分からない。

1　なくして
2　にとどまらず
3　ならでは
4　だけあって

8・答案：1

選項1「なくして」／意為「如果沒有……」。

選項2「にとどまらず」／意為「不限於……」。

選項3「ならでは」／意為「只有……才有……」。

選項4「だけあって」／意為「不愧是……」。

譯文：如果沒有一兩次失敗的經歷，就體會不到人生的真諦。

9.

新一は夕食の準備を行い
（　　）、そっと子ども
達を盗み見る。

1　かねて
2　きれないが
3　ないことには
4　ながらも

9・答案：4

選項1「かねて」／意為「以前」。

選項2「きれないが」／意為「不能完全……」。

選項3「ないことには」／意為「如果不……的話就……」。

選項4「ながらも」／意為「雖然……但是……」。

譯文：新一雖然在準備晚飯，卻也在悄悄關注著孩子們的一舉一動。

10.

突然、人に襲われ
（　　）。自分の身を
守るためになにをすれ
ばよいのだろうか。

1　ないともかぎらない
2　ないではおかない
3　ないかもしれない
4　ないに違いない

10・答案：1

選項1「ないともかぎらない」／意為「説不定……」、「可能會……」。

選項2「ないではおかない」／意為「必然……」、「非……不可」。

選項3「ないかもしれない」／意為「可能不……」。

選項4「ないに違いない」／意為「一定不……」。

譯文：有可能會遭到別人的突然襲擊，這時我們該如何保護自己呢？

第一週
第二週
第三週
第五天
第四週
第五週

11.
夫「今度の連休に旅行にでも行かないか。」
妻「あなたの給料がもう少し上がったら（　　）けどね。」

1　考えようにも考えられない
2　考えなくもない
3　考えるどころじゃない
4　考えっこない

11・答案：2

選項1「考えようにも考えられない」／意為「想考慮也考慮不了」。

選項2「考えなくもない」／意為「不是不考慮……」。

選項3「考えるどころじゃない」／意為「哪還能考慮……」。

選項4「考えっこない」／意為「不會考慮……」。

譯文：丈夫：下次放假我們出去旅行吧？
　　　妻子：你的薪水要是再漲一點的話，也不是不能考慮。

12.
家族の理解（　　）うつ病とは戦えない。

1　なくとも
2　なくしては
3　ないまでも
4　ないでは

12・答案：2

選項1「なくとも」／意為「即使不……」。

選項2「なくしては」／意為「如果沒有……」。

選項3「ないまでも」／意為「即使不……也……」、「沒有……至少也……」。

選項4「ないでは」／意為「如果不……」

譯文：如果沒有家人的理解，我根本無法戰勝憂鬱症。

13.
妻の献身的な介護（　　）認知症の父を家で引き取ることはできなかっただろう。

1　以上に
2　にそって
3　をよそに
4　なくしては

13・答案：4

選項1「以上に」／意為「比……還要……」。

選項2「にそって」／意為「沿著……」、「按照……」。

選項3「をよそに」／意為「不顧……」。

選項4「なくしては」／意為「如果沒有……」。

譯文：如果沒有妻子的無私照顧，我根本沒辦法把患有失智症的父親留在家裡。

14.
先輩のアドバイス（　　）、今回のプレゼンは成功しませんでしたよ。

1　なくして
2　ならでは
3　にあって
4　によらず

14・答案：1

選項1「なくして」／意為「如果沒有……」。

選項2「ならでは」／意為「只有……才有……」。

選項3「にあって」／意為「在……之中」、「處於……」。

選項4「によらず」／意為「不用……」。

譯文：如果沒有前輩的指點，這次的簡報就不會取得成功。

15. このお化け屋敷は本当に怖い。泣きそうになり（　　）やっと出口にたどりついた。

1　ながらも
2　たくても
3　たりとも
4　からでも

15・答案：1

選項1「ながらも」／意為「雖然……但是……」。

選項2「たくても」／意為「即使想……」。

選項3「たりとも」／意為「即使……也……」。

選項4「からでも」／無此句型。

譯文：這個鬼屋實在太恐怖了，我都要嚇哭了，好不容易才走到出口。

---

16. 来季の復帰を目指して、何度もくじけそうになり（　　）必死のリハビリを続けている。

1　ながらに
2　かたがた
3　ながらも
4　ついでに

16・答案：3

選項1「ながらに」／意為「一邊……」。

選項2「かたがた」／意為「順便……」。

選項3「ながらも」／意為「雖然……但是……」。

選項4「ついでに」／意為「順便……」。

譯文：為了能夠參加下個賽季的比賽，雖然困難重重，但我依然拚命進行復健。

---

17. あの人の一言は厳しい（　　）思いやりがこもっている。

1　ことで
2　うえに
3　わけで
4　ながらも

17・答案：4

選項1「ことで」／意為「應該……」。

選項2「うえに」／意為「而且」。

選項3「わけで」／意為「怪不得……」。

選項4「ながらも」／意為「雖然……但是……」。

譯文：他的話雖然嚴厲，卻也充滿了關心。

---

18. 一人でやるのがそんなに大変なら手伝って（　　）のに。

1　やらないものだ
2　やらないものでもない
3　やったものだ
4　やったものでもない

18・答案：2

選項1「やらないものだ」／意為「本來就不做……」。

選項2「やらないものでもない」／意為「也不是不做……」。

選項3「やったものだ」／意為「本該做……」。

選項4「やったものでもない」／意為「也並不該……」。

譯文：一個人做要是太辛苦的話，我也不是不能幫你……。

19. 魔法を使えるわけでは
    ないが、みんなで力を
    合わせればできない
    （　　）。
1 ものでもない
2 ではいられない
3 わけにはいかない
4 までもない

19・答案：1

選項1「ないものでもない」／意為「也不是不……」、「也許會……」。

選項2「ないではいられない」／意為「不能……」。

選項3「ないわけにはいかない」／意為「不能……」。

選項4「ないまでもない」／意為「不必……」、「無須……」。

譯文：雖然我們不會使用魔法，但如果大家齊心協力，也不是做不成。

---

20. 怒られない（　　）文
    句の電話ぐらいはか
    かってくるかもね。
1 からに
2 までに
3 からも
4 までも

20・答案：4

選項1「ないからに」／無此句型。

選項2「ないまでに」／無此句型。

選項3「ないからも」／無此句型。

選項4「ないまでも」／意為「即使不……也……」、「沒有……至少也……」。

譯文：就算對方不大發雷霆，恐怕也會打個電話來抱怨一下吧。

---

21. 毎日決まった時間に起き
    ろとまでは（　　）、も
    う少し規則正しい生活を
    送らなきゃだめだ。
1 言わないまでも
2 言うまでもなく
3 言うに及ばず
4 言わないことではなく

21・答案：1

選項1「言わないまでも」／意為「即使不說……」。

選項2「言うまでもなく」／意為「不必說……」。

選項3「言うに及ばず」／意為「用不著說……」。

選項4「言わないことではなく」／無此句型。

譯文：我倒不是非要讓你每天都在固定時間起床，但至少你的生活要有規律吧？

---

22. 悪名とは（　　）、彼
    の評判はあまり良くな
    い。
1 言わないまでも
2 言うまでも
3 言わないほども
4 言うほども

22・答案：1

選項1「言わないまでも」／意為「即使不說……」。

選項2「言うまでも」／無此句型。

選項3「言わないほども」／無此句型。

選項4「言うほども」／無此句型。

譯文：雖然還算不上臭名昭彰，但是他的名聲也不太好。

23. 無二の親友とはいかない（　　）彼とは古くからの友人です。

1　ほどでは
2　ほどを
3　までも
4　までもが

23・答案：3

選項1「ほどでは」／意為「要是……程度的話」。

選項2「ほどを」／無此句型。

選項3「ないまでも」／意為「即使不説……」。

選項4「までもが」／無此句型。

譯文：他雖然不是我獨一無二的朋友，卻也是我的老朋友了。

24. 使わずにしまっておいたはさみが少しさびてしまった。でも少し研いでみたら（　　）。

1　切れなくはなかった
2　切れもしなかった
3　切れてはならなかった
4　切るに切れなかった

24・答案：1

選項1「切れなくはなかった」／意為「也不是不鋒利」。

選項2「切れもしなかった」／意為「一點也不鋒利」。

選項3「切れてはならなかった」／為錯誤的表達方式，「てはならない」表示禁止。

選項4「切るに切れなかった」／意為「想剪也剪不動」。

譯文：剪刀一直放著沒用有點生鏽了，但是稍微磨一下的話還是很鋒利的。

二、次の文の＿★＿に入る最もよいものを、1・2・3・4から一つ選びなさい。

練習問題	解説

25. 中国語がまだ下手だが、＿＿＿＿＿＿＿＿＿＿＿＿＿★＿＿。

1　ものでもない
2　一生懸命に
3　話せば
4　通じない

25・答案：1

題幹：中国語がまだ下手だが、一生懸命に話せば通じないものでもない。

解析：本題測驗「ないものでもない」，前項通常接動詞ない形，意為「也不是不……」、「也許會……」。

譯文：雖然我中文還不太好，但是努力說的話，也不是不能和人交流。

26. こんな田舎でも、＿＿＿＿＿＿＿＿＿＿★＿＿＿＿＿よ。気をつけてください。

1　ない
2　かぎらない
3　とも
4　恐ろしい犯罪が

26・答案：2

題幹：こんな田舎でも、恐ろしい犯罪がないともかぎらないいよ。気をつけてください。

解析：本題測驗「ないともかぎらない」，前項通常接名詞＋では、イ形容詞く形、ナ形容詞詞幹＋で、動詞ない形，意為「説不定……」、「可能會……」。

譯文：即使是這樣的鄉下，也有可能發生恐怖犯罪事件，所以一定要小心。

第一週

第二週

第三週
第五天

第四週

第五週

27. ＿＿＿＿ ＿＿＿＿ ＿★＿
＿＿＿＿、ものを創ると
いう能力をもっていま
す。

1 にして
2 ながら
3 人は
4 生まれ

27・答案：2
題幹：人は生まれながらにして、ものを創るという能力を
もっています。
解析：本題測驗「ながらに」，前項通常接名詞或動詞ます
形，意為「保持……的狀態」。
譯文：人天生就有創造力。

28. 完璧に＿＿＿＿ ＿★＿
＿＿＿＿ ＿＿＿＿教官の話
ぐらいは聞くようにす
る。

1 までも
2 きちんと出席して
3 理解できない
4 授業には

28・答案：1
題幹：完璧に理解できないまでも、授業にはきちんと出席
して教官の話ぐらいは聞くようにする。
解析：本題測驗「ないまでも」，前項通常接動詞ない形，
意為「即使不……也……」、「沒有……至少也……」。
**譯文：雖然我還不能完全理解上課內容，但我至少會按
時出席聽老師講課。**

29. 住民＿＿＿＿ ＿★＿
＿＿＿＿ ＿＿＿＿。

1 なくしては
2 ありえません
3 ごみの問題の解決は
4 一人一人の協力

29・答案：1
題幹：住民一人一人の協力なくしてはごみの問題の解決は
ありえません。
解析：本題測驗「なくしては」，前項通常接名詞，意為
「如果沒有……」，表示如果沒有前項的存在，後項就不會
實現。
譯文：沒有每位居民的協助，就無法解決垃圾問題。

30. 好き嫌いで物事を判断
するのは人間の悲しい
習性だ。人々の＿＿＿＿
＿＿＿＿ ＿★＿ ＿＿＿＿い
じめはなくならない。

1 の
2 改善
3 意識
4 なくして

30・答案：2
題幹：好き嫌いで物事を判断するのは人間の悲しい習性
だ。人々の意識の改善なくしていじめはなくならない。
解析：本題測驗「なくして」，前項通常接名詞，意為「如
果沒有……」，表示如果沒有前項的存在，後項就不會實
現。
**譯文：根據個人喜好判斷事物，這是人類的可悲習性。
如果人們的意識得不到改善，霸凌事件就不會消失。**

—— 文法一覧表 ——

❶ 財布を届けてあげたのに一言の礼もなしに去っていった。
　→不……就……

❷ 日本のアニメ界は手塚治虫の存在なしには語れない。
　→如果沒有……就不……

❸ 茶道の先生ならいざしらず、ずっと正座しているのは日本人でも辛いことだ。
　→……暫且不談；關於……我不太清楚

❹ 出初式は日本ならではの伝統行事だ。
　→只有……才有……；不是……就不會……

❺ 確かに家に同僚を呼ぶと言っていたけど、一人か二人ならまだしも、こんなにたくさん連れてくるなんて聞いていないわよ。
　→如果是……還說得過去，可是……

❻ 久しぶりに会ったのに口を開くなり人の悪口を言うなんて、こっちも嫌な気分になったわ。
　→一……就……

—— 文法解析 ——

❶ ～なしに 不……就……

解説 表示不做前項的事就直接做後項的事。
句型 名詞＋なしに

• 断りもなしに人の写真をSNSにアップすると訴えられることもあるから気をつけたほうがいいよ。
　未經允許就把別人的照片發到社群網站上可能會挨告的，最好還是注意一下。

• 財布を届けてあげたのに一言の礼もなしに去っていった。
　我把錢包送來給他，他卻連一句謝謝都沒有就走了。

• 彼は研究のために、夏休みも帰ることなしに、ずっと研究室にいた。
　他為了研究，暑假也沒有回家，一直待在研究室裡。

注意事項 多用於書面語，口語為「～しないで」。

❷ ～なしには　如果沒有……就不……

解說 表示假定條件，如果沒有發生前項，後項也難以實現。
句型 名詞＋なしには
- 日本のアニメ界は手塚治虫の存在なしには語れない。
  日本動畫界如果沒有手塚治虫，則一切都無從談起。
- ショッピングモールの建設プロジェクトは商店街の同意なしには進められない。
  購物中心的建設計劃必須徵得商店街的同意才能進行。

注意事項 後項多為動詞可能形的否定形式。

❸ ～ならいざしらず／～はいざしらず
　……暫且不談；關於……我不太清楚

解說 表示前項不太清楚或姑且不談，著重談後項。
句型 名詞＋ならいざしらず／はいざしらず
- 茶道の先生ならいざしらず、ずっと正座しているのは日本人でも辛いことだ。
  茶道老師暫且不談，但即使是日本人，一直跪坐的話也很辛苦。
- 実家が店をやっている人ならいざしらず、私のようなサラリーマンの子供に会社を作るなんて簡単なことではありません。
  自己家本來就開店的話暫且不談，但像我這樣普通工薪階層家庭的孩子，想要自己開公司絕非易事。
- 暇な時ならいざしらず、忙しい時にお客さんに来られては困りますよ。
  閒暇的時候暫且不談，在忙碌的時候如果客人來訪，會讓人很困擾。

注意事項 意思相近的句型有：「～はともかくとして」、「～はさておいて」。

❹ ～ならでは／～ならではの　只有……才有……；不是……就不會……

解說 前項表示「……特有」的意思，後項通常為表示高度評價或感嘆的詞語。
句型 名詞＋ならでは／ならではの
- 出初式は日本ならではの伝統行事だ。
  「出初式（消防隊年初開始工作前的儀式）」是日本特有的傳統活動。
- あの店の和菓子は、値段は高いが老舗ならではの趣がある。
  那家店的日式點心雖然貴，卻有著老字號的獨特韻味。

217

- 知らない人とおしゃべりをしたり、自由に行先を変更したりするのが一人旅ならではの醍醐味だと思う。

  可以與陌生人聊天，也可以隨意改變目的地，這就是獨自旅行特有的樂趣。

注意事項 多採用「名詞＋ならではの＋名詞」的形式，也可以用「ならでは～ない」的形式。

❺ ～ならまだしも　如果是……還說得過去，可是……

解説 表示如果是前項的話倒還可以接受。

句型　[動詞、イ形容詞] の辞書形
　　　ナ形容詞語幹　　　　　　　＋ならまだしも
　　　名詞

- 日帰り旅行に行くならまだしも、世界一周旅行をするのは贅沢すぎる。

  要是一日遊的話那還說得過去，可環遊世界實在是太奢侈了。

- 安いならまだしも、そんな高いものはとても手に入らない。

  如果便宜倒還可以接受，但是那麼貴的東西，我是無論如何都買不起的。

- 治療が困難ならまだしも、よくある病気だから、そんなに心配することはないよ。

  如果是難以醫治的疾病那也就算了，可這只是很常見的小病而已，不用那麼擔心啦。

- 確かに家に同僚を呼ぶと言っていたけど、一人か二人ならまだしも、こんなにたくさん連れてくるなんて聞いていないわよ。

  你確實說過要請同事來家裡做客，但一兩個人還好，你可沒說過要請這麼多人來。

注意事項 此句型帶有一種不滿、責備的語氣。

❻ ～なり　一……就……

解説 表示前項動作剛完成，後項動作就緊接著發生。

句型 動詞辞書形＋なり

- 久しぶりに会ったのに口を開くなり人の悪口を言うなんて、こっちも嫌な気分になったわ。

  久別重逢卻張口就說別人的壞話，真討厭，連我的心情都被影響了。

- あいつは信用できない。私が部長に昇進するなり親しげに話しかけてくるようなやつだ。

  那個傢伙不值得信任，因為他是一個趨炎附勢的人，我剛當上部長他就裝熟地過來搭話。

- 審査員の方々は、部屋に入るなり挨拶もそこそこに熱心に写真を見始めました。

  各位審查員一進房間，匆匆寒暄幾句後就認真地開始看照片了。

注意事項 後項的動作一般是突發性的、意料之外的。後項不能接表示命令、否定、推量、意志等的動詞，也不用於描述自己的行為，而且前後兩項動作的主詞必須是相同的。

——— 即刻挑戰 ———

一、次の文の（　　　）に入れるのに最もよいものを、1・2・3・4から一つ選びなさい。

練習問題	解説
1. 音を聞く（　　）体が反応し、外に飛び出していきました。 1　と思いきや 2　ときたら 3　ともなると 4　なり	1・答案：4 選項1「と思いきや」／意為「原以為……但出乎意料的是……」。 選項2「ときたら」／意為「提起……」、「説起……」。 選項3「ともなると」／意為「要是……」、「一旦……」。 選項4「なり」／意為「一……就……」。 **譯文：一聽到聲音身體迅速做出反應，馬上跑到外面去了。**
2. 協調して努力すること（　　）、世界経済の成長など望むべくもない。 1　なりに 2　なしには 3　とみえて 4　ともなく	2・答案：2 選項1「なりに」／意為「與……相應的」、「與……相符的」。 選項2「なしには」／意為「如果沒有……就不……」。 選項3「とみえて」／意為「看起來好像……」。 選項4「ともなく」／意為「不知……」。 **譯文：如果不團結一致、共同努力，世界經濟就不會取得發展。**
3. 北海道（　　）大自然の中の露天風呂をどうぞお楽しみください。 1　ならではの 2　ばかりの 3　ゆえの 4　あっての	3・答案：1 選項1「ならではの」／意為「只有……才有……」。 選項2「ばかりの」／意為「幾乎……」。 選項3「ゆえの」／意為「因為……」。 選項4「あっての」／意為「有了……才有……」。 **譯文：這裡是北海道特有的天然露天溫泉，請盡情享受。**

4. こんなつまらない事件がバブル期（　　）、今でもまだまだ起こってしまう。

1　にもかかわらず
2　もさることながら
3　ならまだしも
4　はもとより

4・答案：3

選項1「にもかかわらず」／意為「雖然……但是……」、「儘管……卻……」。

選項2「もさることながら」／意為「……自不必説」。

選項3「ならまだしも」／意為「如果是……還説得過去，可是……」。

選項4「はもとより」／意為「不用説……」。

譯文：如果是泡沫經濟時期還説得過去，現如今竟然還有這樣無聊的事情發生，這就有點……

---

5. 実際に住んでみて肌で感じること（　　）、その国の文化は理解できないだろう。

1　次第では
2　なしには
3　と相まって
4　からいって

5・答案：2

選項1「次第では」／意為「根據……」、「取決於……」。

選項2「なしには」／意為「如果没有……就不……」。

選項3「と相まって」／意為「與……相結合」。

選項4「からいって」／意為「從……來説」。

譯文：如果没在當地實際居住、親身感受的話，就無法真正理解該國文化吧。

---

6. 両親（　　）、私は兄弟として弟の留学を強く応援している。

1　はいざしらず
2　だけあって
3　とともに
4　にしては

6・答案：1

選項1「はいざしらず」／意為「……暫且不談」、「關於……我不太清楚」。

選項2「だけあって」／意為「不愧是……」。

選項3「とともに」／意為「隨著……」、「和……一起」。

選項4「にしては」／意為「作為……來説」、「雖説……」。

譯文：父母什麼意見我不清楚，作為兄長我非常支持弟弟出國留學。

---

7. 日本に着く（　　）、友達から連絡が入った。

1　からして
2　きり
3　なり
4　とあって

7・答案：3

選項1「からして」／意為「從……來看」。

選項2「きり」／意為「……之後就没有……」。

選項3「なり」／意為「一……就……」。

選項4「とあって」／意為「因為……」。

譯文：我一到日本，朋友就和我聯繫了。

8. 高級レストラン（　　）調味料は、当店でしか味わえない。

1　からの
2　がちの
3　くらいの
4　ならではの

8・答案：4

選項1「からの」／意為「竟有……之多」、「……以上」。

選項2「がちの」／無此句型。

選項3「くらいの」／意為「像……那樣的……」。

選項4「ならではの」／意為「只有……才有……」。

譯文：只有在本店才能吃到高級餐廳特有的調味料。

9. 息子の部屋にノック（　　）入っても全然かまわないと言うし、掃除も自由だ。

1　ばかりか
2　ぬきで
3　どころか
4　なしで

9・答案：4

選項1「ばかりか」／意為「不僅……而且……」。

選項2「ぬきで」／意為「省去……」。

選項3「どころか」／意為「別説……就連……也」。

選項4「なしで」／意為「沒……就……」。

譯文：兒子說我可以不用敲門進入他的房間，也可以隨意打掃。

10. この2年間くらい、まったく連絡（　　）出て行ってしまう人、入ってくる人が多いのです。

1　ながらに
2　なしに
3　までして
4　のみならず

10・答案：2

選項1「ながらに」／意為「一邊……」。

選項2「なしに」／意為「不……就……」。

選項3「までして」／意為「甚至到……的地步」。

選項4「のみならず」／意為「不僅……而且……」。

譯文：這兩年間有很多人來，也有很多人不打聲招呼就離開。

11. どこに行ってもその地方（　　）民話が残っている。

1　なみに
2　ながらの
3　なりとも
4　ならではの

11・答案：4

選項1「なみに」／意為「與……相當」、「跟……一樣」。

選項2「ながらの」／意為「保持……的狀態」。

選項3「なりとも」／意為「……之類的……」。

選項4「ならではの」／意為「只有……才有……」。

譯文：無論去哪裡，都能發現當地特有的傳說和故事。

12. 札幌の雪まつりは北国（　　）醍醐味がある。

1　めく
2　ごとき
3　ばかりか
4　ならではの

12・答案：4

選項1「めく」／意為「有……的氣息」、「像……的樣子」。

選項2「ごとき」／意為「如……」。

選項3「ばかりか」／意為「不僅……而且……」。

選項4「ならではの」／意為「只有……才有……」。

譯文：札幌雪祭有一種北國特有的妙趣。

13.
国民全員の努力
（　　）、経済を再建
できはしないだろう。

1　にもまして
2　のおかげで
3　のいたりで
4　なしには

13・答案：4

選項1「にもまして」／意為「比……更……」、「超過……」。

選項2「のおかげで」／意為「多虧……」、「幸虧……」。

選項3「のいたりで」／意為「非常……」、「……之極」。

選項4「なしには」／意為「如果沒有……就不……」。

譯文：如果沒有全體國民的努力，經濟就不可能得到恢復。

14.
日本の抹茶チョコレー
トは、抹茶（　　）上
品な香りがほのかに感
じられる。

1　ごときの
2　がらみの
3　ほどまでの
4　ならではの

14・答案：4

選項1「ごときの」／意為「像……一樣的……」。

選項2「がらみの」／意為「包括……在內的……」。

選項3「ほどまでの」／無此句型。

選項4「ならではの」／意為「只有……才有……」。

譯文：日本的抹茶巧克力，能讓人感受到一種抹茶特有的淡雅幽香。

二、次の文の＿＿★＿＿に入る最もよいものを、1・2・3・4から一つ選びなさい。

練習問題	解說

15.
＿＿＿＿　＿＿＿＿
＿＿★＿、彼女は恐怖で
倒れてしまった。

1　見る
2　一目
3　なり
4　その光景を

15・答案：3

題幹：その光景を一目見るなり、彼女は恐怖で倒れてしまった。

解析：本題測驗「なり」，前項通常接動詞原形，意為「一……就……」。

譯文：她一看到眼前的情景，馬上嚇得暈過去了。

16.
あんなに世話になった
のに、彼女は一言の
＿＿＿＿　＿＿★＿
＿＿＿＿してしまった。

1　なしに
2　も
3　挨拶
4　帰省

16・答案：2

題幹：あんなに世話になったのに、彼女は一言の挨拶もなしに帰省してしまった。

解析：本題測驗「なしに」，前項通常接名詞，意為「不……就……」。

譯文：我曾經那麼關照她，她卻連個招呼都不打就回老家了。

17. この新しい発想は、＿＿＿＿＿＿ ＿＿＿＿★＿＿ ＿＿＿＿＿だろう。

1　のもの
2　若者
3　ならでは
4　まさに

17・答案：3

題幹：この新しい発想は、まさに若者ならではのものだろう。

解析：本題測驗「ならではの」，前項通常接名詞，意為「只有……才有……」。

譯文：這種新穎的想法是只有年輕人才能想出來的吧。

---

18. ＿＿＿＿＿＿ ＿＿＿★＿＿ 、私はあの人の言うことを信じています。

1　いざ
2　他の人
3　しらず
4　は

18・答案：3

題幹：他の人はいざしらず、私はあの人の言うことを信じています。

解析：本題測驗「はいざしらず」，前項通常接名詞，意為「……暫且不談」、「關於……我不太清楚」。

譯文：別人怎樣我不清楚，我相信他説的話。

---

19. 今日、電車に学校から借りたノートパソコンを忘れました。＿＿＿＿＿ ＿＿★＿ ＿＿＿＿＿ ＿＿＿＿＿なので、何とかして探し当てたいのです。

1　まだしも
2　なら
3　学校のもの
4　私物

19・答案：2

題幹：今日、電車に学校から借りたノートパソコンを忘れました。私物ならまだしも学校のものなので、何とかして探し当てたいのです。

解析：本題測驗「ならまだしも」，前項通常接名詞、ナ形容詞詞幹或動詞、イ形容詞原形，意為「如果是……還説得過去，可是……」。

譯文：我今天把和學校借的筆記型電腦忘在電車上了。如果是我自己的就罷了，但這是和學校借的，所以我一定要想辦法找到。

---

20. あの二人は幼馴染ではないが、出身地が近い ＿＿＿＿＿＿ ＿＿＿＿★＿ ＿＿＿＿＿シンパシーを感じているようだ。

1　こともあって
2　ならではの
3　同郷
4　という

20・答案：3

題幹：あの二人は幼馴染ではないが、出身地が近いということもあって同郷ならではのシンパシーを感じているようだ。

解析：本題測驗「ならではの」，前項通常接名詞，意為「只有……才有……」。

譯文：他們雖不是從小一起長大，但因為出生地很近，所以兩人好像有一種同郷之間才有的共鳴。

一、次の文の（　　　）に入れるのに最もよいものを、1・2・3・4から一つ選びなさい。

練習問題	解說

1. 子供の教育のため
（　　）、多少の出費も
しかたがない。
1　からこそ
2　とあれば
3　からは
4　といえども

1・答案：2
選項1「からこそ」／意為「正因為……所以……」。
選項2「とあれば」／意為「如果是……」。
選項3「からは」／意為「既然……就……」。
選項4「といえども」／意為「即使……」、「雖說……」。
譯文：如果是為了孩子的教育，花多少錢都是沒有辦法的事。

2. この住宅はどうですか。
広さ（　　）環境
（　　）、これ以上のも
のはありませんよ。
1　といい/といい
2　につけ/につけ
3　であれ/であれ
4　も/ならば

2・答案：1
選項1「といい/といい」／意為「不論……還是……」。
選項2「につけ/につけ」／意為「無論……都……」。
選項3「であれ/であれ」／意為「無論……還是……」。
選項4「も/ならば」／意為「如果……」。
譯文：這個房子您覺得怎麼樣？無論是大小還是環境，都沒有比它更好的了。

3. 来年度私がもらえそうな
奨学金はせいぜい5万円
（　　）。
1　というところだ
2　といったらない
3　に違いない
4　にほかならない

3・答案：1
選項1「というところだ」／意為「也就是……」、「頂多……」。
選項2「といったらない」／意為「沒有比……更……」。
選項3「に違いない」／意為「一定是……」。
選項4「にほかならない」／意為「不外乎是……」、「無非是……」。
譯文：下個年度我能拿到的獎學金最多也就5萬日元了。

4. そこを立ってから二ヶ月
あまり（　　）彼はゆっ
くり休む暇もないほど忙
しい。

1　にもまして
2　をおいて
3　ばかりに
4　というもの

4・答案：4

選項1「にもまして」／意為「比……更……」、「超過……」。

選項2「をおいて（～ない）」／意為「除……之外沒有……」。

選項3「ばかりに」／意為「就因為……」。

選項4「というもの」／意為「整整……」、「整個……」。

譯文：離開那裡以後整整兩個多月的時間裡，他忙得不可開交，根本無暇休息。

---

5. 外国人（　　）、日本で
は日本語を話さなければ
ならない。

1　からには
2　ものなら
3　といえども
4　はさておき

5・答案：3

選項1「からには」／意為「既然……就……」。

選項2「ものなら」／意為「如果……就……」。

選項3「といえども」／意為「即使……」、「雖說……」。

選項4「はさておき」／意為「暫且不說……」。

譯文：雖說是外國人，但是在日本還是得說日語。

---

6. こんな簡単なことさえ覚
えられない（　　）、我
ながら情けないといった
らない。

1　ばかりか
2　とは
3　にかかわらず
4　とはいえ

6・答案：2

選項1「ばかりか」／意為「不但……而且……」。

選項2「とは」／意為「竟然……」。

選項3「にかかわらず」／意為「不管……」、「不論……」。

選項4「とはいえ」／意為「雖然……但是……」。

譯文：連這麼簡單的事情都記不住，我自己都覺得太丟人了！

---

7. 新聞記者の鈴木さんは国
内（　　）海外（　　）
いつも取材で飛び回って
いる。

1　といわず/といわず
2　とか/とか
3　というか/というか
4　にしろ/にしろ

7・答案：1

選項1「といわず/といわず」／意為「不論是……還是……」、「……也好……也好」。

選項2「とか/とか」／意為「……之類的……之類的」。

選項3「というか/というか」／意為「是……還是……」。

選項4「にしろ/にしろ」／意為「無論是……還是……」。

譯文：作為報社記者，鈴木總是到處去採訪，無論是國內還是國外。

8. 優勝した（　　）、反則で失格になってしまった。

1　にしたら
2　からいって
3　こととて
4　と思いきや

8・答案：4

選項1「にしたら」／意為「對於……來説」。

選項2「からいって」／意為「從……來説」。

選項3「こととて」／意為「因為……」。

選項4「と思いきや」／意為「原以為……但出乎意料的是……」。

譯文：原以為會是冠軍，卻由於犯規失去了比賽資格。

---

9. この自動販売機（　　）よく故障する。取り替えたほうがいいと思う。

1　からいうと
2　からこそ
3　ときたら
4　とあって

9・答案：3

選項1「からいうと」／意為「從……來説」。

選項2「からこそ」／意為「正因為……」。

選項3「ときたら」／意為「説起……」、「提起……」。

選項4「とあって」／意為「因為……」。

譯文：這台自動販賣機經常故障，我覺得應該換一台。

---

10. もう少しで優勝する（　　）ミスして負けました。

1　からは
2　せいか
3　といっても
4　ところを

10・答案：4

選項1「からは」／意為「既然……就……」。

選項2「せいか」／意為「也許是……的緣故吧」。

選項3「といっても」／意為「雖説……但是……」。

選項4「ところを」／意為「在……的時候」。

譯文：還差一點就要贏了，結果卻因為失誤輸掉了比賽。

---

11. 1週間練習する（　　）、試合には勝てないだろう。

1　としたところで
2　にこたえて
3　によっては
4　くせに

11・答案：1

選項1「としたところで」／意為「即使……也……」。

選項2「にこたえて」／意為「應……」、「回應……」。

選項3「によっては」／意為「根據……」。

選項4「くせに」／意為「明明……卻……」。

譯文：就算練習一週，也很難贏得比賽吧。

12. いくら悔やんだ（　　）、落としたお金が戻らないよ。くよくよしないでね。

1 きり
2 せいで
3 とて
4 につき

12・答案：3

選項1「きり」／意為「……之後就沒有……」。

選項2「せいで」／意為「因為……」。

選項3「とて」／意為「即使是……」。

選項4「につき」／意為「關於……」。

譯文：再怎麼後悔弄丟的錢也回不來，別想不開了。

13. これほど大企業の経営状況が悪い（　　）、不況はかなり深刻ということになる。

1 にせよ
2 とすれば
3 にしては
4 となると

13・答案：4

選項1「にせよ」／意為「即使……」。

選項2「とすれば」／意為「如果……」。後項多用「だろう」等表示説話者判斷的表達方式。

選項3「にしては」／意為「作為……來説……」、「雖説……」。

選項4「となると」／意為「如果……」。既可用於陳述現實性狀況，也可用於陳述假定的狀況。

譯文：要是連大企業的經營狀況都這麼差的話，經濟衰退會更加嚴重。

14. 恩師から結婚式には出席できない（　　）返事を受け取った。

1 からの
2 との
3 ばかりの
4 によっての

14・答案：2

選項1「からの」／意為「竟有……之多」、「……以上」。

選項2「との」／意為「……的」。

選項3「ばかりの」／意為「幾乎」、「簡直」。

選項4「によっての」／意為「根據……的」。

譯文：我的恩師回覆我說無法參加我的結婚典禮。

15. 水蒸気（　　）気体の状態に変わった水のことです。

1 とは
2 だけは
3 からは
4 かぎりは

15・答案：1

選項1「とは」／意為「所謂……」。

選項2「だけは」／意為「能……都……」。

選項3「からは」／意為「既然……就……」。

選項4「かぎりは」／無此句型。

譯文：所謂水蒸氣就是變成氣體狀態的水。

16. あの外国人女性は美人（　　）、日本では普通くらいだ。

1　からして
2　からみれば
3　とあって
4　とはいえ

16・答案：4

選項1「からして」／意為「從……來看」。

選項2「からみれば」／意為「從……來看」。

選項3「とあって」／意為「因為……」。

選項4「とはいえ」／意為「雖然……」、「儘管……」。

譯文：那個外國女人雖說漂亮，但在日本的話也就是普普通通。

---

17. 母は疲れた（　　）、どっかりと床に腰を下ろした。

1　とあいまって
2　とばかりに
3　というより
4　ときたら

17・答案：2

選項1「とあいまって」／意為「與……相結合」。

選項2「とばかりに」／意為「顯出……的樣子」。

選項3「というより」／意為「與其……還不如……」。

選項4「ときたら」／意為「説起……」、「提起……」。

譯文：媽媽好像很累，撲通一下坐在地板上。

---

18. 一人でいると寂しくて、誰に話す（　　）独り言を言っていた。

1　ぬきでは
2　ものなら
3　ともなしに
4　こととて

18・答案：3

選項1「ぬきでは」／意為「省去……」。

選項2「ものなら」／意為「如果……就……」。

選項3「ともなしに」／意為「漫不經心地……」、「無意中……」。

選項4「こととて」／意為「因為……」。

譯文：一個人太寂寞了，不知不覺地就會自言自語。

---

19. 外国へ旅行する（　　）、パスポートが必要だ。

1　ともなると
2　ときたら
3　に対して
4　によっては

19・答案：1

選項1「ともなると」／意為「要是……」、「一旦……」。

選項2「ときたら」／意為「説起……」、「提起……」。

選項3「に対して」／意為「對於……」、「與……相反」。

選項4「によっては」／意為「根據……」。

譯文：若是要去國外旅行，就需要有本護照。

20. しっかり鍵をかけない と、泥棒に（　　）か ら注意してください。

1　入られないわけにはいかな い
2　入られないではおかない
3　入られないではすまない
4　入られないとも限らない

20・答案：4

選項1「（泥棒に）入られないわけにはいかない」／意為 「不能不被盜」。

選項2「（泥棒に）入られないではおかない」／意為「不 能不被盜」、「必然被盜」。

選項3「（泥棒に）入られないではすまない」／意為「不 能不被盜」、「應該被盜」。

選項4「（泥棒に）入られないとも限らない」／意為「不 一定不被盜」。

譯文：不把門鎖好的話可能會遭小偷，小心點吧。

21. 選手には（　　）、せ めて趣味でスポーツを 楽しみたい。

1　なれないまでも
2　なれないとは
3　なれないうちに
4　なれないことには

21・答案：1

選項1「なれないまでも」／意為「即使不能成為……」。

選項2「なれないとは」／意為「竟然不能成為……」。

選項3「なれないうちに」／意為「趁著不能成為……」。

選項4「なれないことには」／意為「如果不能成為……的 話」。

譯文：我喜歡體育運動，即使不能成為專業運動員，至 少可以把它作為一個愛好。

22. 君が本気で頑張るとい うのなら、応援 （　　）よ。

1　しないではいられない
2　しないではおかない
3　しないものでもない
4　しないではすまない

22・答案：3

選項1「しないではいられない」／意為「不能不……」。

選項2「しないではおかない」／意為「不能不……」、 「必然會……」。

選項3「しないものでもない」／意為「不是不……」。

選項4「しないではすまない」／意為「不……不行」。

譯文：你要是認真努力的話，我也不是不支持你。

23. 彼は（　　）して偉大 な才能に恵まれてい た。

1　生まれから
2　生まれ
3　生まれながらに
4　生まればかり

23・答案：3

選項1「生まれから」／意為「從出生」。

選項2「生まれ」／意為「出生」。

選項3「生まれながらに」／意為「天生」、「與生俱來」。

選項4「生まればかり」／無此句型。

譯文：他天生就有了不起的才能。

24. 少し悪いと思い
（　　）、彼は笑うこ
とを抑えることが出来
なかった。
1　かねて
2　ぬきで
3　かけて
4　ながらも

24・答案：4
選項1「かねて」／意思不明確。
選項2「ぬきで」／意為「省去……」。
選項3「かけて」／意為「做到一半……」。
選項4「ながらも」／意為「雖然……但是……」。
譯文：他雖然覺得不太好，但還是沒能忍住笑了出來。

25. 忍耐（　　）、誰も成
功することができない
よ。
1　ゆえに
2　なくしては
3　はもとより
4　のみならず

25・答案：2
選項1「ゆえに」／意為「因為……」。
選項2「なくしては」／意為「如果沒有……」。
選項3「はもとより」／意為「不用說……」。
選項4「のみならず」／意為「不僅……而且……」。
譯文：沒有忍耐，任何人都不會成功。

二、次の文の＿＿★＿＿に入る最もよいものを、1・2・3・4から一つ選びなさい。

練習問題	解説

26. ＿＿＿＿ ＿＿＿＿ ★
＿＿＿＿、今のところは
余裕がない。
1　行き
2　ないが
3　旅行に
4　たくなくも

26・答案：4
題幹：旅行に行きたくなくもないが、今のところは余裕が
ない。
解析：本題測驗「なくもない」，前項通常接名詞＋が、動
詞ない形、イ形容詞く形，ナ形容詞て形，意為「並不是
不……」、「不是沒有……」、「並非不……」。
譯文：我並不是不想去旅行，只是現在沒有時間。

27. ＿＿＿＿ ＿＿＿＿ ★
＿＿＿＿成し遂げられな
い。
1　なしに
2　誰も
3　何事も
4　努力

27・答案：1
題幹：何事も努力なしに誰も成し遂げられない。
解析：本題測驗「なしに」，前項通常接名詞，意為
「不……就……」。
譯文：無論什麼事，如果不努力，誰也不會成功。

28. この＿＿＿＿＿＿＿＿＿＿＿＿＿＿＿★＿＿。

1　ならではの
2　ロナウジーニョ
3　技だ
4　素晴らしい技は

28・答案：3

題幹：この素晴らしい技はロナウジーニョならではの技だ。

解析：本題測驗「ならではの」，前項通常接名詞，意為「只有……才有……」。

譯文：這麼精彩的招數只有羅納迪諾才辦得到。

29. ＿＿＿＿＿＿★＿＿＿＿＿＿この化学品を作ることが出来ない。

1　なら
2　いざしらず
3　素人では
4　専門家

29・答案：1

題幹：専門家ならいざしらず素人ではこの化学品を作ることが出来ない。

解析：本題測驗「ならいざしらず」，前項通常接名詞，意為「……暫且不談」、「關於……我不太清楚」。

譯文：專家暫且不提，普通人是不可能製造出這種化學品的。

30. ＿＿＿＿＿＿＿＿＿＿★＿＿＿、先生は怒ったような口調で話し始めた。

1　に
2　入る
3　教室
4　なり

30・答案：4

題幹：教室に入るなり、先生は怒ったような口調で話し始めた。

解析：本題測驗「なり」，前項通常接動詞原形，意為「一……就……」。

譯文：老師一進教室就開始用憤怒的語氣訓話。

三、次の文章を読んで、31から35の中に入る最もよいものを、1・2・3・4から一つ選びなさい。

「知識」という言葉と「知恵」という言葉がある。知識は「得る」というが、知恵は「出す」という。同じ「知」という字を使っていてもずいぶん違った意味になる。

人工知能、つまり知的情報処理をする機械と、人間との違いを一言で言えば、知的な面から見る限り、この知識と知恵の違いだと31。

32、ある家庭でお父さんとお母さんが喧嘩している。それを子供が黙ってみている。

場の雰囲気が険悪になって、これ以上喧嘩が続くと後にしこりが残るというぎりぎりのところまで来た時、その子がポツンと独り言のように言う。「ボク、お父さんもお母さんも好きなんだ。」急に場が和んで、とげとげした雰囲気が

231

33。こういうのが34である。人間ならば小さな子供でも知恵を出すことができる
のに、機械には難しい。

　人間と機械とはどこが違うかという問いは、もともと不毛な問いである。な
ぜなら、どこまでが機械で、どこからが人間かという境目は、人間や機械とは全
然違うものだという立場から出発して、機械による知的情報処理の意義と限界を
探ってみることにしたい。その出発点として、先にあげた「知識」と「知恵」の
違いから始めよう35。

31.
1　思うのはもともとだ
2　思ってしかたがない
3　思ったらもちろんだ
4　思えばよい

31・答案：4

選項1／這樣想是理所當然的

選項2／就是這樣認為的

選項3／這樣想的話是理所當然的

選項4／這樣想就可以

譯文：如果用一句話來形容人工智慧——處理資訊的機器——與人類的區別的話，從知性的角度來看，那就是知識與智慧的不同。

32.
1　たとえば
2　ところが
3　ところで
4　ようするに

32・答案：1

選項1／例如

選項2／可是，不過

選項3／可是

選項4／總之，總而言之

譯文：舉個例子，某家父母在吵架，孩子一言不發地看著他們吵。

33.
1　嘘だとみえる
2　嘘といったらない
3　嘘のようになる
4　嘘にきまっている

33・答案：3

選項1／看起來好像是假的

選項2／太像假的了

選項3／變得像假的一樣

選項4／一定是假的

譯文：場面一下子緩和了下來，劍拔弩張的氣氛消失了。

34.

1　知識
2　知恵
3　知能
4　知的

34・答案：2

選項1／知識

選項2／智慧

選項3／智能

選項4／知性

譯文： 這就是智慧。只要是人，即使是小孩子也有智慧，但機器卻不行。

35.

1　というべきである
2　というものである
3　というわけである
4　という次第である

35・答案：3

選項1／應該

選項2／也就是

選項3／就是説（表示理由、結論等）

選項4／就是這樣

譯文： 作為出發點，我們就應該從前面提到的「知識」和「智慧」的區別開始探索。

ノート

第一週

第二週

第三週
第七天

第四週

第五週

―― 文法一覧表 ――

❶ この仕事が終わったら、ジムに行くなりプールに行くなりして体を動かそう。
　→或者……或者……；……也好……也好

❷ 誰でも自分なりの正義を持っている。
　→與……相應的；與……相符的

❸ 何という青空だろう！美しすぎて悲しみさえ覚える。
　→真是太……；簡直太……

❹ 彼と付き合っても、何ら得るところはない。
　→毫無……；完全沒有……

❺ その小説は面白くて読むに値する。
　→值得……

❻ 開発を進めていけば、このような失敗はよくあることだ。落胆するにはあたらない。
　→用不著……；不必……

❼ 定年で職を辞した彼は、野にあってなお政界に精通する存在として知られている。
　→處於……；在……之中

❽ 事業に失敗した原因はどんな点にあるでしょう。
　→在於……；處於……

―― 文法解析 ――

❶ ～なり～なり 或者……或者……；……也好……也好

解說 表示列舉出兩個或兩個以上的事物，從中選擇一個。
句型 動詞辞書形＋なり＋動詞辞書形
　　　名詞＋なり＋名詞 ┐＋なり

・この仕事が終わったら、ジムに行くなりプールに行くなりして体を動かそう。
　這個工作結束之後，要麼去健身房要麼去游泳池，活動一下身體吧。
・誰か相談できる兄弟なり友達なりいなかったの？
　沒有可以商量的兄弟姊妹或是朋友嗎？
・英語なりフランス語なり外国語を一つ学んだほうがいい。
　英語也好，法語也好，最好學一門外語。

注意事項 後項大多是表示建議、命令等的句子。不能用於形容過去的事情。

❷ ～なりに／～なりの　與……相應的；與……相符的

解說 表示與前項相應的狀態、行為等。

句型 イ形容詞辞書形
　　　名詞　　　　　┐＋なりに/なりの

• 収入が少なければ少ないなりの暮らし方があるのだろう。
　即使收入很少，那也應該會有與其相應的生活方式吧。

• 誰でも自分なりの正義を持っている。
　無論是誰心中都會有自己所堅持的正義。

• 彼は彼なりに考えて出した答えだから何があっても受け止めてあげようと思う。
　這是他按照自己的方式所想出的答案，所以無論怎樣，我想我都會接受的。

注意事項 表示在承認事物有所欠缺的基礎上對其進行正面的評價。

❸ なんという　真是太……；簡直太……

解說 表示驚訝、感嘆等。

句型 なんという（＋連体修飾語）＋名詞

• 何という青空だろう！美しすぎて悲しみさえ覚える。
　多麼美麗的藍天啊！實在是太美了，甚至讓人感覺到一絲傷感。

• まあ、なんというきれいな瞳だろう。
　多麼漂亮的眼眸啊！

• 毎日夜遅くまで残業しているなんて、なんという真面目な社員だろう。
　這名員工每天都加班到很晚，真是太認真了。

注意事項 常用「なんという～だろう」的表達形式。

❹ なんら～ない　毫無……；完全沒有……

解說 表示強烈的否定。

句型 なんら＋動詞ない形
　　　なんらの＋名詞＋も＋動詞ない形　┐＋ない

• 彼と付き合っても、何ら得るところはない。
　和他來往也是白費功夫，什麼都得不到。

- みんながこれほど努力しているのに、状況は何ら変わらない。

  大家這麼努力，可情況卻絲毫沒有改變。
- 最近の彼の作品はマンネリ気味だね。従来の作品と何ら変わり映えがしない。

  他最近的作品千篇一律，與過去相比沒有任何起色。
- なんらの便りもありません。

  沒有任何音信。

注意事項 用於鄭重的表達。口語中常用「なにも～ない」、「なんの～も～ない」。

❺ ～に値する 值得……

解說 表示值得做某事，有必要做。

句型 動詞辞書形
名詞 ＋に値する

- その小説は面白くて読むに値する。

  那本小說很有趣，值得一讀。
- 吉林市の松花江沿岸の樹氷は、桂林の山水、雲南の石林、長江三峡と並んで「中国4大自然奇観」とされ、一見に値する。

  吉林市松花江沿岸的霧淞與桂林山水、雲南石林、長江三峡一同被稱為「中國四大自然奇觀」，值得一看。
- あの人の行為は賞賛に値する。

  那個人的行為值得表揚。

注意事項 常用於對事物的客觀評價。意思相近的句型有：「～に足る」、「～に足りる」。

❻ ～に(は)あたらない 用不著……；不必……

解說 表示不值得做某事，沒有必要做。

句型 動詞辞書形
名詞 ＋に（は）あたらない

- 開発を進めていけば、このような失敗はよくあることだ。落胆するにはあたらない。

  繼續開發下去的話，像這樣的失敗還會經常出現的。用不著這麼沮喪。
- 外国語は積極的に話して自分のものにしていくもので、多少の失敗は恥じるにあたらない。

  積極主動地說外語，努力去掌握它，些許的失敗不必覺得丟臉。

- 大口の寄付をしても、節税のためならば、その行為は賞賛にはあたらない。

  雖然捐了很多錢，但如果是為了節稅，這種行為也不值得表揚。

注意事項 該句型的意思是「ふさわしくない」、「適当ではない」，表示沒有必要做前項或那樣做是不恰當的。多接在「感心する」、「驚く」、「非難する」、「賞賛する」等動詞後。

---

❼ ～にあって　處於……；在……之中

解說 表示處於某種場合、立場、時機等。

句型 名詞＋にあって

- 定年で職を辞した彼は、野にあってなお政界に精通する存在として知られている。

  他到了年齡退休之後，雖然變成普通百姓了，但大家都知道他通曉政界的事情。

- 被災者は困難な生活の中にあっても互いに助け合う心を忘れなかった。

  受災群眾即使身處困難中，也沒有忘記互相幫助。

- 今回のマラソン大会は、天候のコンディションが悪い状況にあって全員が完走した。これは称賛に値することだろう。

  這次的馬拉松大賽，所有選手在惡劣的天氣下堅持跑完了全程。這真是太值得稱讚了。

注意事項 前後項的關係既可以是順接，也可以是逆接。

---

❽ ～にある　在於……；處於……

解說 表明原因、目的、問題、責任等在於何處。

句型 名詞＋にある

- 事業に失敗した原因はどんな点にあるでしょう。

  事業失敗是因為哪一點沒做好呢？

- 仕事を辞めないのは経済的に十分に豊かではないことにある。

  沒有辭掉工作是因為經濟上不富裕。

- その小説の主旨は愛情を謳歌することにあると思われる。

  人們普遍認為那本小說的主題是謳歌愛情。

注意事項 此句型的主語大多是表示原因、目的、問題、責任、理由之類的詞語。

一、次の文の（　　　）に入れるのに最もよいものを、1・2・3・4から一つ選びなさい。

練習問題	解說

1. だから問題はコミュニケーション（　　　）んだよ。これから気をつけてね。
1　にたる
2　にかぎる
3　にある
4　にわたる

1・答案：3
選項1「にたる」／意為「值得……」。
選項2「にかぎる」／意為「僅限於……」。
選項3「にある」／意為「在於……」。
選項4「にわたる」／意為「涉及……」。
譯文：因此問題在於溝通方面，你今後要多多注意。

2. あなたがした仕事に対する当然の報酬ですから遠慮する（　　　）。
1　にはかたくありません
2　にはあたりません
3　にはこたえません
4　にはしません

2・答案：2
選項1「にはかたくありません」／意為「不難……」、「很容易就……」。
選項2「にはあたりません」／意為「用不著……」。
選項3「にはこたえません」／意為「無法應對……」。
選項4「にはしません」／意為「不做……」。
譯文：這是你做事應得的報酬，所以不用客氣。

3. インターネット書評というものが果たして読む（　　　）ものなのかという本質的な問いを投げかけている点で重要だと思う。
1　に至る
2　に伴う
3　に関する
4　に値する

3・答案：4
選項1「に至る」／意為「達到……」。
選項2「に伴う」／意為「伴隨著……」。
選項3「に関する」／意為「關於……」。
選項4「に値する」／意為「值得……」。
譯文：我認為網路書評在深入探究某本書究竟是否值得閱讀方面發揮了重要的作用。

4. 日々のたわいもない出来事から自分（　　　）考えている事まで幅広い日記を書きます。
1　なりに
2　だけに
3　ばかりに
4　くせに

4・答案：1
選項1「なりに」／意為「與……相應的」。
選項2「だけに」／意為「畢竟……」。
選項3「ばかりに」／意為「因為……」。
選項4「くせに」／意為「明明……，卻……」。
譯文：日記的內容很寬泛，從每天不值一提的小事到自己頭腦中所思考的事情，我都寫入其中。

5. 失敗したからといって
   がっかりする（　　）。
   1 にはいたりません
   2 にはたりません
   3 にはあたりません
   4 にはすぎません

5・答案：3

選項1「にはいたりません」／意為「還沒到……的程度」。

選項2「にはたりません」／意為「不值得……」。

選項3「にはあたりません」／意為「用不著……」。

選項4「にはすぎません」／意為「只是……」。

譯文：雖說失敗了，但是也用不著沮喪。

6. 日曜日はいつも本を読む
   （　　）テレビを見る
   （　　）して、のんびり
   することにしています。
   1 なり/なり
   2 とか/とか
   3 であれ/であれ
   4 というか/というか

6・答案：1

選項1「なり/なり」／意為「或者……或者……」。

選項2「とか/とか」／意為「……之類的……之類的」。

選項3「であれ/であれ」／意為「無論……還是……」。

選項4「というか/というか」／意為「是……還是……」。

譯文：星期日我一般都是看看書或者電視，悠閒地度過。

7. 私は私（　　）悩みがあ
   る。その人とは学年もち
   がうし、部活もちがう。
   1 かわりに
   2 あげくに
   3 おりに
   4 なりに

7・答案：4

選項1「かわりに」／意為「代替……」。

選項2「あげくに」／意為「結果……」。

選項3「おりに」／意為「……的時候」。

選項4「なりに」／意為「與……相應的」。

譯文：我也有我的煩惱。我和那個人既不同年級，也不在同一個社團。

8. これは（　　）植物で
   しょうか。分かる方がい
   らっしゃったら教えてく
   ださい。
   1 なんという
   2 なんかの
   3 なによりの
   4 ならではの

8・答案：1

選項1「なんという」／意為「叫作……」。

選項2「なんかの」／意為「……之類的」。

選項3「なによりの」／意為「比任何其他的都……」。

選項4「ならではの」／意為「只有……才有……」。

譯文：這是什麼植物呢？如果有哪位知道，請告訴我一下。

9. 長引く不況下（　　）、中
   小企業の振興、発展のため
   尽力されていることに、深
   く敬意を表します。
   1 にして
   2 にいたって
   3 にあって
   4 によって

9・答案：3

選項1「にして」／意為「到了……的階段，才……」。

選項2「にいたって」／意為「甚至……」。

選項3「にあって」／意為「處於……」。

選項4「によって」／意為「根據……」。

譯文：在這種長期經濟不景氣的環境中，我對於努力振興中小企業的各位，致以崇高的敬意。

10. 詳しく知りたい方は本を読む（　　）サイトで調べる（　　）して、じゅうぶん下調べをしてから作ってください。

1　といい/といい
2　といわず/といわず
3　なら/なら
4　なり/なり

10・答案：4

選項1「といい／といい」／意為「不論……還是……」。

選項2「といわず／といわず」／意為「無論是……還是……」。

選項3「なら／なら」／無此句型。

選項4「なり／なり」／意為「或者……或者……」。

譯文：想瞭解詳情的各位，可以自行閱讀書籍或者在網站上進行查詢，請提前做好充分的調查。

---

11. 彼は100年に一人と言われた逸材だよ。ネイチャーに論文が掲載されたと聞いても驚く（　　）。

1　にあてられない
2　にはあたる
3　にはあたらない
4　にあたるだろう

11・答案：3

選項1「にあてられない」／意為「靠不住」。

選項2「にはあたる」／意為「相當於……」。

選項3「にはあたらない」／意為「用不著……」。

選項4「にあたるだろう」／意為「大概相當於……吧」。

譯文：據說他是百年一遇的天才。所以即使聽說了他在《自然》期刊上發表了論文，也用不著吃驚。

---

12. 今やスポーツ選手でもドラマに出る時代。お笑いタレントになっても驚くに（　　）。

1　あたらない
2　もとづかない
3　そういない
4　たえない

12・答案：1

選項1「にあたらない」／意為「用不著……」。

選項2「にもとづかない」／意為「不以……為基礎」。

選項3「にそういない」／意為「一定……」。

選項4「にたえない」／意為「不堪……」。

譯文：現在是體育運動員也會演電視劇的年代了。即使他們成了諧星，也不必吃驚。

---

13. あなた（　　）お考えは重々承知しておりますが、私どもの立場もどうぞお察しください。

1　向きの
2　なみの
3　次第の
4　なりの

13・答案：4

選項1「向きの」／意為「適合於……」。

選項2「なみの」／意為「與……同等程度的」。

選項3「次第の」／意為「根據……而決定的」。

選項4「なりの」／意為「與……相應的」。

譯文：我們十分清楚您的想法，但是也請您體諒我們的立場。

14. 何度言われても気持ちは変わりません。私は私（　　）答えをもう出してあるのです。

1 までに
2 なりに
3 しだいに
4 どおりに

14・答案：2

選項1「までに」／意為「到……為止」。
選項2「なりに」／意為「與……相應的」。
選項3「しだいに」／意為「根據……而定」。
選項4「どおりに」／意為「根據」、「按照」。

譯文：無論你怎麼說，我也不會改變想法。因為我已經給出了我自己的答案。

15. 自分（　　）考えたとはいえ、それが正しいとは限らないのでアドバイスをいただけると嬉しいです。

1 とはいえ
2 にかかわり
3 なりに
4 なくして

15・答案：3

選項1「とはいえ」／意為「雖然……但是……」。
選項2「にかかわり」／意為「關係到……」。
選項3「なりに」／意為「與……相應的」。
選項4「なくして」／意為「如果沒有……」。

譯文：雖然我盡可能地思考了一下，但這未必就是正確的，所以很希望大家能給我一些建議。

16. なんでも良いから君（　　）考えを発表してください。みんなでそれについて議論していきましょう。

1 しだいの
2 なりの
3 ずくめの
4 ぎみの

16・答案：2

選項1「しだいの」／意為「根據……而定的」。
選項2「なりの」／意為「與……相應的」。
選項3「ずくめの」／意為「全都是……」。
選項4「ぎみの」／意為「有點……」、「稍微……」。

譯文：只要是你的想法，無論什麼都可以說出來。然後我們大家按照你的想法來進行討論吧。

二、次の文の　★　に入る最もよいものを、1・2・3・4から一つ選びなさい。

練習問題	解説

17. 彼の両親はプロゴルファーなんだ。彼が＿＿＿＿＿＿＿＿＿★＿＿＿よ。

1 にあたらない
2 上手でも
3 驚く
4 ゴルフが

17・答案：1

題幹：彼の両親はプロゴルファーなんだ。彼がゴルフが上手でも驚くにあたらないよ。

解析：本題測驗「にあたらない」，前項通常接動詞原形或名詞，意為「用不著……」、「不必……」。

譯文：他的父母都是高爾夫選手。他即使高爾夫打得好，也用不著吃驚。

18. 彼には、人とは違うが、＿＿＿＿ ★ ＿＿＿＿ ＿＿＿＿があるのだ。

1 生き方の
2 なりの
3 信念
4 彼

題幹：彼には、人とは違うが、彼なりの生き方の信念があるのだ。

解析：本題測驗「なりの」，前項通常接名詞，意為「與……相應的」。

譯文：他有著與別人不同的、獨特的人生信念。

19. ＿＿＿＿ ＿＿＿＿ ＿＿＿＿ ★＿＿、笑顔を忘れずに、周りの人たちへの気配りとか優しさを忘れない女性になりたいな。

1 に
2 逆境
3 あっても
4 どんな

19・答案：3

題幹：どんな逆境にあっても、笑顔を忘れずに、周りの人たちへの気配りとか優しさを忘れない女性になりたいな。

解析：本題測驗「にあって」，前項通常接名詞，意為「處於……」。

譯文：我想成為那種即使處於逆境中，也依然面帶微笑，始終不忘要照顧和體貼周圍人們的女性。

20. 難しいですが、知れば知るほど＿＿＿＿ ＿＿＿＿ ★＿ ＿＿＿＿と思います。

1 に値する
2 学ぶ
3 言語だ
4 日本語は

20・答案：1

題幹：難しいですが、知れば知るほど日本語は学ぶに値する言語だと思います。

解析：本題測驗「に値する」，前項通常接動詞原形或名詞，意為「值得……」。

譯文：雖然日語很難，但是越學越覺得它是一門很值得學習的語言。

21. 子供たちまで殺すなんて＿＿＿★＿ ＿＿＿＿ ＿＿＿＿ ＿＿＿＿。

1 だろう
2 やつ
3 何という
4 残虐な

21・答案：3

題幹：子供たちまで殺すなんて何という残虐なやつだろう。

解析：本題測驗「何という」，常用「何という～だろう」的形式，表示驚訝、感嘆等。

譯文：居然連孩子們都殺害，真是太殘忍了！

—— 文法一覧表 ——

❶ ここまで夫婦の関係が悪化するに至っては、離婚もやむをえまい。
→甚至……；到……；以至於……

❷ あの人に言わせると、こんなパソコンはまったく使い物にならないということらしい。
→讓……來説的話

❸ この度は当社製品に不具合があり、回収させていただくことになりました。お客様におかれましてはご不便をおかけして大変申し訳ございません。
→關於……的情況

❹ 国会に提出された改正案に対して、野党は言うに及ばず、芸能人までもがツイッターで批判を繰り広げている。
→不必……；不用……；不如……

❺ 選手の能力を引き出し、チームが優勝できるかどうかは、監督の采配にかかっている。
→全看……；全在於……；關係到……

❻ 経済活動より命にかかわる法案を優先するべきだ。
→關係到……；與……有關

❼ 寒いのは北海道に限ったことではない。
→不僅是……

❽ 仕事の忙しさにかこつけて子供の教育に無関心になる父親が増えている。
→以……為藉口；假託……

—— 文法解析 ——

❶ ～に至る／～に至るまで／～に至って(は)／～に至っても
甚至……；到……；以至於……

解說 表示事物達到了某種程度。
句型 動詞辞書形
名詞 ┐＋に至る／に至るまで／に至って（は）／に至っても

• ここまで夫婦の関係が悪化するに至っては、離婚もやむをえまい。
夫妻關係已經差到這種程度，也就不得不離婚了。

- 社長が議会に呼び出されるに至って、ようやくメーカーは事故の責任の一部を認めた。

  直到社長被傳召到議會，廠商才終於承認對事故負有一部分責任。
- 修学旅行に行く際は、自分の物は靴下に至るまで全部名前を書いたものだ。

  去修學旅行之前，把自己的所有物品，甚至是襪子都寫上了名字。

注意事項 用於比較正式的場合或書面語。

❷ ～に言わせると 讓……來說的話

解說 表示依照某人的意見，會有後項的內容。

句型 名詞＋に言わせると

- あの人に言わせると、こんなパソコンはまったく使い物にならないということらしい。

  讓那個人來說的話，這樣的電腦好像根本就用不了。
- 外国人に言わせると、味噌汁は非常に匂いがきつい。

  外國人認為，味噌湯的味道非常濃烈。
- 僕に言わせると、そういう人たちこそ真実の愛国者だ。

  要是讓我來說的話，我覺得那樣的人才是真正的愛國者。

注意事項 表示其意見是充滿自信的。也可用「～に言わせれば」的形式。

❸ ～におかれましては 關於……的情況

解說 通常接在表示地位、身分較高的人的名詞後面，用於表達對對方的問候等。

句型 名詞＋におかれましては

- この度は当社製品に不具合があり、回収させていただくことになりました。お客様におかれましてはご不便をおかけして大変申し訳ございません。

  這次由於公司產品的品質問題，不得不進行回收處理，給顧客帶來諸多不便，我們表示深深的歉意。
- 会員の皆様におかれましては、この一年をどう総括し、また来年に向けどう対処しようとお考えでしょうか。

  各位會員，如何總結這一年，又如何面向明年做好準備呢？
- 春もたけなわのこの頃ですが、皆様方におかれましてはいかがお過しでしょうか。春意正濃，各位過得如何呢？

注意事項 是非常鄭重的書信表達方式。意思等同於「においては」、「には」、「にも」。

❹ ～に（は）及ばない／～に及ばず **不必……；不用……；不如……**

解說 表示不需要採取某種行動，或表示後項不如前項。
句型 動詞辞書形
　　　　名詞 ┐＋に（は）及ばない/に及ばず

- たいした怪我ではないので、そんなに心配するには及ばない。
　傷不是那麼嚴重，不必擔心。
- 国会に提出された改正案に対して、野党は言うに及ばず、芸能人までもが
　ツイッターで批判を繰り広げている。
　針對這次在國會上提出的修改方案，在野黨就不用說了，就連藝人都在推特上進行批
　判。
- 中国サッカー代表の成績では日本にははるかに及ばない。
　中國國家足球隊的成績遠遠比不上日本。

注意事項 意思相近的句型有：「～までもない」、「～ことはない」、「～する必
　　　　　要はない」、「～しなくてもいい」。

❺ ～にかかっている **全看……；全在於……；關係到……**

解說 表示與前項的關聯非常密切。
句型 名詞＋にかかっている

- 選手の能力を引き出し、チームが優勝できるかどうかは、監督の采配にか
　かっている。
　能否充分發揮選手的能力，進而取得團隊的勝利，全在於教練的指揮。
- この試合に勝てるかどうかは残りの3分にかかっている。
　這次比賽能否獲勝，關鍵就在最後僅剩的3分鐘了。
- 大学に入れるかどうかはひとえに試験の成績にかかっている。
　能否考上大學全在於成績的好壞。

注意事項 此句型前項除了接名詞外，還有「～かどうか」、「～か否か」、「～如
　　　　　何にかかっている」的表達方式。

❻ ～にかかわる **關係到……；與……有關**

解說 表示與前項有關聯。
句型 名詞＋にかかわる

- 経済活動より命にかかわる法案を優先するべきだ。
　與經濟活動相比，應該更加優先對待與生命緊密相關的法案。

245

- 増税は庶民の暮らしに 直接かかわる 重要な問題です。
  増税是與百姓生活直接相關的重要問題。
- このくらいの問題が解けないとは、天才と呼ばれた私の沽券にかかわる。
  連這麼簡單的問題都解決不了的話,有失我被稱作天才的身分。

注意事項 前項通常是「名誉」、「評判」、「命」、「存続」這種表示很重要的事物的詞語。

❼ 〜に限ったことではない 不僅是……

解說 表示某種情況不僅限於此。
句型 名詞＋に限ったことではない
- 寒いのは北海道に限ったことではない。
  寒冷的地方並不僅限於北海道。
- 忙しいのはあなたに限ったことではありません。みんな同じですよ。
  不光你一個人在忙,大家都一樣。

注意事項 與句型「〜だけではない」意思相似。

❽ 〜にかこつけて 以……為藉口;假託……

解說 表示以此為藉口做後面的事。
句型 名詞＋にかこつけて
- 仕事の忙しさにかこつけて子供の教育に無関心になる父親が増えている。
  以工作忙為藉口,對自己孩子的教育不聞不問的父親越來越多。
- 彼女は体調の悪さにかこつけて1週間帰国して遊んでいる。
  她以身體狀態不好為由回國玩了1週。
- 二人も友達の出産祝いにかこつけて、訪れてみると、お互いの幼い頃の思いで話なんかに花が咲いたよ。
  兩個人以慶祝朋友生孩子為由去了朋友家,結果興致勃勃地聊起了童年回憶。

注意事項 此句型含有一種「那並不是直接的理由或原因,但卻以此為藉口」的語感。

一、次の文の（　　　）に入れるのに最もよいものを、1・2・3・4から一つ選びなさい。

練習問題	解說
1. 面接試験では、食べ物の話から経済の問題（　　　）広い範囲にわたって質問された。 1　に対するまで 2　に伴うまで 3　に至るまで 4　に関するまで	1・答案：3 選項1「に対するまで」／無此句型。 選項2「に伴うまで」／無此句型。 選項3「に至るまで」／意為「甚至……」、「以至於……」。 選項4「に関するまで」／無此句型。 **譯文：面試中我被問了飲食方面的話題，甚至還有經濟方面的話題。**
2. 最近体調不良（　　　）、トレーニングをさぼりまくっています。 1　にかこつけて 2　におけて 3　にかぎって 4　にこたえて	2・答案：1 選項1「にかこつけて」／意為「以……為藉口」。 選項2「におけて」／意為「在……方面」。 選項3「にかぎって」／意為「僅限於……」。 選項4「にこたえて」／意為「根據……」、「回應……」。 **譯文：最近以身體不舒服為藉口，一味地偷懶，沒怎麼進行訓練。**
3. 日本の今の住宅は、80年前の米国（　　　）。 1　にいたらない 2　に応じない 3　にたえない 4　に及ばない	3・答案：4 選項1「にいたらない」／意為「還沒到……的程度」。 選項2「に応じない」／意為「無法回應……」。 選項3「にたえない」／意為「不堪……」。 選項4「に及ばない」／意為「不如……」。 **譯文：日本現在的住宅還比不上80年前的美國。**
4. 今回からはまず環境保全（　　　）法規を学びます。 1　による 2　にかかわる 3　にわたる 4　に基づく	4・答案：2 選項1「による」／意為「根據……」。 選項2「にかかわる」／意為「關係到……」。 選項3「にわたる」／意為「涉及」。 選項4「に基づく」／意為「基於……」。 **譯文：從這次開始，要先從環保相關的法規學起。**

5. ただの風邪だから、仕事を休む（　　）よ。
1　にはつれない
2　には及ばない
3　にはかかわらない
4　にはきまらない

5・答案：2
選項1「にはつれない」／無此句型。
選項2「には及ばない」／意為「不必……」。
選項3「にはかかわらない」／意為「與……無關」。
選項4「にはきまらない」／意為「不一定……」。
譯文：只是普通的感冒而已，還不到請假不上班的程度。

6. 実現の成否は日本の政治（　　）のだが。
1　にかかっている
2　にこたえる
3　にそくする
4　にかぎる

6・答案：1
選項1「にかかっている」／意為「全看……」。
選項2「にこたえる」／意為「回應……」。
選項3「にそくする」／意為「根據……」、「按照……」。
選項4「にかぎる」／意為「僅限於……」。
譯文：能否實現，全看日本的政治了。

7. お客様ならびに関係の皆様（　　）、長きにわたってご利用、ご支援いただきましたこと、誠にありがたく、心より感謝申し上げます。
1　かぎりでは
2　におかれましては
3　ときたら
4　しだいでは

7・答案：2
選項1「かぎりでは」／意為「在……範圍之內」、「據……所……」。
選項2「におかれましては」／意為「關於……的情況」。
選項3「ときたら」／意為「説起……」、「提起……」。
選項4「しだいでは」／意為「取決於……」、「根據……的情況」。
譯文：對於各位顧客以及相關人士的長期支援，我們表示由衷的感謝。

8. 私の名誉（　　）問題です。お金で済ませないで、きちんと謝ってください。
1　にたる
2　にかける
3　における
4　にかかわる

8・答案：4
選項1「にたる」／意為「值得……」。
選項2「にかける」／意為「關於……方面」。
選項3「における」／意為「在……方面」。
選項4「にかかわる」／意為「關係到……」。
譯文：這個問題關係到我的名譽，不要企圖用金錢來解決，請好好道歉。

9. 時には生命（　　）障害の発生を未然に防ぐことができます。

1　にかかわる
2　からすれば
3　ことには
4　だけあって

第一週

9・答案：1

選項1「にかかわる」／意為「關係到……」。

選項2「からすれば」／意為「從……方面來看」。

選項3「ことには」／意為「據……説」。

選項4「だけあって」／意為「不愧是……」。

譯文：有的時候，與生命安全相關的災害的發生是可以防患於未然的。

---

10. お金から衣類（　　）盗まれてしまって、旅行が続けられなくなった。

1　いかんまで
2　そばまで
3　に至るまで
4　しだいまで

10・答案：3

選項1「いかんまで」／無此句型。

選項2「そばまで」／無此句型。

選項3「にいたるまで」／意為「甚至……」、「以至於……」。

選項4「しだいまで」／無此句型。

譯文：旅行途中不僅是錢，甚至連衣服都被偷了，我已經無法再繼續旅行了。

---

11. 京都で介護保険（　　）活動をしている。

1　に基づく
2　にかかわる
3　にかたくない
4　に相違ない

11・答案：2

選項1「に基づく」／意為「基於……」。

選項2「にかかわる」／意為「關係到……」。

選項3「にかたくない」／意為「不難……」、「很容易……」。

選項4「に相違ない」／意為「一定……」。

譯文：在京都從事看護保險方面的活動。

---

12. 私は食いしん坊だから、食に（　　）仕事をしてみたいとずっと思っている。

1　たえない
2　かかわる
3　かぎる
4　かなわない

12・答案：2

選項1「にたえない」／意為「不堪……」。

選項2「にかかわる」／意為「關係到……」。

選項3「にかぎる」／意為「僅限於……」。

選項4「にかなわない」／意為「比不上……」、「敵不過……」。

譯文：我是一個貪吃鬼，所以一直都想從事與飲食有關的工作。

第一週

第二週

第三週

第四週
第二天

第五週

練習問題	解説
13. 裁判で証拠が提出される（　　）、彼はようやく自分の罪を認めた。 1　につけ 2　にいたって 3　ついでに 4　からには	13・答案：2 選項1「につけ」／意為「每當……」。 選項2「にいたって」／意為「甚至……」、「以至於……」。 選項3「ついでに」／意為「順便……」。 選項4「からには」／意為「既然……」。 譯文：直到在法庭上被提出了證據，他才承認了自己的罪行。

二、次の文の　★　に入る最もよいものを、1・2・3・4から一つ選びなさい。

練習問題	解説
14.＿＿＿＿ ＿＿＿＿ ＿★＿、ようやく学校側は調査を始めた。 1　出る 2　自殺者が 3　に至って 4　いじめによる	14・答案：3 題幹：いじめによる自殺者が出るに至って、ようやく学校側は調査を始めた。 解析：本題測驗「に至って」，前項通常接動詞辭書形或名詞，意為「甚至……」、「以至於……」。 譯文：直到因校園霸凌出現了自殺者，學校才終於開始進行調查。
15. 明日の＿＿＿＿ ＿＿＿＿ ＿★＿ ＿＿＿＿。 1　かかっている 2　今日の改革 3　成功は 4　に	15・答案：4 題幹：明日の成功は今日の改革にかかっている。 解析：本題測驗「にかかっている」，前項通常接名詞，意為「全看……」、「全在於……」、「關係到……」。 譯文：明日能否成功全看今日的改革。
16.＿＿＿＿ ＿＿＿＿ ＿★＿が、泳ぐことでは彼には負けない。 1　及ばない 2　走る 3　彼に 4　ことでは	16・答案：1 題幹：走ることでは彼に及ばないが、泳ぐことでは彼には負けない。 解析：本題測驗「に及ばない」，前項通常接名詞或動詞辭書形，意為「不如……」。 譯文：我在跑步方面不如他，但是在游泳方面，我比他擅長。

17. _____ _____ _____
_★_、彼はあまり仕
事を頑張らない。

1　かこつけて
2　安さ
3　に
4　給料の

17・答案：1

題幹：給料の安さにかこつけて、彼はあまり仕事を頑張らない。

解析：本題測驗「にかこつけて」，前項通常接名詞，意為「以……為藉口」。

譯文：他以薪水少為藉口，不努力工作。

18. _____ _★_ _____
_____ようお願いいた
します。

1　十分ご注意
2　におかれましては
3　いただきます
4　皆様

18・答案：2

題幹：皆様におかれましては十分ご注意いただきますようお願いいたします。

解析：本題測驗「におかれましては」，常接在表示地位、身分較高的名詞之後，意為「關於……的情況」。

譯文：拜託大家一定要多多注意。

19. 結核はかつて有効な薬
がなく、かかれば
_____ _____ _★_
_____恐れられていた。

1　病
2　に至る
3　死
4　として

19・答案：1

題幹：結核はかつて有効な薬がなく、かかれば死に至る病として恐れられていた。

解析：本題測驗「に至る」，前項通常接動詞辭書形或名詞，意為「甚至……」、「以至於……」。

譯文：以前沒有治療肺結核的特效藥，肺結核被看作是得了就會死亡的可怕疾病。

第一週

第二週

第三週

第四週
第二天

第五週

—— 文法一覧表 ——

❶ 先物相場にのめりこんできたワンマン社長が会社の経営を揺るがせたことは想像にかたくない。
→不難……；很容易就……

❷ たった3万円でも家賃補助がもらえるに越したことはない。
→最好……；沒有比……更好的了

❸ こんなに駐車違反が多いのでは、警察にしたところで取り締まりの方法はないだろう。
→即使……也……

❹ この作品をわずか三日にして完成させたとは、驚いた。
→表示短暫的時間

❺ 彼は医者にして優秀な作家でもある。
→同時……

❻ もう諦めていたが、40歳にしてようやく子宝に恵まれた。
→到了……的時間、階段、狀態，才……

❼ 幸いにして今回は致命的な障害にならなかった。
→強調時間、場所、狀態等

❽ 教師生活20年にしてはじめて教え子の結婚式に出席した。
→到了……的階段，才……

❾ 感染拡大防止のために自粛生活が続いているが、飲食業にしてみれば死活問題だ。
→從……的角度來看；對……來説

❿ 母の思い出の品だから、壊れてしまっても捨てるに忍びない。
→不忍……

⓫ 顧客のニーズに即した情報を提供し、営業を拡大していく。
→根據……；依照……

⓬ こちらも大きな変化なく寒さにたえるがまんの子です。
→耐得住……；能承受……

⓭ 70歳を超えた今でも彼女はまさに鑑賞にたえる美貌を保っている。
→值得……

⓮ これが文学賞を取った小説なのか！全く読むにたえない。
→不堪……；忍受不了……

⑮ 初めて応募した作品が思いがけず新人賞をとって喜び**にたえない**。
　→不勝……
⑯ 彼は十分に信頼**に足る**人物だ。
　→（不）値得……

───── 文法解析 ─────

❶ ～にかたくない　不難……；很容易就……

解說 表示很容易做某事。

句型 名詞＋にかたくない

- 先物相場（さきものそうば）にのめりこんできたワンマン社長（しゃちょう）が会社（かいしゃ）の経営（けいえい）を揺（ゆ）るがせたことは想像（そうぞう）**にかたくない**。

  那個社長沉迷於期貨市場，十分獨斷專行，所以公司的經營岌岌可危也不是什麼難以想像的事情。

- 会社（かいしゃ）に対（たい）するこれまでの功績（こうせき）を顧（かえり）みれば、彼（かれ）の強硬姿勢（きょうこうしせい）も理解（りかい）する**にかたくない**。

  如果回顧一下他過去在公司做出的業績，就不難理解他現在的強硬態度了。

注意事項 該句型常常接在「想像」、「理解」等詞後面。是書面表達方式。

❷ ～に越したことはない　最好……；沒有比……更好的了

解說 表示沒有比這個更好的了。

句型
動詞辞書形
イ形容詞辞書形　　＋に越したことはない
ナ形容詞語幹
名詞

- たった3万円でも家賃補助（まんえん）（やちんほじょ）がもらえる**に越（こ）したことはない**。

  雖然租房補助只有3萬日元，但有補助就再好不過了。

- 体（からだ）は丈夫（じょうぶ）**に越（こ）したことはない**。

  身體結實是再好不過的了。

- まだ時間（じかん）はあるが、早（はや）めに手配（てはい）しておく**に越（こ）したことはない**。

  雖然還有時間，但是提前安排一下就更好了。

注意事項 多用於在常識上被認為是理所當然的事。

❸ ～にしたところで／～にしたって 即使……也……

解說 表示「即使是……的人、事、情況，也……」之意。

句型 動詞辞書形 ┐
　　　名詞　　　┘ ＋にしたところで／にしたって

- 社長がそちらへ行くにしたところで、今回はそんなに簡単には解決できないだろう。

  這次即使是社長親自過去，恐怕也沒有那麼容易解決吧。

- こんなに駐車違反が多いのでは、警察にしたところで取り締まりの方法はないだろう。

  違規停車的車輛這麼多，即使是警察也沒有什麼好的管理辦法吧。

- 会議で決まった方針に少々不満があります。もっとも私にしたところでいい案があるわけではありません。

  對於在會議上定下來的方針，我還是有些不滿。但是即使這樣，我也並沒有什麼好的提案。

注意事項 該句型的後項多為否定或負面含義的句子，表示無能為力或沒有意義。
意思相近的句型有：「～にしても」、「～にしろ」、「～としたところで」、「～としたって」。

❹ ～にして **A：表示短暫的時間**

　　　　　　　　B：同時……

　　　　　　　　C：到了……的時間、階段、狀態，才……

　　　　　　　　D：強調時間、場所、狀態等

A：表示短暫的時間

解說 強調時間很短。

句型 名詞＋にして

- この作品をわずか三日にして完成させたとは、驚いた。
  僅僅用了三天就完成了這個作品，太令人吃驚了。

- その事故で一瞬にして彼は家族全員を失った。
  在那次事故中，他轉眼間就失去了所有的家人。

注意事項 與表示短時間的表達一起使用。

B：同時……

解說 表示前後兩種狀態並存，或表示既是前項也是後項。

句型 名詞＋にして

- 彼は医者にして優秀な作家でもある。
  他是醫生，同時也是優秀的作家。
- 山田先生は息子の恩師にして媒酌人を務めた方でもある。
  山田老師是我兒子的恩師，也是他的媒人。
- 彼は政治家にして、かつ敬虔なクリスチャンでもあった。
  他既是政治家，又是虔誠的基督教徒。

注意事項 既可以表示單純的並列，也可以表示逆接。

C：到了……的時間、階段、狀態，才……

解說 用於表示到了某個階段才發生了某事。

句型 名詞＋にして

- もう諦めていたが、40歳にしてようやく子宝に恵まれた。
  本來都已經放棄了，但是我在40歲的時候終於有了孩子。
- 期待の新人と言われていたが、ここまでとは思わなかった。これまで多くのアスリートを見てきた私にして彼の能力をはかり知ることは不可能だ。
  雖然聽說他是很有前途的新人，但是沒想到居然這麼厲害。我之前見過非常多運動員，就算如此，也無法估量他的能力。
- この年にして初めて、人生の意味が分かった。
  到了這個年紀才明白人生的意義。

注意事項 常用的形式有「名詞＋にしてようやく」、「名詞＋にして初めて」。

D：強調時間、場所、狀態等

解說 表示強調時間、場所、狀態等。

句型 名詞＋にして

- 不幸にして、重い病にかかってしまった。
  不幸身患重病。
- 人は生まれながらにして平等である。
  人人生而平等。
- 幸いにして今回は致命的な障害にならなかった。
  幸好這次的傷不是致命的。

注意事項 接在特定的名詞或副詞後，用於敘述事情的狀況。比如「一瞬にして」、「生まれながらにして」、「幸いにして」、「不幸にして」、「たちまちにして」等表達形式。

❺ ～にしてはじめて　到了……的階段，才……

解說 表示只有到了某個階段才能發生某事，或者表示只有前者才能做某事。
句型 名詞＋にしてはじめて

• 教師生活20年にしてはじめて教え子の結婚式に出席した。
　當了20年老師，第一次參加學生的結婚典禮。

• 父は50歳にしてはじめて海外旅行に行くことになり、浮かれている。
　爸爸五十歲了才第一次去國外旅行，開心極了。

• 技術を身につけた職人にしてはじめて、こんなに細かい仕事ができるのだ。
　只有技藝嫻熟的師傅，才能做得這麼精細。

注意事項 該句型的意思為「～だからこそ～できる」。前項如果接人，則表示除了此人外，其他人無法完成；前項如果接事項，表示到了某階段才發生某事。

❻ ～にしてみれば　從……的角度來看；對……來說

解說 表示站在某個角度、立場來看。
句型 名詞＋にしてみれば

• 感染拡大防止のために自粛生活が続いているが、飲食業にしてみれば死活問題だ。
　為了防止感染範圍的擴大，市民們儘量不外出，但這對於餐飲業來説，卻是事關生死存亡的問題。

• 車椅子の人にしてみれば、駅の階段や歩道橋はそびえ立つ山のようなものだろう。
　對坐輪椅的人來説，車站的臺階和過街天橋就像是一座座高山。

• A国にしてみれば、米国の軍事政策は内政干渉として目に映ることだろう。
　在A國看來，美國的軍事政策是在干涉A國內政。

注意事項 意思相近的句型有：「～にしてみたら」、「～にとっては」。

❼ ～に忍びない 不忍……

解說 表示心理上有抵觸，不能做某事。

句型 動詞辞書形＋に忍びない

- 祖母のお見舞いに行ったんだけど、本当に苦しそうで、見るに忍びなかったわ。
  我去探望祖母了，但她看起來很痛苦，教我於心不忍。
- 母の思い出の品だから、壊れてしまっても捨てるに忍びない。
  這是充滿與媽媽的回憶的物品，所以即使壞掉了我也不忍心扔掉。
- 亡くなった祖母が編んだものは、捨てるに忍びなくて、そのままとってある。
  這是祖母生前編織的物件，所以我不忍心扔掉，一直留著。

注意事項 該句型前接的動詞多為「見る」、「聞く」、「捨てる」等。

❽ ～に即して(は)／～に即しても／～に即した 根據……；依照……

解說 表示按照前面的規則、實情、法律等進行處理。

句型 名詞＋に即して

- 顧客のニーズに即した情報を提供し、営業を拡大していく。
  依據顧客的需求提供資訊，逐步擴大銷售規模。
- 停留所の到着予定時刻のほかに車両の運行状況に即したバスの現在地もご確認いただけます。
  除了預計到站時刻之外，您還能確認按車輛運行情況顯示的公車即時位置。

注意事項 意思相近的句型有：「～によって」、「～に基づいて」、「～に照らして」、「～に沿って」、「～に応じて」、「～を踏まえて」。

❾ ～にたえる A：耐得住……；能承受……

　　　　　　　　　B：值得……

A：耐得住……；能承受……

解說 表示能忍耐前項事物。

句型 名詞＋にたえる

- こちらも大きな変化なく寒さにたえるがまんの子です。
  這個孩子忍耐力也很強，沒有太大的變化，能忍受刺骨的寒冷。

257

第一週
第二週
第三週
第四週
第三天
第五週

- 重圧にたえる私たちに、何かお役に立てればと思ってのことでしょう。
  我想他是希望這能對承受著重壓的我們有所幫助吧。
- 私達の研究グループは、乾燥や低温などの劣悪な環境にたえる植物の開発に世界で初めて成功しました。
  我們研究小組在世界上首次成功研發出能在乾燥、低溫等惡劣環境下生長的植物。

注意事項 表示否定時，多用表示不可能的「～にたえられない」形式。

B：值得……

解說 表示有那樣做的價值。
句型 動詞辞書形 ＋にたえる
名詞

- 何度でも見るにたえる映画だし、これらの映画の全容が理解できれば、あなたは北京を理解したことになる。
  這個電影值得多看幾次。如果你能理解這部電影的全部內容，那麼你也就能理解北京這座城市了。
- 80年以上前の旅行記に意味があるのか。今なお読むにたえるのか。
  80年前的旅行遊記還有意義嗎？到了現在還值得一讀嗎？
- 70歳を超えた今でも彼女はまさに鑑賞にたえる美貌を保っている。
  她雖然如今已年過古稀，但依然保持著讓人賞心悅目的美貌。

注意事項 前面只能接「見る」、「読む」、「鑑賞」、「批判」等有限的詞。否定表達一般用「～にたえない」，而不用「～にたえられない」。

⑩ ～にたえない A：不堪……；忍受不了……

B：不勝……

A：不堪……；忍受不了……

解說 表示狀況嚴重，不忍直視。
句型 動詞辞書形＋にたえない

- これが文学賞を取った小説なのか！全く読むにたえない。
  這就是獲得了文學獎的小說嗎？完全不值得一讀！
- 最近のテレビ番組は質が下がってみるにたえないものが多い。
  最近的很多電視節目品質都有所下降，簡直不值一看。

- 彼女は昔はとてもかわいかったのに今は見るにたえないほどにしわくちゃ
  ですが、なぜですか。

  她以前很可愛，然而現在卻滿臉皺紋，慘不忍睹。這是為什麼呢？

注意事項 前面只接「見る」、「聞く」、「読む」等有限的詞。

B：不勝……

解說 和表示感情的詞語連用，表示說話者的感情達到極限的程度。
句型 名詞＋にたえない

- 初めて応募した作品が思いがけず新人賞をとって喜びにたえない。

  第一次投稿的作品出人意料地得了新人獎，真是喜不勝收。

- 新婦の父親は感謝のことばを聞いたとたん感にたえず涙があふれた。

  新娘的父親剛一聽到感謝的話語，就激動得熱淚盈眶。

- 戦争で少年が腕を失ったことは悲しみにたえない。

  少年在戰爭中失去了手臂，令人傷心至極。

注意事項 通常接在「感激」、「感謝」、「悲しみ」、「怒り」等有限的詞語後
面，表示程度的加強。一般作為較為生硬的客套話使用。

⑪ ～に足る/～に足りない（不）值得……

解說 表示（沒）有某種價值或資格。
句型 動詞辞書形＋に足る/足りない

- 取るに足りない些細なことが原因で喧嘩をしてしまった。とても後悔して
  いる。

  因為一些不值一提的小事吵架了。真是後悔。

- 彼は十分に信頼に足る人物だ。

  他是一個很值得信任的人。

注意事項 「足る」是「足りる」的文語動詞，用於書面語。在現代日語中多用「足
りる」。意思相近的句型有「～に値する」。

一、次の文の（　　）に入れるのに最もよいものを、1・2・3・4から一つ選びなさい。

練習問題	解說
1. それぞれがどんな気持ちで見送り、見送られたかは想像（　　）。 1 におよばない 2 にあたらない 3 にいたらない 4 にかたくない	1・答案：4 選項1「におよばない」／意為「不必……」。 選項2「にあたらない」／意為「用不著……」。 選項3「にいたらない」／意為「還沒到……的程度」。 選項4「にかたくない」／意為「不難……」、「很容易就……」。 譯文：不難想像他們彼此是懷著怎樣的心情與對方告別的。
2. どこの取材でも天気がいい（　　）が、ことさらアイルランドは太陽との戦いである。 1 にかかわらない 2 にこしたことはない 3 にてらしない 4 にたらない	2・答案：2 選項1「にかかわらない」／意為「與……無關」。 選項2「にこしたことはない」／意為「最好……」、「沒有比……更好了」。 選項3「にてらしない」／無此句型。 選項4「にたらない」／意為「不值得……」。 譯文：無論在哪裡採訪，天氣好都是再好不過的事了，尤其在愛爾蘭，每天都要與大太陽一戰。
3. だれもが服従するあの権力者に反抗するとは、大胆（　　）勇気ある若者だ。 1 にして 2 にあって 3 にもまして 4 にしたって	3・答案：1 選項1「にして」／意為「同時……」。 選項2「にあって」／意為「處於……」。 選項3「にもまして」／意為「比……更……」。 選項4「にしたって」／意為「即使……也……」。 譯文：敢於反抗其他人都完全服從的權勢者，（他）真是個大膽又勇敢的年輕人。
4. 科学の力で大いに人々の尊敬を得たことは想像（　　）。 1 にすぎない 2 にかたくない 3 にそういない 4 にとどまらない	4・答案：2 選項1「にすぎない」／意為「只不過是……」。 選項2「にかたくない」／意為「不難……」、「很容易……」。 選項3「にそういない」／意為「一定……」。 選項4「にとどまらない」／意為「不僅限於……」。 譯文：不難想像（他）借助科學的力量，大大地受到了人們的尊重。

5. 事実（　　）想像をまじえないで事件について話してください。
1 に応じて
2 に限って
3 に即して
4 につけて

5・答案：3

選項1「に応じて」／意為「順應……」、「根據……」。
選項2「に限って」／意為「僅限於……」。
選項3「に即して」／意為「根據……」、「依照……」。
選項4「につけて」／意為「每當……」。

譯文：請根據事實講出事件的真實情況，不要加入個人想像。

6. 他人の無責任な言動など問題にする（　　）。
1 に足らない
2 にたえない
3 にほかならない
4 にこたえない

6・答案：1

選項1「に足らない」／意為「不值得……」。
選項2「にたえない」／意為「不堪……」。
選項3「にほかならない」／意為「正是……」。
選項4「にこたえない」／意為「無法回應……」。

譯文：其他人不負責任的言行根本不值一提。

7. 他会派と並んで舞台の上でご紹介をしていただいて、感謝（　　）。
1 にかかわらない
2 にひきかえない
3 によらない
4 にたえない

7・答案：4

選項1「にかかわらない」／意為「與……無關」。
選項2「にひきかえない」／無此句型。
選項3「によらない」／意為「不根據……」。
選項4「にたえない」／意為「不堪……」。

譯文：能夠和其他黨團一起在舞臺上被介紹，我們不勝感激。

8. 趣味と実益を兼ねてるなら、それ（　　）。
1 にわたらない
2 にこしたことはない
3 にいたらない
4 にほかならない

8・答案：2

選項1「にわたらない」／無此句型。
選項2「にこしたことはない」／意為「最好……」、「沒有比……更好的了」。
選項3「にいたらない」／意為「還沒到……的程度」。
選項4「にほかならない」／意為「正是……」。

譯文：如果興趣愛好和實際利益能夠兼得，那是再好不過的了。

9. この木は厳しい冬の寒さ（　　）、春になると美しい花を咲かせます。
1 にこたえて
2 にたえて
3 におうじて
4 にもとづいて

9・答案：2

選項1「にこたえて」／意為「回應……」、「根據……」。
選項2「にたえて」／意為「耐得住……」、「能承受……」。
選項3「におうじて」／意為「順應……」。
選項4「にもとづいて」／意為「以……為基礎」。

譯文：這種樹耐得住冬天的嚴寒，到了春天，就會開出美麗的花朵。

10. 信頼する（　　）友人
　　を得ることは難しい。

1　による
2　に足る
3　にわたる
4　にきわまる

11. 楽をして儲かる話など
　　信用（　　）ものでは
　　ない。

1　に向く
2　に足る
3　を通す
4　を込めた

12. 彼がまず信頼（　　）
　　人物かどうか見極める
　　のが重要だ。

1　にとどまる
2　にすぎない
3　にたる
4　にこたえる

13. いくらネットの記事と
　　はいえ、事実（　　）
　　内容を書かなければコ
　　ンプライアンス上許さ
　　れない。

1　なりに
2　とあって
3　に即した
4　をよそに

14. 住民は、知事の謙虚（　　）説得力のある発言を支持している。

1　なりの
2　にして
3　ゆえの
4　をおいて

14・答案：2

選項1「なりの」／意為「與……相應的」。

選項2「にして」／意為「同時……」。

選項3「ゆえの」／意為「因為……」。

選項4「をおいて（ない）」／意為「除……之外（沒有）……」。

譯文：居民們都非常支持知事謙虛且很有說服力的發言。

---

15. 専門的知識はある（　　）が、入社後3か月間研修期間があるので採用の決め手とはならない。

1　にすぎない
2　ことは否めない
3　に越したことはない
4　といっても過言ではない

15・答案：3

選項1「にすぎない」／意為「只是……」。

選項2「ことは否めない」／意為「不可否認……」。

選項3「に越したことはない」／意為「最好……」、「沒有比……更好的了」。

選項4「といっても過言ではない」／意為「說是……也不為過」。

譯文：如果有專業知識，那是再好不過的了，但是因為進入公司之後會有三個月的培訓期，所以專業知識也不是錄用的必備條件。

二、次の文の＿★＿に入る最もよいものを、1・2・3・4から一つ選びなさい。

練習問題	解說

16. その驚異的な発明は＿＿＿＿　　★＿＿＿ことだ。

1　にして
2　天才
3　初めてできる
4　彼のような

16・答案：1

題幹：その驚異的な発明は彼のような天才にして初めてできることだ。

解析：本題測驗「にして初めて」，前項通常接名詞，意為「到了……的階段，才……」。

譯文：那麼驚人的發明，只有像他那樣的天才才做得到。

263

17. 題名と表紙を見ただ
けでは、＿＿＿ ★
＿＿＿＿と思い込
んでいる人もいるかも
しれない。

1　たぐいだ
2　にたえない
3　俗悪本の
4　読む

17・答案：2

題幹：題名と表紙を見ただけでは、読むにたえない俗悪本
のたぐいだと思い込んでいる人もいるかもしれない。

解析：本題測驗「にたえない」，前項通常接動詞原形，意
為「不堪……」。

譯文：如果光看書名和封面的話，可能會有人誤以為它
是那種不堪入目的粗俗書籍。

---

18. オリンピックに出るこ
とが長年の彼の夢だっ
た。出場が決まって

＿＿＿ ＿＿＿ ＿＿＿
＿＿★＿。

1　にかたくない
2　喜んだか
3　想像
4　どんなに

18・答案：1

題幹：オリンピックに出ることが長年の彼の夢だった。出
場が決まってどんなに喜んだか想像にかたくない。

解析：本題測驗「にかたくない」，前項通常接名詞，意為
「不難……」、「很容易就……」。

譯文：能夠參加奧運會是他多年的夢想。不難想像當他
得知自己能夠參賽的時候是多麼高興。

---

19. ＿＿＿ ★ ＿＿＿
＿＿＿ようになるまでに
は相当の訓練が要る。

1　記事
2　にたえる
3　が書ける
4　読む

19・答案：2

題幹：読むにたえる記事が書けるようになるまでには相当
の訓練が要る。

解析：本題測驗「にたえる」，前項通常接名詞或動詞辭書
形，意為「值得……」。

譯文：到能夠寫出值得一讀的報導為止，需要相當長時
間的練習。

---

20. 政策協調に対する考え
方について、あくまで
＿＿＿ ＿＿＿ ★ ＿＿＿
＿＿＿いくべきだ。

1　に即して
2　各国の置かれた
3　判断して
4　状況

20・答案：1

題幹：政策協調に対する考え方について、あくまで各国の
置かれた状況に即して判断していくべきだ。

解析：本題測驗「に即して」，常接在名詞之後，意為「根
據……」、「依照……」。

譯文：關於政策協調方面，最終還是要根據各國所處的
狀況進行判斷。

第四週 ▶ 第四天

第一週 ▼

第二週 ▼

第三週 ▼

第四週 ▼ 第四天

第五週 ▼

── 文法一覧表 ──

❶ 宣言の各条項に照らしてその問題点を具体的に指摘した。
→按照……；依據……

❷ 健康維持にと思い、ジョギングに挑戦し始めた。
→為了……；作為……

❸ 日本のアニメは国内にとどまらず世界各国の若者に愛されている。
→不僅……；不限於……

❹ 部品もないし、道具もないので、直すに直せない。
→想……卻不能……

❺ 我々は市場経済の原則にのっとって対応したい。
→根據……；遵照……

❻ 新型ウイルスの影響で倒産した会社の負債総額は390億円にのぼるとのことだ。
→達到……

❼ その髪型には無理がある。
→……有不合理的地方；……不切實際

❽ うちの弟ったら、ゲームをしている時の集中力にひきかえ、宿題をするときの飽きっぽさときたら、本当になぜなんだろう。
→與……相反；與……不同

── 文法解析 ──

❶ ～に照らして　按照……；依據……

解説 表示參照的基準。
句型 名詞＋に照らして
- 宣言の各条項に照らしてその問題点を具体的に指摘した。
  按照宣言的各個條例具體地指出問題點。
- 基本の方針に照らして、進むべき道を見定めよう。
  按照基本方針決定前進的道路。

注意事項 意思相近的句型有：「～によって」、「～に即して」、「～に沿って」、「～に応じて」、「～を踏まえて」。

265

❷ ～にと思って 為了……；作為……

解說 表示為了前項的人或事而做後項的事。
句型 名詞＋にと思って

• 資料作成の参考にと思って、私の研究結果をまとめてきたので、遠慮せずに使ってください。
  作為你編輯資料的參考，我把我的研究結果進行了匯總，請隨意使用。

• 粗末なものですが、これ、息子さんにと思って……
  這是我的一點心意，請轉交給令郎。

• 健康維持にと思い、ジョギングに挑戦し始めた。
  為了保持健康，我開始挑戰慢跑了。

注意事項 前面通常接表示人或目的的名詞。

❸ ～にとどまらず 不僅……；不限於……

解說 表示不僅僅局限於某個範圍，還有後項的情況。
句型 名詞＋にとどまらず

• 日本のアニメは国内にとどまらず世界各国の若者に愛されている。
  日本動畫不僅日本國內的年輕人喜歡，還受到了各國年輕人的喜愛。

• 人材の育成にとどまらず、独自のシステム開発も行っています。
  不僅培養人才，還在開發自己獨創的系統。

• 車の購入は、ただの所有にとどまらず、皆様の生活をより豊かなものに変えることができる大きなきっかけとなるでしょう。
  人們買車不僅僅是為了擁有車，還因為車子能豐富大家的生活。

注意事項 意思相近的句型有：「～だけでなく」、「～のみならず」、「～ばかりでなく」、「～ばかりか」、「～に限らず」。

❹ ～に～ない 想……卻不能……

解說 表示想要做某事卻由於某種原因而未能完成或不能做。
句型 動詞辞書形＋に＋同じ動詞可能形のない形＋ない

• スマホを失くしたと大騒ぎして友達みんなが手分けして学校中を探してくれた。申し訳なくて鞄のポケットに入っていたことを言うに言えなくなってしまった。
  我嚷著說手機不見了，然後朋友們都分頭幫我在學校各處尋找。但很不好意思的是，我居然把它放在了書包的口袋裡，事到如今，我很難將真相說出口了。

266

- ああ、あの人だ。確か名刺交換したことがあったんだけど、なんていう名前だったっけ？今さら聞くに聞けないし、どうしよう。

  啊，就是那個人。我好像和他交換過名片，但是他叫什麼名字來著？事到如今想問也不能問了，這可怎麼辦才好。

- 部品もないし、道具もないので、直すに直せない。

  沒有零件也沒有工具，我想修也修不了。

注意事項 意思相近的句型有：「～（よ）うにも～ない」。

❺ ～にのっとって 根據……；遵照……

解説 表示遵照前項做後項的事。

句型 名詞＋にのっとって

- 我々は市場経済の原則にのっとって対応したい。

  我們想遵照市場經濟的原則來應對。

- 茶道とは、伝統的な様式にのっとって客人に抹茶をふるまう事で、茶の湯とも言います。

  所謂茶道，就是按照傳統的儀式為客人奉上抹茶，茶道也被稱為「茶湯之道」。

注意事項 意思相近的句型有：「～によって」、「～に即して」、「～に照らして」、「～に沿って」、「～に応じて」、「～を踏まえて」。

❻ ～にのぼる 達到……

解説 表示達到某個數量、某種程度等。

句型 名詞＋にのぼる

- 新型ウイルスの影響で倒産した会社の負債総額は390億円にのぼるとのことだ。

  據説因新型病毒影響而倒閉的公司，其負債總額已經達到390億日元。

- その被害者が25万人にのぼる、との見方が出ている。

  有人認為那件事的受害者達到了25萬人。

- 市場は225億ドルにのぼるそうです。

  據説市場交易額達到了225億美元。

注意事項 意思相近的句型有：「～に達する」。

❼ 〜には無理がある ……有不合理的地方；……不切實際

解說 表示有不合理的地方或有不切實際的地方。

句型 名詞＋には無理がある

- その髪型には無理がある。

  那種髮型有點不適合我。

- この仕事は一日で完成させるというのには無理がある。

  一天內完成這項工作有些不切實際。

- 運動で痩せるのには無理がある。

  靠運動減肥有些不切實際。

注意事項 此句型中的「無理」是「勉強」、「不切實際」、「不合適」的意思。

❽ 〜にひきかえ 與……相反；與……不同

解說 表示從兩個不同的方面進行比較、對比。

句型 名詞＋にひきかえ

- うちの弟ったら、ゲームをしている時の集中力にひきかえ、宿題をするときの飽きっぽさときたら、本当になぜなんだろう。

  我的弟弟在玩遊戲的時候聚精會神，然而寫起作業來很快就會厭倦，這到底是什麼原因呢？

- 演奏の素晴しさにひきかえ、観客の数がなかなか少ない。

  演奏很精彩，然而觀眾卻很少。

- 独身生活は自由なのにひきかえ、病気をしたときの不安が常に付きまとう。

  單身生活雖然自由，但是生病的時候也會經常感覺到不安。

注意事項 「〜とひきかえに」表示同時交換物品。

一、次の文の（　　）に入れるのに最もよいものを、1・2・3・4から一つ選びなさい。

練習問題	解説

1. 被告の無罪は事実
（　　）明らかである。

1　にして
2　にてらして
3　にともなって
4　にはんして

1・答案：2

選項1「にして」／意為「同時……」。
選項2「にてらして」／意為「按照……」、「依據……」。
選項3「にともなって」／意為「隨著……」。
選項4「にはんして」／意為「與……相反」。
譯文：根據事實來看，被告無罪是很明確的。

2. 国内上場企業で1億円以上の役員報酬を受け取った経営者が累計で約280人（　　）。

1　にのぼる
2　にわたる
3　に対する
4　につける

2・答案：1

選項1「にのぼる」／意為「達到……」。
選項2「にわたる」／意為「涉及……」。
選項3「に対する」／意為「對於……」。
選項4「につける」／意為「使接近」。
譯文：在國內的上市企業中，董事報酬能夠達到1億日元以上的經營者約有280人。

3. 弊社では、土地活用
（　　）、様々な事業、広報活動に力を注いでいます。

1　によらず
2　にもかかわらず
3　にとどまらず
4　にのみならず

3・答案：3

選項1「によらず」／意為「不論……」。
選項2「にもかかわらず」／意為「雖然……但是……」。
選項3「にとどまらず」／意為「不僅……」、「不限於……」。
選項4「にのみならず」／無此句型。
譯文：敝公司不僅在土地開發上努力，在其他各種事業以及宣傳活動方面也做出了很多努力。

4. この目標（　　）でしょうか。しっかり考えてくださいね。

1　には次第がある
2　には相違がある
3　には限りがある
4　には無理がある

4・答案：4

選項1「には次第がある」／無此句型。
選項2「には相違がある」／無此句型。
選項3「には限りがある」／意為「……是有限度的」。
選項4「には無理がある」／意為「……有不合理的地方」、「……不切實際」。
譯文：這個目標有點不切實際，再認真想想吧。

第一週
第二週
第三週
第四週
第四天
第五週

5. 現在の中国の工業化はまだまだ不充分（　　）、不動産業はブームになっています。
   1 につき
   2 にひきかえ
   3 に即し
   4 により

5・答案：2

選項1「につき」／意為「關於……，就……」。

選項2「にひきかえ」／意為「與……相反」、「與……不同」。

選項3「に即し」／意為「根據……」、「依照……」。

選項4「により」／意為「根據……」。

譯文：現在中國的工業雖然發展得還不太好，但與之相反，不動產業正發展得風生水起。

6. 設備投資を実施し、その額は総額で約5,700百万円（　　）。
   1 にのぼる
   2 ということだ
   3 という
   4 にかぎる

6・答案：1

選項1「にのぼる」／意為「達到……」。

選項2「ということだ」／意為「據説……」。

選項3「という」／意為「據説……」。

選項4「にかぎる」／意為「只限於……」。

譯文：對設備投資的金額總額達到了約57億日元。

7. このシステム（　　）行動すれば、とりあえずどんな人でも益を得ることができる。
   1 とともに
   2 とおりに
   3 からこそ
   4 にのっとって

7・答案：4

選項1「とともに」／意為「隨著……」。

選項2「とおりに」／意為「根據……」、「按照……」。

選項3「からこそ」／意為「正因為……」。

選項4「にのっとって」／意為「根據……」、「遵照……」。

譯文：如果按照這個制度來行動的話，最起碼可以保證無論是誰都可以得到好處。

8. 津波の犠牲者は地元の人間だけ（　　）、海外からの観光客にまで及んだ。
   1 にいたらず
   2 にとどまらず
   3 にあたらず
   4 にすぎず

8・答案：2

選項1「にいたらず」／意為「達不到……」。

選項2「にとどまらず」／意為「不僅……」、「不限於……」。

選項3「にあたらず」／無此句型。

選項4「にすぎず」／意為「只是……」。

譯文：在海嘯中罹難的人，不僅有當地的居民，還波及了海外來的遊客。

9. 隣の息子は働きながら、大学を一番で卒業したそうだ。それに（　　）うちの息子は、親の金で遊んでばかりいる。

1　したって
2　しては
3　ひきかえ
4　ひきかえに

9・答案：3

選項1「にしたって」／意為「即使……也……」。

選項2「にしては」／意為「作為……的話」、「按照……來説」。

選項3「にひきかえ」／意為「與……相反」、「與……不同」。

選項4「にひきかえに」／無此句型。

譯文：聽說鄰居家的兒子一邊打工一邊讀書，並且以第一名的優異成績從大學畢業了。和人家相比，我們家的兒子，每天只知道花父母的錢去玩。

---

10. 法律（　　）、正しいかどうかを判断する。

1　にあたって
2　にあって
3　に照らして
4　にかぎって

10・答案：3

選項1「にあたって」／意為「當……的時候」。

選項2「にあって」／意為「處於……」。

選項3「に照らして」／意為「依據……」、「按照……」。

選項4「にかぎって」／意為「僅限於……」。

譯文：依據法律來判斷是否正確。

---

11. 仕事量の多さ（　　）、報酬が少なすぎる。

1　ぬきには
2　といったら
3　にひきかえ
4　はもとより

11・答案：3

選項1「ぬきには」／意為「要是沒有……的話」。

選項2「といったら」／意為「若提起……」、「説起……」。

選項3「にひきかえ」／意為「與……相反」、「與……不同」。

選項4「はもとより」／意為「……就不用説了」。

譯文：工作量很大，但報酬卻少得可憐。

---

12. 事実無根のスキャンダル記事（　　）、お詫びと訂正記事の掲載画面が小さいことに関係者全員が怒りをあらわにした。

1　ときたら
2　かたがた
3　にひきかえ
4　のかぎりに

12・答案：3

選項1「ときたら」／意為「提起……」、「説起……」。

選項2「かたがた」／意為「順便……」。

選項3「にひきかえ」／意為「與……相反」、「與……不同」。

選項4「のかぎりに」／意為「在……的範圍內」。

譯文：在報導了毫無事實依據的醜聞後，道歉和更正版面卻很小，引發了所有相關人員的憤怒。

13.

夕方になるとテレビでは美味しそうな食事風景が映る。それ（　　）私の食卓の何と寂しいこと。

1 について
2 にそくして
3 にしたがい
4 にひきかえ

13・答案：4

選項1「について」／意為「關於……」。

選項2「にそくして」／意為「根據……」、「依照……」。

選項3「にしたがい」／意為「隨著……」、「按照……」。

選項4「にひきかえ」／意為「與……相反」、「與……不同」。

譯文：到了傍晚，電視上都在播放關於美食的節目。相比之下，我的餐桌是多麼的簡陋啊！

14.

年齢を重ねると基礎代謝の低下（　　）食事量は変わらないのでほとんどの人は肥満化しやすくなる。

1 とかわって
2 にひきかえ
3 にもまして
4 といえども

14・答案：2

選項1「とかわって」／無此句型。

選項2「にひきかえ」／意為「與……相反」、「與……不同」。

選項3「にもまして」／意為「比……更……」。

選項4「といえども」／意為「雖然……但是……」。

譯文：人上了年紀之後，雖然基礎代謝減慢了，但與之相比，飯量卻並沒有發生變化，所以多數人容易變胖。

二、次の文の　★　に入る最もよいものを、1・2・3・4から一つ選びなさい。

練習問題	解説

15.

＿＿＿ ＿＿＿ ★ ＿＿＿、語学力と忍耐力がほとんどないのです。

1 ひきかえ
2 好奇心と元気さ
3 旺盛な
4 に

15・答案：4

題幹：旺盛な好奇心と元気さにひきかえ、語学力と忍耐力がほとんどないのです。

解析：本題測驗「にひきかえ」，前項通常接名詞，意為「與……相反」、「與……不同」。

譯文：雖然他有著旺盛的好奇心和幹勁，但是卻幾乎沒有語言能力和忍耐力。

16.

大気汚染による被害は、＿＿＿ ＿＿＿ ★ ＿＿＿、若者たちにまで広がった。

1 とどまらず
2 幼い子供たち
3 に
4 老人や

16・答案：1

題幹：大気汚染による被害は、老人や幼い子供たちにとどまらず、若者たちにまで広がった。

解析：本題測驗「にとどまらず」，前項通常接名詞，意為「不僅……」、「不限於……」。

譯文：大氣汙染所帶來的危害不僅限於老人及幼兒，也波及了年輕人。

第一週

第二週

第三週

第四週
第四天

第五週

17. ヨーロッパ旅行を考えて
    います。＿＿＿＿ ＿★＿
    ＿＿＿＿ ＿＿＿＿教えてく
    ださい。

1 あったら
2 無理がある
3 ところが
4 計画に

17・答案：2

題幹：ヨーロッパ旅行を考えています。計画に無理がある
ところがあったら教えてください。

解析：本題測驗「に無理がある」，前項通常接名詞，意為
「……有不合理的地方」、「不切實際……」。

**譯文：我正考慮去歐洲旅遊。如果我的計畫中有不合理
的地方，請告訴我。**

---

18. 基盤技術から上位の
    サービスまでのすべて
    を自分たちだけで手掛
    けようという＿＿＿＿
    ＿＿＿＿ ＿★＿ ＿＿＿＿。

1 無理が
2 には
3 ある
4 発想

18・答案：1

題幹：基盤技術から上位のサービスまでのすべてを自分た
ちだけで手掛けようという発想には無理がある。

解析：本題測驗「には無理がある」，前項通常接名詞，意
為「……有不合理的地方」、「……不切實際」。

**譯文：從基礎技術到頂級服務中的所有環節都親自動手
去做，這個想法有些不切實際。**

---

19. 全面解決に向けて努力
    する＿＿＿＿ ＿＿＿＿
    ＿★＿ ＿＿＿＿。

1 にのっとって
2 基本的方針
3 検討したい
4 との

19・答案：1

題幹：全面解決に向けて努力するとの基本的方針にのっと
って検討したい。

解析：本題測驗「にのっとって」，前項通常接名詞，意為
「根據……」、「遵照……」。

**譯文：想要遵照努力全面解決問題的基本方針進行討
論。**

—— 文法一覧表 ——

❶ 冗談にもほどがある。そんなことを言うから相手が怒るのも当たり前だろう。
→……也得有分寸；……也得有限度

❷ 私の弟は、友人とサークルを作りコミックイベントに出店するようになると、前にもまして漫画にのめりこむようになった。
→比……更……；超過……

❸ 私の担当教授は、いかなる理由によらず締め切りが過ぎたレポートの提出を認めない。
→不管……；不論……

❹ 地震による社会的損失は日本政府の初動対策の遅れによるところが大きいことは否めない。
→原因在於……；有賴於……

❺ 相手の対応に腹を立てたのは、やはり若気の至りだよ。
→非常……；……之極

❻ 私のような者にここまで親身になってくれるとは、本当に感謝の極みです。
→非常……；……之極

❼ 山田さんはきれいなのなんのって、まるで人形のようだったよ。
→……極了

❽ 夫は、仕事が終わらないのなんのと理由を付けて週末も出勤しているようだが。なんだか怪しい。
→説這説那的

❾ いらっしゃい。遠慮なく上がってください。もう定年退職して何年も経った私を訪ねてくれるのは君ぐらいのものだよ。
→就只有……才（還）……

❿ 妻は外見のみならず心もきれいな女性だ。
→不僅……而且……

—— 文法解析 ——

❶ ～にもほどがある ……也得有分寸；……也得有限度

解說 表示做事情不能超過限度，得有分寸。

句型 動詞辞書形＋の
イ形容詞辞書形
ナ形容詞語幹　}＋にもほどがある
名詞

- 毎年花見の時期になると酔っ払いや喧嘩で警察の出動案件が多発する。花見は日頃のストレスを解消するにも良いことではあるが、羽目を外すにもほどがあると思う。

  每年到了賞花的時節，都會有很多因醉酒鬧事而引來員警的事情發生。我認為賞花雖然有益於消除平時的精神壓力，但是也不應該太過放縱。

- 前に借りた金も返さないで、また借金を申し込むとは図々しいにもほどがある。

  之前借的錢都還沒還就要再借，臉皮厚也要有個限度吧！

- 私の弟は、コミックイベントで、片っ端から同人誌やグッズを購入して何十万円も散財する。それが楽しみでバイトも頑張っていると笑っているが、マンガ好きにもほどがある。

  我的弟弟在動漫節上會花費數十萬日元買回很多同人誌和商品。雖然他總笑著說那是他的樂趣，為此他也在努力打工賺錢，但是再怎麼喜歡漫畫也應該有個限度。

- 冗談にもほどがある。そんなことを言うから相手が怒るのも当たり前だろう。

  開玩笑也得有分寸，説那樣的話對方當然會生氣啊！

注意事項 意思相近的句型有：「～にしてもほどがある」。

❷ ～にもまして　比……更……；超過……

解説 表示與前項相比，後項的程度進一步增強，數量等進一步增加。
句型 名詞＋にもまして

- 私の弟は、友人とサークルを作りコミックイベントに出店するようになると、前にもまして漫画にのめりこむようになった。

  我的弟弟自從和朋友成立了漫畫社團，並在動漫節上擺設攤位之後，比以前更沉迷於漫畫了。

- 国際密輸グループの情報が公開されて、前回にもまして空港での荷物チェックが厳しくなったような気がする。

  在國際走私集團的資訊被公開之後，感覺這次機場安檢比上回更嚴格了。

- 名俳優が薬物で逮捕されてから、以前にもまして芸能事務所への批判が集中した。

  在知名演員因為違禁藥品被逮捕之後，人們對經紀公司的批評比以前更加激烈了。

注意事項 此句型和「〜より（も）」意思相近，但「〜にもまして」重點在於強調數量增加或程度加強。

❸ 〜によらず 不管……；不論……

解說 表示不受前項的限制，與前項無關。

句型 名詞＋によらず

- 私の担当教授は、いかなる理由によらず締め切りが過ぎたレポートの提出を認めない。

  超過截止日期才繳交的報告，不論任何理由，我的教授都一概不予受理。

- 性別によらず一人ひとりが大事にされる社会を目指したい。

  希望能構建沒有性別歧視、關愛每個人的社會。

注意事項 意思相近的句型有：「〜にかかわらず」、「〜を問わず」。

❹ 〜によるところが大きい 原因在於……；有賴於……

解說 表示主要原因在於前項，或者與前項有很大關係。

句型 名詞＋によるところが大きい

- 地震による社会的損失は日本政府の初動対策の遅れによるところが大きいことは否めない。

  不可否認的是，地震對社會造成的損失與日本政府初期政策太晚實施有很大關係。

- 当社の売り上げは毎年、10パーセント増加してきていますが、その要因は営業力によるところが大きい。

  本公司營業額每年都在以10%的速度增長，其原因和經營實力有很大關係。

- 学生の成績は先生の教え方によるところが大きい。

  學生的成績和老師的教法有很大關係。

注意事項 意思相近的句型有：「〜に負うところが大きい/多い」。但「〜によるところが大きい」既可以表示正面的意思，也可以表示負面的意思。而「〜に負うところが大きい/多い」多表示正面的意思。

❺ ～の至^{いた}り 非常……；……之極

解說 表示達到了最高程度。
句型 名詞＋の至り
- 相手^{あいて}の対応^{たいおう}に腹^{はら}を立^たてたのは、やはり若気^{わかげ}の至^{いた}りだよ。
  因對方的態度而生氣，真是年輕氣盛。
- 憧^{あこが}れの女優^{じょゆう}に握手^{あくしゅ}してもらって、もう感激^{かんげき}の至^{いた}りだ。
  能和喜歡的女演員握手，實在是太讓人激動了。
- そこまで誉^ほめてもらえるのは、光栄^{こうえい}の至^{いた}りだ。
  能受到那樣的表揚，我感到十分光榮。

注意事項 常用於比較鄭重的致辭。多與褒義詞連用。

❻ ～の極^{きわ}み 非常……；……之極

解說 表示程度到達極限。
句型 名詞＋の極み
- 私^{わたし}のような者^{もの}にここまで親身^{しんみ}になってくれるとは、本当^{ほんとう}に感謝^{かんしゃ}の極^{きわ}みです。
  真的很感謝您像對待親人一樣待我。
- 久^{ひさ}し振^ぶりだねえ、鈴木^{すずきくん}君。再^{ふたた}び会^あえて歓喜^{かんき}の極^{きわ}みだ。
  好久不見啊，鈴木。能夠再次相見，我真是太開心了。
- こういう目先^{めさき}の事^{こと}しか考^{かんが}えないリーダーばかりと言^いうのが会社^{かいしゃ}の不幸^{ふこう}の極^{きわ}みだ。
  有這些目光短淺的領導人，真是公司最大的不幸啊！

注意事項 接在「幸福」、「感激」、「痛恨」等名詞後，表示達到極限、頂點的意思。大多用來表達説話者激動時的心情，前面可以接表示正面含義的名詞，也可以接含有負面意義的名詞。

❼ ～のなんの A：……極了

　　　　　　　　B：說這說那的

A：……極了

解說 表示程度極其激烈或者狀態嚴重。
句型 動詞普通形
　　　イ形容詞普通形　⎤＋のなんの
　　　ナ形容詞な形　　⎦

第一週
第二週
第三週
第四週
第五天
第五週

- 小学校のクラスメートが、大学教授になっているのを知って驚いたのなんのって、彼は勉強が大嫌いだったのに。

  得知小學同學成為大學教授後，我十分驚訝。因為他以前超級討厭唸書。

- 旅行中、天気はよかったんですが、暑いのなんの、日中は外に出られず、ほとんど冷房の効いたホテルで過ごした。

  旅行時天氣很好，但十分炎熱，所以我們白天沒有外出，基本上都待在開著冷氣的飯店裡。

- 山田さんはきれいなのなんのって、まるで人形のようだったよ。

  山田特別漂亮，就像洋娃娃一樣。

B：說這說那的

解說 表示不願意做某事而發牢騷的樣子。

句型 動詞普通形
イ形容詞普通形 }＋のなんの

- 物価が高すぎるのなんのと、文句ばかり言っている。

  發牢騷說物價高什麼的。

- 夫は、仕事が終わらないのなんのと理由を付けて週末も出勤しているようだが。なんだか怪しい。

  丈夫總是以工作沒做完等作為理由，連週末都去公司上班。我總覺得很奇怪。

- 夫はいつも忙しいのなんのと言って、家事に協力してくれない。

  丈夫總說自己很忙，不幫忙做家務。

- 大学時代の4年間はバイトが忙しいのなんのと理由をつけ、ほとんど帰らなかった。

  大學4年總以打工比較忙等為理由，幾乎沒回過家。

注意事項 這是口語表達方式。意思相近的句型有：「〜の〜ないのって」、「〜のなんのって」、「〜といったらない」。

❽ 〜のは〜ぐらいのものだ 就只有……才（還）……

解說 表示只有在後項的場合下，前項才能成立。

句型 動詞普通形＋のは＋名詞＋ぐらいのものだ

- いらっしゃい。遠慮なく上がってください。もう定年退職して何年も経った私を訪ねてくれるのは君ぐらいのものだよ。

  歡迎，請進。現在也只有你還來看望我這種退休好多年的人。

第一週
第二週
第三週
第四週
第五天
第五週

- 僕ができるのは、あなたと連絡を保つことぐらいのものだ。
  我能做的，也就只有和你保持聯繫了。
- 最近仕事が忙しくて、ゆっくりコーヒーが飲めるのは、今ぐらいのものだ。
  最近工作很忙，也就現在才能悠閒地喝杯咖啡了。

❾ 〜のみならず〜も／〜のみでなく〜も／〜のみか〜も
不僅……而且……

解説 表示添加，前後項是互為對照的內容。

句型
動詞辞書形
イ形容詞辞書形
ナ形容詞語幹＋である
名詞 ＋のみならず／のみでなく／のみか

- 父はただ教育家のみならず、作家でもある。
  父親不僅僅是教育家，同時也是作家。
- 妻は外見のみならず、心もきれいな女性だ。
  妻子不僅外表美，內心也很美。

注意事項 意思相近的句型有：「〜だけでなく〜も」、「〜ばかりでなく」、「〜ばかりか」、「ひとり〜だけでなく」、「ひとり〜のみならず」。

―――― 即刻挑戦 ――――

一、次の文の（　　）に入れるのに最もよいものを、1・2・3・4から一つ選びなさい。

練習問題	解説
1. 今回、十二人分の料理を一人で作って、また持ってきてもらって、恐縮の（　　）だ。 1　限り 2　次第 3　極み 4　気味	1・答案：3 選項1「限り（だ）」／意為「非常……」、「極其……」。 選項2「次第」／表示原委、緣由。 選項3「極み」／意為「非常……」、「……之極」。 選項4「気味」／意為「有點……」、「稍微……」。 **譯文**：這次您一個人為我們做了十二人份的料理，還親自為我們送了過來，真是太不好意思了。

2. ちなみに、受験資格は学歴や年齢（　　）誰でも受けられる。
1 にわたらず
2 にとどまらず
3 にいたらず
4 によらず

2・答案：4

選項1「にわたらず」／無此句型。

選項2「にとどまらず」／意為「不僅……」、「不限於……」。

選項3「にいたらず」／意為「沒有達到……」。

選項4「によらず」／意為「不論……」、「不管……」。

譯文：順便一提，這次考試不論學歷、年齡如何，都可以參加。

3. 毎日病院に通って母の世話をしましたが、「気が利かない」（　　）と毎回怒鳴りつけられていました。
1 のなんか
2 のなんの
3 のなにか
4 のなんで

3・答案：2

選項1「のなんか」／無此句型。

選項2「のなんの」／意為「説這説那的」。

選項3「のなにか」／無此句型。

選項4「のなんで」／無此句型。

譯文：我每天去醫院照顧生病的媽媽，但是她每次都嫌我笨手笨腳，嫌東嫌西地對我發火。

4. デザインにおいて、色の良し悪しは配色（　　）ところが大きい。
1 による
2 にわたる
3 にいたる
4 における

4・答案：1

選項1「によるところが大きい」／意為「原因在於……」、「有賴於……」。

選項2「にわたる」／意為「涉及……」。

選項3「にいたる」／意為「甚至……」。

選項4「における」／意為「在……的時間、地點、場合、方面」。

譯文：在設計方面，顏色的好壞有賴於配色的選擇。

5. 可愛いにも（　　）。第二時成長期をまだ先に控えた少年は、なぜこんなに可愛いんだろう。
1 くせがある
2 ほどがある
3 きりがある
4 おそれがある

5・答案：2

選項1「くせがある」／意為「有……癖好、習性」。

選項2「（にも）ほどがある」／意為「……也得有分寸」。

選項3「きりがある」／意為「有界限」、「有限度」。

選項4「おそれがある」／意為「有……的危險」。

譯文：可愛也應該有限度。還沒有到青春期的少年，為什麼這麼可愛呢？

6. あんないいものを見せて
   もらい、感謝の（　　）
   だ。
   1　あまり
   2　至り
   3　おかげ
   4　だけ

6・答案：2

選項1「あまり」／意為「不太……」、「不怎麼……」。

選項2「の至り」／意為「非常……」、「……之極」。

選項3「おかげ」／意為「多虧了……」。

選項4「だけ」／意為「只」、「僅僅」。

譯文：我有幸看到這麼棒的東西，真是太感謝你了。

7. 去年（　　）今年もバラ
   は遅れそうです。
   1　からこそ
   2　こととて
   3　にこたえて
   4　にもまして

7・答案：4

選項1「からこそ」／意為「正因為……」。

選項2「こととて」／意為「因為……」。

選項3「にこたえて」／意為「回應……」。

選項4「にもまして」／意為「比……更……」。

譯文：今年玫瑰花的花期好像比去年更晚。

8. 国技といわれる相撲の世
   界で前代未聞の事件だ。
   驚いたし、遺憾の（　　）
   だ。
   1　きらい
   2　極み
   3　くらい
   4　ごとき

8・答案：2

選項1「きらい」／無此句型。

選項2「の極み」／意為「非常……」、「……之極」。

選項3「くらい」／意為「大約……」、「……左右」。

選項4「ごとき」／意為「如……」。

譯文：這是在被稱作國技的相撲界中前所未聞的事情。不僅讓人吃驚，也讓人感到非常遺憾。

9. 受験のこと（　　）心配
   なのは、子どもの健康の
   ことだ。
   1　からには
   2　からいって
   3　において
   4　にもまして

9・答案：4

選項1「からには」／意為「既然……」。

選項2「からいって」／意為「從……來說」。

選項3「において」／意為「在……」。

選項4「にもまして」／意為「比……更……」。

譯文：和考試的事情相比，更為擔心的是孩子的健康。

第一週

第二週

第三週

第四週
第五天

第五週

10. 欲張る（　　）と思いますよ。現実に基づいて、目標を立てましょう。

1　にもほどがある
2　には無理がある
3　にはとおりがある
4　にも思いがある

10・答案：1

選項1「にもほどがある」／意為「……也得有分寸」、「……也得有限度」。

選項2「には無理がある」／意為「……有不合理的地方」、「……不切實際」。

選項3「にはとおりがある」／無此句型。

選項4「にも思いがある」／無此句型。

譯文：貪心也要有個限度。還是基於現實情況去設定目標吧。

---

11. 今疫病の蔓延を阻止できなければ、来年は今年（　　）さらに厳しい状況になるに違いない。

1　にからんで
2　にかかわらず
3　にのっとって
4　にもまして

11・答案：4

選項1「にからんで」／無此句型。

選項2「にかかわらず」／意為「無論……都……」。

選項3「にのっとって」／意為「遵照……」、「根據……」。

選項4「にもまして」／意為「比……更……」。

譯文：如果現在無法阻止疫情蔓延的話，那麼明年一定會比今年面臨更加嚴峻的狀況。

---

12. 今世紀は前世紀（　　）、目覚ましいスピードと変化の時代になるでしょう。

1　にもまして
2　までもなく
3　ともなしに
4　のみならず

12・答案：1

選項1「にもまして」／意為「比……更……」。

選項2「までもなく」／意為「沒有必要……」、「用不著……」。

選項3「ともなしに」／意為「無意中……」。

選項4「のみならず」／意為「不僅……」、「而且……」。

譯文：與20世紀相比，21世紀將會有更迅速的發展和變化吧。

---

13. 政策のあまりの不甲斐なさに、評論家（　　）一般視聴者からも批判の声が上がっている。

1　かたがた
2　のみならず
3　からには
4　だけあって

13・答案：2

選項1「かたがた」／意為「順便……」。

選項2「のみならず」／意為「不僅……」、「而且……」。

選項3「からには」／意為「既然……」。

選項4「だけあって」／意為「不愧是……」。

譯文：由於政策過於令人失望，所以不僅是評論家，連一般觀眾也發起了抗議。

14. 睡眠不足は仕事の非効率化（　　）ならず、寿命にも重大な影響を及ぼす可能性がある。

1 のみ
2 だけ
3 しか
4 ばかり

14・答案：1

選項1「のみならず」／意為「不僅……」、「而且……」。

選項2「だけ」／意為「只……」、「僅僅……」。

選項3「しか」／意為「只……」、「僅僅……」。

選項4「ばかり」／意為「淨是……」、「光是……」。

譯文：睡眠不足不僅會導致工作效率下降，而且也可能嚴重影響人的壽命。

二、次の文の＿＿★＿＿に入る最もよいものを、1・2・3・4から一つ選びなさい。

| 練習問題 | 解說 |

15. 病気が治って、＿＿＿＿ ＿★＿ ＿＿＿＿ ＿＿＿＿ね。

1 お元気そうに
2 にもまして
3 見えます
4 以前

15・答案：2

題幹：病気が治って、以前にもましてお元気そうに見えますね。

解析：本題測驗「にもまして」，前項通常接名詞，意為「比……更……」。

譯文：你病好了之後，身體看起來好像比以前更好了。

---

16. 父母がお互いのいびきが、＿＿＿＿ ＿★＿ ＿＿＿＿笑っていた。

1 と言い合って
2 うるさい
3 のなんの
4 どちらのほうが

16・答案：3

題幹：父母がお互いのいびきが、どちらのほうがうるさいのなんのと言い合って笑っていた。

解析：本題測驗「のなんの」，前項通常接動詞或形容詞的普通形，意為「說這說那的」。

譯文：父母爭論著彼此誰的呼聲比較大，說著說著兩人一起笑了起來。

---

17. 現在の不況は＿＿＿＿ ＿＿＿＿ ＿★＿ ＿＿＿＿のではないかという疑問を持つに至りました。

1 ところが
2 による
3 大きい
4 金融政策の失敗

17・答案：1

題幹：現在の不況は金融政策の失敗によるところが大きいのではないかという疑問を持つに至りました。

解析：本題測驗「によるところが大きい」，前項通常接名詞，意為「原因在於……」、「有賴於……」。

譯文：我非常懷疑現在的經濟不景氣現象原因在於金融政策的失敗。

18. ＿＿＿＿ ★
＿＿＿＿のも上司の腕の
見せ所。

1 上手に使う
2 によらず
3 年齢
4 経験豊富な人材を

18・答案：2

題幹：年齢によらず経験豊富な人材を上手に使うのも上司
の腕の見せ所。

解析：本題測驗「によらず」，前項通常接名詞，意為「不
論……」、「不管……」。

譯文：不論年齡，靈活運用經驗豐富的人才也是上司的
本領所在。

19. あの大臣が失言をして
も辞職に至らないの
は、自分の意志という
＿＿＿＿ ★
＿＿＿＿からだと噂され
ている。

1 ところが大きい
2 より
3 による
4 経済界の後押し

19・答案：3

題幹：あの大臣が失言をしても辞職に至らないのは、自分
の意志というより経済界の後押しによるところが大きいか
らだと噂されている。

解析：本題測驗「によるところが大きい」，前項通常接名
詞，意為「原因在於……」、「有賴於……」。

譯文：那個大臣發表了不當言論，但是卻沒有因此被停
職。據說這並不是因為他自己的意志很強烈，而是因為
他背後強大的經濟背景。

20. ＿＿＿＿＿＿＿＿
＿＿＿＿ ★ 国民すべてが感
謝の気持ちを表してい
る。

1 献身に
2 のみならず
3 医師や看護師の
4 患者

20・答案：2

題幹：医師や看護師の献身に患者のみならず国民すべてが
感謝の気持ちを表している。

解析：本題測驗「のみならず」，前項可接名詞、形容詞、
形容動詞和動詞，意為「不僅……而且……」。

譯文：不僅僅是患者本人，全國人民都非常感謝醫護人
員的辛苦付出。

—— 文法一覧表 ——

❶ 勉強しなかったんだから、不合格なのも無理はない。
→……也情有可原

❷ ペットを飼うのはいいとして、誰が世話をするかが問題だ。
→……暫且不論，但……

❸ ネット時代に入り、このまま努力しなければ視聴者のテレビ離れは否めない。
→不可否認……

❹ 急激な経済の混乱によって、業績予想はおろか決算発表まで延期になってしまった。
→別説……就連……

❺ 飾りつけもできた。料理もそろった。あとはゲストの到着を待つばかりだ。楽しい誕生日会にするぞ！
→只等……

❻ 会えない時間があればこそ次に会う楽しみが増すというものだ。
→正因為……所以……

❼ 改革案の賛否はさておき、重要なことはみんなで力を合わせて解決していくことだと思う。
→暫且不説……；姑且不論……

❽ 彼は家族はそっちのけで、ギャンブルにのめりこんだ。
→抛開……不管；不顧……

❾ 原因はどうであれ、事故の報告をしないのはよくない。
→不管……；無論……

❿ 行事がある日は別として、通常は12時に授業が終わる。
→……另當別論

⓫ 将来役に立つかどうかは別として、学生時代にいろいろな分野の勉強をしたいです。
→……暫且不論

⓬ 一人暮らしだから、カレーを作ると、三日くらい食べ続ける羽目になる。
→陷入某種境地

⓭ 根拠もなく人を批判するべきではない。ネットのような匿名の世界で誹謗中傷するなどもってのほかだ。
→……是荒謬的；……是令人不能容忍的；……豈有此理

285

⑭ 一口に日本料理と言っても、家庭で出される庶民的なものから高級料亭で出される懐石料理まで幅が広いです。
→雖說都……但是……

⑮ ボランティアに参加したのはひとり学生だけでなく、多くの社会人もいた。
→不僅僅是……；不只是……

⑯ 早く始めれば、その分だけ仕事が早く終わる。
→按其程度……

—— 文法解析 ——

❶ 〜のも無理はない ……也情有可原

解說 因為前項，所以後項的結果是理所應當的。

句型
［動詞、イ形容詞］の普通形
ナ形容詞な形　　　　　　　　┐＋のも無理はない
名詞＋な

• え、そんなひどいことを言ったの。それじゃ、彼が怒るのも無理はない。
什麼？你竟然說了那麼過分的話？難怪他那麼生氣。

• 20年ぶりの再会で、彼の外見はすっかり変わっていたから、彼女が気づかないのも無理はなかった。
時隔20年的再會，他的外貌完全變了個人，她沒有認出來也是可以理解的。

• 勉強しなかったんだから、不合格なのも無理はない。
沒怎麼唸書，所以考不及格也是理所當然的吧。

注意事項 後項的結果通常是負面的，相近句型有「〜のはしかたがない」。

❷ 〜はいいとして ……暫且不論，但……

解說 表示前項暫且不論，沒有任何問題，但後項令人擔心或有問題。

句型
［動詞、イ形容詞］の普通形
ナ形容詞な形＋の　　　　　　┐＋はいいとして
名詞

• ペットを飼うのはいいとして、誰が世話をするかが問題だ。
養寵物暫且不論，問題是由誰來照顧。

286

- テレビ画面が大きいのはいいとして、テレビを置くとベッドが置けないよ。
  電視螢幕大暫且不論，問題是一放電視就沒地方放床了。
- 会議の準備はいいとして、議論内容の不安は残る。
  會議的事前準備暫且不論，我擔心的是討論的內容。

注意事項 該句型的意思為「～は問題ないが、他は～」。相似句型有「～はさておき」。

❸ ～は否めない　不可否認……

解說 表示前項的事實是不可否認的。
句型 名詞＋は否めない

- ネット時代に入り、このまま努力しなければ視聴者のテレビ離れは否めない。
  進入網路時代，如果再不努力的話，那麼不可否認觀眾們將離棄電視。
- まだ発展途上にあることは否めない事実である。
  我們還是發展中國家這一事實是不能否認的。
- フィルムカメラの先細り感は否めません。
  底片相機式微是不可否認的。

注意事項 意思大致相當於「～認めざるを得ない」。

❹ ～はおろか　別說……就連……

解說 表示前項理所當然就不用說了，連後項也不例外。
句型 名詞＋はおろか

- 急激な経済の混乱によって、業績予想はおろか決算発表まで延期になってしまった。
  由於嚴重的經濟動盪，別說達到預想的業績了，就連決算的公布時間都延期了。
- 医療スタッフは、帰宅はおろか睡眠さえとれない状況が続いている。
  醫護人員別提回家了，就連睡眠時間都無法保證，這種情況仍不斷持續著。
- 今年の冬は異常なくらいの暖冬で、関東はおろか北海道まで雪が降らないそうだ。
  今年冬天是有些異常的暖冬。別說關東地區了，聽說就連北海道都沒下雪。

注意事項 後項多為負面或否定的情況。意思相近的句型有：「～どころか」、「～はもちろん」、「～はもとより」。

287

❺ 〜ばかりだ/〜ばかりになっている　只等……

解説 表示準備完畢，隨時可以進入下一個行動的狀態。

句型 動詞辞書形＋ばかりだ/ばかりになっている

- 飾りつけもできた。料理もそろった。あとはゲストの到着を待つばかりだ。
  楽しい誕生日会にするぞ！
  裝飾也弄好了，菜也齊了，接下來只要等客人們過來就好。這一定會是一個愉快的生日會！

- 全ての手は尽くした。あとは結果を待つばかりだ。
  我已經盡力而為了。接下來就只能等待結果了。

- 畑は色づいて収穫するばかりになっている。
  田地開始變黃，就等著收割了。

注意事項 該句型有時也會使用「〜ばかりにしてある」的形式。可以表示準備完了，隨時可進入下一個行動的狀態，也可以表示一切都做好了，就只差某事了。

❻ 〜ばこそ　正因為……所以……

解說 表示強調原因、理由。

句型
動詞ば形
イ形容詞ば形　　　　　　　　＋こそ
ナ形容詞語幹＋であれば
名詞＋であれば

- 会えない時間があればこそ次に会う楽しみが増すというものだ。
  正因為有無法相見的時候，所以才會更加期待下次的見面。

- まあ、こんなとんぼ返りも、体調がよければこそできたことだったのだ。
  之所以能這樣翻筋斗，是因為身體狀況好。

- 体が健康であればこそ、こんなにつらい仕事もできるのだ。
  正因為身體健康，才能做這麼辛苦的工作。

注意事項 常用於書面語，通常與「〜んです」、「〜のだ」一起搭配使用。意思相近的句型有：「〜からこそ」。

❼ 〜はさておき/〜はさておいて　暫且不說……；姑且不論……

解說 表示前項暫且不管，先來說後項。

句型 名詞＋はさておき/はさておいて

- 改革案の賛否はさておき、重要なことはみんなで力を合わせて解決していくことだと思う。

  暫且不論我是否贊成改革方案，我認為最重要的是大家一起合力去解決事情。

- 余談はさておき、オリンピックもついに終わり、私はテレビ離れが進んでおります。

  題外話暫且不談，奧運會也結束了，我又不太看電視了。

注意事項 意思相近的句型有：「～はともかく」、「～はともあれ」、「～は別として」。

❽ ～はそっちのけで 拋開……不管；不顧……

解說 表示把本應該做的事情扔在一邊、拋開不管，去做別的事情。

句型 名詞＋はそっちのけで

- 彼女は「あれどこにしまったっけ？」と思うと、やらなければいけない仕事はそっちのけで探し続けてしまう癖がある。

  她總是會突然想到「那個東西放去哪裡了？」然後就拋開必須要做的工作，一直在找東西。

- 彼は家族はそっちのけで、ギャンブルにのめりこんだ。

  他把家人抛在一邊，一心沉迷於賭博。

- 勉強はそっちのけで、毎日ゲームばかりに夢中になっている学生が少なくない。

  把學業拋在腦後、每天只沉迷於遊戲的學生不在少數。

注意事項 有時候也可以用「～をそっちのけで」的形式。

❾ ～はどうであれ／～はどうあれ 不管……；無論……

解說 不管出現什麼情況，後項結果均不受影響。

句型 名詞＋はどうであれ／はどうあれ

- 原因はどうであれ、事故の報告をしないのはよくない。

  不管原因如何，不就事故進行彙報都是不對的。

- 価格はどうであれ、使いやすければ売れると会社は考えた。

  公司認為不管價格如何，只要商品好用就會暢銷。

- 内容はどうであれ、レポートの提出期限だけは守らないと、単位はもらえない。不管內容如何，只要不按期提交報告就不能獲取學分。

注意事項 該句型的意思等同於「～はどうであっても」、「～は関係なく」。

⑩ ～は別として A：……另當別論

B：……暫且不論

A：……另當別論

解說 表示前項是例外，要另當別論。

句型 名詞＋は別として

- 行事がある日は別として、通常は12時に授業が終わる。

  除了有活動的日子之外，一般都是12點放學。

- 父は別として、家族みんなが海外旅行に行きたい。

  除了父親之外，全家人都想去國外旅行。

注意事項 該句型也常用「～は別にして」的形式。

B：……暫且不論

解說 表示關於前項的問題暫且不論。

句型 かどうか　　　　┐
　　　　疑問詞＋か　　　┘＋は別として

- 誰が言ったかは別として、この発言が妥当ではないと思われる。

  是誰說的姑且不論，這個發言有失妥當。

- 将来役に立つかどうかは別として、学生時代にいろいろな分野の勉強をしたいです。

  姑且不論將來是否有用，我還是想在學生時代學習各個領域的知識。

- 実現可能かどうかは別として、この計画は一度検討したほうがいいと思います。

  姑且不論能否實現，我認為這個計畫有研究一下的價值。

注意事項 該句型也可以說「～は別にして」。

⑪ ～羽目になる 陷入某種境地

解說 表示因為某種原因而導致意外的、不好的結果。

句型 動詞辞書形＋羽目になる

動詞ない形＋ない＋羽目になる

- 一人暮らしだから、カレーを作ると、三日くらい食べ続ける羽目になる。

  我一個人生活，做一次咖哩就得連續吃上三天。

- 高校の時、友人に誘われタバコを吸って、停学処分を受ける羽目になった。

  高中時我被朋友找去抽菸，最後受到了停學處分。

- 他人の仕事も引き受けてしまって、結局、四日も満足に寝られない羽目になった。

  我接手了別人的工作，導致自己四天都沒好好睡一覺。

注意事項 前項通常為導致困難狀態或惡劣事態發生的原因，後項通常為陷入窘境的相關表達。

⑫ ～はもってのほかだ
……是荒謬的；……是令人不能容忍的；……豈有此理

解說 表示某事是荒謬的、令人不能容忍的。
句型 名詞＋はもってのほかだ

- 根拠もなく人を批判するべきではない。ネットのような匿名の世界で誹謗中傷するなどもってのほかだ。

  不應該毫無根據地批評人。在網路這樣的匿名世界裡，誹謗中傷他人更是不可容忍的。

- 責任と愛情をもって飼わなければならないペットに虐待などもってのほかだ。

  虐待本應該負起責任關愛、飼養的寵物，真是太令人髮指了。

- ましてや、能力の評価を人間の評価に結び付けるなど、もってのほかである。

  更何況強行把能力考核與人品考核結合到一起，這就更荒謬了。

注意事項 此句型中的「もってのほか」為「とんでもない」之意。は有時會省略。

⑬ 一口に～といっても **雖說都……但是……**

解說 表示雖然簡單地歸納了，但實際上很複雜。
句型 一口に＋名詞＋といっても

- 一口に日本料理と言っても、家庭で出される庶民的なものから高級料亭で出される懐石料理まで幅が広いです。

  雖然都叫日本料理，但是既有在家裡吃的普通飯菜，也有在高級餐廳才能吃到的懷石料理。

- 一口にアジアと言っても、多種多様な文化があるのです。

  雖說都屬於亞洲，其文化卻各不相同。

- 一口に虐待といっても、その種類はさまざまです。

  雖說都是虐待，卻有各種形式。

注意事項 此句型中的「一口に」為「手短に」之意。

291

⓮ ひとり～だけでなく/ひとり～のみならず
不僅僅是……；不只是……

解說 表示不僅如此。通常用於嚴肅的話題。

句型 ひとり＋［動詞、イ形容詞、ナ形容詞］の名詞修飾形＋だけでなく/のみならず
ひとり＋名詞＋だけでなく/のみならず

- キムさんの抱えている問題は、ひとり彼女が悩んでいるのみならず、他の
留学生達にも共通の問題である。

  不僅僅是小金為這個問題而苦惱，其他留學生們也有共同的問題。

- ボランティアに参加したのはひとり学生だけでなく、多くの社会人もいた。

  參加志工活動的不僅有學生，還有很多社會人士。

注意事項 意思相近的句型有：「～ばかりでなく」、「～だけでなく」、「～のみ
ならず～も」、「～のみでなく～も」、「～のみか～も」。

⓯ ～分 按其程度……

解說 表示根據其相應的程度，後文會有所不同。

句型 ［動詞、イ形容詞］の普通形
ナ形容詞な形 ｝＋分
名詞＋の

- 作品の出来が悪いわけではないが、期待度が高かった分評価が下がってし
まったと考えられる。

  並不是因為作品完成得不好，而是因為期待太高，所以評價才會低。

- 早く始めれば、その分だけ仕事が早く終わる。

  早點開始工作就可以早點完成。

- 外で元気な分、彼は家ではおとなしい。

  他在外面活潑，在家裡很安靜。

注意事項 表示程度時，也可用「～分だけ」的表達形式。

一、次の文の（　　）に入れるのに最もよいものを、1・2・3・4から一つ選びなさい。

練習問題	解説

練習問題

1. 仕事（　　）、ここは好きなことだけ書いてみたいです。
1　はかたわら
2　はとわず
3　はさることながら
4　はさておき

解説

1・答案：4

選項1「はかたわら」／無此句型。

選項2「はとわず」／意為「不論……」、「不管……」。

選項3「はさることながら」／意為「……自不必説」。

選項4「はさておき」／意為「暫且不説……」、「姑且不論……」。

譯文：工作的事暫且不説，這裡我想試著只寫一些自己喜歡的事情。

---

2. 安全性（　　）、ちょっと現実離れした発想はたしかに魅力的に見えるのだが。
1　はさておき
2　もかまわず
3　はというと
4　もとどまらず

2・答案：1

選項1「はさておき」／意為「暫且不説……」、「姑且不論……」。

選項2「もかまわず」／意為「不管……」、「不顧……」。

選項3「はというと」／無此句型。

選項4「もとどまらず」／無此句型。

譯文：安全性方面暫且不説，這個有些脱離現實的想法確實看起來挺吸引人的。

---

3. （　　）機械関係の仕事といっても、旋盤工、組立工、金型工、プレス工などと細分化されている。
1　再びに
2　もう一度に
3　ひとくちに
4　ひとえに

3・答案：3

選項1「再びに」／意為「再次」、「又一次」。

選項2「もう一度に」／意為「再次」、「又一次」。

選項3「ひとくちに～といっても」／意為「雖説都……但是……」。

選項4「ひとえに」／意為「完全」。

譯文：雖説都是機械方面的工作，但是也被細分為車床工、組裝工、模具工、壓縮工等工種。

---

4. 結婚しているかって？忙しくて結婚は（　　）、恋人だって見つける暇がありませんよ。
1　わずか
2　おろか
3　もともと
4　しても

4・答案：2

選項1「わずか」／意為「僅」、「少」、「一點點」。

選項2「はおろか」／意為「別説……就連……」。

選項3「もともと」／意為「原本」、「原來」。

選項4「しても」／意思不明確。

譯文：你問我結婚了沒？別說結婚了，忙得連找對象的時間都沒有呢。

5. 君たちの上達を願えば
　　（　　）、厳しく教えて
　　いるんだよ。
1　ゆえに
2　から
3　こそ
4　ために

5・答案：3

選項1「ゆえに」／意為「因為……」。

選項2「から」／意為「因為……」。

選項3「ばこそ」／意為「正因為……所以……」。

選項4「ために」／意為「為了……」。

譯文：我正是因為想要讓你們有所進步，才嚴格要求你們的。

6. この地球はひとり人間
　　（　　）、草木や動物た
　　ちのものであるのです。
1　かかわらず
2　のみならず
3　かまわず
4　ものともせず

6・答案：2

選項1「かかわらず」／無此句型。

選項2「のみならず」／意為「不僅……而且……」。

選項3「にもかまわず」／意為「不顧……」。

選項4「をものともせずに」／意為「不把……放在眼裡」。

譯文：這個地球不僅僅是屬於人類的，也是花草樹木和動物共存的地方。

7. あとは組み立てと仕上げ
　　をする（　　）。
1　ばかりになっている
2　という
3　いかんだ
4　といえども

7・答案：1

選項1「ばかりになっている」／意為「只等……」。

選項2「という」／意為「據說……」。

選項3「いかんだ」／意為「取決於……」、「根據……」。

選項4「といえども」／意為「雖說……」。

譯文：剩下就只等組裝和完工了。

8. 今回の災害は苦しい経験
　　であれば（　　）、学ぶ
　　ことも多かった。
1　すら
2　こそ
3　さえ
4　かぎり

8・答案：2

選項1「すら」／意為「連……都……」。

選項2「ばこそ」／意為「正因為……所以……」。

選項3「さえ」／意為「連……」、「甚至……」。

選項4「かぎり」／意為「只要……就……」。

譯文：正因為這次的災害是一次痛苦的經歷，所以學到的東西也很多。

9. これは何も（　　）日本
　　のみならず、世界的な問
　　題である。
1　ひとつ
2　一国
3　一体
4　ひとり

9・答案：4

選項1「ひとつ」／意為「一個」。

選項2「一国」／意為「一個國家」。

選項3「一体」／意為「到底」、「究竟」。

選項4「ひとり～のみならず」／意為「不僅僅是……」、「不只是……」。

譯文：這不僅僅是日本一個國家，而是全世界共同面臨的問題。

10. 彼には恋人（　　）、
女性の友人さえ一人も
いない。

1　は言うまでもなく
2　はおろか
3　はぬきにして
4　はもちろん

10・答案：2

選項1「は言うまでもなく」／意為「……自不必説」。

選項2「はおろか」／意為「別説……就連……」。

選項3「はぬきにして」／意為「除去……」、「不包括……」。

選項4「はもちろん」／意為「……自不必説」。

譯文：別說女朋友了，他連異性朋友都沒有一個。

---

11. 私の姉は流行に疎く、
タピオカは（　　）
ティラミスさえ食べた
ことがない。

1　おろか
2　わずか
3　限らず
4　問わず

11・答案：1

選項1「はおろか」／意為「別説……就連……」。

選項2「わずか」／意為「少」、「一點點」。

選項3「限らず」／無此句型。

選項4「を問わず」／意為「不論……」、「不管……」。

譯文：我姊姊不是很能跟上潮流，別說珍珠了，就連提拉米蘇都沒吃過。

---

12. 防護服（　　）マスクさ
え手に入らず、医療崩壊
が懸念されている。

1　をとわず
2　はおろか
3　にひきかえ
4　といえども

12・答案：2

選項1「をとわず」／意為「不論……」、「不管……」。

選項2「はおろか」／意為「別説……就連……」。

選項3「にひきかえ」／意為「與……相反」、「與……不同」。

選項4「といえども」／意為「雖説……」。

譯文：別說是防護衣了就連口罩也斷貨了，醫療供給的崩潰讓人很擔憂。

---

13. 記録的な大雪で一階
（　　）二階の窓まで
雪に埋まってしまっ
た。

1　をよそに
2　はどうあれ
3　をふまえて
4　はおろか

13・答案：4

選項1「をよそに」／意為「不管……」、「不顧……」。

選項2「はどうあれ」／不存在該句型。

選項3「をふまえて」／意為「在……的基礎上」。

選項4「はおろか」／意為「別説……就連……」。

譯文：這是可以創下紀錄的大雪。別說一樓了，就連二樓的窗戶都被埋進了雪裡。

14. 学生への愛情（　　）厳しい授業もできるというものだ。

1　ありえず
2　あるがまま
3　あればこそ
4　あってさえ

14・答案：3

選項1「ありえず」／意為「不可能有……」。
選項2「あるがまま」／意為「按原有狀態……」。
選項3「あればこそ」／意為「正因為有……才……」。
選項4「あってさえ」／無此句型。

譯文：正是因為愛學生，所以才在課堂上對他們嚴格要求。

15. とかく主演俳優だけが注目されるが、脇役の名優が（　　）主役が引き立つのではないだろうか。

1　いたらこそ
2　いればこそ
3　いるならこそ
4　いたならこそ

15・答案：2

選項1「いたらこそ」／無此句型。
選項2「いればこそ」／意為「正因為有……才……」。
選項3「いるならこそ」／無此句型。
選項4「いたならこそ」／無此句型。

譯文：觀眾往往只關注主角，但是其實正是因為有了有名的配角，才能更襯托出主角的光環。

16. 私が演歌歌手として50年間歌い続けて来られたのは、全てファンの皆様の応援が（　　）こそです。

1　なければ
2　あったら
3　なかったら
4　あれば

16・答案：4

選項1「なければこそ」／意為「正因為沒有……才……」。
選項2「あったらこそ」／無此句型。
選項3「なかったらこそ」／無此句型。
選項4「あればこそ」／意為「正因為有……才……」。

譯文：我作為歌手的五十年歌唱生涯裡，正是因為有了粉絲們的支持，才能堅持過來。

17. 大切な人を（　　）ソーシャルディスタンスが世界中に広まりました。

1　思いがてら
2　思えばこそ
3　思ったまで
4　思うがまま

17・答案：2

選項1「思いがてら」／意為「順便想……」。
選項2「思えばこそ」／意為「正因為想著……才……」。
選項3「思ったまで」／無此句型。
選項4「思うがまま」／意為「按照原本想的那樣……」。

譯文：正是因為考慮到重要的人，所以社交距離的概念才會在全世界普及。

18. 先生の援助があれば
　　（　　）、この企画は
　　成功できたのだ。
1　こそ
2　しか
3　すら
4　だけ

18・答案：1
選項1「ばこそ」／意為「正因為……所以……」。
選項2「ばしか」／無此句型。
選項3「ばすら」／無此句型。
選項4「ばだけ」／無此句型。
譯文：正是因為有了老師的幫助，這個計畫才獲得了成功。

二、次の文の＿＿★＿＿に入る最もよいものを、1・2・3・4から一つ選びなさい。

練習問題	解說

19. ＿＿＿＿＿ ＿＿＿＿＿
　　＿＿★＿＿、世界各国でも
　　大いに売れた。
1　日本国内
2　は
3　おろか
4　この商品は

19・答案：3
題幹：この商品は日本国内はおろか、世界各国でも大いに売れた。
解析：本題測驗「はおろか」，前項通常接名詞，意為「別說……就連……」。
譯文：這個商品別說日本國內了，就連在世界其他各國也十分暢銷。

20. ＿＿＿＿＿ ＿＿★＿＿
　　＿＿＿＿＿、すべての大学
　　にとっても難しい問題
　　だ。
1　のみならず
2　ひとり
3　我が校
4　就職難の問題は

20・答案：3
題幹：就職難の問題はひとり我が校のみならず、すべての大学にとっても難しい問題だ。
解析：本題測驗「のみならず」，前項可接名詞、形容詞、形容動詞和動詞，意為「不僅……而且……」。
譯文：就業困難的情況不僅是我們學校，而是所有大學都面臨的一個難題。

21. ＿＿★＿＿ ＿＿＿＿＿
　　＿＿＿＿＿海、川、湖、渓
　　流などいろんな釣があ
　　ります。
1　と
2　一口に
3　言っても
4　釣り

21・答案：2
題幹：一口に釣りと言っても海、川、湖、渓流などいろんな釣があります。
解析：本題測驗「一口に～と言っても」，前項常接名詞，意為「雖說都……但是……」。
譯文：雖說都是釣魚，但是地點卻有海邊、河邊、湖邊、小溪邊等。

第一週
第二週
第三週
第四週
第六天
第五週

22. ＿＿＿＿ ＿＿＿ ＿＿＿＿
＿★＿、相手の立場に
立って考え、自分のでき
る精一杯のサポートを
する。

1 こそ
2 友人の
3 思えば
4 ことを

22・答案：1

22・答案：1

題幹：友人のことを思えばこそ、相手の立場に立って考え、自分のできる精一杯のサポートをする。

解析：本題測驗「ばこそ」，前項可接名詞、形容詞、形容動詞和動詞，意為「正因為……所以……」。

譯文：正因為為朋友好，所以才站在他的立場上替他考慮，盡自己所能去支持他。

23. 夢は＿＿＿＿ ＿＿＿
＿★＿ ＿＿＿と信じて
いる。

1 かなえられる
2 あきらめない
3 気持ちが
4 あればこそ

23・答案：4

題幹：夢はあきらめない気持ちがあればこそかなえられると信じている。

解析：本題測驗「ばこそ」，前項可接名詞、形容詞、形容動詞和動詞，意為「正因為……才……」。

譯文：我相信正因為有不放棄的信念，所以夢想才能實現。

ノート

一、次の文の（　　　）に入れるのに最もよいものを、1・2・3・4から一つ選びなさい。

練習問題	解説
1. 頭が痛いのなら無理しないで、薬を（　　　）早く寝るなりしなさい。 1　飲むと 2　飲むなり 3　飲むや 4　飲んだり	1・答案：2 選項1「飲むと」／意為「一吃（藥）就……」。 選項2「飲むなり」／意為「或者喝……或者喝……」。 選項3「飲むや」／意為「剛喝……就……」。 選項4「飲んだり」／意為「喝……」。 譯文：頭痛的話就不要勉強自己，要麼趕緊吃藥要麼早點睡覺吧。
2. 子供は子供（　　　）自分の世界を持っているものだ。 1　おりに 2　だけに 3　なりに 4　ばかりに	2・答案：3 選項1「おりに」／意為「……的時候」。 選項2「だけに」／意為「正因為……」。 選項3「なりに」／意為「與……相應的」。 選項4「ばかりに」／意為「正因為……才……」。 譯文：孩子們也有自己的世界。
3. ブラジルが優勝したが驚く（　　　）。ブラジルは素晴らしいチームだから。 1　おそれがない 2　きらいがない 3　ことはない 4　にあたらない	3・答案：4 選項1「おそれがない」／無此句型。 選項2「きらいがない」／無此句型。 選項3「ことはない」／意為「不會……」、「沒有做……的必要」。 選項4「にあたらない」／意為「用不著……」、「不必……」。 譯文：雖然巴西隊獲勝了但也不用那麼驚訝，因為巴西隊一直是一支很優秀的隊伍。
4. 彼はどんな逆境（　　　）、決して希望を失わなかった。 1　にあっても 2　とあっては 3　ですら 4　をもって	4・答案：1 選項1「にあっても」／意為「即使處於……中，也……」。 選項2「とあっては」／意為「如果是……」。 選項3「ですら」／意為「連……都……」。 選項4「をもって」／意為「用……」、「以……」。 譯文：他無論處於怎樣的逆境中，都絕不會失去希望。

5. どこからともなく漁船が
   やってきて、目の前で操業
   を始めました。（　　）素
   晴らしい光景でしょう。

   1　あまりに
   2　なんという
   3　たとえ
   4　なにより

6. いじめによる自殺が社会
   問題化する（　　）、
   やっと文部省は重い腰を
   上げた。

   1　にわたって
   2　からといって
   3　に至って
   4　ついでに

7. ボクシング部の前途は俺
   （　　）。

   1　にかかっている
   2　におうじる
   3　にもとづく
   4　にかんする

8. 酸素が不足することは大
   部分の動物にとって命
   （　　）ことだ。

   1　との
   2　にかかわる
   3　からの
   4　だけの

9. 彼の喜びは、察する
   （　　　）。
1 にかたくない
2 ことはない
3 くらいはない
4 というものではない

9・答案：1
選項1「にかたくない」／意為「不難……」、「很容易……」。
選項2「ことはない」／意為「不會……」、「沒有做……的必要」。
選項3「くらいはない」／無此句型。
選項4「というものではない」／意為「並不是……」、「並非……」。
譯文：不難察覺到他的喜悅之情。

10. 明日、雨が降らないと
    言っても、傘を持つ
    （　　　）。
1 といったらない
2 にはあたらない
3 にほかならない
4 に越したことはない

10・答案：4
選項1「といったらない」／意為「沒有比……更……」、「……極了」。
選項2「にはあたらない」／意為「不必……」、「用不著……」。
選項3「にほかならない」／意為「不外乎是……」。
選項4「に越したことはない」／意為「最好……」、「沒有比……更好的了」。
譯文：明天雖說不會下雨，但是最好還是帶把傘。

11. これは長年訓練を積んだ
    彼のような人（　　）初
    めてできる技だ。
1 として
2 にして
3 までして
4 にもまして

11・答案：2
選項1「として」／意為「作為……」。
選項2「にして」／意為「到了……的階段，才……」。
選項3「までして」／意為「甚至到……的地步」。
選項4「にもまして」／意為「比……更……」。
譯文：這是像他那樣經過了長年累月訓練的人才能掌握的技能。

12. 事故現場はまったく見る
    （　　　）有様だった。
1 にかけない
2 にともなわない
3 にたえない
4 にかかわらない

12・答案：3
選項1「にかけない」／無此句型。
選項2「にともなわない」／無此句型。
選項3「にたえない」／意為「不堪……」。
選項4「にかかわらない」／意為「與……無關」。
譯文：事故現場真是慘不忍睹。

第一週
第二週
第三週
第四週
第七天
第五週

13. あの人の話は有意義で、聞く（　　）。

1　といったところろだ
2　ごときだ
3　おかげだ
4　に足る

14. 航空業界（　　）、金融界も含め関係方面に大きな波紋を投げかけた。

1　はいざしらず
2　にとどまらず
3　もさることながら
4　はおろか

15. 日本は物価が高いの（　　）サービスや物の質は最高だ。

1　にひきかえ
2　かわりに
3　こととて
4　しだいでは

16. 優勝したの（　　）皆と一緒にプレーできたことがうれしい。

1　あげくに
2　にかけて
3　というより
4　にもまして

17. 古いしきたり（　　）、
　　新しい簡素なやりかたで
　　式を行いたい。
1　にとどまらず
2　によらず
3　ならでは
4　ともなしに

17・答案：2

選項1「にとどまらず」／意為「不僅……」。

選項2「によらず」／意為「不管……」。

選項3「ならでは」／意為「只有……才有……」。

選項4「ともなしに」／意為「漫不經心地……」。

譯文：不因循守舊，想要用簡單的新方式來舉行儀式。

---

18. 社長に直接言うなんて、
　　若気の（　　）だ。
1　向き
2　限り
3　気味
4　至り

18・答案：4

選項1「向き」／意為「面向……」、「適合……」。

選項2「限りだ」／意為「非常……」、「極其……」。

選項3「気味」／意為「有點……」、「稍微……」。

選項4「の至り」／意為「非常……」、「……之極」。

譯文：居然想直接對社長說，真是幼稚之極。

---

19. （　　）乗り物と言っ
　　ても、電車、自動車、
　　汽車もあるし、船もあ
　　る。
1　一口に
2　たとえ
3　ただに
4　わけに

19・答案：1

選項1「一口に～と言っても」／意為「雖説都……但是……」。

選項2「たとえ」／意為「縱使」、「即使」。

選項3「ただに」／意為「只」、「僅僅」。

選項4「わけに」／無此句型。

譯文：雖說都是交通工具，但是既有電車、汽車、火車，又有船。

---

20. 彼は敬語（　　）、簡
　　単な日本語さえできな
　　い。
1　はさておき
2　だけあって
3　そばから
4　はおろか

20・答案：4

選項1「はさておき」／意為「暫且不説……」、「姑且不論……」。

選項2「だけあって」／意為「不愧是……」。

選項3「そばから」／意為「剛……就……」。

選項4「はおろか」／意為「別説……就連……」。

譯文：別說敬語了，他就連簡單的日語都不會。

---

21. そのプロジェクトは始
　　まる（　　）のに、突
　　然、本社からの中止命
　　令が下った。
1　ことになっている
2　つつある
3　ばかりになっている
4　とばかり

21・答案：3

選項1「ことになっている」／意為「按規定……」。

選項2「つつある」／意為「正在……」。

選項3「ばかりになっている」／意為「只等……」。

選項4「とばかり」／意為「幾乎就要説……」。

譯文：本來那個專案已經萬事俱備只等開始了，但是總公司卻突然下令停止。

22. 職場では、仕事（　　）、女性はよくセクハラされるようです。

1 からして
2 にかこつけて
3 ですら
4 とあれば

22・答案：2

選項1「からして」／意為「從……來看」。
選項2「にかこつけて」／意為「以……為藉口」。
選項3「ですら」／意為「連……都……」。
選項4「とあれば」／意為「如果是……」。

譯文： 在職場中，女性經常遭受以工作為藉口的性騷擾。

23. 大学進学の問題（　　）、今の彼には健康を取り戻すことが第一だ。

1 たりとも
2 だけあって
3 といえども
4 はさておき

23・答案：4

選項1「たりとも」／意為「即使……也……」。
選項2「だけあって」／意為「不愧是……」。
選項3「といえども」／意為「雖說……」。
選項4「はさておき」／意為「暫且不說……」、「姑且不論……」。

譯文： 暫且先不說他升學的事，現在最重要的是他能恢復健康。

二、次の文の　★　に入る最もよいものを、1・2・3・4から一つ選びなさい。

練習問題	解説

24. 会社の業績改善は、ただ営業部門のみならず、＿＿＿＿ ＿＿＿＿ ＿★＿ ＿＿＿＿。

1 努力
2 社員全体の
3 かかっている
4 に

24・答案：4

題幹：会社の業績改善は、ただ営業部門のみならず、社員全体の努力にかかっている。
解析：本題測驗「にかかっている」，前項常接名詞，意為「全在於……」、「關係到……」、「全看……」。

譯文： 公司業績的改善，不僅僅在於銷售部門，還要看全體職員的努力。

25. 豪華客船で＿＿＿＿ ＿＿＿＿ ＿＿＿＿ ＿★＿ ですよ。

1 世界一周だ
2 極み
3 贅沢の
4 なんて

25・答案：2

題幹：豪華客船で世界一周だなんて贅沢の極みですよ。
解析：本題測驗「極み」，前項常接名詞，意為「非常……」、「……之極」。

譯文： 坐豪華郵輪環遊世界，真是太奢侈了。

26. 首相は＿＿＿ ＿★＿
＿＿＿＿＿とした
が、どのような処罰か
具体的には触れなかっ
た。

1　に照らして
2　べき
3　憲法
4　処罰される

26・答案：1

題幹：首相は憲法に照らして処罰されるべきとしたが、ど
のような処罰か具体的には触れなかった。

解析：本題測驗「に照らして」，前項常接名詞，意為「依
據……」、「對照……」。

**譯文：輿論認為應該按照憲法中的條款對首相進行懲
罰，但是沒有談到具體要進行什麼樣的懲罰。**

---

27. 香港の調査機関の調査
によれば、＿＿＿＿
＿＿＿＿ ＿★＿ ＿＿＿＿。

1　その数は
2　とみられる
3　にのぼる
4　二万人

27・答案：3

題幹：香港の調査機関の調査によれば、その数は二万人に
のぼるとみられる。

解析：本題測驗「にのぼる」，前項常接名詞，意為「達
到……」。

**譯文：據香港某調查機構的調查結果，人數達到了兩萬
人之多。**

---

28. ＿＿＿＿ ＿＿＿＿ ＿＿＿＿
＿★＿、お願いするの
ですよ。

1　いれば
2　信頼して
3　こそ
4　あなたを

28・答案：3

題幹：あなたを信頼していればこそ、お願いするのです
よ。

解析：本題測驗「ばこそ」，前項可接名詞、形容詞、形容
動詞和動詞，意為「正因為……所以……」。

譯文：正是因為信任你，所以我才拜託你的。

**三、次の文章を読んで、29から33の中に入る最もよいものを、1・2・3・4から一
つ選びなさい。**

　あるインターネット調査会社の調べによると、新成人の8割が日本の未来は
「暗い」と思っているという。育った社会状況と現状を見れば、無理からぬ回答
ともいえるが、それで終わってほしくない。29、こうした現況を切り拓くのは自
分たちだといった若いパワーをこそ期待したい。

　一方、自分の未来については6割が「明るい」と答えている。自らの可能性を
信じて、楽観的に考えるのは若者らしく、日本の将来に希望を与えてくれる。成
人とは、人間として「責任」を持つ立場に立つことだ。この点、気掛かりなこと
がある。新成人を含めた若い世代は安定志向で、重い責任や大きなリスクの伴う

立場を避ける傾向が強いことだ。海外留学する学生やベンチャー企業が減っているのは、単に少子化だけが要因ではなく、若者に精神的な萎縮が[30]。

　深刻なのは、若い世代で[31]、あるいは結婚しても子供を欲しがらない意識が強まっていることだ。昨年暮れの内閣世論調査によると、「結婚してもしなくてもどちらでもよい」という考え方に、20代の88％が「賛成」と答えている。また、63％が「結婚しても必ずしも子供を持つ必要はない」と考えている。責任から逃れ、自由気ままに暮らしたいという意識が見受けられる。

　家庭を築き、子供を育てることは重い責任を伴う。しかし、その責任を果たすことが[32]としての幸福につながることを思い描く力が[33]。一人の気楽さを求めるのは、経済情勢の悪化に加え、「個性の尊重」のゆとり教育も影響しているとみられる。

練習問題	解説
29. 1　とはいえ 2　ただし 3　むしろ 4　もしくは	29・答案：3 選項1／話雖如此 選項2／只不過 選項3／倒不如 選項4／或者，還是 **譯文：**倒不如說，正因如此才期待這些年輕人能發揮自身的力量打破現狀。
30. 1　あるからだ 2　ないせいだ 3　あるところだ 4　ないほどだ	30・答案：1 選項1／因為有…… 選項2／都怪沒有…… 選項3／有……的地方 選項4／甚至沒有…… **譯文：**海外留學生、風險企業等的減少，也不僅僅是因為少子化，還因為年輕人不思進取的精神狀態。
31. 1　結婚しようがない 2　結婚しかねない 3　結婚するわけがない 4　結婚をしたがらない	31・答案：4 選項1／無法結婚 選項2／説不定會結婚 選項3／不可能結婚 選項4／不想結婚 **譯文：**更嚴峻的問題是，現在的年輕人中不想結婚，或是即使結婚了也不想要孩子的意識在不斷加強。

32.

1 子供
2 大人
3 社会
4 家庭

32・答案：2

選項1／小孩

選項2／大人

選項3／社會

選項4／家庭

譯文：但是，作為一個成年人能夠負起責任，應該是十分幸福的，可這樣的想法卻正在逐漸消失。

33.

1 なくなることはないだろう
2 なくなるというものではない
3 なくなっているのだろう
4 なくなるということではない

33・答案：3

選項1／不可能消失吧

選項2／不應該消失

選項3／正在消失吧

選項4／並不會消失

譯文：但是，作為一個成年人能夠負起責任，應該是十分幸福的，可這樣的想法卻正在逐漸消失。

ノート

第一週

第二週

第三週

第四週
第七天

第五週

---- 文法一覽表 ----

❶ 初心忘れるべからずの精神で今も毎日トレーニングをしています。
　→不可……；禁止……

❷ 一人でも多くの患者を救うべく今日も医療スタッフは奮闘してくれている。
　→為了……；要……

❸ あのチームは、練習熱心とは言えず、試合に負けるべくして負けたのであった。
　→該……；必然……

❹ 他人を犠牲にして自分だけが幸せになるなど望むべくもない。
　→無法……；不能……

❺ スポーツが苦手な私にサーフィンなんてできるはずがない。遊びに行くなら海より山の方がましだ。
　→與其……還不如……

❻ 彼の病気は入院するほどでもないので、心配しないでください。
　→不像那樣……；沒有……的程度

❼ 言い間違いは誰にでもある。いちいち騒ぐほどのことでもない。
　→沒有達到……的地步

❽ あんなまじめな彼がまさか犯人だったとは思わなかった。
　→沒想到竟然會……

❾ 飲酒運転など警察官としてあるまじき行為だ。
　→不應該……；不可以……

❿ この怪我ではまず動けないだろう。
　→大概不會……吧

⓫ 食事を我慢してまでダイエットするつもりはない。
　→甚至到……的地步

⓬ 上手くいかなかったら計画を変更するまでのことだ。
　→大不了……就是了

⓭ 私は私の意見を述べたまでで、あなたの意見に反対しているつもりはありません。
　→只是……；只不過……

❶ ～べからざる/～べからず 不可……；禁止……

解說 表示禁止的意思。

句型 動詞辞書形＋べからざる/べからず

• 小さい頃、家の手伝いを怠けると、よく父親に「働かざるもの食うべからず」と言われた。

　小時候每當我偷懶不幫忙做家務時，就會被爸爸批評「不勞者不得食」。

• 初心忘れるべからずの精神で今も毎日トレーニングをしています。

　現在每天仍以「不忘初心」的精神堅持訓練。

• 鈴木さんは、客との交渉がうまいので、この課に欠くべからざる人だ。

　鈴木擅長和客人溝通，是我們課不可或缺的人。

注意事項 「べからず」是文語助詞「べし」的否定形式，表示禁止做某事。多出現在告示牌、招牌等載體上。「べからざる」是「べからず」的連體形，用來修飾名詞。「するべからず/ざる」常常用「すべからず/ざる」的形式。

❷ ～べく 為了……；要……

解說 表示為了某種目的做某事。

句型 動詞辞書形＋べく

• 一人でも多くの患者を救うべく今日も医療スタッフは奮闘してくれている。

　為了救治更多的患者，醫護人員們今天也在奮戰。

• 大学に進むべく北京に行きました。

　為了上大學，我去了北京。

• 結婚すべく貯金をしているが、なかなか相手が見つからない。

　我為了結婚存錢，但還未找到能結婚的對象。

注意事項 「べく」是文語助詞「べし」的連用形。「するべく」常使用「すべく」的形式。此句型是書面語的表達方式。

❸ ～べくして 該……；必然……

解說 表示預料中的事情實際發生。

句型 動詞辞書形＋べくして＋動詞た形

• あのチームは、練習熱心とは言えず、試合に負けるべくして負けたのであった。

　那個隊練習不積極，輸了比賽是必然的。

第一週 第二週 第三週 第四週 第五週 第一天

- これは起（お）こるべくして起（お）こった人災（じんさい）だ。専門家（せんもんか）がずっと警告（けいこく）していたのだから。

  發生這種人禍是必然的，專家之前也再三警告過。

<u>注意事項</u> 該句型中前後使用同樣的動詞，前面的動詞為原形，後面的動詞通常為過去式。屬於較為生硬的表達方式。

❹ 〜べくもない　無法……；不能……

<u>解說</u> 表示所希望做的事項沒有可能實現。

<u>句型</u> 動詞辞書形＋べくもない

- 他人（たにん）を犠牲（ぎせい）にして自分（じぶん）だけが幸（しあわ）せになるなど望（のぞ）むべくもない。

  不能因為期待自己的幸福就犧牲他人。

- そうしたいのは山々（やまやま）だが、今（いま）の僕（ぼく）には君（きみ）の窮状（きゅうじょう）を救（すく）うべくもない。

  雖然我非常想幫你，但是現在的我無法幫你擺脫困境。

<u>注意事項</u> 通常接在「望む」、「知る」等表示希望的動詞之後，意思等同於「できるはずがない」、「できるわけがない」，是比較生硬的表達方式。

❺ 〜ほうがましだ　與其……還不如……

<u>解說</u> 表示說話者在比較兩個都不太滿意的事情時，做出的不情願的選擇。

<u>句型</u>
動詞普通形
イ形容詞辞書形
ナ形容詞な形
名詞＋の
　　　　　　＋ほうがましだ

- スポーツが苦手（にがて）な私（わたし）にサーフィンなんてできるはずがない。遊（あそ）びに行（い）くなら海（うみ）より山（やま）の方（ほう）がましだ。

  不擅長運動的我不可能會衝浪。要是去玩的話，比起海邊我更喜歡爬山。

- 好（す）きでもない人（ひと）と結婚（けっこん）するくらいなら、一生（いっしょう）一人（ひとり）で暮（く）らしたほうがましだ。

  與其跟不喜歡的人結婚，還不如一輩子一個人過呢！

<u>注意事項</u> 有時用「〜くらいなら」表示比較的對象，但是「〜くらいなら」含有說話者認為這件事不好的意思。

❻ 〜ほどでもない／〜ほどでもなく　不像那樣……；沒有……的程度

<u>解說</u> 表示沒有達到前項的程度。

句型 動詞普通形
イ形容詞普通形
ナ形容詞な形　　 ＋ほどでもない／ほどでもなく
ナ形容詞語幹＋である

- 彼の病気は入院するほどでもないので、心配しないでください。
  他的病還沒到需要住院的地步，所以請不必擔心。

- 食堂の料理はまずいほどではないが、あまりおいしくない。
  食堂的飯菜雖然算不上難吃，但也不好吃。

- 彼のことは好きではないが、嫌いであるほどでもない。
  我雖然不喜歡他，但是也沒到討厭的程度。

注意事項 意思相近的句型有：「～ほどの～ではない」、「～ほどのことではない」、「～ほどのものではない」。

❼ ～ほどの～ではない／～ほどのことではない／～ほどのものではない 沒有達到⋯⋯的地步

解說 表示沒有達到前項的程度。

句型 動詞辞書形＋ほどのことではない
動詞辞書形＋ほどのものではない
動詞辞書形＋ほどの＋名詞＋ではない

- 言い間違いは誰にでもある。いちいち騒ぐほどのことでもない。
  誰都有說錯的時候，沒必要那麼大驚小怪。

- 私の経験などありふれたもので、とりたててお話しするほどのものでもございません。
  我的經驗很普通，不值得特別一提。

- 病院に行くほどの病気ではないと思いますよ。
  我覺得這點小病不用去醫院。

注意事項 含有沒什麼了不起、不是什麼大問題的意思。

❽ まさか～とは思わなかった 沒想到竟然會⋯⋯

解說 表示發生了意想不到的事，對此感到吃驚。

句型 まさか＋［動詞、イ形容詞、ナ形容詞、名詞］の普通形＋とは思わなかった

- 冗談のつもりだったのにまさか泣くとは思わなかった。本当にごめんね。
  我就想開個玩笑，沒想到竟把你惹哭了。實在對不起。

311

- 先生が入院していると聞いていたが、まさかこんなに重いとは思わなかった。

  我聽說老師住院了，但是沒想到竟然這麼嚴重。
- あの人の奥さんは美人だと聞いていたが、こんなに素敵だとは思わなかった。

  聽說過他妻子是位美女，但我沒想到竟然如此漂亮。
- あんなまじめな彼がまさか犯人だったとは思わなかった。

  他那麼正經的一個人，沒想到竟然是犯人。

注意事項 「まさか」有時還會與「知らなかった」、「想像していなかった」、「予想していなかった」等表達一起使用。

❾ ～まじき 不應該……；不可以……

解說 意為某人的行為與其身分不相符，帶有責備的口吻。

句型 動詞辞書形＋まじき
- 飲酒運転など警察官としてあるまじき行為だ。

  酒駕是警察不該有的行為。
- 学生を殴るなど教師としてあるまじき行為だ。

  毆打學生是作為教師不該有的行為。
- 役所の職員にあるまじき行為により免職処分になった。

  政府機關職員因為不符合其身分的行為而被開除了。

注意事項 通常以「～にあるまじき」的形式使用，前面接表示職業或地位的名詞，是比較生硬的書面語表達方式。

❿ まず～ないだろう 大概不會……吧

解說 表示否定的推測。

句型 まず＋動詞ない形＋ないだろう
- こんなにみんなから嫌われていることを本人はまず知らないだろう。

  他本人應該不知道大家這麼討厭他吧。
- 中国人で孫悟空を知らない人はまずいないだろう。

  在中國，幾乎沒有人不知道孫悟空吧。
- この怪我ではまず動けないだろう。

  傷成這樣，大概走不動了吧。

注意事項 這個句型也有「まず～まい」的形式，屬書面語，語氣較生硬。句型中的「まず」表示「大概」、「幾乎」的意思。

⓫ ～までして/～てまで 甚至到……的地步

第一週 ▼

解說 表示竟然做出前項這種極端的事情。

句型 名詞＋までして
動詞て形＋まで

• 犯人は整形までして15年間逃亡生活を続けていた。
犯人甚至做了整形手術，度過了15年的逃亡生活。

• 有給休暇をとってまでコンサートに行くというファンの心理は理解できない。
實在無法理解那些為了去演唱會而請特休的粉絲們的心情。

第二週 ▼

• 食事を我慢してまでダイエットするつもりはない。
我不打算為了減肥而不吃飯。

注意事項 有時用於責備為達目的而不擇手段的行為，有時也指為了達到某種目的而付出了巨大的努力。「～までして」前通常接動名詞，而「～てまで」前通常接動詞。

⓬ ～までだ/～までのことだ A：大不了……就是了

B：只是……；只不過……

第三週 ▼

A：大不了……就是了

解說 表示現在的辦法即使不成也沒關係，再採取別的辦法就是了。

句型 動詞辞書形 ⎤
動詞ない形＋ない ⎦ ＋までだ/までのことだ

• ビザが下りなかったら帰国するまでだ。
如果簽證下不來，那大不了就回國。

第四週 ▼

• 上手くいかなかったら計画を変更するまでのことだ。
如果不順利，那就更改計畫好了。

• 試験に失敗したら、またやり直すまでのことです。心配しないでください。
如果考試沒通過，那再考一次就好了。不必擔心。

注意事項 表示說話者「即使現在的方法不行也不沮喪，再採取別的辦法」的決心。

B：只是……；只不過……

解說 用於解釋那只是一點小事，或表示做某事理由很簡單，沒有其他的意思。

句型 動詞た形＋までだ/までのことだ

第五週 ▼ 第一天

- 私は私の意見を述べたまでで、あなたの意見に反対しているつもりはありません。

  我只不過是説説自己的意見，沒打算反對你的意見。
- 怒らないでください。私は、自分の気持ちを素直に言ったまでだよ。

  不要生氣，我只不過是坦率地説出自己的心裡話。
- お湯がやっぱり十分な温度ではないことを確認したまでのことだ。

  我只不過是確認了開水真的沒有達到足夠的溫度。

注意事項 意思相當於「～だけだ」。

───── 即刻挑戰 ─────

一、次の文の（　　　）に入れるのに最もよいものを、1・2・3・4から一つ選びなさい。

練習問題	解說
1. 年収の数倍以上もしては、一般サラリーマンにはマイホームを手に入れる（　　　）。 1　ものではない 2　までもない 3　べくもない 4　ほかならない	1・答案：3 選項1「ものではない」／意為「並非……」。 選項2「までもない」／意為「沒必要……」。 選項3「べくもない」／意為「無法……」。 選項4「ほかならない」／意為「正是……」。 **譯文：**如果需要花費年收入的好幾倍，那一般的工薪階層是無法買到私人住房的。
2. 行って見ると彼の言う（　　　）。 1　ほどでもない 2　ばかりでもない 3　しだいでもない 4　かぎりでもない	2・答案：1 選項1「ほどでもない」／意為「沒有……的程度」。 選項2「ばかりでもない」／意為「並非都是……」。 選項3「しだいでもない」／意思不明確。 選項4「かぎりでもない」／意思不明確。 **譯文：**我去看了看，沒有像他所說的那麼誇張。
3. 患者さんは希望を忘る（　　　）。 1　べからず 2　かかわらず 3　とどまらず 4　かぎらず	3・答案：1 選項1「べからず」／意為「不可……」。 選項2「にかかわらず」／意為「無論……都……」。 選項3「にとどまらず」／意為「不僅……」。 選項4「かぎらず」／意為「不僅……」。 **譯文：**患者不應該失去希望。

4. まず心配する（　　）の
ことではないなどと思っ
ていました。

1　いじょう
2　がち
3　ほど
4　しまつ

4・答案：3

選項1「いじょう」／意為「既然……」。

選項2「がち」／意為「容易……」。

選項3「ほどのことではない」／意為「沒有達到……的地步」。

選項4「しまつだ」／意為「結果竟然……」。

譯文：我覺得沒有必要擔心。

5. 私の実家は、それほどとり
たてて自慢する（　　）と
思っていたのです。

1　きわまりない
2　ではすまない
3　ほどのものではない
4　しかない

5・答案：3

選項1「きわまりない」／意為「極其」、「非常」。

選項2「ではすまない」／意為「非……不可」。

選項3「ほどのものではない」／意為「沒有達到……的地步」。

選項4「しかない」／意為「只能……」。

譯文：我的老家沒有什麼特別值得驕傲的地方。

6. 知る（　　）秘密を知っ
てしまい、一人思い悩ん
だ。

1　ごとき
2　べからざる
3　からの
4　とあっての

6・答案：2

選項1「ごとき」／意為「像……一樣」。

選項2「べからざる」／意為「不可……」。

選項3「からの」／意為「竟有……之多」。

選項4「とあっての」／無此句型。

譯文：知道了不該知道的祕密後，獨自苦惱。

7. 昨今の多様化するニーズ
に対応（　　）適正迅速
を旨として取り組んでお
ります。

1　するのみ
2　するせいで
3　すべく
4　するとみえて

7・答案：3

選項1「するのみ」／意為「只是做……」。

選項2「するせいで」／意為「因為做……」。

選項3「すべく」／意為「為了……」。

選項4「するとみえて」／意為「看來做……」。

譯文：為了滿足最近的多樣化需求，以恰當、迅速為宗旨開展活動。

第一週

第二週

第三週

第四週

第五週
第一天

8. 学校を（　　）旅行に行かせる必要ないですよね。基本的に子供は学校を休ませるべきではないと思っています。

1　休むにあって
2　休むだけあって
3　休むばかりに
4　休んでまで

8・答案：4

選項1「休むにあって」／意為「處於休息中」。

選項2「休むだけあって」／意為「正因為休息……」。

選項3「休むばかりに」／意為「就因為休息……」。

選項4「休んでまで」／意為「甚至休息……」。

譯文：沒必要缺課去旅遊。我覺得大多數情況下孩子不應該缺課。

9. 社長である私の命令に従えないなら、君には辞めてもらう（　　）。

1　までのことだ
2　とおりだ
3　ところだ
4　むけだ

9・答案：1

選項1「までのことだ」／意為「大不了……就是了」。

選項2「とおりだ」／意為「按照……」。

選項3「ところだ」／意思不明確。

選項4「むけだ」／意為「面向……」。

譯文：既然你不能遵從我這個社長的命令，那只能讓你辭職了。

10. 事実に即して証言した（　　）。

1　ほどだ
2　ものだ
3　までだ
4　ばかりだ

10・答案：3

選項1「ほどだ」／表示程度。

選項2「ものだ」／意為「本來就是……」。

選項3「までだ」／意為「只是……」。

選項4「ばかりだ」／意為「只等……」。

譯文：我只是根據事實作證而已。

11. 一刻も早くシステムを復旧（　　）、努力しておりますのでしばらくお待ちください。

1　しようとも
2　すればこそ
3　するべく
4　するにせよ

11・答案：3

選項1「しようとも」／意為「即使想做……」。

選項2「すればこそ」／意為「正因為做……」。

選項3「するべく」／意為「為了……」。

選項4「するにせよ」／意為「不管怎麼做……」。

譯文：我們正竭盡全力儘早修復系統，請稍候。

12.

喧嘩する（　　）が、彼の言い方はときどき不快に感じることがある。

1　だけのことではない
2　ほどのことではない
3　だけのことに過ぎない
4　ほどのことに過ぎない

12・答案：2

選項1「だけのことではない」／意為「並非僅僅……」。

選項2「ほどのことではない」／意為「沒有達到……的地步」。

選項3「だけのことに過ぎない」／意為「不過僅僅……」。

選項4「ほどのことに過ぎない」／意為「不過……的程度」。

譯文：沒有到吵架那麼嚴重，不過有時他的說辭令人不快。

13.

大臣として（　　）発言をする政治家が増えてきた。

1　あろう
2　あるべき
3　あるまじき
4　あるような

13・答案：3

選項1「あろう」／意為「差不多有……」。

選項2「あるべき」／意為「應有……」。

選項3「あるまじき」／意為「不該有……」。

選項4「あるような」／意為「好像有……」。

譯文：發表不符合大臣身分言論的政治家越來越多。

14.

人に嫌われ（　　）自分の意見を押し通そうとは思わない。

1　てまで
2　ずとも
3　ないで
4　るくらい

14・答案：1

選項1「てまで」／意為「甚至到……的地步」。

選項2「ずとも」／意為「即使不……也……」。

選項3「ないで」／意為「不……」。

選項4「くらい」／表示程度。

譯文：我並不想做到惹人厭也要堅持自己的意見的地步。

15.

本当に自分の将来の事を考えていますか？会社を（　　）留学する必要があるのでしょうか。

1　やめることなく
2　やめないで
3　やめないまでも
4　やめてまで

15・答案：4

選項1「やめることなく」／意為「無須辭職……」。

選項2「やめないで」／意為「不辭職……」。

選項3「やめないまでも」／意為「沒必要辭職……」。

選項4「やめてまで」／意為「甚至到辭職的地步……」。

譯文：你真的好好考慮自己的將來了嗎？有必要辭職去留學嗎？

第一週
第二週
第三週
第四週
第五週
第一天

16. 人の忠告を無視（　　）自分のやりたいことをやるならもう勝手にしなさい。

1　してまで
2　せずとも
3　にからんで
4　とあいまって

16・答案：1

選項1「してまで」／意為「甚至到……的地步」。

選項2「せずとも」／意為「即使不……也……」。

選項3「にからんで」／意為「涉及……」。

選項4「とあいまって」／意為「與……相結合」。

譯文：如果你連別人的勸告也聽不進去，堅持想做自己的事情的話，那就請便吧。

二、次の文の＿＿★＿＿に入る最もよいものを、1・2・3・4から一つ選びなさい。

練習問題　　　　　　　　　　　　　解説

17. ＿＿＿＿＿＿＿＿んですが、ちょっと悩んだことがある。

1　でもない
2　と言う
3　悩み
4　ほど

17・答案：1

題幹：悩みと言うほどでもないんですが、ちょっと悩んだことがある。

解析：本題測驗「ほどでもない」，前項通常接動詞普通形、形容詞普通形、形容動詞な形、形容動詞詞幹＋である，意為「沒有……的程度」。

譯文：雖稱不上是煩惱，但有時也會發愁。

---

18. 問題や困難に直面した時に、あまりにも辛くて堪え難いと落ち込み、＿＿＿＿＿★＿＿＿＿がいます。

1　までしてしまう
2　人
3　自殺
4　ひどい場合には

18・答案：1

題幹：問題や困難に直面した時に、あまりにも辛くて堪え難いと落ち込み、ひどい場合には自殺までしてしまう人がいます。

解析：本題測驗「までして」，前項通常接動名詞，意為「甚至到……的地步」。

譯文：遇到問題或困難時，因為過於辛苦，忍無可忍，所以有的人甚至會自殺。

---

19. 日本の料理には、＿＿＿＿＿＿＿＿★＿＿＿＿。

1　べからざる
2　ものだ
3　欠く
4　味噌と醤油は

19・答案：1

題幹：日本の料理には、味噌と醤油は欠くべからざるものだ。

解析：本題測驗「べからざる」，前項通常接動詞辭書形，意為「不可……」。

譯文：日本料理中不可或缺的是味噌和醬油。

20. 人口千人にも満たない
　　島なので、_____
　　_____ _____ ★ 。

1　べくもない
2　なんて
3　望む
4　ホテル

20・答案：1

題幹：人口千人にも満たない島なので、ホテルなんて望むべくもない。

解析：本題測驗「べくもない」，前項通常接動詞辭書形，意為「無法……」。

譯文：這是人口不到一千人的小島，不能期待會有旅館之類的設施。

---

21. 罪のない人に暴力を振
　　るうなんて、_____
　　_____ _____ ★ 。

1　にある
2　ことだ
3　警察官
4　まじき

21・答案：2

題幹：罪のない人に暴力を振るうなんて、警察官にあるまじきことだ。

解析：本題測驗「まじき」，前項通常接動詞辭書形，意為「不應該……」。

譯文：對無罪人員施加暴力，這是作為警察不該有的行為。

---

22. 女の子を泣かせるなん
　　て、_____ _____
　　_____ ★ _____ だと思わ
　　ないの?

1　おとこ
2　行為
3　あるまじき
4　として

22・答案：3

題幹：女の子を泣かせるなんて、おとことしてあるまじき行為だと思わないの?

解析：本題測驗「まじき」，前項通常接動詞辭書形，意為「不應該……」。

譯文：居然把女孩子惹哭了，你不覺得這不是男人應有的行為嗎？

── 文法一覽表 ──

❶ 社会人入試を受けて大学生になった。会社を早退する日もあるが、生活を犠牲にする<u>までに至らない</u>と思う。
→還沒到……的程度

❷ 人の命とお金のどちらが大切かなんて考える<u>までもない</u>。
→沒必要……；無須……

❸ 人の意見に流される<u>ままに</u>生きていたら、いつまで経っても自分の生き方は実現しない。
→任憑……

❹ しまった<u>ままに</u>なっていた古い日記を見つけて懐かしいやら恥ずかしいやら複雑な思いだ。
→放任不管；擱置

❺ ギャンブルにのめり込んで借金<u>まみれ</u>になった彼はついに自己破産した。
→沾滿……；全是……

❻ どことなく謎<u>めいた</u>女性がそこに立っていた。
→有……的氣息；像……的樣子

❼ 勝つ<u>も</u>負ける<u>も</u>全て偶然で再現性がありません。
→是……還是……

❽ 私の行きつけの中華料理店は、味<u>もさることながら</u>接客態度が申し分ないんだ。
→……自不必説

── 文法解析 ──

❶ ～までに至(いた)らない　還沒到……的程度

解說 表示還沒有到某種程度。

句型 動詞辞書形　┐
　　　　名詞　　　　┘＋までに至らない

• 社会人入試(しゃかいじんにゅうし)を受(う)けて大学生(だいがくせい)になった。会社(かいしゃ)を早退(そうたい)する日(ひ)もあるが、生活(せいかつ)を犠牲(ぎせい)にするまでに至(いた)らないと思(おも)う。
我參加在職進修的考試後成了一名大學生。雖然有時要提前下班，但還沒到要犧牲生活的地步。

- その会社は成長を続けているが、海外に支店を出すまでに至らない。
  那家公司雖然在不斷發展，但是還沒到在國外開分公司的程度。
- 家族介護に対する現金給付をめぐって、みんないろいろな意見を出したが、まだ結論までに至らない。
  針對家庭看護現金給付的問題，大家提了很多意見，但是還沒有得出結論。

注意事項 意思相反的句型有：「～までになる」。

❷ ～までもない／～までもなく 沒必要……；無須……

解説 表示沒有必要做某事。

句型 動詞辞書形＋までもない／までもなく

- 被災者のためには、法改正を待つまでもなく支援を実行に移すことが必要だと思う。
  為了受災者，我們無須等待法案修改，應該馬上開始實施援助。
- あなたに指摘されるまでもなく、私は自分の欠点を少しでも直そうとしています。
  無須你指正，我本來就想至少要改掉自己的一些缺點。
- 人の命とお金のどちらが大切かなんて考えるまでもない。
  無須考慮（就該知道）人命和金錢哪個更重要。

注意事項 此句型的強調説法為：「～までのこともない」。

❸ ～まま（に） 任憑……

解説 當前面接動詞原形時表示聽其自然，按自己的喜好去做某事；當前面接動詞的被動形時，表示服從其他人的安排，任憑他人擺佈。

句型 動詞普通形＋まま（に）

- 気の向くまま、楽しく生きていきたい。
  我想隨心所欲、開開心心地生活下去。
- 人の意見に流されるままに生きていたら、いつまで経っても自分の生き方は実現しない。
  如果總是隨波逐流，那麼不管過多久也無法活出自己的人生。
- 保険は勧められるままに加入してはいけません。どんな保険が自分のライフスタイルに合っているのかじっくり考えてから加入しましょう。
  投保不能光聽別人的推薦。無論買哪種保險，都必須好好考慮是否符合自己的生活模式。

注意事項 前一種用法常見搭配為「足の向くまま」、「思うまま」等，後一種用法常見例子有「要求されるままに」、「命令されるままに」等。

❹ ～ままになる／～ままにする 放任不管；擱置

解説 表示不去改變，保持同一狀態持續著。

句型 動詞た形
名詞＋の ┤＋ままになる／ままにする

- A「ごめんなさい！つい手が滑ってコップを割っちゃった。」
  B「手を切ると大変だから、そのままにしておいて。あとで片づけるから。」
  A：對不起。我手一滑把杯子摔碎了。
  B：割到手就不好了，先放那裡別動，我待會收拾。
- 暑いので窓は開けたままにしてください。
  因為天氣比較熱，所以請開著窗戶。
- しまったままになっていた古い日記を見つけて懐かしいやら恥ずかしいやら複雑な思いだ。
  我找到了一直收著沒動的舊日記，既感懷念又覺害羞，心情很複雜。

注意事項 「～ままにする」是指說話者由於某種原因而刻意不去改變該狀態。
「～ままになる」指保持原狀態擱置不管的意思。

❺ ～まみれ 沾滿……；全是……

解説 表示物體表面沾滿了很多髒的、不好的東西。

句型 名詞＋まみれ

- ギャンブルにのめり込んで借金まみれになった彼はついに自己破産した。
  沉迷於賭博，滿身賭債的他終於破產了。
- 中学高校時代は野球に熱中し、汗まみれ、泥まみれになる日々を過ごしていました。
  我在國高中時迷戀棒球，每天身上都是髒兮兮的，渾身是汗。
- お部屋のエアコンがほこりまみれで使う気になれなかった。
  房間的空調上都是灰塵，不想用。

注意事項 意思相近的句型有：「～みどろ」、「～だらけ」、「～ずくめ」。

❻ ～めく 有……的氣息；像……的樣子

解說 表示具有某種事物的樣子、特徵、要素等。
句型 名詞＋めく

- どことなく謎めいた女性がそこに立っていた。
  一個神祕的女人站在那裡。
- 東京も最高気温は20度を越し、いよいよ春めいてきた。
  東京的最高氣溫也超過20度了，春天終於要來了。
- 街中がイルミネーションで彩られ、めっきりクリスマスめいてきた。
  整個街道彩燈閃爍，顯然已經有耶誕節的氣氛了。

注意事項 修飾名詞時，使用「～めいた」的形式。

❼ ～も～も 是……還是……

解說 表示無論是前項的哪種情況，都由後項決定。
句型 動詞辞書形＋も＋動詞辞書形＋も
　　　 動詞辞書形＋も＋同じ動詞のない形＋ない＋も

- 成功するも失敗するも努力次第だ。
  成功還是失敗取決於你是否努力。
- 勝つも負けるも全て偶然で再現性がありません。
  勝負都是偶然的，都不會再現。
- 行くも行かないもあなた次第ですから、無理しなくてもいい。
  去還是不去你自己決定，不用勉強。

注意事項 前項常使用「行く/行かない」、「勝つ/負ける」等意思相反的一對詞
　　　　　 語，後項通常為「～次第だ」、「～にかかっている」等表達方式。

❽ ～もさることながら ……自不必說

解說 表示前項是這樣的，而後項更是如此。
句型 名詞＋もさることながら

- これからの国づくりにおいては、経済問題もさることながら環境問題に目
  を向けなければならない。

  在今後的治國方針上，注重經濟問題自不必說，另外還必須重視環境問題。
- 私の行きつけの中華料理店は、味もさることながら接客態度が申し分な
  いんだ。
  我常去的中餐店味道自不必說，待客態度也讓人無可挑剔。

第一週
第二週
第三週
第四週
第五週
第三天

- 彼は大学の成績もさることながら、スポーツ万能で親孝行という申し分のない息子だ。

  他在大學的成績自不必説，在體育上更是全能，又孝順，是讓人挑不出毛病的好兒子。

注意事項 一般用於正面的評價，有「前項當然如此，但後項是不是更重要呢」的意思。

—————— 即刻挑戰 ——————

一、次の文の（　　）に入れるのに最もよいものを、1・2・3・4から一つ選びなさい。

練習問題	解說
1. その店は、味（　　）、サービスが行き届いている。 1　もさることながら 2　にしたって 3　はいざしらず 4　もかまわず	1・答案：1 選項1「もさることながら」／意為「……自不必説」。 選項2「にしたって」／意為「即使……也……」。 選項3「はいざしらず」／意為「姑且不談……」。 選項4「もかまわず」／意為「不顧……」。 **譯文**：那家店的味道自不必説，服務也很到位。
2. 教室の中には全身血（　　）の兵士と少女が何もいわず立っています。 1　しまつ 2　まみれ 3　とおり 4　ながら	2・答案：2 選項1「しまつ」／意為「結果是……」。 選項2「まみれ」／意為「沾満……」。 選項3「とおり」／意為「按照……」。 選項4「ながら」／意為「雖然……但是……」。 **譯文**：教室裡默默站著全身沾満血的士兵和一名少女。
3. 急に肌寒くなって、秋（　　）今日この頃。今日は久しぶりに太陽を感じることができました。 1　むいてきた 2　おいてきた 3　きまってきた 4　めいてきた	3・答案：4 選項1「むいてきた」／意為「朝著……而來」。 選項2「おいてきた」／意為「放下……後過來」。 選項3「きまってきた」／意為「決定下來……」。 選項4「めいてきた」／意為「像……的樣子」。 **譯文**：天氣突然變涼，有點秋天的樣子了。時隔許久今天終於感受到了太陽的溫暖。

4. デザインのよさ（　　）、使いやすい、末永く使えるのが嬉しいです。

1 もさることながら
2 と思いきや
3 とはいうものの
4 にいたっては

4・答案：1

選項1「もさることながら」／意為「……自不必説」。

選項2「と思いきや」／意為「本來以為……」。

選項3「とはいうものの」／意為「雖説如此……」。

選項4「にいたっては」／意為「甚至……」。

譯文：設計完美自不必説，好用耐操也讓我很滿意。

---

5. 見つめる内に何だか子供（　　）気持ちがむくむくと大きく膨らんできた。

1 むけた
2 からの
3 めいた
4 あっての

5・答案：3

選項1「むけた」／意為「朝向……」。

選項2「からの」／意為「竟有……之多」。

選項3「めいた」／意為「像……的様子」。

選項4「あっての」／意為「有了……才能……」。

譯文：看著看著，不知道為什麼，彷彿孩子一般的心情越發膨脹起來。

---

6. A国やB国では第二次世界大戦で失った（　　）領土があるのですか。

1 ばかりになっている
2 ままになっている
3 しだいになっている
4 だけになっている

6・答案：2

選項1「ばかりになっている」／意為「只等……」。

選項2「ままになっている」／意為「擱置」。

選項3「しだいになっている」／意為「聽任……」。

選項4「だけになっている」／意為「只是……」。

譯文：A國和B國在第二次世界大戰中有失去後還未收回的領土嗎？

---

7. 4月頃に芝生を敷いたのですが、一部全く生えてこず、枯れた（　　）になっているところがあります。

1 すら
2 ところ
3 かぎり
4 まま

7・答案：4

選項1「すら」／意為「連……都……」。

選項2「たところ」／表示偶然的契機。

選項3「かぎり」／意為「只要……就……」。

選項4「ままになる」／意為「擱置」。

譯文：四月左右鋪了草坪，有的地方完全沒有長出來，就那麼枯萎著。

8. 現在は全く使用されず、この台はほこり（　）になっていました。

1 なんか
2 まみれ
3 ずくめ
4 いたり

8・答案：2

選項1「なんか」／意為「……之類的」。

選項2「まみれ」／意為「沾滿……」。

選項3「ずくめ」／意為「全都是……」。

選項4「いたり」／意為「非常……」。

譯文：這個檯子現在根本不用，所以沾滿了灰塵。

---

9. 最近の日本のサッカーは言う（　）強くなりました。1ファンとして本当にうれしいです。

1 はずがなく
2 わけがなく
3 までもなく
4 しようがなく

9・答案：3

選項1「はずがなく」／意為「不應該……」。

選項2「わけがなく」／意為「沒理由……」。

選項3「までもなく」／意為「沒必要……」。

選項4「しようがなく」／意為「沒辦法……」。

譯文：最近日本足球強大起來了，這無須多言。作為粉絲之一，我非常開心。

---

10. 同僚や上司の名前や住所を要求される（　）教えてしまいました。

1 ままに
2 からには
3 ことには
4 たびに

10・答案：1

選項1「ままに」／意為「任憑……」。

選項2「からには」／意為「既然……就……」。

選項3「ことには」／意為「既然……就……」。

選項4「たびに」／意為「每次……」。

譯文：按照要求，我如實地告知了對方同事和上司的姓名及地址。

---

11. 合格通知を受け取って、彼が飛び上がるほど喜んだのは（　）。

1 いうくらいだ
2 いうまでもない
3 いうきらいがある
4 いうにあたらない

11・答案：2

選項1「いうくらいだ」／意為「可以說……」。

選項2「いうまでもない」／意為「自不必說……」。

選項3「いうきらいがある」／意為「有說……的傾向」。

選項4「いうにあたらない」／意為「不值得去說……」。

譯文：收到錄取通知後，他自然是高興得簡直要跳起來了。

---

12. 上司に（　）、今回の責任を取って辞職するつもりです。

1 言われるには
2 言うにあたらず
3 言うからしても
4 言われるまでもなく

12・答案：4

選項1「言われるには」／意為「既然被說……」。

選項2「言うにあたらず」／意為「不值得去說……」。

選項3「言うからしても」／意思不明確。

選項4「言われるまでもなく」／意為「沒必要被說……」。

譯文：即使上司不說，我也打算引咎辭職。

13. 今や情報の時代、居な
がらにして世界の状況
が分かる。わざわざ現
地に行く（　　）。
1　始末だ
2　よりほかない
3　のも当然だ
4　までもない

13・答案：4

選項1「始末だ」／意為「結果是……」。
選項2「よりほかない」／意為「只有……」。
選項3「のも当然だ」／意為「……也是必然的」。
選項4「までもない」／意為「沒必要……」。

譯文：在如今的資訊時代，即使居家也可以瞭解世界的
情況，不必特地去當地。

14. あのタレントは見た目
の良さも（　　）東大
出身ということで注目
を集めている。
1　さることながら
2　あるまじく
3　いれざるをえず
4　わからんがため

14・答案：1

選項1「さることながら」／意為「……自不必説」。
選項2「あるまじき」／意為「不應該有的……」。
選項3「いれざるをえず」／意為「不得不加入……」。
選項4「わからんがため」／意為「為了弄清楚……」。

譯文：那位藝人外表亮麗自不必説，而且是東京大學畢
業的，十分引人注目。

15. 彼は警察官僚としての
キャリア（　　）現場
の意見を聞いてくれる
人情派としても有名
だ。
1　もなにも
2　をなかばに
3　を抜きにして
4　もさることながら

15・答案：4

選項1「もなにも」／意為「所有一切……」。
選項2「をなかばに」／意為「在做……的中途」。
選項3「を抜きにして」／意為「除去……」。
選項4「もさることながら」／意為「……自不必説」。

譯文：他警官的經歷自不必説，而且還會傾聽現場（相
關人員）的建議，頗有人情味，因而名聞遐邇。

二、次の文の＿＿★＿＿に入る最もよいものを、1・2・3・4から一つ選びなさい。

練習問題

解説

16. ひとりおしゃべりです。
＿＿＿＿ ＿＿＿＿ ＿★＿
＿＿＿＿。
1　までもない
2　電話する
3　お話です
4　誰かに

16・答案：1

題幹：ひとりおしゃべりです。誰かに電話するまでもない
お話です。
解析：本題測驗「までもない」，前項通常接動詞辭書形，
意為「沒必要……」。

譯文：自言自語而已，不是什麼需要打電話給人說的事。

第一週
第二週
第三週
第四週
第五週
第二天

17.

長い間使っていなかった部屋の掃除をして、_____ _____ ★ _____。

1 まみれ
2 全身
3 になってしまった
4 ほこり

17・答案：1

題幹：長い間使っていなかった部屋の掃除をして、全身ほこりまみれになってしまった。

解析：本題測驗「まみれ」，前項通常接名詞，意為「沾滿……」。

譯文：打掃了長時間空著的房間後，全身沾滿了灰塵。

18.

_____ ★ _____が、時々電話をするように。

1 書く
2 わざわざ
3 までもない
4 手紙を

18・答案：3

題幹：わざわざ手紙を書くまでもないが、時々電話をするように。

解析：本題測驗「までもない」，前項通常接動詞辭書形，意為「沒必要……」。

譯文：沒必要寫信，時常來個電話就行。

19.

こんな大事な話をしている時に_____ ★ _____ _____。

1 言い方をする
2 めいた
3 冗談
4 ものではない

19・答案：2

題幹：こんな大事な話をしている時に冗談めいた言い方をするものではない。

解析：本題測驗「ものではない」，前項通常接名詞，意為「不應該……」。

譯文：在講這麼重要的事情時，不應該用開玩笑一樣的口吻。

20.

彼が選挙で当選したのは、演説の説得力も_____ _____ ★ _____いえる。

1 によるところが
2 さることながら
3 大きいと
4 奥さんの尽力

20・答案：1

題幹：彼が選挙で当選したのは、演説の説得力もさることながら奥さんの尽力によるところが大きいといえる。

解析：本題測驗「もさることながら」，前項通常接名詞，意為「……自不必説」。

譯文：他能在選舉中獲勝，自然是因為他的演講有說服力，不過他妻子的竭力支持也是重要原因。

第五週 ▶ 第三天

第一週 ▼

第二週 ▼

第三週 ▼

第四週 ▼

第五週 ▼ 第三天

文法一覽表

❶ 火のないところに煙は立たない。新聞記者は根拠のないことを書きはしない。
→絕不……；連……也沒有

❷ 彼の父親は彼が2歳の時に家を出て行ったきり戻っていない。母親の苦労を見てきた彼が父親を恨むのも当然だ。
→……也是必然的；……也是理所當然的

❸ たった2枚の布マスクに480億円も税金を使うことを聞かされたのだから、国民が怒るのももっともだ。
→……也是必然的；……也是理所當然的

❹ あの人はアルバイトの人だが、仕事の能力からみると、正社員も同然だ。
→和……一樣

❺ 政府の今後の方針について、明日の午後には発表されるものと思われます。
→看來……；人們認為……

❻ 用事があるなら先に帰ればいいものを、遠慮するなんて君らしくないなあ。
→可是……；卻……

❼ 営業マンらしきその人は電話を切るや否や車でどこかに行ってしまった。
→剛一……就……

❽ 帰ろうとしていた矢先に、部長に仕事を頼まれた。
→正要……的時候；正當……的時候

❾ 娘はにっこり笑うと何も言わずに2階に上がってしまった。さて、何を企んでいるのやら。
→……呢？

文法解析

❶ ～もしない／～はしない／～やしない　絕不……；連……也沒有

解說　「も/は/や」都是助詞，後面和「しない」連用，表示加強否定的語氣。
句型　動詞ます形＋もしない/はしない/やしない

329

- 3時間、笑いもしないでずっとむくれている。何があればあんなに機嫌が悪くなるのだろう。

  3個小時一直嘟著嘴，一點笑容也沒有。到底是因為什麼事情那麼不開心呢？

- 火のないところに煙は立たない。新聞記者は根拠のないことを書きはしない。

  無風不起浪。報社記者絕不會寫沒有根據的事情。

- あの子は友達に誘われるとすぐに時間を忘れる性格で、自分から門限なんて決めても守りやしない。

  那個孩子只要朋友約他出去玩，就會玩得忘了時間，所以就算他自己定了門禁也不會遵守的。

注意事項 多用於本應要做的事沒做時，説話者對此表示驚訝或不滿的場合。

❷ ～も当然だ/～ももっともだ ……也是必然的；……也是理所當然的

解説 表示發生了後項也是理所當然的。

句型 動詞て形
動詞辞書形＋の ┐＋も当然だ/ももっともだ
名詞

- その学生は時々授業をサボったので、試験に落ちても当然だ。

  那個學生常常蹺課，所以沒考上學校也是理所當然的。

- 彼の父親は彼が2歳の時に家を出て行ったきり戻っていない。母親の苦労を見てきた彼が父親を恨むのも当然だ。

  他父親在他兩歲時離開家，之後再也沒回來。成長過程中看到媽媽如此辛苦地撫養自己，他會痛恨自己的父親也是理所當然的。

- たった2枚の布マスクに480億円も税金を使うことを聞かされたのだから、国民が怒るのももっともだ。

  僅僅兩個布口罩就要花費480億日元的稅金，國民聽了當然會憤怒。

- 彼はゲームばかりしていて、全然勉強しなかったので、落第も当然だ。

  他就知道玩遊戲，完全不讀書，留級也是理所當然的。

注意事項 表示因為有某種原因，所以即使發生這樣的事情也是理所當然的。

❸ ～も同然だ 和……一樣

解説 表示幾乎相同。

第一週
第二週
第三週
第四週
第五週
第三天

句型 動詞た形
名詞 ┐
└＋も同然だ

• 彼は本当は友達ですが、小さい頃から一緒に暮らしているので、家族も同然です。

他雖然是我的朋友，但是從小和我們生活在一起，就像我的家人一樣。

• あの人はアルバイトの人だが、仕事の能力からみると、正社員も同然だ。

那個人雖然是臨時工，但是從工作能力來看，和正式員工沒什麼區別。

注意事項 此句型雖然在意義上與「～と（ほとんど）同じだ」相同，但「同然」是感情更為強烈的評價，常表示一種深信不疑的態度。

❹ ～ものと思われる　看來……；人們認為……

解說 表示大眾的一種推測。

句型 動詞普通形
イ形容詞普通形 ┐
ナ形容詞語幹＋な ┘＋ものと思われる

• 政府の今後の方針について、明日の午後には発表されるものと思われます。

明天下午應該會公布政府今後的方針。

• お医者さんの厳しい表情では、検査の結果があまりよくないものと思われる。

從醫生嚴肅的表情來看，檢查結果應該不會太好。

• 事件現場の状況から見ると、犯人はパソコンが上手なものと思われる。

從案發現場的情況來看，犯人應該很擅長使用電腦。

注意事項 此句型和「～と思われる」意思一樣。帶有「もの」的表達方式一般用於比較正式、嚴肅的文章或會話中。

❺ ～ものを　可是……；卻……

解說 表示對所發生的不如意的事情不滿的情緒。

句型 動詞普通形
イ形容詞普通形
ナ形容詞な形 ┐
ナ形容詞語幹＋である │＋ものを
名詞＋の ┘

331

- 用事があるなら先に帰ればいいものを、遠慮するなんて君らしくないなあ。

  如果有事是可以先走的，你在顧慮什麼呢？一點都不像平時的你。

- ちょっと考えれば分かるものを、どうして考えようとしないのだ。

  明明只要稍微想想就能明白，可你為什麼偏偏不去想呢？

- 知らずにいれば幸せだったものを、母は事件の真相を知ってしまった。

  不知道真相反而會比較幸福，但是母親已經知道事件的真相了。

- 本来ならば、あの二人は来月結婚するはずのものを、交通事故で彼が死んでしまった。

  他們本來要在下個月結婚的，誰知男方卻因為交通事故意外去世。

注意事項 和「のに」的意思大體相同。後項多接表示不滿、責難、遺憾、怨恨等情緒的句子。

⑥ 〜や/〜や否や 剛一……就……

解說 表示前項動作結束之後馬上進行後項的動作。

句型 動詞辞書形＋や/や否や

- 営業マンらしきその人は電話を切るや否や車でどこかに行ってしまった。

  那個看似業務的人一掛斷電話就開車跑了。

- 彼は眠るや否や大きないびきをかき始めた。

  他一睡著就開始大聲打呼。

- 彼女はカラオケボックスに入るや否や自分の歌う曲を10曲もリクエストした。

  她一進卡拉OK包廂，就點了10首歌自己唱。

注意事項 無論是自然現象還是人為的動作都可以使用，屬於書面語。意思相近的句型有：「〜とたんに」、「〜次第」、「〜（か）と思うと」、「〜（か）と思ったら」、「〜か〜ないかのうちに」、「〜が早いか」、「〜なり」等等。

⑦ 〜矢先に/〜矢先の 正要……的時候；正當……的時候

解說 表示正要進行某種行為時，發生了某種預想不到的事。

句型 動詞辞書形　┐＋矢先に/矢先の
　　 動詞た形　　┘

- 帰ろうとしていた矢先に、部長に仕事を頼まれた。

  正要回家的時候，部長交代了我一些工作。

• 仕事をはじめようとした矢先に、父から電話がかかってきた。

正要開始工作的時候，爸爸打來了電話。

注意事項 該句型常見「～（よ）うとした矢先に～」的形式。

❽ **～やら** ……呢？

解說 表示不確定。意思等同於「か」。

句型 ［動詞、イ形容詞、ナ形容詞］の普通形（＋の）⎤
名詞　　　　　　　　　　　　　　　　　　　⎦＋やら

• 娘はにっこり笑うと何も言わずに2階に上がってしまった。さて、何を企んでいるのやら。

女兒嫣然一笑，什麼也沒說就跑去二樓了。到底在盤算些什麼呢？

• 彼氏の誕生日にネクタイを送ったが、好きだったのやらわからない。

男朋友過生日時，我送給了他一條領帶，也不知道他喜不喜歡。

• お祝いに何をあげていいのやら分からない。

不知道送什麼作為賀禮。

注意事項 相關的句型有：「～やら～やら」、「～のやら～のやら」、「疑問詞～やら」等。

────── 即刻挑戰 ──────

一、次の文の（　　）に入れるのに最もよいものを、1・2・3・4から一つ選びなさい。

練習問題	解說
1. どこに置いたの（　　）忘れたよ。 1　きり 2　やら 3　すら 4　こそ	1・答案：2 選項1「きり」／意為「……後再也……」。 選項2「やら」／意為「……呢」。 選項3「すら」／意為「連……都……」。 選項4「こそ」／表示強調。 **譯文：忘了到底放去哪裡了。**

333

2. 私に借金している王さん は、私の顔を見る（　　） 言い訳を始めた。

1 や
2 あげく
3 からは
4 とて

2・答案：1

選項1「や」／意為「剛一……就……」。

選項2「あげく」／意為「結果……」。

選項3「からは」／意為「既然……」。

選項4「とて」／意為「即使是……」。

譯文：欠我錢的王先生一看到我就開始解釋。

---

3. 早く医者に見せれば、助 かった（　　）。

1 ところだ
2 どころか
3 ものの
4 ものを

3・答案：4

選項1「たところだ」／意為「剛剛……」。

選項2「どころか」／意為「不但……反而……」。

選項3「ものの」／意為「雖然……但是……」。

選項4「ものを」／意為「可是……」。

譯文：要是早點看醫生或許還有救，可是……

---

4. 映画はまだ終わっていな いのですから、理解でき なくても（　　）と思い ます。

1 当然だ
2 わけだ
3 いかんだ
4 ばかりだ

4・答案：1

選項1「当然だ」／意為「……也是必然的」。

選項2「わけだ」／意為「理應……」。

選項3「いかんだ」／意為「根據……」。

選項4「ばかりだ」／意為「淨是……」。

譯文：電影還沒播完，所以即使現在不能理解也情有可 原。

---

5. よほど疲れていたのか、 食事を済ます（　　）寝 てしまった。

1 と思いきや
2 からいって
3 やいなや
4 とあって

5・答案：3

選項1「と思いきや」／意為「本來以為……」。

選項2「からいって」／意為「雖然……但是……」。

選項3「やいなや」／意為「剛一……就……」。

選項4「とあって」／意為「因為……」。

譯文：可能太累了，所以一吃完飯就睡了。

---

6. もう少し頑張れば大学に 進学できる（　　）、途 中で諦めるなんて。

1 だけに
2 ごとく
3 ときたら
4 ものを

6・答案：4

選項1「だけに」／意為「正因為……」。

選項2「ごとく」／意為「如……」。

選項3「ときたら」／意為「提起……」。

選項4「ものを」／意為「可是……」。

譯文：明明再稍加努力就能考上大學，可他竟然中途放 棄了。

7. あの人はどこから来たの（　　）聞いてみる。

1 とおりに
2 やら
3 ながらに
4 まじき

7・答案：2

選項1「とおりに」／意為「按照……」。

選項2「やら」／意為「……呢」。

選項3「ながらに」／意為「保持……的狀態」。

選項4「まじき」／意為「不應該……」。

譯文：我打算問問那個人到底從哪裡來的。

8. 休暇の増加は観光レクリエーション活動の増加に大きく影響する（　　）。

1 にほかならない
2 というところだ
3 ものと思われる
4 とばかりだ

8・答案：3

選項1「にほかならない」／意為「無非是……」。

選項2「というところだ」／意為「也就是……」。

選項3「ものと思われる」／意為「看來……」。

選項4「とばかりだ」／無此句型。

譯文：看來假期增多會對觀光娛樂活動的增加產生極大的影響。

9. さらに断定的な批判などは（　　）。やめてください。

1 もともとだ
2 おそれだ
3 いざしらずだ
4 もってのほかだ

9・答案：4

選項1「もともとだ」／意為「原本是……」。

選項2「おそれだ」／意為「恐怕……」。

選項3「いざしらずだ」／意為「……暫且不談」。

選項4「もってのほかだ」／意為「……是荒謬的」。

譯文：這麼武斷的批評太荒謬了，請不要這樣。

10. わたしがリストラに遭遇したのは忘れ（　　）1998年12月28日50歳の時である。

1 もしない
2 きわまりない
3 たまらない
4 おかない

10・答案：1

選項1「もしない」／意為「絕不……」。

選項2「きわまりない」／意為「極其」、「非常」。

選項3「たまらない」／意為「難以忍受……」。

選項4「おかない」／意為「不能放置……」。

譯文：我根本無法忘記自己被解雇的事情。那件事情發生在1998年12月28日我50歲的時候。

11. 現在進めているパソコンの解析が終われば犯人の行方が明らかに（　　）。

1 なるものと思われる
2 するという思いがある
3 なったかに思える
4 するだろうと思う

11・答案：1

選項1「なるものと思われる」／意為「看來會……」。

選項2「するという思いがある」／意為「有……的想法」。

選項3「なったかに思える」／意為「認為好像會……」。

選項4「するだろうと思う」／意為「覺得會……」。

譯文：目前進行的電腦解析結束後，犯人的行蹤應該能夠明晰起來。

12.
最初から正直に話せば
良かった（　　）、嘘
に嘘を重ねる結果と
なった。

1　もので
2　ものか
3　ものを
4　ものに

12・答案：3

選項1「もので」／意為「因為……」。
選項2「ものか」／意為「哪能……」。
選項3「ものを」／意為「可是……」。
選項4「ものに」／意思不明確。

譯文：一開始講實話就好了，結果現在要不停地圓謊。

13.
わざわざ足を運んでく
ださったんですか。
おっしゃっていただけ
ればこちらから出向き
ました（　　）。

1　ものを
2　はずを
3　もので
4　はずで

13・答案：1

選項1「ものを」／意為「可是……」。
選項2「はずを」／無此句型。
選項3「もので」／意為「因為……」。
選項4「はずで」／意為「應該是……」。

譯文：您還特地跑一趟呀？要是告訴我一聲的話，我就去您那兒拜訪了。

14.
黙っていればわからな
かった（　　）、自分か
ら打ち明けるなんて、君
は正直な人だな。

1　ものに
2　ものを
3　ものやら
4　ものか

14・答案：2

選項1「ものに」／意思不明確。
選項2「ものを」／意為「可是……」。
選項3「やら」／意為「……呢」。
選項4「ものか」／意為「哪能……」。

譯文：不說沒人知道，可你竟然自己說出來了。你可真是個誠實的人！

15.
訓練生たちは教官の合
図を（　　）いっせい
に走り出した。

1　みるや
2　みたら
3　してみると
4　するならば

15・答案：1

選項1「みるや」／意為「一看見就……」。
選項2「みたら」／意為「如果看見……」。
選項3「してみると」／意為「試試看……」。
選項4「するならば」／意為「若是……」。

譯文：培訓生一看見教官的指示，就馬上一起跑出去了。

16. アポイントを取ってい
なかった彼は受付で断
られる（　　）、踵を
返した。

1　ことなしに
2　やいなや
3　ともなしに
4　におよんで

16・答案：2

選項1「ことなしに」／意為「不……而……」。

選項2「やいなや」／意為「剛一……就……」。

選項3「ともなしに」／意為「漫不經心地……」。

選項4「におよんで」／意為「涉及……」。

譯文：他沒提前預約，所以在服務台遭到拒絕後，就馬上回去了。

二、次の文の　★　に入る最もよいものを、1・2・3・4から一つ選びなさい。

練習問題　　　　　　　　　　　　　解説

17. わが子にも同じような
力をつけて欲しいと願
う＿＿＿＿ ＿★＿ ＿
＿＿＿。

1　もっともだ
2　でしょう
3　のも
4　と言える

17・答案：1

題幹：わが子にも同じような力をつけて欲しいと願うのももっともだと言えるでしょう。

解析：本題測驗「ももっともだ」，前項通常接動詞て形、動詞辭書形＋の、名詞，意為「……也沒什麼」。

譯文：希望自己的孩子也能擁有同樣的能力，這也是人之常情。

18. 緩やかながらも着実に
＿＿＿＿ ＿＿＿＿ ＿★＿
＿＿＿＿。

1　と思われる
2　続けていく
3　回復を
4　もの

18・答案：4

題幹：緩やかながらも着実に回復を続けていくものと思われる。

解析：本題測驗「ものと思われる」，前項通常接動詞普通形、形容詞普通形、形容動詞詞幹＋な，意為「看來……」。

譯文：雖然緩慢，但是看起來的確在一步步地恢復。

19. やつらは外からも来る
から、窓を開けっ放し
にする＿＿＿＿ ＿＿＿
＿★＿ ＿＿＿んだけ
ど。

1　とは
2　もってのほかだ
3　思う
4　なんて

19・答案：1

題幹：やつらは外からも来るから、窓を開けっ放しにするなんてもってのほかだとは思うんだけど。

解析：本題測驗「もってのほかだ」，前項通常接引用語，意為「……是荒謬的」。

譯文：那幫傢伙也會從外面進來的，可你竟然開著窗戶，真是太荒謬了。

20. ＿＿＿＿＿
＿＿★＿＿、彼はそのこと
を話してしまった。

1 奥さんにも
2 ものを
3 黙っていれば
4 気がつかなかった

---

21. いつ爆発するかわかん
ない自分を抑える自信
＿＿＿＿＿＿＿＿＿
＿＿★＿＿。

1 やしない
2 どこにも
3 なんて
4 あり

20・答案：2

題幹：黙っていれば奥さんにも気がつかなかったものを、
彼はそのことを話してしまった。

解析：本題測驗「ものを」，前項通常接動詞普通形、形容
詞普通形、形容動詞な形、形容動詞詞幹＋である、名詞＋
の，意為「可是……」。

譯文：如果他不說，他妻子是不會察覺的，但他卻坦白
了那件事。

21・答案：1

題幹：いつ爆発するかわかんない自分を抑える自信なんて
どこにもありやしない。

解析：本題測驗「やしない」，前項通常接動詞連用形，意
為「絕不……」。

譯文：我根本沒有自信能壓抑住隨時會爆發的自己。

—— 文法一覽表 ——

❶ 彼は純粋なゆえに、すぐに人の言うことを信じてしまう。
→因為……；由於……

❷ 彼の決心は固く、脱退を止めようもなかった。
→無法……；不能……

❸ 色遣いが微妙な服だが、見ようによっては斬新なデザインともいえる。
→取決於……

❹ 先生がいないのをいいことに授業をサボっている。
→趁著……的機會做……

❺ 会議の結果を受けて新しいプロジェクトが始動した。
→順應……；根據……

❻ 次のリーダーになるのは彼をおいてほかには考えられない。
→除……之外沒有……

❼ 責任感の強い彼は、体調の悪さを押してこの仕事に臨んでいる。
→不顧……；冒著……

❽ 彼は周囲の批判も顧みず強行採決に踏み切った。
→不顧……

—— 文法解析 ——

❶ ～ゆえ（に）／～がゆえ（に）　因為……；由於……

解説 表示原因、理由。
句型
動詞辞書形
イ形容詞辞書形
ナ形容詞語幹（＋な）　＋ゆえ（に）／がゆえ（に）
名詞（＋の）
名詞である

- 彼の気持ちがわかるがゆえにこれ以上追及するのは心が引ける。
  正因為瞭解他的心情，所以不好意思再追問下去了。

- 知らないがゆえに間違えることもある。
  正因為不知道所以有時才會出錯。

- 彼は純粋なゆえに、すぐに人の言うことを信じてしまう。
  他很單純，所以會很輕易就相信他人。

339

- 友人であるがゆえに言いにくいことも言わなければならない時がある。

  正因為是朋友，所以有時即便有些話難以説出口，也不得不説。

注意事項 此句型只用於書面語。

❷ ～ようがない／～ようもない　無法……；不能……

解説 表示即使想做某事也無法做到。「よう」表示方法、樣子等。

句型 動詞ます形＋ようがない／ようもない

- これまでの行いを見ていたら、君の言い分を信じようがない。

  鑑於你至今為止的舉動，我實在無法相信你的説法。

- この度はご迷惑をおかけして本当にお詫びのしようもないです。

  此次給您添麻煩了，真不知道該如何道歉才好。

- 彼の決心は固く、脱退を止めようもなかった。

  他的心意已決，實在無法阻止他離開。

注意事項 意思相近的句型有：「～すべがない」。

❸ ～ようでは／～ようによっては　取決於……

解説 表示後項的發生主要取決於前項的做法、想法等。

句型 動詞ます形＋ようでは／ようによっては

- 砂漠で針を見つけるようなものだが、探しようによっては見つかることがあるかもしれない。

  這就像在沙漠中找針一樣（困難），但是如果有好方法，或許也可以找到。

- 色遣いが微妙な服だが、見ようによっては斬新なデザインともいえる。

  衣服的顏色確實有點微妙，不過如果換種看法，也可以説它的設計新穎。

注意事項 「～ようでは」的前面如果接「動詞、イ形容詞の辞書形」或「ナ形容詞な形」時，則表示假定條件，意為「如果」。

❹ ～をいいことに　趁著……的機會做……

解説 表示利用某機會做某事。

句型 ［動詞、イ形容詞］の普通形　＋の＋をいいことに
　　　　ナ形容詞な形

- 何でも引き受けてくれるのをいいことに、無理難題を押し付けるのはやめたほうが良い。

  最好不要仗著人家接受了所有的要求，就過分為難人家。

- 先生_{せんせい}がいないのをいいことに授業_{じゅぎょう}をサボっている。

  我都趁老師不在時蹺課。

- 彼_{かれ}は相手_{あいて}がおとなしいのをいいことに一方的_{いっぽうてき}に文句_{もんく}を言_いい続_{つづ}けている。

  他看對方老實，就一個勁地發牢騷。

注意事項 常用於負面的場合。

❺ ～を受_うけて　順應……；根據……

解說 表示根據前項而出現後項的變化。

句型 名詞＋を受けて

- 景気低迷_{けいきていめい}の影響_{えいきょう}を受_うけて雇_{やと}い止_どめで苦_{くる}しむ人_{ひと}たちが増_ふえている。

  受經濟不景氣的影響，被停止雇傭而苦不堪言的人越來越多。

- 会議_{かいぎ}の結果_{けっか}を受_うけて新_{あたら}しいプロジェクトが始動_{しどう}した。

  根據會議結果，新專案開始啟動。

- 上部_{じょうぶ}の意図_{いと}を受_うけて立案_{りつあん}した。

  按照上級的意圖制訂了計畫。

注意事項 意思相近的句型有：「～に応じて」。

❻ ～をおいて（ほかに）～ない　除……之外沒有……

解說 表示強調前項。

句型 名詞＋をおいて（ほかに）～ない

- 次_{つぎ}のリーダーになるのは彼_{かれ}をおいてほかには考_{かんが}えられない。

  下一任隊長除他之外沒人合適。

- 私_{わたし}を幸_{しあわ}せにできるのはあなたをおいて誰_{だれ}もいない。

  能給我帶來幸福的除你之外沒有別人。

- 彼女_{かのじょ}をおいて、この劇_{げき}の主役_{しゅやく}が務_{つと}まる役者_{やくしゃ}はいないだろう。

  除她之外，沒人能勝任這部劇的主角。

注意事項 後項通常是否定的形式。

❼ ～を押_おして　不顧……；冒著……

解說 表示不顧某種困難或壓力而堅持做某事。

句型 名詞＋を押して

- 責任感の強い彼は、体調の悪さを押してこの仕事に臨んでいる。

  他責任感很強，不顧身體狀況不佳，堅持工作。
- 風雨を押して会社に行く。

  冒著風雨去上班。

注意事項 意思相近的句型有：「～を冒して」、「～を押し切って」。

❽ ～を顧みず／～も顧みず 不顧……

解說 表示不顧、不考慮某情況而做某事。

句型 名詞＋を顧みず／も顧みず
- 彼は周囲の批判も顧みず強行採決に踏み切った。

  他不顧周圍的批評，決定強行表決。
- 事業拡大のためリスクを顧みず積極投資したことで、売上高は過去最高となった。

  為了拓展事業，公司不顧風險積極投資，營業額創下了歷史最高。
- 身の危険を顧みずに悪天候の中に踏み込む気象学者たちがすごいですね。

  不顧個人安危在惡劣天氣中奮戰的氣象學家真是了不起啊！

注意事項 意思相近的句型有：「～に（も）かまわず」、「～もかまわず」、「～をよそに」。

―――― 即刻挑戰 ――――

一、次の文の（　　　）に入れるのに最もよいものを、1・2・3・4から一つ選びなさい。

練習問題	解說
1. 自転車がこんなにひどく壊れていては、もう（　　）。 1　直しようがない 2　直しかねない 3　直すしかない 4　直しないことはない	1・答案：1 選項1「直しようがない」／意為「無法修理……」。 選項2「直しかねない」／意為「可能修理……」。 選項3「直すしかない」／意為「只能修理……」。 選項4「ことはない」／意為「沒必要……」。 **譯文：自行車都壞成這個樣子了，無法修理了。**

2. 親は子供を思う（　　）、時には厳しいことを言うのです。

1　とはいえ
2　にもまして
3　やいなや
4　ゆえに

2・答案：4

選項1「とはいえ」／意為「雖然……但是……」。
選項2「にもまして」／意為「比……更……」。
選項3「やいなや」／意為「剛一……就……」。
選項4「ゆえに」／意為「因為……」。

譯文：父母正是因為替孩子著想，所以才會時常說些嚴厲的話。

3. 言いたいのは、被害者の母親たちが自分達の危険（　　）協力してくれたということだ。

1　もとどまらず
2　は問わず
3　を顧みずに
4　のみならず

3・答案：3

選項1「もとどまらず」／無此句型，「にとどまらず」意為「不僅……」。
選項2「は問わず」／意為「無論……」。
選項3「を顧みずに」／意為「不顧……」。
選項4「のみならず」／意為「不僅……而且……」。

譯文：我想說的是，被害者的母親們不顧自己的危險來協助我們這件事。

4. 結婚相手は彼女（　　）ほかにいないと思ったから彼女と結婚した。

1　をして
2　をおいて
3　をぬきにして
4　をもって

4・答案：2

選項1「をして」／後面接「いる」，意為「正在……」。
選項2「をおいて」／意為「除……之外沒有……」。
選項3「をぬきにして」／意為「沒有……」。
選項4「をもって」／意為「用……」。

譯文：我認為結婚對象除了她沒人合適，所以和她結婚了。

5. （　　）によっては、今の時代ほどおもろい時代はないのかもしれんよなあ。

1　考えること
2　考えるの
3　考えるもの
4　考えよう

5・答案：4

選項1「考えること」／意為「思考的事情……」。
選項2「考えるの」／意為「思考……」。
選項3「考えるもの」／意為「思考的東西……」。
選項4「考えよう」／意為「想法……」。

譯文：思考方式不同的話，或許過去從未有過像如今這麼有趣的時代。

6. 馬に乗ってはいけない身なのに、彼女に会いたい一心で無理（　　）やってきたのだ。

1　をめぐって
2　をおして
3　をもとにして
4　をとおして

6・答案：2

選項1「をめぐって」／意為「圍繞……」。

選項2「をおして」／意為「不顧……」。

選項3「をもとにして」／意為「以……為基礎」。

選項4「をとおして」／意為「透過……」。

譯文：本來還不可以騎馬，但是為了見到她，我不顧一切騎馬過來了。

---

7. 貧乏の（　　）、高等教育を受けられない子供がたくさんいる。

1　ゆえに
2　ぬきに
3　ように
4　ことに

7・答案：1

選項1「ゆえに」／意為「因為……」。

選項2「ぬきに」／意為「沒有……就不可能……」。

選項3「ように」／意為「為了……」。

選項4「ことに」／意為「特別是……」。

譯文：有很多孩子因為貧窮無法接受高等教育。

---

8. 自らの危険（　　）、車を後から押して子供を無事に救出した男性の動画が、ネット等で取り上げられて話題になっている。

1　はおろか
2　はさておいて
3　を顧みず
4　もさることながら

8・答案：3

選項1「はおろか」／意為「別説……就連……」。

選項2「はさておいて」／意為「暫且不説……」。

選項3「を顧みず」／意為「不顧……」。

選項4「もさることながら」／意為「……自不必説」。

譯文：不顧自身危險，從後面把車推開將兒童成功救出的男子的影片在網路上蔚為話題。

---

9. 大学の講義にしても自分で時間割を組み立てますし、やりよう（　　）週休4日といった時間割も可能です。

1　からして
2　だけに
3　とあいまって
4　によっては

9・答案：4

選項1「からして」／意為「從……來看」。

選項2「だけに」／意為「正因為……」。

選項3「とあいまって」／意為「與……相結合」。

選項4「ようによっては」／意為「取決於……」。

譯文：連大學的課程也可以自己安排課表，根據不同的做法也可能做出週休四日的課表。

10. 法律のことは、私はあまり知らないので説明（　　）。

1　することはない
2　しようがない
3　してたまらない
4　してならない

10．答案：2

選項1「することはない」／意為「沒有必要……」。
選項2「しようがない」／意為「沒有辦法……」。
選項3「してたまらない」／意為「……得不得了」。
選項4「してならない」／意為「特別……」。

譯文：法律的事情我根本不懂，所以沒法解釋。

11. 孤独（　　）SNSにのめり込む若者が増えている。

1　なりに
2　ゆえに
3　からに
4　ほどに

11．答案：2

選項1「なりに」／意為「與……相應的」。
選項2「ゆえに」／意為「因為……」。
選項3「からに」／無此句型。
選項4「ほどに」／表示程度。

譯文：正因為孤獨，所以沉迷社群軟體的年輕人才越來越多。

12. 厳しすぎる（　　）部長のやり方についていけない新人社員も多い。

1　ほどには
2　上には
3　とばかりに
4　がゆえに

12．答案：4

選項1「ほどには」／無此句型。
選項2「上には」／意為「在……基礎上」。
選項3「とばかりに」／意為「顯出……的樣子」。
選項4「がゆえに」／意為「因為……」。

譯文：因為過於嚴格，所以很多新員工跟不上部長的做法。

13. 彼の父親は彼が小さいころに家を出てそれきり戻ってこなかった。以来、母親は女手一つで子供を大学にまで行かせた。（　　）彼が父親を憎む気持ちは相当なものだ。

1　それをよそに
2　それにひきかえ
3　それにもまして
4　それゆえに

13．答案：4

選項1「それをよそに」／意為「不顧……」。
選項2「それにひきかえ」／意為「與……相反」。
選項3「それにもまして」／意為「更加……」。
選項4「それゆえに」／意為「正因如此……」。

譯文：在他很小的時候，他的父親離家出走且一去不復返。此後母親一個人供他念到大學。所以他相當痛恨父親。

14. 彼女の歌声はその美しさ（　　）人々を魅了するのだ。

1　ながら
2　ゆえに
3　どころか
4　なくして

14・答案：2

選項1「ながら」／意為「保持……的狀態」。

選項2「ゆえに」／意為「因為……」。

選項3「どころか」／意為「不但……反而……」。

選項4「なくして」／意為「如果沒有……」。

譯文：正因為她的歌聲優美，所以很多人為之傾倒。

15. あの女優さんは、夫が政治家の孫である（　　）、芸能界を引退するなど周囲で様々な憶測が飛び交う。

1　かというと
2　がゆえに
3　といえば
4　ように

14・答案：2

選項1「かというと」／意為「説到……」。

選項2「がゆえに」／意為「因為……」。

選項3「といえば」／意為「説起……」。

選項4「ように」／意為「祈盼」。

譯文：因為丈夫是政治家的孫子，所以那位女演員才退出演藝圈，此類的推測層出不窮。

16. ナスカの地上絵は誰がどのようにして作ったのだろうか？不思議としか（　　）。

1　言いようがない
2　言うほどではない
3　言ってたまらない
4　言うにちがいない

16・答案：1

選項1「言いようがない」／意為「無法説……」。

選項2「言うほどではない」／意為「沒必要説……」。

選項3「言ってたまらない」／為錯誤的表達方式，「てたまらない」前項要接表達情緒的詞。

選項4「言うにちがいない」／意為「一定説……」。

譯文：納斯卡線是誰畫的？怎樣畫出來的？這至今都令人感到不可思議。

17. ここまで壊れてしまったら修復（　　）。

1　してならない
2　しようがない
3　するにかたくない
4　するに相違ない

17・答案：2

選項1「てならない」／意為「……得不得了」。

選項2「しようがない」／意為「無法……」。

選項3「するにかたくない」／意為「不難做……」。

選項4「するに相違ない」／意為「一定做……」。

譯文：損壞到這種程度，已經無法修理了。

18. 地上200メートルで命綱
    もつけずに綱渡りなんて
    無謀としか（　　）。

1　言いようがない
2　言うはずはない
3　言うまでもない
4　言うにほかならない

18・答案：1

選項1「言いようがない」／意為「無法説……」。
選項2「言うはずはない」／意為「不可能説……」。
選項3「言うまでもない」／意為「自不必説……」。
選項4「言うにほかならない」／意為「只能説……」。

譯文：在離地面200公尺的地方走鋼索，竟不使用保險繩，簡直太魯莽了。

19. 住所も電話番号も分か
    らないので、連絡の取
    り（　　）。

1　ようがない
2　そうもない
3　ようでない
4　そうでない

19・答案：1

選項1「ようがない」／意為「無法……」。
選項2「そうもない」／意為「看來不……」。
選項3「ようでない」／無此句型。
選項4「そうでない」／無此句型。

譯文：不知道地址和電話，所以想聯繫也聯繫不了。

20. 名前さえ分かれば、
    （　　）もあるのだ
    が。

1　探そう
2　探しよう
3　探しそう
4　探すよ

20・答案：2

選項1「探そう」／意為「尋找吧」。
選項2「探しよう」／意為「尋找的方法」。
選項3「探しそう」／意為「很快要尋找……」。
選項4「探すよ」／意為「會尋找的……」。

譯文：只要知道名字，還是有找出來的辦法的。

21. あんなに憧れていたアイ
    ドルが旅番組で私の家を
    訪ねてくるなんて。まさ
    に奇跡（　　）。

1　とでも言えばいい
2　とすら言おうとしない
3　としか言いようがない
4　と言ってもしかたがない

21・答案：3

選項1「とでも言えばいい」／意為「只要説……就行」。
選項2「とすら言おうとしない」／意為「連……都不想説」。
選項3「としか言いようがない」／意為「只能這麼説……」。
選項4「と言ってもしかたがない」／意為「即使這麼説也沒辦法……」。

譯文：我非常崇拜的偶像居然會在錄旅遊節目時來我家。我只能說這簡直就是奇蹟。

22. 彼のエンジニアとしての実力は（　　）、まだ独り立ちさせるのは心もとない。

1 疑いようがないものを
2 疑いようがないものの
3 疑わないことはないものを
4 疑わないことはないものの

22・答案：2

選項1「疑いようがないものを」/意為「根本無法懷疑……」。帶有責備的語感。

選項2「疑いようがないものの」/意為「雖無法懷疑……但是……」。

選項3「疑わないことはないものを」/意為「雖然也懷疑……但是……」。

選項4「疑わないことはないものの」/意為「雖然也懷疑……但是……」。

譯文：他作為工程師的實力確實無可挑剔，但是我還不放心讓他獨立。

23. こんな私を嫁にもらってくれる男は彼以外には（　　）。

1 いるだろう
2 いないか
3 いないだろうか
4 いはしないだろうか

23・答案：3

選項1「いるだろう」/意為「有吧」。

選項2「いないか」/意為「沒有嗎」。

選項3「以外にいないだろうか」/意為「是不是除……以外，沒有……」。

選項4「いはしないだろうか」/無此句型。

譯文：能娶我這樣的人做妻子的，是不是除了他沒別人了？

24. ファーストレディーと呼ぶにふさわしい人物は、彼女をおいて、ほか（　　）。

1 にはいない
2 にすぎない
3 に考えられる
4 にはいるだろう

24・答案：1

選項1「～をおいて（ほかに）にはいない」/意為「除……之外沒有……」。

選項2「にすぎない」/意為「只是……」。

選項3「に考えられる」/意為「認為是……」。

選項4「にはいるだろう」/意為「應該有……吧」。

譯文：能稱得上第一夫人的除了她沒有別人。

25. 徳川埋蔵金が本当にあるとしたら、この一帯（　　）ほかにはない。

1 はおろか
2 ときたら
3 にそくして
4 をおいて

25・答案：4

選項1「はおろか」/意為「別説……就連……」。

選項2「ときたら」/意為「説起……」。

選項3「にそくして」/意為「依照……」。

選項4「をおいて」/意為「除了……之外」。

譯文：徳川埋藏的黃金如果真的存在，那麼只可能埋在這一帶了。

二、次の文の ___★___ に入る最もよいものを、1・2・3・4から一つ選びなさい。

練習問題	解説

26. _____ ___★___ _____ 彼は、必死に金をもうけ資産家となった。

1　ゆえに
2　を味わった
3　多くの苦しみ
4　貧しさ

26・答案：1

題幹：貧しさゆえに多くの苦しみを味わった彼は、必死に金をもうけ資産家となった。

解析：本題測驗「ゆえに」，前項通常接動詞辭書形、形容詞辭書形、形容動詞詞幹＋な、名詞＋の或名詞＋である，意為「因為……」。

譯文：因為貧窮嘗盡心酸的他拼命賺錢成了大富翁。

---

27. 寝坊してしまって、約束の時間まで後10分しかなかった。_____ _____ ___★___。

1　タクシーを
2　間に合い
3　ようがなかった
4　急がせたけれども

27・答案：3

題幹：寝坊してしまって、約束の時間まで後10分しかなかった。タクシーを急がせたけれども間に合いようがなかった。

解析：本題測驗「ようがなかった」，前項通常接動詞連用形（ます形），意為「無法……」。

譯文：不小心賴了床，距離約定的時間只剩10分鐘了。雖然搭乘計程車趕去，但是也趕不上了。

---

28. あの山は、_____ ___★___ _____ _____よ うに見える。

1　によっては
2　寝ている
3　見よう
4　仏像が

28・答案：1

題幹：あの山は、見ようによっては仏像が寝ているように見える。

解析：本題測驗「ようによっては」，前項通常接動詞連用形（ます形），意為「取決於……」。

譯文：那座山根據角度不同，有時看起來像躺著的佛像。

---

29. _____ _____ ___★___、成功への近道 がないだろう。

1　をおいて
2　努力の
3　日々の
4　積み重ね

29・答案：1

題幹：日々の努力の積み重ねをおいて、成功への近道がないだろう。

解析：本題測驗「をおいて～ない」，前項通常接名詞，意為「除……之外沒有……」。

譯文：除了每天一點一滴努力外，應該沒有其他通往成功的捷徑了吧。

30. ＿＿＿＿ ＿＿＿＿ ＿＿★＿
＿＿＿＿ために日本に
やってきました。

1 親の反対
2 自分を磨く
3 をおして
4 二十歳の時に

30・答案：3

題幹：二十歳の時に親の反対をおして自分を磨くために日本にやってきました。

解析：本題測驗「をおして」，前項通常接名詞，意為「不顧……」。

譯文：二十歲時不顧父母的反對，為了提升自己而來到了日本。

31. 親の愛情＿＿＿＿ ＿＿＿＿
＿＿★＿ ＿＿＿＿ない。

1 など
2 子供の成長
3 望みようも
4 なくして

31・答案：1

題幹：親の愛情なくして子供の成長など望みようもない。

解析：本題測驗「ようもない」，前項通常接動詞連用形（ます形），意為「無法……」。

譯文：如果沒有父母的愛，那麼是無法期待孩子能夠成長的。

32. 政府は、高齢化社会に
伴う福祉政策のために
＿＿＿＿ ＿＿＿★＿
＿＿＿＿としている。

1 もの
2 増税は
3 のない
4 避けよう

32・答案：3

題幹：政府は、高齢化社会に伴う福祉政策のために増税は避けようのないものとしている。

解析：本題測驗「ようのないもの」，前項通常接動詞連用形（ます形），意為「無法……」。

譯文：為了推進高齡化社會的社會福利政策，政府增稅是無法避免的。

33. 親方に未熟さを＿＿＿＿
＿＿＿＿ ＿★＿ ＿＿＿＿、
まだ仕事が雑だと言われた。

1 これ以上
2 指摘されて、
3 完璧にしたつもりだったが
4 文句のつけようがないくらい

33・答案：4

題幹：親方に未熟さを指摘されて、これ以上文句のつけようがないくらい完璧にしたつもりだったが、まだ仕事が雑だと言われた。

解析：本題測驗「ようがない」，前項通常接動詞連用形（ます形），意為「無法……」。

譯文：被師傅批評不成熟，本以為自己已經做得很完美，讓師傅挑不出毛病了，但是仍然被說做事不夠仔細。

—— 文法一覽表 ——

❶ 受講生が少ないので、今学期を限りにこの授業は開講しないこととなりました。
→以⋯⋯為限；截止⋯⋯；以最大限度⋯⋯

❷ 美味しいと評判の洋菓子店が、東京を皮切りに全国展開すると発表した。
→以⋯⋯為開端

❸ 我が社は50周年を迎えるのを機にグループ会社を統一し、社名を変更することに決定した。
→以⋯⋯為契機

❹ 本当に真実を述べているのか疑いを禁じ得ない。
→不禁⋯⋯；禁不住⋯⋯

❺ 男は「ありがとう」のことばを最後に雪山の中へ消えていった。
→⋯⋯為最後一次；以⋯⋯為最後期限

❻ 高校受験を一週間後に控えているのですが、勉強にやる気がおきません。
→臨近⋯⋯；靠近⋯⋯

❼ 現在の状況を踏まえて今年の採用人数を調整する。
→依據⋯⋯；在⋯⋯基礎上

❽ このようなプロセスを経て新薬の開発が成功しました。
→經過⋯⋯；歷經⋯⋯；通過⋯⋯

❾ 大統領やその家族を前にしてこの曲を歌うのは本当に感動的だった。
→面臨⋯⋯；在⋯⋯之前

—— 文法解析 ——

❶ 〜を限（かぎ）りに 以⋯⋯為限；截止⋯⋯；以最大限度⋯⋯

解説 表示以前項為最後期限，今後不再持續；另一種用法是表示最大限度地做某事。

句型 名詞＋を限りに

- 受講生（じゅこうせい）が少（すく）ないので、今学期（こんがっき）を限（かぎ）りにこの授業（じゅぎょう）は開講（かいこう）しないこととなりました。

　因為學生太少，所以本學期結束之後這門課程就不再開課了。

- 本日を限りに退職させていただきます。
  做完今天的工作後，請允許我辭職。
- 私たちのグループは今回のコンサートツアーを限りに解散する。
  我們團隊在這次巡迴演唱會結束後解散。
- 彼は声を限りに叫んだが、何の返事も返ってこなかった。
  他竭盡全力大喊，卻沒有得到任何回應。

注意事項 第一種用法前接表示時間的詞，第二種用法多為慣用搭配，如「声を限りに」。

❷ ～を皮切りに（して）/～を皮切りとして 以……為開端

解說 表示以前項為契機，開始後項的事。
句型 名詞＋を皮切りに（して）/を皮切りとして

- その歌のヒットを皮切りに、彼はミュージカルへ進出するようになった。
  以那首歌的大紅為契機，他開始唱音樂劇了。
- 美味しいと評判の洋菓子店が、東京を皮切りに全国展開すると発表した。
  因美味而大獲好評的西洋點心店公布了一個消息：將在以東京為首的全國各地開店。
- ニューヨーク公演を皮切りにウェストサイドストーリーの世界ツアーが始まった。
  以紐約公演為開端，《西城故事》（WEST SIDE STORY）開始在世界各地上演。

注意事項 一般用於敘述在某次契機之後繁榮發展的情景。

❸ ～を機に/～を機として 以……為契機

解說 表示以某事件或某種情況為契機。
句型 名詞＋を機に/を機として

- 課長が出かけたのを機に、みんな帰った。
  趁課長外出，大家都回家了。
- 首相の来訪を機として友好協会を作った。
  以首相來訪為契機，我們創建了友好協會。
- 我が社は50周年を迎えるのを機にグループ会社を統一し、社名を変更することに決定した。
  藉本公司成立50週年之際，公司決定統一集團旗下公司，並更改公司名稱。

注意事項 意思相近的句型有：「～をきっかけに」、「～を契機に」。

❹ ～を禁じえない 不禁……；禁不住……

解說 表示面對某種情景不由得產生憤怒、同情、驚訝等情感。
句型 名詞＋を禁じえない

• これまでのご配慮に感謝の念を禁じ得ません。
  非常感謝您一直以來的體貼關懷。
• 病気で父親を失った彼には同情を禁じ得ません。
  他的父親因病去世了，對此我十分同情。
• 本当に真実を述べているのか疑いを禁じ得ない。
  （我）不由得開始懷疑他説的是否是事實。

注意事項 通常接在表示情感的名詞後，是比較生硬的書面語表達。

❺ ～を最後に ……為最後一次；以……為最後期限

解說 表示前項為最後一次做某事。
句型 名詞＋を最後に

• 男は「ありがとう」のことばを最後に雪山の中へ消えていった。
  男人説完「謝謝」後便消失在雪山中了。
• 今日を最後に、今までのことをさっぱり忘れましょう。
  讓我們以今天為界，徹底忘記以前的事情吧！
• 明日のクリスマスを最後に、この店を閉店する。
  這家店營業到明天耶誕節，以後就正式停業了。

注意事項 意思相近的句型有：「～を限りに」。

❻ ～を～に控えて／～を控えている 臨近……；靠近……

解說 表示時間緊迫，很快就要發生某事。
句型 名詞＋を＋時間名詞＋に控えて
　　　　名詞＋を＋控えている

• 高校受験を一週間後に控えているのですが、勉強にやる気がおきません。
  還有一週就要會考了，我卻沒有心思讀書。
• 結婚を目前に控えている女性にとって、長い結婚生活を始めるに当たり、相手のことをよく知る事は、極めて大切な事です。
  對馬上要結婚的女性來説，在開始漫長的婚姻生活之前充分瞭解對方是相當重要的。

第一週
第二週
第三週
第四週
第五週
第五天

- クリスマス休暇を間近に控えて市場は閑散となり方向感のない展開となった。

  臨近耶誕節假期，市場卻十分冷清，令人看不到前景。

注意事項 動詞「控える」有「待機する」、「抑制する」、「間近にする」等意思，在此句型中表示「～を間近にして」之意。

❼ ～を踏まえて　依據……；在……基礎上

解說 表示將前項作為前提或判斷的依據，或表示將前項也考慮進去。
句型 名詞＋を踏まえて

- この事件の経緯を踏まえて再犯防止対策をしっかり立てなければならない。

  依據本次事件的原委，必須確立防範措施。
- 現在の状況を踏まえて今年の採用人数を調整する。

  結合目前的狀況，調整今年的錄用人數。
- サミットの成果を踏まえて温暖化を考える。

  依據高峰會的成果思考全球變暖的問題。

注意事項 是比較生硬的書面表達方式。

❽ ～を経て　經過……；歷經……；通過……

解說 表示經過了某個過程或階段。
句型 名詞＋を経て

- このようなプロセスを経て新薬の開発が成功しました。

  歷經這樣的流程後，終於成功發明了新藥。
- 修士課程に在籍する学生の方は、所定の試験を経て、博士課程に入学することが可能です。

  碩士生要通過相應的考試才能進入博士班。
- その件については、部会の審議を経て御意見を募集しております。

  關於那件事，我們會透過部會審議來收集意見。

注意事項 意思相近的句型有：「～を通って」、「～を経由して」。

❾ ～を前に（して）　面臨……；在……之前

解說 表示面臨某種事項。
句型 名詞＋を前に（して）

- 赤ちゃんの死を前にした時、医療従事者としてどのように患者家族に寄り添えばよいのか。

  面對瀕死的嬰兒，作為醫療工作者，我該如何安慰患者家屬呢？

- 旅立ちを前にして、歩き始める前はなんだかいつも少し焦りがちになる。

  在動身去旅行之前，我不知為何總是有些焦急。

- 大統領やその家族を前にしてこの曲を歌うのは本当に感動的だった。

  在總統和其家人面前演唱這首曲目，真令人感動。

注意事項 意思相近的句型有：「～に臨んで」。

即刻挑戰

一、次の文の（　　　）に入れるのに最もよいものを、1・2・3・4から一つ選びなさい。

練習問題	解說
1. 高校受験（　　）いるのですが、勉強をやろうと思っても、なかなか進めることができません。 1 をもとにして 2 を控えて 3 をもって 4 を通して	**1・答案：2** 選項1「をもとにして」／意為「以……為基礎」。 選項2「を控えて」／意為「臨近……」。 選項3「をもって」／意為「用……」、「以……」。 選項4「を通して」／意為「通過……」。 **譯文：**臨近會考，即使想好好讀書也沒個進展。
2. これから各委員の委嘱手続（　　）、正式に懇談会を設置します。 1 を経て 2 をはじめて 3 をめぐって 4 をよそにして	**2・答案：1** 選項1「を経て」／意為「經過……」。 選項2「をはじめて」／意為「開始……」。 選項3「をめぐって」／意為「圍繞……」。 選項4「をよそにして」／意為「不顧……」。 **譯文：**受各委員的委託，經相關手續後，正式召開座談會。

3. 本日は、私自身の約20年間に及ぶ金融機関での経験（　　）お話させて頂きます。

1　をおいて
2　を踏まえて
3　を限りにして
4　をこめて

3・答案：2

選項1「をおいて」／意為「除……之外」。

選項2「を踏まえて」／意為「依據……」。

選項3「を限りにして」／意為「以……為限」。

選項4「をこめて」／意為「飽含……」。

譯文：今天我結合自己在金融機構工作大約20年的經驗來為大家講解。

4. 任用されている期間は、通常の採用試験（　　）採用された職員と同様、一般職常勤（正規の職員）の地方公務員の身分となります。

1　は問わず
2　を経て
3　によらず
4　とあって

4・答案：2

選項1「は問わず」／意為「不論……」。

選項2「を経て」／意為「經過……」。

選項3「によらず」／意為「不論……」。

選項4「とあって」／意為「因為……」。

譯文：任用期間，與通過一般錄用考試而被錄用的職員一樣，將成為有一般專職職位（正式職員）的地方公務員。

5. わたしはこの結論にはある種の失望感（　　）。

1　を禁じえない
2　を余儀なくさせた
3　でなくてなんだろう
4　といったらありはしない

5・答案：1

選項1「を禁じえない」／意為「不禁……」。

選項2「を余儀なくさせた」／意為「迫使……」。

選項3「でなくてなんだろう」／意為「不是……又是什麼呢」。

選項4「といったらありはしない」／意為「沒有比……更……」。

譯文：我對該結論不由得產生某種失望感。

6. 何度も持ち上がっては消える解散説（　　）、そのバンドのメンバー5人の心境はどうだと思いますか。

1　からこそ
2　限りでは
3　を前にして
4　ですら

6・答案：3

選項1「からこそ」／意為「正因為……」。

選項2「限りでは」／意為「只要……」。

選項3「を前にして」／意為「面臨……」。

選項4「ですら」／意為「連……也……」。

譯文：無數次傳出樂團將解散的消息，面對這種情況，樂團成員的心情會是怎樣的呢？

7. コンサートは、北京
　　（　　）各地で公演され
　　る予定だ。

1　からして
2　において
3　を皮切りに
4　とともに

7・答案：3

選項1「からして」／意為「從……來看」。

選項2「において」／意為「在……」。

選項3「を皮切りに」／意為「以……為開端」。

選項4「とともに」／意為「隨著……」。

譯文：計畫以北京為開端，在各地舉辦巡迴演唱會。

---

8. 今、子どもたちは、近く
　　に迫った卒業（　　）、
　　伏見小学校の伝統を下学
　　年に引き継いでいくこと
　　を目指している。

1　を中心に
2　を通じて
3　をぬきにして
4　を前に

8・答案：4

選項1「を中心に」／意為「以……為中心」。

選項2「を通じて」／意為「透過……」。

選項3「をぬきにして」／意為「拋開……」。

選項4「を前に」／意為「面臨……」。

譯文：目前，孩子們臨近畢業，要讓下一屆學生傳承伏見小學的傳統。

---

9. 事故で107人が亡くなっ
　　ても依然として稼ぐこと
　　が第一という方針だと平
　　然といっていることに驚
　　き（　　）。

1　にほかならない
2　を禁じえない
3　わけではない
4　といったらない

9・答案：2

選項1「にほかならない」／意為「無非是……」。

選項2「を禁じえない」／意為「不禁……」。

選項3「わけではない」／意為「並非……」。

選項4「といったらない」／意為「……極了」。

譯文：事故造成了107人死亡，卻依然淡定地堅持賺錢第一的方針，著實令人驚訝。

---

10. 沿道では、走り終わっ
　　　た児童が声（　　）応
　　　援しています。

1　とみえて
2　にかけて
3　を限りに
4　だけに

10・答案：3

選項1「とみえて」／意為「看來……」。

選項2「にかけて」／意為「在……方面」。

選項3「を限りに」／表示最大限度。

選項4「だけに」／意為「正因為……」。

譯文：在道路沿線，跑完全程的兒童用最大的聲音吶喊助威。

11. ロケットエンジンを
　　（　　）、次々と宇宙
　　開発にかかわる部品を
　　開発し始めた。

1　おいて
2　もって
3　かぎりに
4　かわきりに

11・答案：4

選項1「をおいて」／意為「除……之外」。

選項2「をもって」／意為「以……」。

選項3「をかぎりに」／意為「以……為限」。

選項4「をかわきりに」／意為「以……為開端」。

譯文：以火箭引擎為開端，與宇宙探索相關的零件相繼進入開發。

---

12. まだ仮設住宅で暮らし
　　ている人も少なくな
　　い。被災者への同情を
　　（　　）。

1　禁じえない
2　禁じかねない
3　禁じざるをえない
4　禁じないではすまない

12・答案：1

選項1「を禁じえない」／意為「不禁……」。

選項2「禁じかねない」／意為「可能控制得住……」。

選項3「禁じざるをえない」／意為「不得不控制……」。

選項4「禁じないではすまない」／意為「不控制不行……」。

譯文：仍然有很多人還生活在臨時住宅內。我不禁對受災者產生了深深的同情。

---

13. 彼の的を射ない発言
　　は、周囲の失笑を
　　（　　）。

1　おぼえさせた
2　余儀なくさせた
3　感じきれなかった
4　禁じえなかった

13・答案：4

選項1「おぼえさせた」／意為「讓……記住」。

選項2「余儀なくさせた」／意為「迫使……」。

選項3「感じきれなかった」／意為「不能完全感受……」。

選項4「禁じえなかった」／意為「不禁……」。

譯文：他不著邊際的發言讓周圍哄堂大笑。

二、次の文の＿＿★＿＿に入る最もよいものを、1・2・3・4から一つ選びなさい。

| 練習問題 | 解說 |

14. 今後、＿＿＿＿ ＿★＿
　　＿＿＿＿ ＿＿＿＿いきます。

1　を講じて
2　を踏まえて
3　予算への反映等の必要な措置
4　評価結果

14・答案：2

題幹：今後、評価結果を踏まえて予算への反映等の必要な措置を講じていきます。

解析：本題測驗「を踏まえて」，前項通常接名詞，意為「依據……」。

譯文：今後將結合考核結果，採取將結果回饋到預算上的必要措施。

15. 国民の命を見殺しにし
た政治家に、＿＿＿＿
＿＿＿＿ ＿＿＿★＿＿。

1 えなかった
2 怒り
3 を禁じ
4 激しい

第一週

15・答案：1

題幹：国民の命を見殺しにした政治家に、激しい怒りを禁
じえなかった。

解析：本題測驗「を禁じえなかった」，前項通常接名詞，
意為「不禁……」。

**譯文：對於對國民見死不救的政治家，（我）不禁產生
了極大的憤怒。**

---

16. 現在、＿＿＿＿ ＿＿＿＿
＿＿＿★＿＿ ＿＿＿＿で、来週
あたりに手術予定です。

1 を控えて
2 手術
3 入院中
4 大動脈基部の

第二週

16・答案：1

題幹：現在、大動脈基部の手術を控えて入院中で、来週あ
たりに手術予定です。

解析：本題測驗「を控えて」，前項通常接名詞，意為「臨
近……」。

**譯文：我即將接受主動脈基部的手術，現在正在住院，
預計下週開刀。**

---

17. 健康のために、＿＿＿＿
＿＿＿★＿＿ ＿＿＿＿ ＿＿＿＿と
思います。

1 やめよう
2 限りに
3 タバコを
4 今日を

第三週

17・答案：2

題幹：健康のために、今日を限りにタバコをやめようと思
います。

解析：本題測驗「を限りに」，前項通常接名詞，意為
「以……為限」。

譯文：為了健康，從今天開始，我決定戒菸。

---

18. ＿＿＿＿ ＿＿＿★＿＿ ＿＿＿＿
＿＿＿＿が次々と露呈し
てきた。

1 を皮切りに
2 この事件
3 問題点
4 新興企業の

第四週

18・答案：1

題幹：この事件を皮切りに新興企業の問題点が次々と露呈
してきた。

解析：本題測驗「を皮切りに」，前項通常接名詞，意為
「以……為開端」。

**譯文：以此事件為開端，新興企業的問題逐漸暴露出
來。**

---

19. 私の母は＿＿＿＿ ＿＿＿＿
＿＿＿★＿＿ ＿＿＿＿。

1 買えずにいた
2 スマホを買うことにした
3 携帯電話が壊れたのを機に
4 今まで欲しいと思いつつ

第五週
第五天

19・答案：1

題幹：私の母は携帯電話が壊れたのを機に今まで欲しいと
思いつつ買えずにいたスマホを買うことにした。

解析：本題測驗「を機に」，前項通常接名詞，意為
「以……為契機」。

**譯文：我媽媽以手機壞了為契機，決定買一直很想買但
至今都還沒買的智慧型手機。**

—— 文法一覧表 ——

❶ AI技術をもってすればミスや事故は少なくなるに違いない。
→用……；以……

❷ 政府の要望を受け、当店は20日をもって休業いたします。
→於……；以……

❸ 度重なる災難をものともせず彼は力強く生き抜いてきた。
→不把……放在眼裡；不怕……

❹ 長期間に及ぶ過労とストレスは、彼に入院生活を余儀なくさせた。
→迫使……

❺ 経営悪化により持ち株の売却を余儀なくされた。
→不得已……；只好……

❻ 大学入学後、彼女は母親の心配をよそに夜遅くまで外で遊んでいる。
→不顧……；對……漠然視之

❼ 日本に留学せんがため日本語を懸命に勉強した。
→為了……

❽ 突然の雨で洗濯物が濡れてしまった。外に干すんじゃなかった。
→真不應該……

❾ 大学の合格発表を見に行き、自分の受験番号を発見したときは飛び上がらんばかりにうれしかった。
→幾乎要……；眼看要……

—— 文法解析 ——

❶ 〜をもって A：用……；以……

　　　　　　　　B：於……；以……

A：用……；以……

解說 表示手段、方法、工具等。

句型 名詞＋をもって

• AI技術をもってすればミスや事故は少なくなるに違いない。
使用AI技術的話，一定可以減少疏失和事故。

• 彼の力をもってしてもV字回復とはいかなかった。
即使憑藉他的實力，也無法重振業績。

360

- 空港に到着した日本代表選手は笑顔をもって迎えられた。
  人們面帶笑容迎接到達機場的日本代表選手。

注意事項 有時以「～をもってすれば」的形式使用，表示如果有前項，就能夠克服困難實現後項。

B：於……；以……

解說 表示事項的開始或結束，是比較正式的表達方式。
句型 名詞＋をもって

- 『鬼滅の刃』は今週号をもって最終回となった。
  本週週刊將會登載《鬼滅之刃》的最後一集。
- 政府の要望を受け、当店は20日をもって休業いたします。
  按照政府的要求，本店從20號開始暫停營業。
- 本日の営業は午後9時をもって終了いたします。
  今天營業到晚上9點。

注意事項 「～をもちまして」是更加鄭重的表達方式。

❷ ～をものともせず（に） 不把……放在眼裡；不怕……

解說 表示不把困難、障礙等不利的條件放在眼裡，勇敢應對。
句型 名詞＋をものともせず（に）

- 度重なる災難をものともせず彼は力強く生き抜いてきた。
  無畏重重災難，他堅強地活著。
- その町工場は、大企業からの圧力をものともせずにロケットのエンジンを独自に開発した。
  那家小工廠不懼大型企業的壓力，獨自開發了火箭引擎。
- 周囲の批判をものともせず上手に立ち回る人間ほど出世していく。本当に嘆かわしい世の中だ。
  不懼怕周圍的批評且處事圓滑的人更易於出人頭地。這世道真是可悲！

注意事項 後面接表達解決問題之意的內容，是書面語的表達方式。

❸ ～を余儀なくさせる 迫使……

解說 表示強制、迫使對方做某事。
句型 名詞＋を余儀なくさせる

361

- 台風の接近が、飛行機の欠航を余儀なくさせた。

  颱風的到來迫使飛機停飛。
- 長期間に及ぶ過労とストレスは、彼に入院生活を余儀なくさせた。

  長期的疲勞和壓力導致他住了院。
- 道路拡張の工事は、この周辺の人々に引越しを余儀なくさせた。

  道路擴建工程迫使周邊的住民不得不搬家。

注意事項 「～を余儀なくさせる」表示使役，「～を余儀なくされる」表示被動，這兩個句型的區別在於主詞不同。

❹ ～を余儀なくされる 不得已……；只好……

解說 因為其他原因所迫而不得已做某事。

句型 名詞＋を余儀なくされる

- 経営状況の悪化により従業員の解雇を余儀なくされる会社が後を絶たなかった。

  因為經營狀況的惡化，不得已解雇員工的公司源源不斷。
- 新型コロナウイルスの感染の恐れにより祭りの中止を余儀なくされた。

  因擔憂新冠病毒的感染，祭典不得已中止了。
- 経営悪化により持ち株の売却を余儀なくされた。

  因為經營惡化，所以不得已賣出了自己持有的股票。

注意事項 「余儀ない」作為形容詞，意為「無奈」、「被迫」，等於「～ほかに方法がない」、「やむをえない」、「しかたがない」。常用於表達不滿的情緒。

❺ ～をよそに 不顧……；對……漠然視之

解說 表示對某事不予理睬，不放在心上，無視某事項。

句型 名詞＋をよそに

- 大学入学後、彼女は母親の心配をよそに夜遅くまで外で遊んでいる。

  進入大學後，她不顧母親的擔心，總在外面玩到很晚。
- 他社の経営悪化をよそに成長を続けるベンチャー企業がある。

  有的風險投資企業沒受其他公司經營惡化的影響，不斷地成長著。
- 国民の意見をよそに国会は新しい法案を可決した。

  不顧國民意見，國會通過了新的法案。

注意事項 意思相近的句型有：「～に（も）かまわず」、「～もかまわず」、「～を顧みず」，但「をよそに」常帶有一種責怪的語感。

❻ ～んがため（に）／～んがための 為了……

解說 表示為了某種目的而做某事。

句型 動詞ない形＋んがため（に）/んがための

- 日本に留学せんがため日本語を懸命に勉強した。
  為了去日本留學而拚命學習日語。
- 能力試験に合格せんがため毎日復習を欠かさなかった。
  為了通過能力考試，每天都複習。
- 全ては将来日本語を活かす仕事に就かんがための努力である。
  所有的努力都是為了將來能找一個可以活用日語的工作。

注意事項 該句型的意思和「ために」相同，但只用於書面語。前面接サ行變格動詞時，變成「せんがため」的形式。

❼ ～んじゃなかった 真不應該……

解說 表示後悔做了一件不該做的事情。

句型 動詞辞書形＋んじゃなかった

- 突然の雨で洗濯物が濡れてしまった。外に干すんじゃなかった。
  突然下起了大雨，洗好的衣服全淋濕了。真不該晾在外面。
- 試験中に寝てしまった。昨日は徹夜するんじゃなかった。
  考試時竟然睡著了，昨晚真不應該熬夜。
- こんな所へ来るんじゃなかった。
  真不該來這種地方！

注意事項 此句型的用法不同於表示「不許」、「不要」的句型「～んじゃない」。

❽ ～んばかりだ／～んばかりに／～んばかりの
幾乎要……；眼看要……

解說 表示動作即將發生。這只是一種比喻，用來說明極為近似的狀況。

句型 動詞ない形＋んばかりだ/んばかりに/んばかりの

- 大学の合格発表を見に行き、自分の受験番号を発見したときは飛び上がらんばかりにうれしかった。
  去看大學公布的榜單，當發現自己的准考證號時，我高興得簡直要跳起來了。
- うちの猫はもちろん話はしないが、餌が欲しくなると涙を出さんばかりの表情で私を見つめる。
  我家的小貓當然不會說話，但是想要貓糧的時候，牠會楚楚可憐地看著我，彷彿要哭出來似的。

363

- うちの犬はボールを投げるとすぐに拾って戻ってくる。まるで褒めてくれと言わんばかりだ。

  每當我把球扔出去時，我家的小狗馬上就會撿回來，（牠的樣子）好像在說「快誇獎我」。

注意事項 不用於敘述説話者自己的情況。前面接サ行變格動詞時，變成「せんばかりだ」的形式。

即刻挑戰

一、次の文の（　　　）に入れるのに最もよいものを、1・2・3・4から一つ選びなさい。

練習問題	解說
1. 私は本日（　　）この会社を退職いたします。 1　からして 2　をもって 3　からいって 4　をして	1・答案：2 選項1「からして」／意為「從……來看」。 選項2「をもって」／意為「以……」。 選項3「からいって」／意為「從……角度來説」。 選項4「をして」／意為「有……特性」。 譯文：今天我正式從公司辭職了。
2. 私たちの不安（　　）、お腹の赤ちゃんは順調に育っていきました。 1　ぬきで 2　かたわら 3　にさきだって 4　をよそに	2・答案：4 選項1「ぬきで」／意為「拋開……」。 選項2「かたわら」／意為「一邊……一邊……」。 選項3「にさきだって」／意為「在……之前」。 選項4「をよそに」／意為「不顧……」。 譯文：腹中的孩子不理會我們的顧慮，順利地成長著。
3. 彼は自分が（　　）がために、親友を敵に売った。 1　助かる 2　助ける 3　助からん 4　助からない	3・答案：3 選項1「助かる」／意為「得救」。 選項2「助ける」／意為「幫助……」。 選項3「助からん」／後接「がために」意為「為了幫助……」。 選項4「助からない」／意為「不幫助……」。 譯文：他為了自己得救，將好友出賣給了敵人。

4. 溺れている子を（　　）、
   着衣のまま川に飛び込ん
   だ。

1　助けるだけあって
2　助けんがために
3　助けるまでして
4　助けて初めて

4・答案：2

選項1「だけあって」／意為「不愧是……」。

選項2「助けんがために」／意為「為了幫助……」。

選項3「助けるまでして」／意為「為了……甚至幫助……」。

選項4「助けて初めて」／意為「幫助後才……」。

譯文：為了救助落水的孩子，衣服都沒脫就跳進了河裡。

---

5. 著者は、数々の危機
   （　　）、なぜ成功し続
   けることができたのか。

1　をものともせずに
2　からこそ
3　しだいでは
4　とあいまって

5・答案：1

選項1「をものともせずに」／意為「不把……放在眼裡」。

選項2「からこそ」／意為「正因為……」。

選項3「しだいでは」／意為「取決於……」。

選項4「とあいまって」／意為「與……相結合」。

譯文：著者為何能渡過重重難關，不斷地取得成功呢？

---

6. 鈴木さんは（　　）んば
   かりの顔で頼みにきた。

1　泣き出さ
2　泣き出す
3　泣き出し
4　泣き出そ

6・答案：1

選項1「泣き出さ」／接「んばかり」，意為「眼看就要哭出來……」。

選項2「泣き出す」／意為「哭出來……」。接續錯誤。

選項3「泣き出し」／意為「哭出來……」。接續錯誤。

選項4「泣き出そ」／意為「要哭出來……」。接續錯誤。

譯文：鈴木彷彿要哭出來似地來求我。

---

7. 地震の恐ろしさを身
   （　　）体験した。

1　あっての
2　にわたって
3　もかまわず
4　をもって

7・答案：4

選項1「あっての」／意為「有了……才能……」。

選項2「にわたって」／意為「在……範圍內」。

選項3「もかまわず」／意為「也不顧……」。

選項4「をもって」／意為「用……」。

譯文：親身經歷了地震的可怕。

---

8. 韓国では、妊娠により退
   学（　　）女子学生たち
   がいる。

1　からの
2　ぬきの
3　を余儀なくされる
4　とおりの

8・答案：3

選項1「からの」／意為「竟有……之多」。

選項2「ぬきの」／意為「拋開……」。

選項3「を余儀なくされる」／意為「不得已……」。

選項4「とおりの」／意為「按照……」。

譯文：在韓國，有的女學生因為懷孕而不得已退學。

9. 彼は他人の非難（　　）、自分のやりかたを押し通す。

1　ものなら
2　はさておき
3　のみならず
4　をものともせずに

9・答案：4

選項1「ものなら」／意為「如果……」。

選項2「はさておき」／意為「暫且不説……」。

選項3「のみならず」／意為「不僅……而且……」。

選項4「をものともせずに」／意為「不把……放在眼裡」。

譯文：他不在乎別人的指責，貫徹自己的做法。

10. そのランナーは、足の怪我を（　　）せずに、ゴールに向かって走り続けた。

1　ものには
2　こととも
3　ものとも
4　ことにも

10・答案：3

選項1「ものには」／意思不明確。

選項2「こととも」／無此句型。

選項3「ものとも」／後接「せずに」，意為「不把……放在眼裡」。

選項4「ことにも」／意思不明確。

譯文：那位跑者不顧腳傷，向終點跑去。

11. 弁護士としてどう対処するべきか、彼は身を（　　）示した。

1　かかげて
2　うけて
3　こめて
4　もって

11・答案：4

選項1「かかげて」／意為「舉著……」。

選項2「うけて」／意為「接受……」。

選項3「こめて」／意為「飽含……」。

選項4「もって」／意為「以……」。

譯文：他親身示範了作為律師應該如何處理。

12. 日本に行くまでは少し不安だったが、ホストファミリーは好意（　　）迎えてくれた。

1　にむけて
2　をめぐって
3　をもって
4　につれて

12・答案：3

選項1「にむけて」／意為「朝向……」。

選項2「をめぐって」／意為「圍繞……」。

選項3「をもって」／意為「以……」。

選項4「につれて」／意為「伴隨……」。

譯文：在去日本之前有點擔心，但是寄宿家庭熱情地接待了我。

13. 私の姉は大病を
（　　）、強靭な精神
でリハビリに励んでい
る。

1　こめて
2　とわず
3　ものともせず
4　たよりに

13・答案：3

選項1「こめて」／意為「飽含……」。

選項2「とわず」／意為「不論……」。

選項3「ものともせず」／意為「不把……放在眼裡」。

選項4「たよりに」／意為「以……為依靠」。

譯文：我姊姊不懼怕重病，堅強地堅持復健。

---

14. 原因不明の体調悪化で
入院を（　　）。

1　余儀なくされた
2　余儀なくさせた
3　余儀なくしてもらった
4　余儀なくなった

14・答案：1

選項1「余儀なくされた」／意為「不得不……」。

選項2「余儀なくさせた」／意為「迫使……」。

選項3「余儀なくしてもらった」／為錯誤表達。

選項4「余儀なくなった」／為錯誤表達。

譯文：身體情況無緣無故地惡化，因此不得不住院。

---

15. 2人の国会議員は失言が
続き離党（　　）。

1　を禁じえなかった
2　を余儀なくされた
3　には及ばなかった
4　にあずからなかった

15・答案：2

選項1「を禁じえなかった」／意為「不禁……」。

選項2「を余儀なくされた」／意為「不得不……」。

選項3「には及ばなかった」／意為「不必……」。

選項4「にあずからなかった」／無此句型。

譯文：兩位國會議員因為口不擇言而不得不退黨。

---

16. ツイッターデモの盛り上
がりを（　　）、法案は
可決されてしまった。

1　よそに
2　そとに
3　あとに
4　ほかに

16・答案：1

選項1「をよそに」／意為「不顧……」。

選項2「そとに」／意為「外部……」。

選項3「あとに」／意為「……之後」。

選項4「ほかに」／意為「除……之外」。

譯文：不顧推特網站上高漲的反對意見通過了法案。

---

17. 周囲の不安を（　　）、
彼は独自のスタイルで発
展を遂げている。

1　もとに
2　きっかけに
3　よそに
4　めぐって

17・答案：3

選項1「をもとに」／意為「以……為基礎」。

選項2「をきっかけに」／意為「以……為契機」。

選項3「をよそに」／意為「不顧……」。

選項4「めぐって」／意為「圍繞……」。

譯文：不顧周圍的擔心，他按照自己的模式實現了發
展。

18. 彼女は周囲の心配を（　　）、好き勝手に遊んでいる。

1　へて
2　もって
3　よそに
4　たよりに

18・答案：3

選項1「をへて」／意為「經過……」。
選項2「をもって」／意為「以……」。
選項3「をよそに」／意為「不顧……」。
選項4「をたよりに」／意為「以……為依靠」。

譯文：她不顧周圍的擔心，隨心所欲地玩著。

---

19. 車の渋滞を（　　）、バイクが勢いよくすり抜けていく。

1　含めて
2　もとに
3　除いて
4　よそに

19・答案：4

選項1「を含めて」／意為「包含……」。
選項2「をもとに」／意為「以……為基礎」。
選項3「を除いて」／意為「除去……」。
選項4「をよそに」／意為「不顧……」。

譯文：不顧車輛擁擠的情況，摩托車插空順勢而去。

---

20. 夢を（　　）、日々努力している。

1　かなえるまいかと
2　かなえるまじく
3　かなえんがため
4　かなえない

20・答案：3

選項1「かなえるまいかと」／意為「以為不能實現……」。
選項2「かなえるまじく」／意為「不該實現……」。
選項3「かなえんがため」／意為「為了實現……」。
選項4「かなえない」／意為「無法實現……」。

譯文：為了實現夢想，每天不斷努力。

---

21. 我々のチームは（　　）がための努力は惜しまない。

1　勝つ
2　勝ち
3　勝たぬ
4　勝たん

21・答案：4

選項1「勝つ」／意為「勝利……」。
選項2「勝ち」／意為「勝利……」。
選項3「勝たぬ」／意為「失敗……」。
選項4「勝たん」／後接「がため」，意為「為了獲勝」。

譯文：我們隊為了獲勝，不惜一切地努力。

22. 彼は私を見ると、そっちに行ってはダメだと（　　）ばかりに首を振った。

1 言う
2 言わん
3 言った
4 言わず

第一週

22・答案：2

選項1「言う」／意為「説……」。

選項2「言わん」／後接「ばかりに」，意為「幾乎要……」。

選項3「言った」／意為「説了……」。

選項4「言わず」／意為「不説……」。

譯文：他一看到我就搖頭，彷彿在說不要去那邊。

---

23. 同期社員で食事に行っても彼女は箸もつけず一言も話そうとしない。もう帰りたいと（　　）。

1 言いかねた
2 言わんばかりだった
3 言いそうもなかった
4 言わなかったそうだ

第二週

23・答案：2

選項1「言いかねた」／意為「不能説……」。

選項2「言わんばかりだった」／意為「幾乎要說……」。

選項3「言いそうもなかった」／意為「不像要說……」。

選項4「言わなかったそうだ」／意為「聽說沒說……」。

譯文：同期的員工們即使一起去吃飯，她也一口不吃，一句話也不說，露出我想回去的表情。

---

24. 選手の中には新しく来た監督の指示を聞かないものもいる。前の監督の方が良いと（　　）。

1 言うまでもない
2 言いがたい
3 言わんばかりだ
4 言わなくもない

第三週

24・答案：3

選項1「言うまでもない」／意為「沒必要說……」。

選項2「言いがたい」／意為「難以説出……」。

選項3「言わんばかりだ」／意為「幾乎要說……」。

選項4「言わなくもない」／意為「不是不説……」。

譯文：選手當中有人不聽新來教練的指示，這一舉動簡直像是在說前任教練更好。

第四週

第五週

第六天

25. パソコンの電源が入らなくなったのでメーカーに問い合わせたところ、修理センターの予約を入れてくれた。センターの受付に行くと要領を得ず（　　　）と言わんばかりだった。

1　聞いていない
2　商品の品質が良くない
3　すぐに取り替える
4　センターに責任がある

25・答案：1

選項1「聞いていない」／意為「沒聽說」。
選項2「商品の品質が良くない」／意為「商品品質不好」。
選項3「すぐに取り替える」／意為「馬上替換」。
選項4「センターに責任がある」／意為「中心負責」。

譯文：因電腦無法開機，所以我諮詢了廠商，廠商幫我預約好了維修中心。可等我去維修中心時，接待處人員卻露出了我不清楚和沒聽說這事的表情。

二、次の文の　__★__　に入る最もよいものを、1・2・3・4から一つ選びなさい。

| 練習問題 | 解說 |

26. 彼は静かに演奏を終えた。会場は一瞬シーンとなったが、次の瞬間、_____ _____ __★__ _____が巻き起こった。

1　会場が
2　拍手
3　んばかりの
4　割れ

26・答案：3

題幹：彼は静かに演奏を終えた。会場は一瞬シーンとなったが、次の瞬間、会場が割れんばかりの拍手が巻き起こった。

解析：本題測驗「んばかり」，前項通常接動詞否定形，意為「幾乎要……」。

譯文：他安靜地結束了演奏。會場一瞬間鴉雀無聲，但是緊接著響起了雷鳴般的掌聲。

---

27. _____ _____ __★__ _____の空模様になってきた。

1　雨が
2　今にも
3　んばかり
4　降り出さ

27・答案：4

題幹：今にも雨が降り出さんばかりの空模様になってきた。

解析：本題測驗「んばかり」，前項通常接動詞否定形，意為「幾乎要……」。

譯文：看天空的樣子，似乎馬上就要下雨了。

28. ＿＿＿＿ ＿＿＿＿ ＿＿＿＿
　　＿★＿、社長自ら必死
で営業にまわる。

1　成功
2　ビジネスを
3　んがために
4　させ

第一週 ▽

28・答案：3

題幹：ビジネスを成功させんがために、社長自ら必死で営業にまわる。

解析：本題測驗「んがために」，前項通常接動詞否定形，意為「為了……」。

譯文：為了讓生意成功，社長拚命地親自拉業務。

29. 台風の襲来が＿＿＿＿
　　＿＿＿＿ ＿★＿ ＿＿＿＿。

1　させた
2　余儀なく
3　私に
4　登山計画の変更を

第二週 ▽

29・答案：2

題幹：台風の襲来が私に登山計画の変更を余儀なくさせた。

解析：本題測驗「余儀なくさせた」，前項通常接名詞，意為「迫使……」。

譯文：颱風的到來迫使我更改了登山的計畫。

30. 2年後の12月31日
　　＿＿＿＿ ＿＿＿＿ ＿★＿
　　＿＿＿＿を発表した。

1　すること
2　をもって
3　活動休止
4　グループが

第三週 ▽

30・答案：3

題幹：2年後の12月31日をもってグループが活動休止することを発表した。

解析：本題測驗「をもって」，前項通常接名詞，意為「以……」。

譯文：（公司）公布了以下消息：兩年後的12月31日，團體將會停止相關活動。

第四週 ▽

第五週 ▽
第六天

一、次の文の（　　　）に入れるのに最もよいものを、1・2・3・4から一つ選びなさい。

練習問題	解說

1. 今日の社会では、パソコンは欠く（　　　）ものだ。

1　までもない
2　べからざる
3　ことはない
4　ようがない

1・答案：2

選項1「までもない」／意為「不必……」。

選項2「べからざる」／意為「不可……」。

選項3「ことはない」／意為「無須……」。

選項4「ようがない」／意為「無法……」。

譯文：在當今的社會，電腦是不可或缺的存在。

---

2. 警察官たちは男を逮捕（　　　）一生懸命に追いかけていた。

1　すべく
2　するからこそ
3　するだけに
4　してはじめて

2・答案：1

選項1「すべく」／意為「為了……」。

選項2「するからこそ」／意為「正因為做……」。

選項3「するだけに」／意為「正因為做……」。

選項4「してはじめて」／意為「做之後才……」。

譯文：警察們為了逮捕那個男人，拚命追趕。

---

3. 突然の母の死を、遠く海外にいた彼は知る（　　　）。

1　しかない
2　にあたらない
3　というものではない
4　べくもなかった

3・答案：4

選項1「しかない」／意為「只有……」。

選項2「にあたらない」／意為「不必……」。

選項3「というものではない」／意為「並非……」。

選項4「べくもなかった」／意為「無法……」。

譯文：遠在海外的他無從得知母親突然去世。

---

4. そのことは別に人にお話しする（　　　）。

1　かねない
2　にかかわらない
3　ほどでもない
4　といったらない

4・答案：3

選項1「かねない」／意為「可能……」。

選項2「にかかわらない」／意為「與……無關」。

選項3「ほどでもない」／意為「沒有……的程度」。

選項4「といったらない」／意為「……極了」。

譯文：那件事不值得跟別人講。

5. 税金をごまかすなど公務員にある（　　）行為だ。

1　ゆえの
2　まじき
3　ずくめの
4　からの

5・答案：2

選項1「ゆえの」／意為「因為……」。

選項2「まじき」／意為「不應該……」。

選項3「ずくめの」／意為「淨是……」。

選項4「からの」／意為「竟有……之多」。

譯文：在稅上作假這類做法不是公務員應有的行為。

---

6. いろんな出来事がありましたが、とは言っても書く（　　）のことでもないので割愛します。

1　あまり
2　はず
3　ほど
4　わけ

6・答案：3

選項1「あまり」／意為「過於……」。

選項2「はず」／意為「應該……」。

選項3「ほど」／表示程度。

選項4「わけ」／表示理由。

譯文：雖說發生了很多事情，但是也不值得寫出來，所以就不多提了。

---

7. それは経済成長を犠牲にし（　　）個人独裁の実現を求めるやり方である。

1　かねて
2　かけて
3　て以来
4　てまで

7・答案：4

選項1「かねて」／意為「不能……」。

選項2「にかけて」／意為「在……方面」。

選項3「て以来」／意為「自……以來」。

選項4「てまで」／意為「甚至到……的地步」。

譯文：那是不惜犧牲經濟發展，也要尋求實現個人獨裁的做法。

---

8. 気に入るものがないのなら、買わない（　　）。

1　ごとく
2　までのことだ
3　最中だ
4　しまつだ

8・答案：2

選項1「ごとく」／意為「如……」。

選項2「までのことだ」／意為「大不了……就是了」。

選項3「最中だ」／意為「正在……中」。

選項4「しまつだ」／意為「結果是……」。

譯文：要是沒有喜歡的東西，那大不了不買就是了。

9.

どちらが嘘をついているのは明らかで、考える（　　）。

1　までもない
2　いかんだ
3　かぎりだ
4　というところだ

9・答案：1

選項1「までもない」／意為「沒必要……」。

選項2「いかんだ」／意為「取決於……」。

選項3「かぎりだ」／意為「非常……」。

選項4「というところだ」／意為「也就是……」。

譯文：很明顯是誰在撒謊，連想都不用想。

10.

被害者は犯人に要求される（　　）金を渡していたようだ。

1　くせに
2　ことに
3　ままに
4　たびに

10・答案：3

選項1「くせに」／意為「明明是……反而……」。

選項2「ことに」／意思不明確。

選項3「ままに」／意為「任憑……」。

選項4「たびに」／意為「每次……」。

譯文：受害人按照犯人要求的那樣，把錢交給了犯人。

11.

あの事件以来、ドアは壊れた（　　）なっている。

1　すえに
2　ままに
3　とおりに
4　わりに

11・答案：2

選項1「すえに」／意為「結果是……」。

選項2「ままに」／意為「任憑……」。

選項3「とおりに」／意為「按照……」。

選項4「わりに」／意為「雖然……但是……」。

譯文：那個事件發生之後，門就一直是壞的。

12.

学生たちは転んで全身泥（　　）になりながらも、必死になってボールを追っている。

1　ずくめ
2　ぬき
3　いたり
4　まみれ

12・答案：4

選項1「ずくめ」／意為「全都是……」。

選項2「ぬき」／意為「拋開……」。

選項3「いたり」／意為「……極了」。

選項4「まみれ」／意為「沾滿……」。

譯文：學生們跌倒後全身沾滿泥水，但仍然拚死地追著球跑。

13. 社長の皮肉（　　）言い方を、社員は不快に感じている。

1　ながらの
2　なりの
3　めいた
4　あげくの

13・答案：3

選項1「ながらの」／意為「保持……的狀態」。
選項2「なりの」／意為「與……相應的」。
選項3「めいた」／意為「像……的樣子」。
選項4「あげくの」／意為「結果是……」。

譯文：員工對社長語帶譏諷的講話方式感到不快。

---

14. そのレストランは味（　　）、食器がまた素晴らしいですね。

1　もさることながら
2　は問わず
3　もかまわず
4　はさておき

14・答案：1

選項1「もさることながら」／意為「……自不必説」。
選項2「は問わず」／意為「不論……」。
選項3「もかまわず」／意為「不顧……」。
選項4「はさておき」／意為「暫且不説……」。

譯文：那家餐廳味道自不必説，餐具也非常有品味。

---

15. 「協力するのは当たり前」なんて態度は（　　）と思う。

1　それまでだ
2　までのことだ
3　そばからだ
4　もってのほかだ

15・答案：4

選項1「それまでだ」／意為「如果……就完了」。
選項2「までのことだ」／意為「大不了……就是了」。
選項3「そばから」／意為「剛一……就……」。
選項4「もってのほかだ」／意為「……是荒謬的」。

譯文：那種「來幫忙是應該的」的態度實在荒謬。

---

16. 人手が足りなかったんですって？ちょっと連絡してくれれば、手伝ってあげた（　　）。

1　ところを
2　くせに
3　ものを
4　ことに

16・答案：3

選項1「ところを」／意為「在……的時候」。
選項2「くせに」／意為「明明……卻……」。
選項3「ものを」／意為「可是……」。
選項4「ことに」／意為「……的是」。

譯文：之前是人手不夠嗎？如果你聯絡我，我可以幫你的，可是你卻不説。

17. その音を聞く（　　）、猫は逃げてしまった。

1　やいなや
2　きり
3　だに
4　とあって

17・答案：1

選項1「やいなや」／意為「剛一……就……」。

選項2「きり」／意為「僅有……」。

選項3「だに」／意為「就連……也……」。

選項4「とあって」／意為「因為……」。

譯文：一聽到那種聲音，小貓就逃跑了。

---

18. あなた（　　）、この会社の社長の適任者はいない。

1　からこそ
2　をおいて
3　のみならず
4　につき

18・答案：2

選項1「からこそ」／意為「正因為……」。

選項2「をおいて」／意為「除……之外」。

選項3「のみならず」／意為「不僅……而且……」。

選項4「につき」／意為「關於……」。

譯文：除了你，這個公司沒有適合做社長的人選了。

---

19. 父は働きすぎた（　　）、病気になってしまった。

1　ゆえに
2　と思いきや
3　とはいうものの
4　にせよ

19・答案：1

選項1「ゆえに」／意為「因為……」。

選項2「と思いきや」／意為「本來以為……」。

選項3「とはいうものの」／意為「雖說……但……」。

選項4「にせよ」／意為「不管……」。

譯文：父親因為工作過度生病了。

---

20. 物事の（　　）によっては、正しいと思っていたものが、正しくならないこともある。

1　見かけ
2　見るもの
3　見よう
4　見分け

20・答案：3

選項1「見かけ」／意為「外表……」。

選項2「見るもの」／意為「看見的東西……」。

選項3「見よう」／意為「所看的角度……」。

選項4「見分け」／意為「分辨……」。

譯文：根據看待事物的角度不同，有時本以為正確的東西反而是錯誤的。

21. 社員はやる気があるのだが、会社の方針が変わらないのだからどう（　　）。

1　するはずがない
2　すべきではない
3　しようもない
4　しないにきまっている

21．答案：3

選項1「するはずがない」／意為「不應該做……」。
選項2「すべきではない」／意為「並非應該做……」。
選項3「しようもない」／意為「無法……」。
選項4「しないにきまっている」／意為「肯定不做……」。

譯文：雖然員工有幹勁，但因為公司不改變方針所以也無濟於事。

22. この作品（　　）として、彼女はその後、多くの小説を発表した。

1　がてら
2　からいって
3　を限り
4　を皮切り

22．答案：4

選項1「がてら」／意為「順便……」。
選項2「からいって」／意為「雖説……但是……」。
選項3「を限り」／意為「以最大限度……」。
選項4「を皮切りに」／意為「以……為開端」。

譯文：以該作品為開端，之後她又發表了很多小說。

23. 戦争のニュースを聞くたびに悲しみ（　　）。

1　を禁じえない
2　とおりだ
3　きらいがある
4　でなくてなんだろう

23．答案：1

選項1「を禁じえない」／意為「不禁……」。
選項2「とおりだ」／意為「按照……」。
選項3「きらいがある」／意為「有……的傾向」。
選項4「でなくてなんだろう」／意為「不是……又是什麼呢」。

譯文：每當聽到戰爭的消息就不禁感到悲傷。

24. コーチの反対（　　）怪我をしてるのに試合に出た。

1　からといって
2　をおして
3　そばから
4　であれ

24．答案：2

選項1「からといって」／意為「雖説……但是……」。
選項2「をおして」／意為「不顧……」。
選項3「そばから」／意為「剛……就……」。
選項4「であれ」／意為「即使……也要……」。

譯文：不顧教練反對，明明受傷了卻仍然參加比賽。

第一週
第二週
第三週
第四週
第五週
第七天

25. 計画を具体的に練り、現実（　　）行動をすることが大切です。

1 とあいまって
2 ことから
3 ときたら
4 をふまえた

25・答案：4

選項1「とあいまって」／意為「與……相結合」。

選項2「ことから」／意為「由於……」。

選項3「ときたら」／意為「説起……」。

選項4「をふまえた」／意為「在……基礎上」。

譯文：想出更具體的計畫，基於現實行動是非常重要的。

二、次の文の＿＿★＿＿に入る最もよいものを、1・2・3・4から一つ選びなさい。

練習問題

解說

26. ＿＿＿＿＿＿、彼は成長した。
＿＿＿★＿＿、彼は成長した。

1 さまざまな
2 を経て
3 経験
4 海外での

26・答案：2

題幹：海外でのさまざまな経験を経て、彼は成長した。

解析：本題測驗「を経て」，前項通常接名詞，意為「歷經……」。

譯文：在海外積累了各式各樣的經驗後，他成長了。

27. こんな難問は、＿＿＿＿
＿＿★＿＿＿＿＿＿だろう。

1 優秀な彼の頭脳
2 しても
3 をもって
4 解決できない

27・答案：3

題幹：こんな難問は、優秀な彼の頭脳をもってしても解決できないだろう。

解析：本題測驗「をもって」，前項通常接名詞，意為「用……」。

譯文：這樣的難題即使用他那優秀的頭腦，也無法解決吧。

28. ＿＿＿＿＿＿＿＿＿＿
＿★＿そいつはひたすら車を駆った。

1 ものともせず
2 深い道
3 を
4 雪の

28・答案：1

題幹：雪の深い道をものともせず、そいつはひたすら車を駆った。

解析：本題測驗「をものともせず」，前項通常接名詞，意為「不把……放在眼裡」。

譯文：那個人不顧路上厚厚的積雪不斷驅車前行。

29. 雨天続きで＿＿＿＿
＿＿＿＿ ＿★＿ ＿＿＿＿。

1　プール開きの予定は、
2　された
3　を余儀なく
4　変更

29・答案：3

題幹：雨天続きでプール開きの予定は、変更を余儀なくされた。

解析：本題測驗「余儀なくされた」，前項通常接名詞，意為「不得已……」。

譯文：因持續下雨，本打算開業的游泳池不得已變更時間了。

---

30. ＿＿＿＿ ＿＿＿＿
＿★＿、毎日パソコン
に興じる。

1　彼は
2　よそに
3　を
4　大学入試

30・答案：2

題幹：彼は大学入試をよそに、毎日パソコンに興じる。

解析：本題測驗「をよそに」，前項通常接名詞，意為「不顧……」。

譯文：他不管大考，每天玩電腦。

三、次の文章を読んで、③1から③5の中に入る最もよいものを、1・2・3・4から一つ選びなさい。

　植物たちは、手探り状態の暗闇の中で、上と下を見分ける能力を持っている。③1、種子は、どんな向きに土に埋まったとしても、発芽した芽生えは、伸びる方向を間違えない。発芽した芽生えは、茎を上に向かって伸ばし、根を下向きに伸ばす。地上部には、芽のかわりには、根が③2。芽が下に向かって伸びる茎はない。

　植物たちは、暗黒の中で上と下を、どのようにして知るのだろうか。植物たちは、重力を感じているのだ。重力というのは、地球上の物体が地球から受ける力であり、地球の中心に向かって③3力である。根の先端は、重力の方向に向かって伸びる性質がある。だから、地球の中心、すなわち、下に向かって伸びる。茎は、重力と反対方向に伸びる性質がある。だから、地球の中心と反対方向、すなわち、上に向かって伸びる。

　この性質は、発芽したての芽生えだけに③4。成長した植物を土中から抜き、横たえておくと、茎の先端はやがて上の方向に曲がり、逆に、根は下に曲がる。正確に言うと、根の先端は地球の中心に向かって伸び、茎は地球の中心と反対方向に伸びる。

35 は、上からやってくる。植物の茎は光のある方向に伸びることが、よく知られている。そのため、「植物を横たえておくと、茎の先端はやがて上の方向に曲がる」現象は、「茎の先端が、光の方向に伸びる」性質に支配されているように誤解されることが多い。

しかし、この現象は光の当たらない真っ暗闇の中でも見ることができる。真っ暗闇の中で、植物たちは、上と下を見分ける能力を持っているのだ。これは、植物たちが重力をきちんと感じているからである。

練習問題	解説
31. 1 　したがって 2 　例えば 3 　しかしながら 4 　それゆえ	31・答案：2 選項1／所以 選項2／例如 選項3／可是 選項4／因此 譯文：植物們有在黑暗中區分上下的能力。例如種子無論以何種朝向埋入土壤中，萌芽的生長方向都不會出錯。
32. 1 　出てくるしかない 2 　出てこないではいられない 3 　出てくるおそれがない 4 　出てくることはない	32・答案：4 選項1／只好長出 選項2／不能不長出 選項3／不用擔心長出 選項4／不可能長出 譯文：至於在地上出現的部分，根不可能代替芽長出地面。
33. 1 　引き寄せられる 2 　引き寄せる 3 　引き寄せさせる 4 　引き寄せさせられる	33・答案：1 選項1／被吸引 選項2／吸引 選項3／讓……吸引 選項4／迫使被吸引 譯文：所謂的重力是指地球上的物體受到地球的引力，被吸引朝向地球中心的力量。

34.

1 あることはない
2 あってしかたがない
3 あるのではない
4 あるといったらない

34・答案：3

選項1／不必有

選項2／無此表達

選項3／並非有

選項4／真是有

譯文：所以植物會朝著與地球中心相反的方向，即上方生長。該性質並非只在剛萌芽時才有。

35.

1 根
2 光
3 芽
4 茎

35・答案：2

選項1／根

選項2／陽光

選項3／芽

選項4／莖

譯文：陽光總是自上而來。

敬語

　　敬語是說話者對對方及話題中提及的人物表示敬意的表達方式，包括尊敬語（尊敬語）、自謙語（謙讓語）和禮貌語（丁寧語）。

一、尊敬語

　　尊敬語用於敘述對方的行為，透過抬高對方直接表示敬意。

1. 動詞的尊敬語

一般動詞	對應的尊敬語
する	なさる
来る	いらっしゃる おいでになる 見える お見えになる お越しになる
行く	いらっしゃる お見えになる おいでになる
〜てくる、〜ている	〜ていらっしゃる
いる	いらっしゃる おいでになる
いてくれる、行ってくれる、来てくれる	お出でくださる
〜ている	〜ていらっしゃる
言う	おっしゃる
知っている	ご存知です
食べる、飲む	あがる めしあがる
着る	召す お召しになる
聞く	お耳に入る
見る	ご覧になる ご覧なさる

見てくれる	ご覧くださる
～てみる	～てごらんになる
与える	賜る
くれる	くださる
～てくれる	～てくださる
寝る	お休みになる
買う	お求めになる
死ぬ	おかくれになる（皇室に対して使う） お亡くなりになる ご逝去なさる

—— 即刻挑戦 ——

練習問題	解説
1. 15年ぶりに母校を訪ねると鈴木先生がいらっしゃいました。名前を申し上げたところ、私の事をまだ覚えて（　　）すごく感激いたしました。 1　おいでになり 2　差し上げ 3　まいり 4　申し上げ	**1・答案：1** 選項1「おいでになり」／是尊敬語，意為「來」、「去」、「在」或表示狀態。 選項2「差し上げ」／是自謙語，意為「給……」。 選項3「まいり」／是自謙語，意為「來」、「去」。 選項4「申し上げ」／是自謙語，意為「說……」。 **譯文**：時隔十五年拜訪母校，鈴木老師竟然還在母校工作。我說了我的名字，沒想到鈴木老師竟然還記得我，讓我非常感動。
2. A「田中先生は今どちらですか。」 B「先生は事務室に（　　）。」 1　ございます 2　なさいます 3　おっしゃいます 4　いらっしゃいます	**2・答案：4** 選項1「ございます」／是禮貌語，意為「是……」。 選項2「なさいます」／是尊敬語，意為「做……」。 選項3「おっしゃいます」／是尊敬語，意為「說……」。 選項4「いらっしゃいます」／是尊敬語，意為「在……」。 **譯文**：A：請問田中老師在哪裡？ 　　　　B：老師在辦公室。

3. 国立博物館で特別展を
やっていますね。もうダ
ビンチの絵を（　　）
か。

1　おみえしました
2　ごらんいたしました
3　おみになりました
4　ごらんになりました

3・答案：4

選項1「おみえしました」／是錯誤的表達方式。
選項2「ごらんいたしました」／是錯誤的表達方式，正確
形式應為「ごらんになりました」，意為「看……」。
選項3「おみになりました」／是錯誤的表達方式。
選項4「ごらんになりました」／意為「您看了……」。

譯文：國立博物館正在舉辦特展呢，您去看過達文西的
畫了嗎？

---

4. 田中君、お客様がうちの
会社へ（　　）のは何時
くらいですか。

1　おいでになる
2　ごらんになる
3　おっしゃる
4　おいでいらっしゃる

4・答案：1

選項1「おいでになる」／是尊敬語，意為「來」。
選項2「ごらんになる」／是尊敬語，意為「看……」。
選項3「おっしゃる」／是尊敬語，意為「説……」。
選項4「おいでいらっしゃる」／是錯誤的表達方式，正確形
式應為「おいでになる」，意為「來」、「去」、「在」。

譯文：田中，客戶幾點鐘來我們公司？

---

5. 質問のある方は（　　）
か。

1　いらっしゃるでした
2　いらっしゃいです
3　いらっしゃいません
4　いらっしゃるではない

5・答案：3

選項1「いらっしゃるでした」／是錯誤的表達方式，正確形
式應為「いらっしゃいます」，意為「來」、「去」、「在」。
選項2「いらっしゃいです」／是錯誤的表達方式，正確形
式應為「いらっしゃいます」，意為「來」。
選項3「いらっしゃいません」／是尊敬語，意為「沒
有……」。
選項4「いらっしゃるではない」／是錯誤的表達方式，正
確形式應為「いらっしゃいません」，意為「沒來……」、
「沒去……」、「不在……」。

譯文：請問哪位有問題？

---

6. まずは別添「講座一覧
表」を（　　）担当課に
お電話ください。

1　ご覧の結果
2　ご覧になった結果
3　ご覧になった上で
4　ご覧くださった上に

6・答案：3

選項1「ご覧の結果」／是尊敬語，意為「看的結果」。
選項2「ご覧になった結果」／是尊敬語句型，意為「看的
結果」。
選項3「ご覧になった上で」／是尊敬語句型，意為「看
完……之後」。
選項4「ご覧くださった上に」／是尊敬語句型，意為「不
但為我看……」。

譯文：請大家看完附帶的「講座一覧表」以後打電話給
相關科室。

7. これは、新宿営業所の営業成績です。（　　）ここ10年右肩上がりの成績です。

1　ご覧のように
2　ご覧いただくために
3　拝見したとおり
4　拝見したきり

7・答案：1

選項1「ご覧のように」／是尊敬語，意為「就像您看到的那樣」。

選項2「ご覧いただくために」／是尊敬語句型，意為「為了讓您看……」。

選項3「拝見したとおり」／是自謙語，意為「像我看到的那樣」。

選項4「拝見したきり」／是自謙語，意為「我看過以後就再沒有……」。

譯文：這是新宿營業所的銷售業績。正如大家所看到的那樣，10年來這裡的銷售業績一直在增長。

8. A「Bさん、鈴木部長が（　　）。待合室でお待ちです。」
B「わかりました。」

1　参りました
2　承りました
3　見えました
4　伺いました

8・答案：3

選項1「参りました」／是自謙語，意為「來」、「去」。

選項2「承りました」／是自謙語，意為「聽……」。

選項3「見えました」／是尊敬語，意為「來……」。

選項4「伺いました」／是自謙語，意為「聽」、「問」、「拜訪」。

譯文：A：B先生，鈴木部長來了，現在正在會客室呢。
　　　B：我知道了。

9. （会社で）
課長「山本さん、社長が（　　）、応接室に案内してください。」
山本「はい、わかりました。」

1　参ったら
2　伺ったら
3　おありだったら
4　おいでになったら

9・答案：4

選項1「参ったら」／是自謙語，意為「如果來了的話」。

選項2「伺ったら」／是自謙語，意為「如果去了的話」。

選項3「おありだったら」／是尊敬語，意為「如果有的話」。

選項4「おいでになったら」／是尊敬語，意為「如果來了的話」。

譯文：（在公司）
課長：山本，社長來了以後直接把他請到會客室吧。
山本：好的，我知道了。

10. お孫さんの写真を（　　）、目を細めていらっしゃいました。

1　拝見し
2　お目にかかり
3　ご覧になり
4　お見えになり

10・答案：3

選項1「拝見し」／是自謙語，意為「我看了……」。

選項2「お目にかかり」／是自謙語，意為「我見到您……」。

選項3「ご覧になり」／是尊敬語，意為「您看了……」。

選項4「お見えになり」／是尊敬語，意為「您來了……」。

譯文：看到您孫子的照片時，您的眼睛裡充滿了笑意。

11. 課長、今度本部から新しい部長が赴任することを（　　）か。

1 なさいます
2 ご存知です
3 申します
4 お目にかかります

11・答案：2

選項1「なさいます」／是尊敬語，意為「您做……」。

選項2「ご存知です」／是尊敬語，意為「您知道……」。

選項3「申します」／是自謙語，意為「我說……」。

選項4「お目にかかります」／是自謙語，意為「我見到您……」。

譯文：課長，您知道這次會從總部調來一位新部長這件事嗎？

12. 私にお手伝いできることがあれば、遠慮なさらずに（　　）ください。

1 なさって
2 おっしゃって
3 お聞きして
4 申し上げて

12・答案：2

選項1「なさって」／是尊敬語，意為「您做……」。

選項2「おっしゃって」／是尊敬語，意為「您說……」。

選項3「お聞きして」／是自謙語，意為「我聽說……」。

選項4「申し上げて」／是自謙語，意為「我說……」。

譯文：有什麼我能幫上忙的，您不要客氣儘管說。

13. （内線電話で）

山田「はい、山田です。」
山村「受付の山村ですが、A社の中川様が（　　）。」
山田「わかりました。すぐ行きます。」

1 伺いました
2 お目にかかりました
3 ございました
4 お越しになりました

13・答案：4

選項1「伺いました」／是自謙語，意為「我聽說……」。

選項2「お目にかかりました」／是自謙語，意為「我見到……」。

選項3「ございました」／是禮貌語，意為「是……」。

選項4「お越しになりました」／是尊敬語，意為「來……」。

譯文：（內線電話）
山田：您好，我是山田。
山村：我是傳達室的山村，A公司的中川先生來了。
山田：好的，我馬上過去。

2. 尊敬語的相關句型

（1）お～になる/ご～になる

解說 表示對對方的尊敬。

句型 お＋一段動詞、五段動詞ます形＋になる
ご＋サ変動詞語幹＋になる

• 京都は、すっかりご見物になりましたか。
　您遊遍京都了嗎？

- お急ぎになれば、まだ間に合うかと存じます。
  如果您快一點的話，也許還來得及。
- 式典には皇太子殿下がご出席になりました。
  皇太子殿下出席了儀式。

—— 即刻挑戰 ——

練習問題	解說

1. これは、石川先生が闘病生活の中、最後の力を振り絞って（　　）傑作です。

1　お書きした
2　お書きになった
3　お書かれなった
4　お書かれした

1‧答案：2

選項1「お書きした」／是自謙語句型，意為「我寫了……」。
選項2「お書きになった」／是尊敬語句型，意為「石川老師寫了……」。
選項3「お書かれなった」／是錯誤的表達方式，正確形式應為「書かれた」或「お書きになった」，意為「您寫了……」。
選項4「お書かれした」／是錯誤的表達方式，正確形式應為「お書きした」，意為「我寫了……」。

譯文：這是石川老師在與病魔纏鬥的過程中，用盡最後力氣寫下的不朽之作。

2. ここでお待ち（　　）ください。

1　になって
2　して
3　にさせって
4　させて

2‧答案：1

選項1「お待ちになって」／是尊敬語句型，意為「請稍等」。
選項2「お待ちして」／是自謙語句型，意為「我等您……」。
選項3「お待ちにさせって」／是錯誤的表達方式，正確形式應為「お待ちになって」，意為「請稍等」。
選項4「お待ちさせて」／是錯誤的表達方式，正確形式應為「お待ちになって」，意為「請稍等」。

譯文：請在這裡稍候片刻。

3. 夕方（　　）お客様は、どなたのご紹介ですか？

1　うかがった
2　まいった
3　おこしになった
4　おじゃました

3‧答案：3

選項1「うかがった」／是自謙語，意為「聽」、「問」、「拜訪」。
選項2「まいった」／是自謙語，意為「來」、「去」。
選項3「おこしになった」／是尊敬語，意為「來」。
選項4「おじゃました」／是自謙語，意為「打擾您了」。

譯文：傍晚時分光臨的那位顧客是哪位介紹來的？

4. ただいま窓口が大変混雑
しております。大変申し
訳ありませんが、整理券
を（　　）、しばらくお
待ちください。

1　取った結果
2　お取りになった結果
3　お取りになった上で
4　お取りくださった上に

4・答案：3

選項1「取った結果」／意為「拿到號碼的結果」。

選項2「お取りになった結果」／是尊敬語句型，意為「拿到號碼的結果」。

選項3「お取りになった上で」／是尊敬語句型，意為「拿到號碼以後」。

選項4「お取りくださった上に」／是錯誤的表達方式，正確形式應為「お取りになった上に」，意為「不但拿到號碼，而且……」。

譯文：現在窗口非常繁忙，所以非常抱歉，麻煩各位拿到號碼以後稍等一下。

---

5. 先生はもう（　　）。

1　お帰りになりました
2　お帰りなさいました
3　お帰りございました
4　お帰りいたしました

5・答案：1

選項1「お帰りになりました」／是尊敬語句型，意為「回去了」。

選項2「お帰りなさいました」／是錯誤的表達方式，正確形式應為「お帰りになりました」，意為「回去了」。

選項3「お帰りございました」／是錯誤的表達方式，正確形式應為「お帰りになりました」，意為「回去了」。

選項4「お帰りいたしました」／是自謙語句型，意為「我回去了」。

譯文：老師已經回家了。

（2）お～なさる/ご～なさる

解說 表示對對方或話題中提及的人物的尊敬。「お～なさる/ご～なさる」的尊敬程度比「お～になる/ご～になる」略低。敬語接頭詞「お/ご」省略時，尊敬程度略減，不能對身分、地位高於自己的人使用。

句型 お＋一段動詞、五段動詞ます形＋なさる
ご＋サ変動詞語幹＋なさる

• お正月のとき帰れば、ご両親はきっとお喜びなさるでしょう。
如果您在過年的時候回老家，您的父母一定會很高興。

• 東京をご訪問なさるそうです。
聽說您要來東京。

練習問題	解說

木村部長「ねえ、山下く
　　　　　ん、今度の発表会
　　　　　で例の企画の説明
　　　　　をするのは有岡課
　　　　　長だっけ。」
山下「はい、課長がご説明
　　　（　　　）。」

1　申します
2　いただきます
3　願います
4　なさいます

答案：4

選項1「申します」／是自謙語，意為「我説……」。

選項2「いただきます」／是自謙語，意為「得到您的……」。

選項3「願います」／是自謙語，意為「拜託您……」。

選項4「なさいます」／是尊敬語，意為「……做……」。

譯文：木村部長：山下，這次發表會是不是應該由有岡
　　　　　課長來做企劃說明？
　　　　　山下：是的，是由課長來做企劃說明。

（3）お〜くださる/ご〜くださる/お〜ください/ご〜ください

解說　「お〜くださる/ご〜くださる」表示別人為自己或己方的人做某事，意思與
　　　　「〜てくださる」相同，但語氣更加尊敬。「お〜ください/ご〜ください」
　　　　表示自己或己方的人禮貌地請求、勸誘對方做某事。

句型　お＋一段動詞、五段動詞ます形＋くださる/ください
　　　　ご＋サ変動詞語幹＋くださる/ください

・わざわざお送(おく)りくださいまして、ありがとうございます。
　　非常感謝您專程送我。
・ご連絡(れんらく)くださったら、こちらからお迎(むか)えにまいります。
　　如果您聯繫我，我會去接您。
・ご信頼(しんらい)くだされば、受(う)け持(も)つことにします。
　　要是您信任我的話，我會做（這項工作）。

練習問題	解說

1. 先生が丁寧にご説明（　　）おかげで、私にもよく分かりました。

1　いただいた
2　くださった
3　いたした
4　さしあげた

1・答案：2

選項1「いただいた」／是「もらう」的自謙語，意為「得到……」。

選項2「くださった」／是「くれる」的尊敬語，意為「別人為我……」。

選項3「いたした」／是「する」的自謙語，意為「做……」。

選項4「さしあげた」／是「あげる」的自謙語，意為「我為別人……」。

譯文：多虧了老師的耐心講解，讓我也聽得很明白。

2. 本日は私のような者までお誘い（　　）、ありがとうございます。

1　られて
2　されて
3　いただれ
4　くださり

2・答案：4

選項1「られて」／可以表示被動或尊敬。

選項2「されて」／可以表示被動或尊敬。

選項3「いただれ」／無此表達形式。

選項4「くださり」／是「くれる」的尊敬語，意為「別人為我……」。

譯文：很感謝您能邀請我。

3. 本日は雨の中、遠くまで（　　）、ありがとうございました。

1　おいでくださって
2　参ってさしあげて
3　来てさしあげて
4　来られてくださって

3・答案：1

選項1「おいでくださって」／是「来る」的尊敬語，意為「來到……」。

選項2「参って差し上げて」／無此表達方式。

選項3「来てさしあげて」／中「さしあげる」意為「我為您……」，是「あげる」的自謙語。

選項4「来られてくださって」／為錯誤的表達方式，「くださる」是「くれる」的尊敬語，意為「別人為我……」。

譯文：非常感謝您今日冒雨遠道而來。

4. さあ、どうぞ遠慮なさらず（　　）。

1　おめしあがってください
2　おめしあがりください
3　めしあがりなさってください
4　めしあがらせてください

4・答案：2

選項1「おめしあがってください」／為錯誤的表達方式。

選項2「おめしあがりください」／意為「請吃……」，「お～ください」意為「請……」。

選項3「めしあがりなさってください」／為錯誤的表達方式。

選項4「めしあがらせてください」／為錯誤的表達方式。

譯文：請您盡情享用。

5. 現在通行止めとなっておりますので、こちらの迂回路をお（　　　）ください。

1 通らせて
2 通り
3 通って
4 通られて

5・答案：2

選項1「通らせて」／意為「讓……通過」。

選項2「お通りください」／意為「請通過……」，「お～ください」意為「請……」。

選項3「通って」／意為「通過……」。

選項4「通られて」／意為「被……通過」。

譯文：由於前方道路禁止通行，所以請經由這條道路續行。

6. お客様、申請書の記入にはあちらのテーブルを（　　　）。

1 くださいません
2 くださいます
3 お使いください
4 使わせてください

6・答案：3

選項1「くださいません」／是「くださる」的否定形，是「くれる」的尊敬語。

選項2「くださいます」／是「くれる」的尊敬語。

選項3「お使いください」／意為「請使用……」，「お～ください」意為「請……」。

選項4「使わせてください」／意為「請讓……使用」。

譯文：客人，請在那邊的桌子上填寫申請書。

7. どうぞこちらに（　　　）ください。

1 おすわり
2 おすわって
3 おすわりにして
4 おすわりて

7・答案：1

選項1「おすわりください」／意為「請坐」，「お～ください」意為「請……」。

選項2「おすわって」／為錯誤的表達方式。

選項3「おすわりにして」／為錯誤的表達方式。

選項4「おすわりて」／為錯誤的表達方式。

譯文：請坐在這裡。

8. 今から映画が始まりますから、どうぞさいごまで（　　　）ください。

1 お楽しみ
2 ご楽しみ
3 楽しみくだり
4 楽しみになり

8・答案：1

選項1「お楽しみください」／意為「請享受……」、「請期待……」，「お～ください」意為「請……」。

選項2「ご楽しみ」／無此表達方式。

選項3「楽しみくだり」／無此表達方式。

選項4「楽しみになり」／無此表達方式。

譯文：電影即將開始，請各位觀眾盡情觀賞。

9. A「山田さんは、いらっ
　　しゃいますか。」
　　B「はい、ちょっと
　　（　　）。」

1　お待ちください
2　お待ちになります
3　待ってさしあげます
4　待っていただけます

9・答案：1

選項1「お待ちください」／意為「請等待」，「お～くだ
さい」意為「請……」。

選項2「お待ちになります」／意為「您等待」，「お～に
なる」是尊敬語句型。

選項3「待ってさしあげます」／意為「我等您……」，
「さしあげる」是「あげる」的自謙語。

選項4「待っていただけます」／為錯誤的表達方式，「い
ただく」是「もらう」的自謙語。

譯文：A：請問山田先生在嗎？
　　　　B：在的，請您稍等。

---

10. なんと！あの世界的監
　　督、鈴木太郎さんが
　　（　　）。

1　お越しくださいました
2　お伺いしました
3　お呼びいただきました
4　お迎えしました

10・答案：1

選項1「お越しくださいました」／意為「您來……」。

選項2「お伺いしました」／意為「（我）來拜訪……」。

選項3「お呼びいただきました」／意為「承蒙……的邀請」。

選項4「お迎えしました」／意為「我來迎接……」。

譯文：太棒了！那位世界著名導演鈴木太郎居然大駕光
臨了。

---

11. 先ほどから奥歯にもの
　　がはさまったように聞
　　こえるのですが、もし
　　ご意見があるなら単刀
　　直入に（　　）。

1　伺いたいのですが
2　お聞きになるでしょうか
3　申し上げてもよろしいです
　　か
4　おっしゃってくださいませ
　　んか

11・答案：4

選項1「伺いたいのですが」／意為「我想請問一下……」。

選項2「お聞きになるでしょうか」／意為「您要諮詢……
嗎」。

選項3「申し上げてもよろしいですか」／意為「我可以説
一下……嗎」。

選項4「おっしゃってくださいませんか」／意為「您可以
説一下……嗎」。

譯文：剛才您好像有點欲言又止的感覺，如果有任何想
法或建議，您可以直截了當地說出來嗎？

（4）お～です／ご～です

解説　表示對對方或話題中提及的人物的尊敬。與「お～になる／ご～になる」相比，
使用範圍較窄，僅用於部分詞彙，構成比較固定的表達方式。

句型　お＋一段動詞、五段動詞ます形＋です
　　　ご＋サ変動詞語幹＋です

・佐藤先生、今お帰りですか。
　佐藤老師，您剛回來嗎？

- 昨日は京都にお泊りでしたか。
  昨天您住在京都嗎？
- 小野先生は海辺に別荘をお持ちだそうですよ。
  聽說小野老師在海邊有棟別墅。

即刻挑戰

練習問題	解說

1. ただいま特別警戒中です。失礼ですが、入構許可証は（ 　 ）。

1　お持ちいただけますか
2　お持ちになります
3　お持ちですか
4　お持ちしますか

1・答案：3

選項1「お持ちいただけますか」／意為「您能幫我拿……嗎」。

選項2「お持ちになります」／意為「您拿……」。

選項3「お持ちですか」／意為「您有……嗎」。「お〜です」表示對對方或話題中提及的人物的尊敬。

選項4「お持ちしますか」／意為「我來幫您拿……嗎」。

譯文：現在處於非常時期，請問您有通行證嗎？

2. 静岡駅周辺で物件を（ 　 ）、ご用命ください。オンラインでの内見も実施中です。

1　お探しでしたら
2　探してくださいましたら
3　お探ししましたら
4　探させていただきましたら

2・答案：1

選項1「お探しでしたら」／意為「如果您在尋找……的話」。「お〜です」表示對對方或話題中提及的人物的尊敬。

選項2「探してくださいましたら」／意為「如果您能幫我尋找……」。

選項3「お探ししましたら」／意為「如果我尋找……」。

選項4「探させていただきましたら」／意為「如果能夠允許我尋找……」。

譯文：如果您在尋找靜岡車站周邊的房子，請您隨時吩咐。我們也為客戶提供線上看房的服務。

（5）お〜＋の＋名詞／ご〜＋の＋名詞

解說 修飾名詞，與「〜ている」、「〜する」、「〜た」的意思相同。「物件をお探しの方」與「物件をお探しになっている方」的意思相同。

句型 お＋一段動詞、五段動詞ます形＋の＋名詞
　　　ご＋サ変動詞語幹＋の＋名詞

- 物件をお探しの方は住宅共同販売センターまでお問い合わせください。
  想買房的話，請諮詢住宅聯合銷售中心。

393

- 地下鉄をご利用の場合、このページを印刷する。
  乘坐地鐵時，請列印本頁內容。
- 会員登録がお済みの方は、こちらよりログインしてください。
  已經註冊會員的人請從這裡登入。

（6）お～でいらっしゃる/ご～でいらっしゃる

解説 該句型是「～ている」的尊敬語。
句型 お＋一段動詞、五段動詞ます形＋でいらっしゃる
　　 ご＋サ変動詞語幹＋でいらっしゃる

- 紙をお持ちでいらっしゃいますか。
  您有紙嗎？
- 鈴木社長は今週ご出張でいらっしゃいます。
  鈴木社長本週出差。

（7）～ていらっしゃる/～でいらっしゃる

解説 「～ていらっしゃる」是「～ている」的尊敬語。用以表述上位者動作行為正在進行或持續的狀態，以向話題中提及的人物或聽者表示敬意。「～でいらっしゃる」是由助詞「で」和「いる」的尊敬語「いらっしゃる」構成的尊敬語判斷助動詞。通常接於表述人或人的狀態的名詞之後，用以指稱上位者的存在或狀態，以向話題中提及的人物或聽者表示敬意。

句型 動詞て形＋いらっしゃる

形容動詞語幹
名詞　　　　　┐＋でいらっしゃる

- 社長は新聞を読んでいらっしゃる。
  社長在看報紙。
- 鈴木先生は東京大学の先生でいらっしゃいます。
  鈴木老師是東京大學的老師。

―――― 即刻挑戦 ――――

練習問題	解説
こちらは山本先生のお母様で（　　）。 1　います 2　おります 3　いられます 4　いらっしゃいます	答案：4 選項1「でいます」／無此表達方式。 選項2「でおります」／無此表達方式。 選項3「でいられます」／意為「能……」。 選項4「でいらっしゃいます」／意為「是……」，表示尊敬。 **譯文：這位是山本老師的母親。**

394

（8）～（さ）せてくださる/～（さ）せてください

解說 「～（さ）せてくださる」表示自己或者己方的人獲得了他人的同意，可以做某事；「～（さ）せてください」表示請求對方允許自己做某事，帶有感激的語氣。「～（さ）せてくださいませんか」比「～（さ）せてください」更加委婉、禮貌。

句型 五段動詞ない形＋せてくださる/ください
一段動詞ない形＋させてくださる/ください

• 約束(やくそく)がありますので、今日(きょう)はもう帰(かえ)らせてください。
今天我有約了，所以請允許我先走一步。

• 先生(せんせい)は、気軽(きがる)に随分(ずいぶん)いろいろなお話(はなし)を聞(き)かせてくださった。
老師爽快地告訴了我們很多事情。

• 彼女(かのじょ)にも入社試験(にゅうしゃしけん)を受(う)けさせてくださるよう社長(しゃちょう)にお願(ねが)いしてみました。
我試著請求社長讓她參加入職考試。

――――― 即刻挑戰 ―――――

練習問題	解說
1. クラウドファンディングによる募金活動の実態を是非取材（　　）。 1　してさしあげませんか 2　していただけませんか 3　させてくださいませんか 4　させていただきませんか	1・答案：3 選項1「してさしあげませんか」／意為「我為您做……可以嗎」。 選項2「していただけませんか」／意為「您能幫我……嗎」。 選項3「させてくださいませんか」／意為「可以允許我……嗎」。 選項4「させていただきませんか」／無此表達方式。 **譯文：您能允許我針對透過群眾募資進行的募款活動實情進行採訪嗎？**
2. 人を楽しませることが生き甲斐という101歳のランディさんは、取材の最中も得意のジョークでスタッフを（　　）。 1　笑ってくれました 2　笑ってもらいました 3　笑わせてくださいました 4　笑われてもらいました	2・答案：3 選項1「笑ってくれました」／意為「（對方）笑了」。 選項2「笑ってもらいました」／意為「（讓對方）笑了」。 選項3「笑わせてくださいました」／意為「把……逗笑了」。 選項4「笑われてもらいました」／無此表達方式。 **譯文：101歲的蘭迪致力於給別人帶來歡樂，在我們採訪時，他也給我們講了他最拿手的笑話，把工作人員都逗笑了。**

（9）〜れる/られる

解說 表示對對方的尊敬。尊敬程度低於獨立的敬語動詞以及「お〜になる/ご〜になる」。

句型 五段動詞ない形＋れる
一段動詞ない形＋られる
サ変動詞する→される
力変動詞くる→こられる

• ご家族の皆様はいつごろこちらに帰られますか。
　您的家人何時回來呢？

• 先生は上京されたおりにはいつもこのホテルに泊まられます。
　老師來東京時總是住這家旅館。

• アメリカのご両親が日本に来られたそうですね。どこへ行かれましたか。
　聽說您在美國的父母來日本了，他們去哪裡了？

────── 即刻挑戰 ──────

練習問題	解說
今回の渡航で、どこを見物（　　）か。 1　されました 2　どうです 3　いたしました 4　いらっしゃるでしょう	答案：1 選項1「されました」／表示對對方的尊敬。 選項2「どうです」／意為「……怎麼樣」。 選項3「いたしました」／是「する」的自謙語。 選項4「いらっしゃる」／是「ある／いる／いく／くる」的尊敬語。 **譯文：這次出國，您去了哪些地方觀光？**

3.名詞、接頭詞、接尾詞的禮貌表達

（1）名詞
　　先生、どなた、こちら、そちら、あちら、どちら
　　この方、その方、どの方

（2）接頭詞、接尾詞
　　お〜：お顔、お電話、お名前、お店、お写真、お宅
　　ご〜：ご恩、ご援助、ご住所、ご親切、ご返事、ご説明、ご伝言
　　御〜：御社、御礼、御地、御身
　　貴〜：貴大学、貴社、貴地

令～：（ご）令嬢、（ご）令兄
芳～：（ご）芳名、（ご）芳志
高～：（ご）高説、（ご）高著、（ご）高名
尊～：（ご）尊父、（ご）尊名、（ご）尊宅
～さん：お医者さん、看護婦さん、電気屋さん、校長さん、太郎さん
～さま：（お）父さま、天皇さま、山本さま
～殿：大野次郎殿、〇〇株式会社殿
～氏：山本氏、佐藤武氏
～がた：先生がた、委員がた
～御中：〇〇株式会社御中
～各位：〇〇委員会委員各位

二、自謙語

自謙語（也叫「謙讓語」）用於敘述自己的行為，間接地向對方表示敬意。

1.動詞的自謙語

一般動詞	對應的自謙語
行く	参る 伺う 上がる
来る	参る 伺う 上がる
言う	申す 申し上げる
いる	おる
する	致す
知っている	存じておる 存じている
会う	お目にかかる
食べる 飲む	いただく 頂戴する
見る	拝見する 拝見いたす

思う	存じる
聞く 引き受ける	承る
聞く 訪ねる 訪問する	伺う
見せる	お目にかける ご覧に入れる
分かる	承知する かしこまる
いてもらう 行ってもらう 来てもらう	お出でいただく
見てもらう	ご覧いただく
訪問する	お邪魔する
あげる	さしあげる
もらう	いただく
〜てくる	〜てまいる
〜ている	〜ておる
〜てもらう	〜ていただく

—— 即刻挑戰 ——

練習問題	解説
1. 私は、教授のおたくでおいしいおさけを（　　）。 1　いただきました 2　めしあがりました 3　お飲みしました 4　お飲みになりました	1・答案：1 選項1「いただきました」／是「飲む／食べる」的自謙語。 選項2「めしあがりました」／是「飲む／食べる」的尊敬語。 選項3「お飲みしました」／無此表達方式。 選項4「お飲みになりました」／無此表達方式。 **譯文：我在教授家品嚐了美酒。**

398

2. あちらが先生の新しい作品ですが、もう少し近くで（　　）ね。

1　いたします
2　はいけんします
3　ごらんになります
4　お見せになります

2・答案：2

選項1「いたします」／是「する」的自謙語，意為「做」、「幹」。

選項2「はいけんします」／是「見る」的自謙語，意為「看」。

選項3「ごらんになります」／是「見る」的尊敬語，意為「看」。

選項4「お見せになります」／是「見せる」的尊敬語，意為「……給（我）看」。

譯文：那個就是老師的新作品，我再稍微靠近一點看。

3.「突然お邪魔してすみません。うちの田中がこちらにご挨拶するようにと言っておりましたもので。」
「ああ、田中さんならよく（　　）よ。お元気ですか。」

1　知っていただけます
2　存じ上げています
3　お目にかかれます
4　お会いになっています

3・答案：2

選項1「知っていただけます」／無此表達方式。

選項2「存じ上げています」／是「知っている」的自謙語，意為「知道」。

選項3「お目にかかれます」／意為「能見面」，「お目にかかる」是「会う」的自謙語。

選項4「お会いになっています」／無此表達方式。

譯文：「很抱歉突然打擾您。我們公司的田中要我和您打聲招呼。」
「啊，田中先生，我知道他。他還好嗎？」

---

4. こちらは、先代の名人から（　　）伊万里焼です。

1　なさった
2　差し上げた
3　頂戴した
4　おいでくださった

4・答案：3

選項1「なさった」／是「する」的尊敬語，意為「做」、「幹」。

選項2「差し上げた」／是「あげる」的自謙語，意為「我為您……」。

選項3「頂戴した」／是「もらう」的自謙語，意為「得到」。

選項4「おいでくださった」／是「来る／行く」的尊敬語，意為「來」或「去」。

譯文：這是從上一代大師那裡得到的伊萬里陶器。

5. それでは以上の件につき、引き続きご検討いただければ幸いに（　　）。どうかよろしくお願い申し上げます。

1 存じます
2 あずかります
3 頂戴します
4 うけたまわります

5・答案：1

選項1「存じます」／是「思う」的自謙語，意為「想」、「認為」。

選項2「あずかります」／意為「收存」、「保管」。

選項3「頂戴します」／是「もらう」的自謙語，意為「得到」。

選項4「うけたまわります」／是「聞く／引き受ける」的自謙語，意為「聽到」或「接受」。

譯文：關於上述事情，希望您能繼續考慮，無論如何拜託您了。

---

6. わざわざいらっしゃるには及びません。私の方から（　　）いたします。

1 おうかがい
2 お参り
3 お願い
4 お見え

6・答案：1

選項1「おうかがいする」／意為「拜訪……」。

選項2「お参りする」／無此表達方式。

選項3「お願いする」／意為「拜託……」。

選項4「お見えする」／無此表達方式。

譯文：不用您親自過來，我去拜訪您就好了。

---

7. それでは、田中様、3月20日3名様ご一泊でご予約を（　　）。お待ちしております。

1 申し上げました
2 差し上げました
3 いただきました
4 うけたまわりました

7・答案：4

選項1「申し上げました」／意為「我説了……」。

選項2「差し上げました」／意為「我給了……」。

選項3「いただきました」／意為「我得到了……」。

選項4「うけたまわりました」／意為「我收到了……」。

譯文：那麼，田中先生，我們已為您預定好3月20日總共3位客人一晚的住宿。屆時恭候光臨。

---

8. ご依頼の見積書を作成しましたので、3時ごろ（　　）よろしいでしょうか。

1 来られても
2 いらっしゃっても
3 うかがっても
4 行かれても

8・答案：3

選項1「来られても」／意為「即使來也……」。

選項2「いらっしゃっても」／意為「即使來也……」。

選項3「うかがっても」／意為「即使拜訪也……」。

選項4「行かれても」／意為「即使去也……」。

譯文：您委託的報價單已經做好了，所以三點左右去拜訪您可以嗎？

9.

抽選で50名様に図書カードを（　　）ます。

1　ください
2　なさい
3　さしあげ
4　いただき

9・答案：3

選項1「ください」／意為「請給……」。

選項2「なさい」／為「する」的尊敬語，意為「請做……」。

選項3「さしあげる」／為「あげる」的自謙語，意為「給……」。

選項4「いただき」／為「もらう」的自謙語，意為「得到……」。

譯文：將抽出50位顧客送出圖書禮券。

10.

初めまして。お名前はかねがね伺っており（　　）のを楽しみにしていました。

1　お見えになる
2　拝見できる
3　お目にかかる
4　ご覧になる

10・答案：3

選項1「お見えになる」／意為「來……」。

選項2「拝見できる」／意為「我能看到……」。

選項3「お目にかかる」／意為「見到您……」。

選項4「ご覧になる」／意為「您看……」。

譯文：您好，久仰大名，一直期待能見到您。

11.

分析データについて（　　）ことがありまして、ご連絡いたしました。

1　伺いたい
2　いただきたい
3　ご覧になりたい
4　お聞きになりたい

11・答案：1

選項1「伺いたい」／意為「想問問……」。

選項2「いただきたい」／意為「想得到……」。

選項3「ご覧になりたい」／意為「您想看……」。

選項4「お聞きになりたい」／意為「您想聽……」。

譯文：我想向您諮詢一下分析的資料，所以才聯繫您。

12.

（電話で）
A建設の社員「はい、A建設営業部です。」
小野「あ、私、B銀行の小野と（　　）が、小林さんをお願いします。」

1　ございます
2　いたします
3　申します
4　申し上げます

12・答案：3

選項1「ございます」／意為「是……」。

選項2「いたします」／意為「做……」。

選項3「申します」／意為「叫……」。

選項4「申し上げます」／意為「說……」。

譯文：（打電話）
A建設職員：您好，這裡是A建設營業部。
小野：我是B銀行的，我叫小野，我想找一下小林先生。

13. A「あ、これおいしそう
　　　だね。食べてもいい
　　　の。」
　　　B「だめよ。教授に
　　　（　　）ものだか
　　　ら。」
1　くださる
2　さしあげる
3　いただく
4　めしあがる

13・答案：2

選項1「くださる」／意為「給我……」。
選項2「さしあげる」／意為「我給……」。
選項3「いただく」／意為「得到……」。
選項4「めしあがる」／意為「吃……」。

譯文：A：啊，這個好像很好吃。我可以吃嗎？
　　　　B：不行，這是給教授的東西。

2.自謙語的相關句型

（1）お～する/ご～する

解說 表示自己為對方做某事。

句型 お＋一段動詞、五段動詞ます形＋する
ご＋サ変動詞語幹＋する

・農村の生活で実際に経験したことをお話ししてみたいと思います。
　我想説説在郷村生活中實際體驗過的事情。

・読み終わったら、すぐお返しします。
　我看完後馬上歸還。

・詳しいことは私からご説明しましょう。
　具體情況請讓我來説明。

――― 即刻挑戰 ―――

練習問題	解說
1. 大変そうですねえ。よかったらお手伝い（　　）か。 1　しましょう 2　にしましょう 3　なりましょう 4　になりましょう	1・答案：1 選項1「お～しましょう」／意為「我做……吧」。 選項2「にしましょう」／意為「決定做……吧」。 選項3「なりましょう」／意為「成為……吧」。 選項4「になりましょう」／意為「變成……吧」。 譯文：你好像很辛苦，要不要我幫忙？

2. 先輩、この本を金曜日まででお借り（　　）いでしょうか。

1　されても
2　しても
3　なさっても
4　くださっても

2・答案：2

選項1「されても」／意為「被做……也……」。
選項2「お～しても」／意為「我做……也……」。
選項3「なさっても」／意為「您做……也……」。
選項4「くださっても」／意為「給我……也……」。

譯文：前輩，這本書我可以借到週五嗎？

3. A「もしもし」
　 B「もしもし、どうも
　　　（　　）。山田です。」

1　おまちしました
2　おまたせしました
3　おまちします
4　おまたせします

3・答案：2

選項1「おまちしました」／意為「我等了……」。
選項2「おまたせしました」／意為「我讓您等了……」。
選項3「おまちします」／意為「我等……」。
選項4「おまたせします」／意為「我讓您等……」。

譯文：A：喂？
　　　　B：喂，讓您久等了，我是山田。

4. 問題ありません。月曜日までには仕上げるとお約束（　　）。

1　しましょう
2　なりましょう
3　あげましょう
4　されましょう

4・答案：1

選項1「お～しましょう」／意為「我做……吧」。
選項2「なりましょう」／意為「成為……吧」。
選項3「あげましょう」／意為「給……吧」。
選項4「されましょう」／意為「被……吧」。

譯文：沒有問題。我們就約好週一之前完成吧。

5. 私の服を（　　）ましょう。

1　お貸し
2　お貸して
3　お貸しし
4　お貸しになり

5・答案：3

選項1「お貸しましょう」／無此表達方式。
選項2「お貸して」／無此表達方式。
選項3「お貸ししましょう」／意為「借給……」。從文法接續的角度上看只有此選項正確。
選項4「お貸しになり」／意為「您借……」。

譯文：把我的衣服借給您吧。

6. ご安心ください。私が責任をもって（　　）。

1　おわたしします
2　おわたしになります
3　わたされます
4　わたしております

6・答案：1

選項1「おわたしします」／意為「我遞交……」。
選項2「おわたしになります」／意為「您遞交……」。
選項3「わたされます」／意為「被遞交……」。
選項4「わたしております」／意為「遞交了……」。

譯文：請您放心，我會負責交上去。

7. 注文してあったのが昨日届いたので、お借りしていた辞書を（　　）ます。助かりました。

1　おかえし
2　おかえしし
3　おかえしられ
4　おかえしになり

7・答案：2

選項1「おかえしします」／無此表達方式。

選項2「おかえしします」／意為「我返還……」。從文法接續的角度上看只有此選項正確。

選項3「おかえしられ」／無此表達方式。

選項4「おかえしになり」／意為「您返還……」。

譯文：我買的字典昨天到了，之前和您借的字典還給您，非常感謝。

---

8. 遠慮なさらないで。今日は息子と一緒に来ましたから、そちらのお荷物も（　　）。

1　お持ちします
2　お持ちになります
3　お持ちいただきます
4　お持ちくださいます

8・答案：1

選項1「お持ちします」／意為「我來拿……」。

選項2「お持ちになります」／意為「您拿……」。

選項3「お持ちいただきます」／意為「請您拿……」。

選項4「お持ちくださいます」／意為「您拿……」。

譯文：別客氣，今天我和兒子一起來的，所以您的行李也由我們來拿吧。

---

9. 事情を（　　）は、お引き受けいただかないと困ります。

1　お話しになる以上
2　お話しになるうえ
3　お話しする以上
4　お話しするうえ

9・答案：3

選項1「お話しになる以上」／意為「既然您講了……」。

選項2「お話しになるうえ」／意為「您講了之後……」。

選項3「お話しする以上」／意為「既然我講了……」。

選項4「お話しするうえ」／意為「我講了之後……」。

譯文：我已經把情況都講給您聽了，如果您還不接受，我會很為難。

---

10. 来週出張で大阪に行きますので、仕事終わりに（　　）。

1　お寄りしませんか
2　お寄りになりますか
3　お寄りしてもよろしいでしょうか
4　お寄りになったらいかがですか

10・答案：3

選項1「お寄りしませんか」／意為「我要不要來」。

選項2「お寄りになりますか」／意為「您要來嗎」。

選項3「お寄りしてもよろしいでしょうか」／意為「我去可以嗎？」。

選項4「お寄りになったらいかがですか」／意為「您去一下如何」。

譯文：下週我要到大阪出差，所以工作結束後我能順道去拜訪您嗎？

（2）お～いたす/ご～いたす

解説 表示自己為對方做某事。語氣比「お～する/ご～する」更謙遜。

句型 お＋一段動詞、五段動詞ます形＋いたす
ご＋サ変動詞語幹＋いたす

- 出発時間が一時間繰り下げられましたので、皆様にその旨ご連絡いたしました。

  出發時間延後了一個小時，這件事我已經通知大家了。

- 社長をお宅まで車でお送りいたします。

  我會開車送社長回家。

- それでは、レセプション会場の方へご案内いたします。

  接下來由我帶大家去宴會會場。

即刻挑戰

練習問題	解説
1. どうぞ先にお乗りください。荷物は私が（　） 1　お運びいたします 2　お運びいただきます 3　お運ばせになります 4　お運ばせいただきます	**1・答案：1** 選項1「お運びいたします」／意為「我來搬運」。 選項2「お運びいただきます」／意為「請您來搬運」。 選項3「お運ばせになります」／無此表達方式。 選項4「お運ばせいただきます」／無此表達方式。 **譯文：請先上車，行李我來搬。**
2. 鈴木さんの成功を陰ながらお祈り（　）。 1　くださいます 2　なさいます 3　ございます 4　いたします	**2・答案：4** 選項1「くださいます」／意為「請給我」。 選項2「なさいます」／意為「請做」。 選項3「ございます」／意為「是……」。 選項4「いたします」／意為「我做……」。 **譯文：我默默祈禱鈴木可以成功。**
3. その仕事についてはわたしから（　）。 1　ご説明なさいます 2　ご説明になります 3　ご説明いたします 4　ご説明ございます	**3・答案：3** 選項1「ご説明なさいます」／意為「您說明」。 選項2「ご説明になります」／意為「您說明」。 選項3「ご説明いたします」／意為「我說明」。 選項4「ご説明ございます」／無此表達方式。 **譯文：關於那個工作，由我來為您說明。**

4. 「最近入れ歯の調子が悪くてね。」

「それはご不便でしょう。知り合いに腕の良い歯科医がありますので、よろしければ、ご紹介（　　）。」

1　いたしましょうか
2　申しましょうか
3　くださいませんか
4　いただきませんか

4・答案：1

選項1「いたしましょうか」／意為「我做……」。

選項2「申しましょうか」／意為「我説……」。

選項3「くださいませんか」／意為「請給我……」。

選項4「ご～いただきませんか」／意為「請……」。

譯文：「最近我的假牙狀況不太好。」
「那就麻煩了。我有個朋友，是一名技術高超的牙醫，要不要給您介紹一下？」

5. 先ほど私がお客様を応接室にご案内（　　）。

1　参りました
2　いたしました
3　なさいました
4　くださいました

5・答案：2

選項1「参りました」／意為「去了……」。

選項2「ご～いたしました」／意為「我做……」。

選項3「なさいました」／意為「您做……」。

選項4「くださいました」／意為「給我……」。

譯文：剛剛我把客人帶到會客室了。

（3）お～できる/ご～できる

解說 該句型是「お～する/ご～する」的可能形，表示自己或己方的人可以為對方做某事。

句型 お＋一段動詞、五段動詞ます形＋できる
ご＋サ変動詞語幹＋できる

・皆さんをお招きできます。
我可以招待大家。

・いますぐご案内できます。
我可以立刻為您介紹。

・お手伝いできることがありましたらお申し付けください。
如果有我幫得上忙的地方，請您隨時吩咐。

（4）～ていただく

解說 「～ていただく」是「てもらう」的自謙語。更加客氣的表達方式是「お/ご～いただく」。使用「～ていただきたいのですが」或「～ていただけませんか」時，語氣更加委婉、客氣。

句型 動詞て形＋いただく

・先生に、駅まで車で送っていただきました。
老師開車把我送到了車站。

- わざわざお見舞いに来ていただいて、ありがとうございます。
  謝謝您專程來探望我。
- 旅行の日程は、もう鈴木さんから教えていただきました。
  有關旅行的排程，鈴木先生已經告訴我了。

即刻挑戰

| 練習問題 | 解說 |

練習問題

1. 先日は忘れ物を一緒に（　　）本当にありがとうございました。

   1　探しておいでになり
   2　お探し申し上げて
   3　探させてもらったので
   4　探していただいて

2. 先生、お時間のあるときに論文に目を（　　）。

   1　通していただけると助かるんですが
   2　通していただくんでしょうか
   3　通していただいたと思うんですが
   4　通していただいてはいかがでしょうか

3. 学生「申し訳ありません。先週、小野先生に貸して（　　）本を家に忘れてきてしまって。」
   小野「ああ、明日でも大丈夫ですよ。」

   1　さしあげた
   2　いただいた
   3　いらっしゃった
   4　くださった

解說

1・答案：4

選項1「探しておいでになり」／為錯誤的表達方式。

選項2「お探し申し上げて」／意為「我尋找」。

選項3「探させてもらったので」／意為「請讓我尋找」。

選項4「探していただいて」／意為「請您尋找」。

譯文：感謝您前幾天幫忙一起尋找遺失物品。

2・答案：1

選項1「通していただけると助かるんですが」／意為「如果能請您看一下論文，就幫我大忙了」。

選項2「通していただくんでしょうか」／語意不明確。

選項3「通していただいたと思うんですが」／為過去式，不正確。

選項4「通していただいてはいかがでしょうか」／是錯誤的表達方式。

譯文：老師，如果您有空時能看一下我的論文，就幫了我大忙。

3・答案：2

選項1「さしあげた」／為「あげる」的自謙語，意為「（借）給您」。

選項2「貸していただいた」／意為「您借給我」。

選項3「貸していらっしゃった」／無此表達方式。

選項4「くださった」／與前項的「小野先生に」無法搭配。

譯文：學生：對不起，上週您借給我的書，我忘在家裡了。
　　　　小野：嗯，明天再帶來也沒關係。

**4. 先日予約した中村です
が、急用が入ってしまい
その日は都合が悪くなっ
てしまいました。＿＿＿＿
＿＿＿＿ ★ ＿＿＿＿、
よろしいですか。**

1　助かるんですが
2　変更していただけると
3　来週の金曜日に
4　なるべく

（5）お〜いただく/ご〜いただく

解說 表示請求別人為自己或己方的人做某事，意思與「〜ていただく」相同。

句型 お＋動詞ます形＋いただく
　　　 ご＋サ変動詞語幹＋いただく

- お暇がございましたら、ご案内いただきたいです。
  如果您有時間，我想請您做嚮導。

- ちょっとお待ちいただければ、すぐお直しいたします。
  請您稍等，我馬上修改。

- 興味をお持ちの方は進んでご参加いただきたいと思います。
  希望感興趣的人積極參加（本次活動）。

―――― 即刻挑戦 ――――

練習問題	解說
1. 本日はこのような素晴らしいパーティーに（　　）、ありがとうございます。 1　お招きいたし 2　お招きなさり 3　お招きになり 4　お招きいただき	1・答案：4 選項1「お招きいたし」／意為「我邀請您……」。 選項2「お招きなさり」／意為「您邀請……」。 選項3「お招きになり」／意為「您邀請……」。 選項4「お招きいただき」／意為「得到您的邀請……」。 譯文：今天承蒙您邀請我參加如此隆重的宴會，非常感謝。

2. 当社はアフターサービス
にも力を入れております
ます。万が一製品に不備が
ありましたら、是非お知
らせ（　）存じます。

1 いたしたく
2 いただきたく
3 差し上げたく
4 申し上げたく

2・答案：2

選項1「お〜いたしたく」／意為「我想……」。

選項2「お〜いただきたく」／意為「請您……」。

選項3「差し上げたく」／意為「我會……」。

選項4「申し上げたく」／意為「我會告知……」。

譯文：本公司對於售後服務也很重視，萬一產品出現什麼問題，請務必告知。

3. この番組はネット配信
サービスでも（　）こ
とが可能です。

1 拝見する
2 ご覧いただく
3 ご覧に入れる
4 見せてくださる

3・答案：2

選項1「拝見する」／意為「我看」。

選項2「ご覧いただく」／意為「請大家看」。

選項3「ご覧に入れる」／意為「給大家看」。

選項4「見せてくださる」／意為「給我看」。

譯文：這個節目也能透過網路收看。

4. 映画評論家の鈴木さんに
（　）。本日はどうぞ
よろしくお願いいたしま
す。

1 参りました
2 おいでいただきました
3 おこしくださいました
4 いらっしゃいました

4・答案：2

選項1「参りました」／意為「我來了」。

選項2「おいでいただきました」／意為「請……過來」。

選項3「おこしくださいました」／意為「來」，雖然也是尊敬語，但與前項的「鈴木さんに」無法搭配。

選項4「いらっしゃいました」／意為「來」，雖然也是尊敬語，但與前項的「鈴木さんに」無法搭配。

譯文：今天請來了電影評論家鈴木先生，請多關照。

（6）お〜にあずかる/ご〜にあずかる

解說 「お/ご〜にあずかる」表示從對方處得到某種恩惠，相當於「お/ご〜いただく」。

句型 お＋一段動詞、五段動詞ます形＋にあずかる
ご＋サ変動詞語幹＋にあずかる

• お褒（ほ）めにあずかり、恐縮（きょうしゅく）です。
　承蒙您誇獎，我不勝惶恐。

• ただいまご紹介（しょうかい）にあずかりました鈴木（すずき）でございます。
　謝謝剛才的介紹，我是鈴木。

• すばらしいご招待（しょうたい）にあずかり、まことにありがとうございます。
　謝謝您的盛情款待。

（7）お〜申し上げる/ご〜申し上げる

解說 透過降低自己的身分抬高對方，意思與「いたす」、「する」相同，但語氣更加謙遜，多用於書面語。

句型 お＋一段動詞、五段動詞ます形＋申し上げる
ご＋サ変動詞語幹＋申し上げる

- 大変ご迷惑をおかけしたことをお詫び申し上げます。
  給您添了許多麻煩，向您致以真誠的歉意。

- 営業の小野でございます。よろしくお願い申し上げます。
  我是業務部的小野，請您多多關照。

- 被災者の方々には心からお見舞い申し上げるとともに、一日も早く正常な生活に戻れますようご祈念申し上げます。
  向災區的人們表達衷心的問候，同時也希望他們的生活能早日回到正軌。

―――― 即刻挑戰 ――――

練習問題	解說
1. このたびは、私どものミスにより、お客様に大変ご迷惑をおかけしましたことを深く（　　）。申し訳ございませんでした。 1　わびていただけます 2　わびていらっしゃいます 3　おわびいただきます 4　おわび申し上げます	1・答案：4 選項1「わびていただけます」／無此表達方式。 選項2「わびていらっしゃいます」／是錯誤的表達方式。 選項3「おわびいただきます」／意為「請……道歉」。 選項4「おわび申し上げます」／意為「我道歉」。 譯文：這次因為我們的錯誤，給顧客添麻煩了。我對此深表歉意。

2. 午後3時ごろ、システムトラブルの影響により、一時メールサービスに障害が発生しました。皆様に＿＿＿＿＿ ＿＿＿＿＿ ＿★＿ ＿＿＿＿＿お願い申し上げます。

1　今後は再発防止に努めて参りますので
2　深くおわび申し上げますとともに、
3　多大なご不便をおかけしましたことを
4　引き続き本サービスをご利用くださいますよう

2・答案：1

題幹：午後3時ごろ、システムトラブルの影響により、一時メールサービスに障害が発生しました。皆様に多大なご不便をおかけしましたことを深くおわび申し上げますとともに、今後は再発防止に努めて参りますので引き続き本サービスをご利用くださいますようお願い申し上げます。

解析：本題測驗「おわび申し上げます」，意為「我道歉」。

譯文：下午三點左右，受系統故障的影響，郵件服務暫時無法使用，給用戶們造成很大的不便。我們對此深表歉意，同時懇請大家以後繼續使用本服務，我們一定會努力防止這類問題再次出現。

（8）お〜願う/ご〜願う

解說 表示請求，願望，是比較鄭重的表達方式。有時也使用「お/ご〜願えませんか」、「お/ご〜願いたいのですが」的形式。

句型 お＋動詞ます形＋願う
　　　　ご＋サ変動詞語幹＋願う

• 間違いはないと思いますが、念のためにお調べ願います。
　我覺得沒有問題，但慎重起見，還是勞煩您調查一下。

• 数量には限りがありますので、売り切れの節はご容赦願います。
　數量有限，如售完敬請見諒。

• 勝手ながら、二三日お待ち願います。
　不好意思，請您等兩三天。

練習問題	解說
1. おかげさまで、当社も50周年を迎えることができました。今後とも皆様のお引き立てのほど、なにとぞ（　　）。 1　お願いしていただきます 2　お願いしていらっしゃいます 3　お願いいただきます 4　お願い申し上げます	**1・答案：4** 選項1「お願いしていただきます」／是錯誤的表達方式。 選項2「お願いしていらっしゃいます」／是錯誤的表達方式。 選項3「お願いいただきます」／是錯誤的表達方式。 選項4「お願い申し上げます」／意為「我請求……」。 **譯文：**託大家的福，本公司也迎來了50週年。今後還請大家繼續支持。
2. このたびは私の軽率な行動により、ファンの皆様に不快な思いをさせ、また、＿＿＿＿＿＿＿＿＿★＿＿＿＿おわび申し上げます。 1　おかけしましたことを 2　関係者の皆様に 3　こころより 4　多大なご迷惑を	**2・答案：1** 題幹：このたびは私の軽率な行動により、ファンの皆様に不快な思いをさせ、また、関係者の皆様に多大なご迷惑をおかけしましたことをこころよりおわび申し上げます。 解析：本題測驗「お～する」，是自謙語，意為「我……」。 **譯文：**這次我輕率的舉動讓歌迷們感到不快，同時也給相關人員帶來了很多麻煩。我對此表示誠摯的歉意。
3. お時間がよろしければ、もう少し具体的なことを（　　）。 1　お話しいただけません 2　お話し願えますか 3　お聞きになるでしょうか 4　お聞き申し上げましょうか	**3・答案：2** 選項1「お話しいただけません」／意為「不能請您説……」。 選項2「お話し願えますか」／意為「能否請您説……」。 選項3「お聞きになるでしょうか」／意為「您聽……嗎」。 選項4「お聞き申し上げましょうか」／意為「我聽……」。 **譯文：**如果您時間方便的話，可否請您說得更具體一些？
4. （新聞記者）大臣！先日の週刊誌の記事は本当ですか！お答え（　　）。 1　いたします 2　なさいます 3　願います 4　申し上げます	**4・答案：3** 選項1「お～いたします」／意為「我做……」。 選項2「なさいます」／意為「您做……」。 選項3「お～願います」／意為「請您……」。 選項4「申し上げます」／意為「我……」。 **譯文：**（報社記者）大臣，前幾天週刊雜誌上的報導是真的嗎？請您回答。

（9）～ており

解説 表示動作正在進行或狀態的持續，是「ている」的禮貌語或自謙語。
句型 動詞て形＋おる

- そのようなことは、指摘<ruby>指摘<rt>してき</rt></ruby>されなくても分<ruby>分<rt>わ</rt></ruby>かっております。
  那種事，您就算不指出來我也知道。
- <ruby>社長<rt>しゃちょう</rt></ruby>は<ruby>出張<rt>しゅっちょう</rt></ruby>していて、まだ<ruby>帰<rt>かえ</rt></ruby>っておりません。
  社長出差了，還沒回來。
- お<ruby>会<rt>あ</rt></ruby>いできる<ruby>日<rt>ひ</rt></ruby>を<ruby>楽<rt>たの</rt></ruby>しみにしております。
  期待與您見面。

—— 即刻挑戰 ——

練習問題	解說
1. お久しぶりです。父も（　　）。 1　よろしくと申します。 2　よろしくと申し上げます。 3　よろしくと申してください。 4　よろしくと申しておりました。	1・答案：4 選項1「よろしくと申します」／時態不對。 選項2「よろしくと申し上げます」／時態不對。 選項3「よろしくと申してください」／是錯誤的表達方式。 選項4「よろしくと申しておりました」／意為「我父親問候……」。 **譯文：好久不見，我父親也讓我代為問候您。**
2. まだ準備が整って（　　）、開場できません。しばらくお待ちください。 1　いるわりに 2　いないわりに 3　おらず 4　おり	2・答案：3 選項1「わりに」／意為「雖然……但是……」。 選項2「わりに」／意為「雖然……但是……」。 選項3「ておらず」／意為「還沒……」。 選項4「ており」／意為「已經……」。 **譯文：還沒準備好，所以還不能開場。請稍候。**
3. 私のところにいろいろな情報が（　　）おります。 1　集めて 2　集まって 3　集めつつ 4　集まらず	3・答案：2 選項1「集めて」／與前項「情報が」無法搭配。 選項2「集まって」／意為「資訊收集到了」。 選項3「集めつつ」／與前項無法搭配。 選項4「集まらず」／與後項無法搭配。 **譯文：我手頭上收集到了各種資訊。**

4. 今年の夏の最高気温は例
年に比べて低いと
（　　）ます。

1　予想されつつ
2　予想されており
3　予想されるにつれ
4　予想されたところで

4・答案：2

選項1「予想されつつます」／是錯誤的表達方式。

選項2「予想されております」／意為「預計……」。

選項3「予想されるにつれます」／是錯誤的表達方式。

選項4「予想されたところでです」／是錯誤的表達方式。

譯文：預估今年夏天的最高氣溫會比往年低。

（10）〜てまいる

解説　表示移動或狀態的改變，是「てくる」的禮貌語或自謙語。

句型　動詞て形＋まいる

- 被災された皆さまに安心した生活が戻るよう全力を挙げてまいります。
  我們會盡全力幫助受災群眾，使他們的生活重回正軌。

- ご利用の皆様にはご迷惑をおかけして、申し訳ございませんでした。今後
  再発防止に努めてまいります。
  十分抱歉給各位客戶添麻煩了。今後我們將繼續努力，防止此類事件再次發生。

- そろそろ夏物の準備をしたい時期ですが、わが店では5月10日より夏物が
  続々と入荷して参ります。
  即將進入準備夏季衣物的時期，本店將於5月10日開始，陸續上架夏季衣物。

即刻挑戰

練習問題	解説

1. 暖かくなって（　　）
が、いかがお過ごしで
しょうか。

1　まいりました
2　いただきました
3　くださいました
4　いらっしゃいました

1・答案：1

選項1「てまいりました」／意為「漸漸……」。

選項2「いただきました」／與前項無法搭配。

選項3「くださいました」／與前項無法搭配。

選項4「いらっしゃいました」／與前項無法搭配。

譯文：天氣逐漸暖和起來了，您過得如何？

2. 左手をご覧ください。富
　士山が見えて（　　）。

1　まいります
2　願います
3　いたします
4　頂戴します

2・答案：1

選項1「てまいります」／意為「漸漸……」。

選項2「願います」／與前項無法搭配。

選項3「いたします」／與前項無法搭配。

選項4「頂戴します」／與前項無法搭配。

譯文：請看左邊，漸漸能看到富士山了。

3. 当社はお客様第一主義一
　筋で1円でも安い商品を
　お届けして（　　）。

1　まいりました
2　いらっしゃいました
3　うかがいました
4　おいでになりました

3・答案：1

選項1「てまいりました」／意為「一直以來……」。

選項2「いらっしゃいました」／與前項無法搭配。

選項3「うかがいました」／與前項無法搭配。

選項4「おいでになりました」／與前項無法搭配。

**譯文：本公司一直以來貫徹「顧客至上」原則，盡可能
為顧客提供便宜的商品。**

（11）～（さ）せていただく/～（さ）せてもらう

解説 表示說話者請求對方允許自己做某事。「～（さ）せていただく」是「～
（さ）せてもらう」的自謙語。「～（さ）せていただけませんか」、「～
（さ）せていただけないでしょうか」的語氣更加謙遜。

句型 五段動詞ない形＋せていただく/せてもらう
　　　 一段動詞ない形＋させていただく/させてもらう

• アルバイトを通じて、私はいろいろ勉強させてもらった。
　透過打工，我學習到了許多知識。

• 今回の事故につきましては、できるだけの補償をさせていただきます。
　關於這次事故，我們會儘量賠償您。

• 代わりのものが見付かり次第、辞めさせていただきます。
　找到可以替代的人後，請允許我辭職。

練習問題	解説

1.「本日はこれにて失礼
（　　）いただきます。」
「あ、おつかれさま。」

1　して
2　させて
3　なさって
4　いたして

1・答案：2

選項1「していただく」／意為「請別人做……」。
選項2「させていただく」／意為「請允許我……」。
選項3「なさって」／意為「您做……」。
選項4「いたして」／意為「由我做……」。

譯文：「今天請允許我先告辭了。」
　　　「辛苦了。」

---

2. 明後日シフトに入る代わ
りに金曜日に（　　）も
らえると助かるんだけ
ど。

1　休まれて
2　お休みになって
3　お休みいたして
4　休ませて

2・答案：4

選項1「休まれて」／意為「被休息」。
選項2「お休みになって」／意為「您休息」。
選項3「お休みいたして」／意為「我休息」。
選項4「休ませて」／意為「請允許我休息」。

譯文：如果能讓我後天上班週五休息的話，那就幫了我大忙了。

---

3. お借りした本を楽しく
（　　）いただきまし
た。

1　読まれて
2　お読みに
3　読ませて
4　読まされて

3・答案：3

選項1「読まれて」／意為「被讀」。
選項2「お読みになる」／意為「您讀」。
選項3「読ませていただく」／意為「請允許我讀」。
選項4「読まされて」／意為「被迫讀」。

譯文：我非常開心地拜讀了您借我的書。

---

4. 近所で英語教室を開いた
んですが、こちらのお店
にパンフレットを
（　　）いいですか。

1　置かせてくださっても
2　お置きくださっても
3　置かせていただいても
4　お置きになっても

4・答案：3

選項1「置かせてくださっても」／為錯誤的表達方式。
選項2「お置きくださっても」／為錯誤的表達方式。
選項3「置かせていただいても」／意為「請允許我放」。
選項4「お置きになっても」／意為「您放」。

譯文：我在附近開了一家英語教室，可以允許我在您的店裡放些宣傳手冊嗎？

5. 充電が切れちゃった。すぐに済むから、携帯電話を（　　）いいかな。

1　貸してくれても
2　貸してもらっても
3　貸してあげても
4　貸してくださっても

5・答案：2

選項1「てくれる」／意為「他人為自己或己方的人做某事」。

選項2「てもらう」／意為「請求他人為自己或己方的人做某事」。

選項3「てあげる」／意為「自己為他人做某事」。

選項4「てくださる」／是「てくれる」的敬語。意為「他人為自己或己方的人做某事」。

譯文：我手機沒電了，我很快就可以還你，可以把手機借給我嗎？

6. A「この仕事、だれかやってくれないかなあ。」

　B「だれもやる人がいないから、私が（　　）。」

1　やらせていただきます
2　やっていただきます
3　やってくださいます
4　やらせてくださいます

6・答案：1

選項1「させていただく」／意為「請允許我……」。

選項2「ていただく」／意為「請求他人為自己或己方的人做某事」。

選項3「てくださる」／意為「他人為自己或己方的人做某事」。

選項4「させてくださる」／意為「請讓我來……」。

譯文：A：這份工作有沒有人能來做呢？
　　　B：要是沒有人做的話，請讓我來做。

7. これが、100年前に作られた備前の焼き物ですか。（　　）いただきます。

1　拝見して
2　ご覧になって
3　拝見させて
4　ご覧にならせて

7・答案：3

選項1「拝見して」／是「見る」的自謙語，意為「瞻仰」。

選項2「ご覧になって」／是「見る」的尊敬語，意為「您看」。

選項3「拝見させて」／意為「請允許我瞻仰」。

選項4「ご覧にならせて」／為錯誤的表達方式。

譯文：這就是100年前製成的備前陶器嗎？請允許我瞻仰一下。

8. このたび代表として会議に（　　）いただくことになりました。

1　いかれて
2　いかせて
3　いかされて
4　いかせられて

8・答案：2

選項1「いかれて」／用「行く」的被動態表示尊敬，意為「去」。

選項2「いかせて」／和「いただく」一起使用，意為「請允許我去」。

選項3「いかされて」／意為「被迫去」。

選項4「いかせられて」／意為「被迫去」。

譯文：此次我謹作為代表參加會議。

9. 今日の午後はちょっと早めに（　　）いただきたいのですが。

1　帰られて
2　帰らせて
3　帰されて
4　帰らされて

9・答案：2

選項1「帰られて」／用「帰る」的被動態表示尊敬，意為「回去」。

選項2「帰らせて」／和「いただく」一起使用，意為「請允許我回去」。

選項3「帰されて」／為錯誤的表達方式。

選項4「帰らされて」／意為「被迫回去」。

譯文：今天下午可以允許我早一點回去嗎？

---

10. 勉強になりますので、私に文献の整理を（　　）。

1　やっていただけないでしょうか
2　やらせていただけないでしょうか
3　やってもよろしいでしょうか
4　やらせてもよろしいではありませんか

10・答案：2

選項1「ていただく」／意為「請求他人為自己或己方的人做某事」。

選項2「させていただく」／意為「請允許我……」。

選項3「てもよろしいでしょうか」／意為「可以……嗎」。

選項4「させてもよろしいではありませんか」／無此表達方式。

譯文：因為能從中學習，所以讓我來整理文獻嗎？

---

11. もう一度話を（　　）いただきたいと思いご連絡を差し上げました。

1　聞いて
2　聞けて
3　聞かせて
4　聞かれて

11・答案：3

選項1「聞いて」／意為「詢問」。

選項2「聞けて」／意為「能詢問」。

選項3「聞かせて」／和「いただく」一起使用，意為「請允許我詢問」。

選項4「聞かれて」／意為「被詢問」。

譯文：我想再次詢問您一些事情，所以聯繫了您。

3.名詞、接頭詞、接尾詞的禮貌表達

（1）名詞

　　わたくし、家内

（2）接頭詞、接尾詞

　　小～：小生、小論、小社
　　拙～：拙著、拙宅、拙作
　　愚～：愚見、愚考、愚案

拝〜：拝見、拝借、拝読

弊〜：弊店、弊社、弊校

〜ども：わたくしども

三、禮貌語

　　禮貌語是對聽者表示敬意的表達方式。它與自謙語不同，自謙語是降低自己來向對方表示敬意，而禮貌語不是。比較有代表性的禮貌語有「ます/です」形、「ございます/でございます」。專門用於書面語的禮貌語有「であります」，相當於「です」。

1.名詞的禮貌語

一般名詞	禮貌語	一般名詞	禮貌語
こっち	こちら	そっち	そちら
あっち	あちら	どこ、どっち	どちら
今日	本日	あした	明日
次の日	翌日	あさって	明後日
きのう	昨日	おととい	一昨日
去年	昨年	おととし	一昨年
ゆうべ	昨夜	けさ	今朝、けさほど
あしたのあさ	明朝	きょうの夜	今夜
今	ただいま	このあいだ	先日
今度	このたび、このほど、今回	あとで	後ほど
これから	今後、これより	すごく、とても	たいへん、非常に
ちょっと、少し	少々	早く	早めに
本当に	まことに	すぐ	早速、早急に
どう	いかが	いくら	いかほど、おいくら
いい	よろしい、けっこう	すみません	申し訳ありません、恐れ入ります
ありがとう	ありがとうございます	さようなら	失礼します、失礼いたします

練習問題	解説
1. 客「すみません、『星の王子さま』っていう本を探しているんですけど。」 店員「はい、そのコーナーに（　　）。ご案内します。」 1　いたします 2　おります 3　ございます 4　なさいます	**1・答案：3** 選項1「いたします」／為動詞「する」的自謙語，意為「做」、「辦」。 選項2「おります」／為「いる」的自謙語，意為「在」、「有」。 選項3「ございます」／為「ある」的禮貌語，意為「在」。 選項4「なさいます」／為動詞「する」的尊敬語，意為「做」、「辦」。 譯文：客人：不好意思，我想找《小王子》這本書。 　　　店員：好的，在那片區域，我來為您帶路。
2. 客「すみません。喫煙専用室はどこですか。」 店員「あちらのエレベーターの横に（　　）。」 1　おります 2　ございます 3　いたします 4　いらっしゃいます	**2・答案：2** 選項1「おります」／為「いる」的自謙語，意為「在」、「有」。 選項2「ございます」／為「ある」的禮貌語，意為「在」。 選項3「いたします」／為動詞「する」的自謙語，意為「做」、「辦」。 選項4「いらっしゃいます」／為「行く」、「来る」、「いる」的尊敬語，意為「來」、「去」、「在」。 譯文：客人：不好意思，吸菸室在哪裡？ 　　　店員：在那座手扶梯的側面。
3. 客「あのう、この黒いのは何のアイスクリームですか。」 店員「チョコレートのアイスクリーム（　　）。」 1　ございます 2　がございます 3　でございます 4　はございます	**3・答案：3** 解析：本題測驗「でございます」，為「です」的禮貌語。 譯文：客人：不好意思，這個黑色的是什麼口味的冰淇淋？ 　　　店員：是巧克力口味的冰淇淋。

2.イ形容詞的禮貌語

イ形容詞後接「ございます」時，將詞尾「く」變為「う」。我們將這種讀音變化稱為形容詞的音便，也稱「ウ音便」。其規律如下：

原形	く形	禮貌語 （發生音便）	說明
あつい おもしろい	あつく おもしろく	あつうございます おもしろうございます	適用於詞幹最後一個音在「ウ」、「オ」段上的イ形容詞
あかい ありがたい	あかく ありがたく	あこうございます ありがとうございます	詞幹最後一個音在「ア」段上時，要將「ア」段音改為「オ」段音
よろしい うつくしい	よろしく うつくしく	よろしゅうございます うつくしゅうございます	詞幹最後一個音在「イ」段上時，要把該「イ」段假名變為「ウ」段拗長音

3.ナ形容詞的禮貌語

原形	禮貌語
きれい	おきれいです おきれいでいらっしゃいます
健在	ご健在です ご健在でいらっしゃいます

—— 即刻挑戰 ——

練習問題

こちらのスカートのほうが少し（　　）ございます。

1　お高う
2　お高い
3　高いに
4　高いで

解說

答案：1

解析：本題測驗イ形容詞的禮貌語。イ形容詞後接「ございます」時，將詞尾「く」變為「う」。

譯文：這條裙子價格稍高。

授受關係

1.～をあげる

解說 表示給別人某種物品。一般是第一人稱給第二人稱或第三人稱某種物品，也可以是第三人稱給第三人稱某種物品。「～をさしあげる」是「～をあげる」的敬語。「～をやる」沒有「～をあげる」禮貌，只能對關係親近的人使用。

• 学生がクラスメートに誕生日プレゼントをあげる。
  學生送同班同學生日禮物。

• 友達が学生に辞書をあげた。
  朋友把字典送給了學生。

• 父の誕生日にネクタイをあげた。
  在父親的生日那天送了他領帶。

2.～をもらう

解說 表示從某人或某處獲得某種物品。一般是第一人稱從第二人稱或第三人稱處獲得某種物品。「～をいただく」是「～をもらう」的敬語。

• わたしは王さんに花をもらいました。
  我收到了小王給我的花。

• 私が劉さんにコーヒーをもらう。
  小劉給我咖啡。

3.～をくれる

解說 表示對方給自己或己方的人某種物品。「～をくださる」是「～をくれる」的敬語。

• 陳さんが私にネックレスをくれる。
  小陳送我項鍊。

• 彼氏が私にプレゼントをくれた。
  男朋友送了我禮物。

4.～てくれる

解說 表示別人為自己或己方的人做某事。「～てくださる」是「～てくれる」的敬語。
句型 動詞て形＋くれる

• 清瀬さんが私に日本の歌を教えてくれた。
  清瀬教我唱日語歌。

• その仕事は鈴木さんならやれる。鈴木さんに頼めばきっとやってくれるだろう。
  鈴木能勝任那份工作。你拜託他的話，他應該會幫你的。

- 雨がやんでくれてよかった。
  太好了，雨停了。

5.～てもらう

解説 表示請求他人為自己或者己方的人做某事。「～ていただく」是「～てもらう」的敬語。

句型 動詞て形＋もらう

- 王さんに読み方を教えてもらったよ。
  已經請小王教我這個怎麼唸了。

- 川藤さんに私の気持ち、分かってもらったよ。
  已經讓川藤了解我的心情了。

- 私は、患者さんによく説明し、病気の原因や治療法をよく分かってもらってから、今後の治療方針を決めていきたいと思っています。
  我想好好向患者説明，讓他們明白病因和治療方法後，再決定今後的治療方針。

6.～てあげる

解説 表示自己或者己方的人為別人做某事。「～てさしあげる」是「～てあげる」的敬語。

句型 動詞て形＋あげる

- 林さんは高さんに漢字の読み方を教えてあげた。
  小林教小高日語漢字的讀法。

- 荷物が重そうだね、手伝ってあげるよ。
  你的行李看上去很重，我來幫你拿吧。

- その茄子が嫌いなの？食べてあげるよ。
  你不喜歡吃茄子嗎？那我來幫你吃吧。

7.～（さ）せていただく/～（さ）せてもらう

解説 表示説話者請求對方允許自己做某事。「～（さ）せていただく」是「～（さ）せてもらう」的自謙語。「～（さ）せていただけませんか」、「～（さ）せていただけないでしょうか」的語氣更加謙遜。

句型 五段動詞ない形＋せていただく
一段動詞ない形＋させていただく

- 問題がなければこのまま使わせていただきたいと思っているのですが。
  如果沒有問題，請允許我就這樣使用吧。

- 心からお祝いを言わせていただきたいと思います。
  請允許我獻上衷心的祝福。

- 私が責任を持ってやらせていただきます。
  請讓我負責這份工作吧。

練習問題	解說
1. 「課長、今日は用事があるので、（　）いただきたいのですが。」 「はい、わかりました。」 1　休まれて 2　お休みになって 3　お休みいたして 4　休ませて	1・答案：4 選項1「休まれて」／意為「被休息」。 選項2「お休みになって」／意為「您休息」。 選項3「お休みいたして」／意為「我休息」。 選項4「休ませて」／與「いただく」一起使用，意為「請允許我休息」。 譯文：「課長，今天有些急事，可以允許我請一天假嗎？」 　　　「好的，我知道了。」
2. お借りしたマンガを楽しく（　）いただきました。 1　読まれて 2　お読みに 3　読ませて 4　読まされて	2・答案：3 選項1「読まれて」／意為「被讀」。 選項2「お読みになる」／意為「您讀」。 選項3「読ませて」／與「いただく」一起使用，意為「請允許我讀」。 選項4「読まされて」／意為「被迫讀」。 譯文：我非常開心地拜讀了您借我的漫畫。
3. ドアのところに私のかばんを（　）いいですか。 1　置かせてくださっても 2　お置きくださっても 3　置かせていただいても 4　お置きになっても	3・答案：3 選項1「置かせてくださっても」／為錯誤的表達方式。 選項2「お置きくださっても」／為錯誤的表達方式。 選項3「置かせていただいても」／意為「請允許我放」。 選項4「お置きになっても」／意為「您放」。 譯文：我可以把包包放在門口嗎？
4. その声優が大好きなので、ぜひ私に彼女へのインタビューを（　）。 1　してさしあげませんか 2　していただけませんか 3　させてくださいませんか 4　させていただけませんか	4・答案：4 選項1「てさしあげる」／意為「自己為他人做某事」。 選項2「ていただく」／意為「請求他人為自己或己方的人做某事」。 選項3「させてくださる」／無此表達方式。 選項4「させていただく」／意為「請允許我……」。 譯文：我超級喜歡那位配音員，請一定要讓我來採訪她。

被動句

1. ～が（は）～に～れる/られる

解說 直接被動句。主詞直接受到某動作的影響，是動作的直接承受者。該句型可以
表示不利影響，也可以表示受益、受惠。

句型 五段動詞ない形＋れる
一段動詞ない形＋られる
サ変動詞する→される
カ変動詞くる→来（こ）られる

• 結婚（けっこん）している女性（じょせい）って、どんな人でしょうか？どこで出会（であ）って、なぜ妻（つま）に
選（えら）ばれたのでしょうか。

您夫人到底是個什麼樣的人呢？你們在哪裡相遇，您又為什麼會娶她為妻呢？

• 泥棒（どろぼう）が警官（けいかん）に捕（つか）まえられました。

小偷被警察抓住了。

2. ～が（は）～に～を～れる/られる

解說 所有者被動句。主詞是動作的承受者或動作作用對象的所有者。

句型 五段動詞ない形＋れる
一段動詞ない形＋られる
サ変動詞する→される
カ変動詞くる→来（こ）られる

• よく同期（どうき）や先輩（せんぱい）たちと会話（かいわ）しているときに肩（かた）をぽんぽんと叩（たた）かれます。

與同期的同事或前輩說話時，經常會被拍肩膀。

• 私（わたし）は周（まわ）りの人（ひと）に足（あし）を踏（ふ）まれました。

我的腳被周圍的人踩到了。

• このところ、近所（きんじょ）で知（し）らない人（ひと）に勝手（かって）に写真（しゃしん）を撮（と）られました。

最近，我在家附近被陌生人擅自拍了照片。

3. ～が（は）～に（から）～れる/られる

解說 間接被動句。本被動句型通常用於形容陳述對象的遭遇，所陳述的事情對陳述
對象來說，常常是不愉快的。

句型 五段動詞ない形＋れる
一段動詞ない形＋られる
サ変動詞する→される
カ変動詞くる→来（こ）られる

- わたしは昨日雨に降られて、びしょ濡れになりました。

  我昨天被雨淋得全身都濕透了。
- 私さ、あんたに先に死なれちゃ困るよ。だからさ、長生きしてね。

  如果老公你先離開這個世界的話，我會很難過的，所以你一定要長壽。
- となりの家に塀を建てられて、日当たりが悪くなってしまった。

  旁邊的鄰居建了圍牆，害我家採光變差了。

4.〜が（は）〜に〜れる/られる

解説 主詞多為無生命的事物。

句型 五段動詞ない形＋れる
一段動詞ない形＋られる
サ変動詞する→される
カ変動詞くる→来られる

- この記事は副業したい主婦の方、副業に興味のある主婦の方によく読まれている。

  這篇文章受到想開展副業或對副業感興趣的主婦們的關注。
- 音楽は世界中の人に愛されています。

  音樂被全世界的人所喜愛。
- 金閣寺は足利義満によって建てられたそうです。

  據説金閣寺是足利義満建造的。

5.〜が〜れる/られる

解説 主詞多為無生命的事物，但是動作的實施者不出現在句子中，多用於客觀描述或新聞報導中。

句型 五段動詞ない形＋れる
一段動詞ない形＋られる
サ変動詞する→される
カ変動詞くる→来られる

- 昨日入学式が行われました。

  昨天舉行了開學典禮。
- 土曜日に研究会が開かれます。

  星期六將召開研究會。

使役句

1.～が（は）～に/を（自動詞）せる/させる

句型 五段動詞ない形＋せる
一段動詞ない形＋させる
サ変動詞する→させる
カ変動詞くる→来<ruby>来<rt>こ</rt></ruby>させる

解說1 表示主詞指示或者強迫他人做某事，動詞為自動詞。不能用於上級、長輩。

- <ruby>我<rt>わ</rt></ruby>が<ruby>家<rt>や</rt></ruby>は<ruby>子<rt>こ</rt></ruby>どもを<ruby>私立<rt>しりつ</rt></ruby>に<ruby>通<rt>かよ</rt></ruby>わせていますよ。

  我讓我家孩子去私立學校讀書。

- <ruby>先生<rt>せんせい</rt></ruby>が<ruby>学生<rt>がくせい</rt></ruby>を<ruby>立<rt>た</rt></ruby>たせます。

  老師讓學生站起來。

- <ruby>大型犬<rt>おおがたけん</rt></ruby>は<ruby>運動量<rt>うんどうりょう</rt></ruby>が<ruby>多<rt>おお</rt></ruby>いのでしっかりとお<ruby>散歩<rt>さんぽ</rt></ruby>させる<ruby>覚悟<rt>かくご</rt></ruby>がある。

  大型犬的運動量比較大，所以我已決心要好好遛狗。

解說2 表示讓某人感到某種情緒，動詞為表示情感的自動詞。

- <ruby>大相撲<rt>おおずもう</rt></ruby>の<ruby>横綱<rt>よこづな</rt></ruby>・<ruby>稀勢<rt>きせ</rt></ruby>の<ruby>里<rt>さと</rt></ruby>が1<ruby>月<rt>がつ</rt></ruby>16<ruby>日<rt>にち</rt></ruby>に<ruby>現役<rt>げんえき</rt></ruby>を<ruby>引退<rt>いんたい</rt></ruby>した。そのニュースは<ruby>日本中<rt>にほんじゅう</rt></ruby>を<ruby>駆<rt>か</rt></ruby>け<ruby>巡<rt>めぐ</rt></ruby>り、<ruby>多<rt>おお</rt></ruby>くのファンを<ruby>悲<rt>かな</rt></ruby>しませた。

  大相撲橫綱稀勢之里於1月16日引退。此消息轟動日本，讓許多粉絲心痛。

- <ruby>浅川<rt>あさかわ</rt></ruby>さんは「4<ruby>人<rt>にん</rt></ruby>は、<ruby>小屋<rt>こや</rt></ruby>の<ruby>中<rt>なか</rt></ruby>でぐっすりとお<ruby>休<rt>やす</rt></ruby>みになっていて、うらやましいなと<ruby>思<rt>おも</rt></ruby>いました」と<ruby>話<rt>はな</rt></ruby>して、<ruby>周囲<rt>しゅうい</rt></ruby>を<ruby>笑<rt>わら</rt></ruby>わせていた。

  淺川説：「看著四個人在小屋裡睡得很香的樣子，我十分羨慕他們。」這句話把周圍的人都逗笑了。

- <ruby>胸<rt>むね</rt></ruby>にザクリと<ruby>刺<rt>さ</rt></ruby>さる<ruby>率直<rt>そっちょく</rt></ruby>な<ruby>歌詞<rt>かし</rt></ruby>とパワフルで<ruby>説得力<rt>せっとくりょく</rt></ruby>ある<ruby>歌声<rt>うたごえ</rt></ruby>は、いつも<ruby>聴<rt>き</rt></ruby>き<ruby>手<rt>て</rt></ruby>の<ruby>心<rt>こころ</rt></ruby>を<ruby>揺<rt>ゆ</rt></ruby>さぶり、<ruby>刺激<rt>しげき</rt></ruby>し、<ruby>泣<rt>な</rt></ruby>かせ、<ruby>励<rt>はげ</rt></ruby>ましてきた。

  直擊心靈的歌詞和充滿力量並具有説服力的歌聲總能打開聽眾的心扉，使之振奮、哭泣、受到鼓舞。

2.～が（は）～に～を（他動詞）せる/させる

解說 表示主詞指示或者強迫他人做某事，動詞為他動詞。

句型 五段動詞ない形＋せる
一段動詞ない形＋させる
サ変動詞する→させる
カ変動詞くる→来<ruby>来<rt>こ</rt></ruby>させる

- 客の過半は女子。それも子どもを連れたママが多い。彼女たちは「子どもには国産の食品を食べさせたい」と口々に言った。

  客人大多為女性，其中多是帶著孩子的母親，她們都説「想讓孩子吃國產食品」。

- 先生が学生に本を読ませます。

  老師讓學生讀書。

3.〜に〜せる/させる

解説 表示允許他人做某事，或者對他人的行為放任不管。常常省略主詞。

句型 五段動詞ない形＋せる
一段動詞ない形＋させる
サ変動詞する→させる
力変動詞くる→来させる

- 母は 妹 に部屋を掃除させました。

  媽媽讓妹妹打掃房間。

- 子供が好きなだけ食べさせています。

  孩子想吃多少就讓他吃多少。

- 鉢にあらかじめ湿らせておいた用土を入れ、植え付ける。

  把提前潤濕的土放入花盆中，然後種植（植物）。

使役被動句

解說 五段動詞ない形＋せられる

一段動詞ない形＋させられる

サ 動詞する→させられる

カ 動詞くる→来させられる

解說1 表示被迫做某事，原本不願意做，但迫於壓力不得不做。

- 事務所から言わされているわけではないが、僕たちの後輩がデビューする。見守ってほしい。

並不是事務所讓我這麼說的，而是我自己想說，我們的後輩要出道了，希望大家支持他。

- わたしは病院へ行きたくなかったけれども、父に行かされた。

我不想去醫院，是父親硬要我去的。

- 初戦に負けた後には、「日本食ばっかり食っているから負けるんだ。現地のモノを食え」って言われて、ヤギの肉を食べさせられました。

第一場比賽輸了之後，有人對我說「就是都只吃日本料理所以才會輸，吃點當地的東西吧！」所以我被迫吃了羊肉。

解說2 表示受其他事物影響而產生的情感，不是自發性情感。動詞為表示心理活動的詞。

- 日本にはとてもはっきりした四季があり、生と死、そして無常を痛感させられる。

日本四季很分明，能讓人深切地感受到生與死，以及人世的無常。

- 卓越した身体コントロール能力に驚嘆させられました。

驚嘆於他卓越的身體控制能力。

- その文章を読んで、いろいろ考えさせられました。

讀了那篇文章後，我不禁想了很多。

ノート

原來如此 系列 J052

JLPT新日檢【N1文法】
考前衝刺大作戰

35天高效複習，掌握文法就是JLPT新日檢必勝的關鍵！

作　　　者	李曉東、黃悅生 編著
審　　　訂	〔日〕今泉郁夫、陳岩
顧　　　問	曾文旭
社　　　長	王毓芳
編輯統籌	耿文國、黃璽宇
主　　　編	吳靜宜
執行主編	潘妍潔
執行編輯	吳芸蓁、吳欣蓉
美術編輯	王桂芳、張嘉容
特約編輯	菜鳥
法律顧問	北辰著作權事務所　蕭雄淋律師、幸秋妙律師

初　　　版	2022年03月
出　　　版	捷徑文化出版事業有限公司
電　　　話	（02）2752-5618
傳　　　真	（02）2752-5619

定　　　價	新台幣550元／港幣183元
產品內容	1書

總 經 銷	采舍國際有限公司
地　　　址	235新北市中和區中山路二段366巷10號3樓
電　　　話	（02）8245-8786
傳　　　真	（02）8245-8718

港澳地區經銷商	和平圖書有限公司
地　　　址	香港柴灣嘉業街12號百樂門大廈17樓
電　　　話	（852）2804-6687
傳　　　真	（852）2804-6409

本書圖片由Shutterstock提供

捷徑 Book站

本書如有缺頁、破損或倒裝，
請聯絡捷徑文化出版社。

【版權所有　翻印必究】

國家圖書館出版品預行編目資料

JLPT新日檢【N1文法】考前衝刺大作戰 /
李曉東、黃悅生編著. -- 初版. -- 臺北市：
捷徑文化, 2022.03
　面；　公分. --（原來如此：J052）
ISBN 978-986-5507-98-5（平裝）

1. CST: 日語　2. CST: 語法　3. CST: 能力測驗

803.189　　　　　　　　　　110022644